Lolo

LA CLÉ DU CŒUR

Kathryn Hughes est née près de Manchester et s'est mise à l'écriture sur le tard. *Il était une lettre*, son premier roman, a remporté un succès immédiat et s'est retrouvé catapulté numéro 1 des ventes en Grande-Bretagne. Véritables phénomènes d'édition, ses romans ont été traduits dans plus de vingt pays.

Paru au Livre de Poche :

Il était une lettre

Il était un secret

KATHRYN HUGHES

La Clé du cœur

TRADUIT DE L'ANGLAIS (GRANDE-BRETAGNE)
PAR PASCALE HAAS

CALMANN-LÉVY

Titre original :

THE KEY
Paru chez Headline Review,
imprint de Headline Publishing Group, Londres, 2018.

ISBN : 978-2-253-24088-4 – 1re publication LGF

À la mémoire de James et Mary Thomas

Prologue

Novembre 1956

J'avance au pas de course depuis que je suis sortie en douce de la maison ; ma poitrine se soulève, et je suis hors d'haleine. Les rues sont désertes – tant mieux, cela m'évitera d'avoir à m'expliquer auprès des voisins curieux. Derrière les portes closes, quelqu'un fait revenir des oignons. L'odeur alléchante me rappelle que je n'ai pas mangé. Un gros chat roux surgi d'un buisson s'assoit au milieu du trottoir. Quand je m'approche, il vient vers moi, la queue en l'air, sauf le bout qui retombe. Il m'accueille en miaulant. En temps normal, je me serais baissée pour le caresser, mais pas ce soir. Ce soir, rien n'est normal.

En tournant au coin de la rue, j'aperçois le parc et m'étonne d'être arrivée là aussi vite. Je jette un regard par-dessus mon épaule et pousse la grille rouillée. Les vieux gonds protestent en grinçant. Le bruit qui se répercute dans le silence de la nuit gâche une entrée qui se voulait discrète, néanmoins, je me sens plus en sécurité maintenant que je suis dans le sanctuaire du parc. Je ralentis un peu le pas, mais pas trop ; il faut que je continue à avancer. L'odeur forte des eaux stagnantes remplies d'algues m'indique que le lac est tout près, et j'allonge le pas jusqu'à ce que je le voie. L'eau vient lécher la plage de galets. Deux cygnes dorment près d'une barque retournée.

Le froid manque m'étouffer à l'instant où je fais un premier pas hésitant dans l'eau glacée. Sous mes pieds nus, les cailloux sont anguleux, et des algues visqueuses s'enroulent autour de mes chevilles. Je me retourne vers les chaussures que j'ai enlevées quelques secondes plus tôt. Elles sont là sur les galets, espacées d'une trentaine de centimètres, et l'une d'elles est à l'envers. Je m'en veux de ce laisser-aller qui ne me ressemble pas. Elles devraient être l'une à côté de l'autre, comme me l'a toujours appris ma mère. Elle va être déçue, car dans quelques minutes, ce sera la seule chose qu'il restera de moi. C'est pour cette unique raison que je les ai laissées là.

Bien que tétanisée par le froid, j'avance encore un peu. L'eau m'arrive aux genoux. Ma jupe tourbillonne autour de mes jambes. Rien d'autre ne bouge dans le lac noir paisible. Je suis souvent venue ici, mais jamais à cette heure-ci, jamais comme ça. Le ciel dégagé est noir, très noir. On ne voit qu'un croissant de lune, et l'absence de lumière fait ressortir l'éclat des étoiles au firmament. Quelque part dans les arbres, une chouette hulule en prenant son envol et file au ras du lac. Je sursaute, perds l'équilibre une seconde, mais me rattrape juste à temps. Je respire plusieurs fois, calmement. Je distingue encore mes pieds à travers l'eau glauque – des petits pieds, taille 36, tout blancs.

Quelques pas de plus, et j'ai de l'eau à la taille. J'ai déjà l'impression de suffoquer. L'obscurité s'étend partout alentour, dans le ciel, dans l'eau, dans mon cœur et dans ma tête. Et aussi la tristesse. La tristesse a toujours été là. Je la porte comme un manteau. Un long et lourd manteau oppressant dont je suis incapable de me débarrasser. Il me tarde d'en finir. Plus que quelques pas, et je serai en paix. Je jette un coup d'œil sur le bébé endormi dans mes bras, mais je ne ressens rien. Je ne m'attendais pas à ressentir quoi que ce soit. Le hululement reprend, strident, désespéré, et je n'ai pas besoin de me retourner pour savoir que, cette fois, ce n'est pas une chouette. C'est autre chose.

1

Septembre 2006

Elle l'observa devant le miroir, en train de brosser des pellicules imaginaires sur les épaules de son manteau en poil de chameau. Son eau de Cologne au santal se mêlait à la brise qui entrait par la fenêtre. Il était encore bel homme. L'âge l'avait plutôt épargné. Bien que ses cheveux soient tout blancs, ils étaient encore d'une épaisseur enviable, et dans ses yeux sombres brillait une lueur que n'avait pas réussi à éteindre son chagrin.

« Bonjour, papa. Tu vas au cimetière ? »

Il esquissa un sourire. « Oui, Sarah. Où veux-tu donc que j'aille ? »

Elle rectifia son nœud de cravate et l'embrassa sur la joue. « Ça fait six mois… Tu n'es pas obligé d'y aller tous les jours…

— Je sais, mais j'en ai envie. » Il se pencha pour donner un dernier coup sur ses chaussures parfaitement cirées avec la brosse qu'il laissait sur la console dans l'entrée. Puis il se redressa et la regarda droit dans les yeux en lui parlant avec gentillesse, le ton presque suppliant. « Ce serait bien si tu m'accompagnais de temps en temps. »

Sarah réprima un soupir d'impatience. Elle ne supportait plus d'avoir cette même conversation encore et encore. « Je n'ai pas besoin d'aller sur la tombe de maman pour me souvenir d'elle. Je la porte là, à chaque instant de la journée », dit-elle en se touchant la poitrine.

Il soupira et lui embrassa la main. « Comme tu voudras, mais il faudra qu'on pense bientôt à planter des bulbes. Je voudrais qu'il y ait plein de couleurs pendant les mois tristes de l'hiver. Je crois que je vais mettre des perce-neige. Ils fleurissent tôt, non ? Et aussi des crocus et des jonquilles... Au moins, ces fichus lapins ne viendront pas les boulotter ! » Il laissa échapper un petit rire. « Alors, qu'est-ce que tu en dis ? »

Sarah attrapa son sac sur la rambarde de l'escalier et le mit en bandoulière. « D'accord, je passerai en prendre à la jardinerie en rentrant.

— En rentrant d'où ? demanda-t-il d'un air étonné.

— Papa... Tu sais très bien où je vais !

— Oh, je t'en prie, ne me dis pas que tu continues à aller fouiner là-bas !

— Je ne vais pas fouiner, ça s'appelle faire des recherches. » Voyant son regard blessé, elle regretta son ton cassant et prit une voix plus douce. « Et c'est toi ma première source. As-tu seulement idée combien c'est précieux pour une historienne ? Tu veux que mon livre ait du succès, oui ou non ?

— Parce que, maintenant, tu es historienne ? Je croyais que tu travaillais à la bibliothèque municipale.

— Oui, c'est mon boulot. Il faut bien payer les factures... Mais ce livre est ma passion, et ta contribution pourrait faire la différence entre un bon livre et un livre excellent.

— Je te l'ai déjà dit, rétorqua son père d'un air contrarié. Je ne veux pas en parler. » Il pointa le doigt vers elle. « Et ne viens pas me chercher quand on t'aura arrêtée pour violation de propriété privée !

— Ce n'est pas de la violation, c'est de l'exploration urbaine. » Elle vit sa mâchoire se crisper, sa respiration s'accélérer. Doucement, elle le retint par la manche de son manteau. « S'il te plaît, dis-moi juste comment c'était là-bas. Je te le promets, si ça te met trop mal à l'aise, on arrêtera. Tu n'auras qu'à me raconter uniquement ce que tu voudras. »

Il ouvrit la porte et poussa un soupir agacé en voyant la pluie rebondir dans l'allée. Puis il attrapa un parapluie et le brandit tel un sabre. Surprise, elle recula d'un pas.

« Je t'ai déjà dit tout ce que je voulais te dire.

— Oui... Autant dire, rien ! »

Il ouvrit le parapluie. « Il y a certaines choses qu'il vaut mieux laisser dans le passé, Sarah. Et c'est mon dernier mot sur le sujet. »

Elle le regarda s'éloigner en espérant qu'il allait se retourner et lui faire un signe pour s'excuser. Depuis que sa mère n'était plus là pour apaiser ses humeurs, il pouvait se montrer extrêmement acariâtre. Sa mère lui avait fait du bien. Elle ne l'autorisait jamais à bouder et parvenait à l'arracher à ses idées noires en plaçant une remarque piquante au bon moment, le plus souvent pour se moquer de lui, et elle avait un rire contagieux qui l'empêchait de rester longtemps abattu. Sarah était certaine qu'il avait aimé sa mère. Quand il l'avait perdue, elle l'avait vu dévasté, s'enfoncer dans un tel chagrin qu'elle craignait qu'il ne trouve jamais la force de se ressaisir. Les visites quotidiennes qu'il effectuait sur sa tombe tenaient plus de l'obsession que de la routine. Et pourtant, elle avait l'impression qu'il y avait autre chose. Rien qui aurait pu nier leur couple ou minimiser leur amour l'un pour l'autre, juste quelque chose qui n'allait pas. Elle comparait cette impression au fait de terminer un puzzle de mille pièces en se rendant compte qu'il n'y en a que neuf cent quatre-vingt-dix-neuf. La pièce manquante ruine l'effet d'ensemble. On a beau voir l'image, l'œil est attiré par le minuscule endroit où elle devrait se trouver. Et sans trop savoir pourquoi, elle avait le désagréable pressentiment que la pièce manquante avait un rapport avec l'hôpital psychiatrique d'Ambergate.

Il y avait maintenant des mois qu'elle se rendait à l'institut, mais chaque fois qu'elle arrivait dans la rue et apercevait le bâtiment imposant, son côté grandiose la stupéfiait. Elle avait déjà vu des maisons particulières moins splendides. La magnifique façade en pierre paraissait fastueuse, presque prétentieuse, avec sa coupole octogonale au sommet de la tour de l'horloge qui s'élevait majestueusement au-dessus de la porte d'entrée en forme d'arche. Ceux qui avaient construit cet asile n'avaient reculé devant aucune dépense, et bien que les éléments les plus remarquables aient été dérobés depuis longtemps, plusieurs parties des belles céramiques murales étaient encore en place, tout comme les vitraux qui décoraient la salle de bal. Néanmoins, la demeure était à l'abandon, la plupart des vitres brisées et la pierre effritée envahie par le lierre.

Sarah sortit un livre de son sac et regarda la photo en noir et blanc prise à la fin du XIXe siècle. *L'asile de fous du comté d'Ambergate, vers 1898*. Elle lut le paragraphe imprimé en dessous.

Construit entre 1870 et 1872 par l'architecte de renom Sir Leonard Groves, l'asile de fous d'Ambergate était prévu à l'origine pour accueillir 1 000 patients domiciliés dans les environs de Manchester, Liverpool et Chester. Dans les années 1950, il comptait 1 500 patients et était en nette surpopulation. Dans le cadre de l'effort national visant à réduire l'ostracisme associé aux termes « asile de fous », il est devenu l'hôpital pour malades mentaux d'Ambergate en 1925. L'établissement a de nouveau changé de nom en 1959 lorsqu'est passée la loi sur la santé mentale décrétant que le terme « malades mentaux » ne devrait plus figurer dans le nom des hôpitaux. L'hôpital d'Ambergate a fermé ses portes en 1997. Laissé depuis à l'abandon, le bâtiment a été en partie dégradé par des pyromanes et des vandales.

Des gouttes de pluie éclaboussèrent la page. Sarah remit le livre dans son sac avant de s'avancer dans l'allée principale. Arrivée devant la palissade métallique, elle lut l'écriteau qui interdisait d'aller plus loin. Il était précisé que le site était surveillé vingt-quatre heures sur vingt-quatre, et on voyait en dessous un énorme berger allemand à l'air agressif montrer les crocs, les babines dégoulinant d'écume. Cependant, il n'y avait là aucun chien, le dessin se voulait seulement dissuasif, et la surveillance était assurée de façon sporadique par un vieil homme dont la rumeur disait qu'il s'agissait d'un ancien patient, et qu'il faisait une ronde de temps à autre en proférant des injures et en menaçant du poing quiconque avait l'audace de ne pas tenir compte de l'avertissement.

Après avoir soulevé la palissade métallique fichée dans des plots en béton, Sarah se faufila sous le petit espace. Elle scruta les environs et retint son souffle en tendant l'oreille. Les feuilles des arbres frémissaient sous la brise, un pigeon roucoulait avec sa partenaire, mais, à part cela, tout était silencieux. Cette histoire de sécurité était vraiment une blague !

Elle traversa la pelouse parsemée de ronces et de hautes herbes humides qui lui arrivaient à la cheville et s'arrêta au pied de l'escalier en pierre de l'entrée principale. La rambarde en fer forgé autrefois décorée était toute rouillée, et sur la porte remplacée en partie par des planches, quelqu'un avait trouvé amusant de barbouiller un pentagramme à la peinture rouge vif. Elle poussa le panneau de bois pourri qui céda sans trop de résistance.

À l'intérieur, la première impression était celle d'un total délabrement – les murs rongés de moisissure, le sol couvert de fientes de pigeon. Le hall empestait si fort l'urine que Sarah mit la main devant son nez. Des bouteilles brisées, des mégots de cigarettes et les vestiges d'un barbecue indiquaient qu'avait dû avoir lieu une sorte de fête. Et bien que ce soit un endroit où des jeunes désœuvrés venaient se retrouver, elle ne pouvait qu'imaginer les horreurs dont ces vieux murs avaient été les témoins. Son père, lui, disposait d'informations de première main, et qu'il refuse de lui en faire part l'exaspérait.

Tout en grattant le vernis écaillé sur la rambarde, elle observa l'escalier. Les marches en bois étaient tellement vermoulues que ce serait de la folie de s'y aventurer. Une grande porte à deux battants lui faisait face. Les gonds gémirent quand elle l'ouvrit. Dans le couloir interminable qui s'étendait devant elle, du plâtre pendouillait sur les murs et des éclats de bois jonchaient le sol. Elle s'accroupit et sortit un plan qu'elle étala par terre. Étant donné qu'il y avait plus de six kilomètres de couloirs, elle avait adopté une approche méthodique pour explorer l'ancien asile et prenait soin de surligner les zones qu'elle avait déjà visitées.

Une fois qu'elle eut pris ses repères, elle rangea le plan et sortit son carnet. Les gouttes de pluie qui passaient à travers les trous de la toiture accentuaient l'odeur de moisi et l'atmosphère générale de pourrissement du bâtiment déserté. Hormis le *ploc ploc* régulier de l'averse, le silence régnait. Elle frissonna et inspecta furtivement les alentours en pivotant sur elle-même à trois cent soixante degrés. Jamais elle ne s'habituerait aux murs sinistres couverts de graffitis inquiétants, aux couloirs effrayants et aux secrets enfouis là depuis si longtemps – et que son père semblait déterminé à garder définitivement !

Soudain, elle se figea en percevant un bruit de cavalcade en provenance d'une salle latérale. Des rats ! Elle en avait déjà croisé, et elle avait beau s'être répété de multiples fois qu'ils avaient plus peur d'elle qu'elle n'avait peur d'eux, rien n'y faisait. Elle détestait toujours autant ces enquiquineurs qui galopaient partout avec leur longue queue pelée et leurs petits yeux noirs perçants. Elle tapa du pied et, bien que se sentant un peu ridicule, leur cria de foutre le camp. Le silence revint. Elle rit tout bas. *Ça leur apprendra !* Mais alors qu'elle regardait vers la pièce aveugle plongée dans l'obscurité, sa porte à moitié décrochée de ses gonds, elle entendit de nouveau du bruit. Un bruissement de pieds sur le sol, trop lourds pour être les pattes d'un rat. Elle déglutit péniblement. « Bonjour ! Il... il y a quelqu'un ?

Les bras tendus en avant, une silhouette encapuchonnée émergea de l'obscurité et se dirigea vers elle tel un zombie. Rassurée, Sarah soupira. « Nathan, espèce d'imbécile... À quoi tu joues ? »

Le jeune garçon retira sa capuche et lui sourit. « Désolé, je n'ai pas pu résister !

— Qu'est-ce que tu fabriques ici à cette heure ?

— Il pleut trop pour rester dehors. J'ai décidé de faire une pause.

— Je croyais que les mendiants n'avaient pas le choix. »

Il haussa les épaules. « T'as des clopes ? »

Elle plongea la main au fond de son sac. « Non, je n'en ai pas, mais tiens, prends ça et sois content ! » dit-elle en lui lançant un paquet.

Il retira le papier d'aluminium et mordit à belles dents dans un des sandwiches au jambon et au fromage qu'elle avait préparés pour lui. « Merci, marmonna-t-il. Je te suis reconnaissant... sincèrement. » Il examina ce qu'il y avait entre les deux tranches de pain. « Mais dommage qu'il n'y ait pas de cornichons. »

Ils s'assirent côte à côte à même le sol. Leurs chemins s'étaient croisés quelques semaines plus tôt, le jour où Sarah l'avait trouvé endormi dans l'une des cellules. Avant de l'avoir poussé du bout du pied, elle l'avait d'abord pris pour un tas de vieux chiffons. Nathan dormait à la dure après avoir eu plusieurs violentes disputes avec ses parents, de chez qui il était parti en jurant de ne jamais revenir. Depuis, ils étaient devenus plus ou moins amis. Bien qu'elle soit âgée de vingt ans de plus, et qu'elle n'ait pas d'enfant, ou peut-être justement pour cette raison, Sarah avait tendance à le materner. En repensant à Dan, l'amertume familière l'envahit. Elle secoua la tête pour ne plus y songer. Ruminer ne servait à rien – ce qui est fait est fait.

Sarah regarda le jeune garçon engloutir le dernier sandwich, le duvet blond sur sa lèvre parsemé de miettes. « Nathan ?

— Mmmh... ? » Il continua à mastiquer bruyamment.

« Pourquoi tu ne me laisses pas t'aider ? »

Il montra ses joues gonflées comme celles d'un hamster. « Mais c'est ce que tu fais, là ! bredouilla-t-il.

— Non, ça ce n'est rien... Je parle de t'aider vraiment, de te remettre sur pied.

— Je vais très bien.

— L'hiver approche. Qu'est-ce que tu feras une fois qu'il sera là ?

— J'en sais rien... Peut-être que je resterai ici. » Il leva les yeux vers le plafond en sentant une grosse goutte atterrir sur sa tête. « Ou j'irai à Londres.

— Tu n'as que dix-huit ans... Tu as toute la vie devant toi !

— C'est bien ce qui m'inquiète ! » rétorqua Nathan d'un ton railleur.

Sarah le dévisagea. Ce garçon était aussi têtu qu'une mule ! Mais vu qu'il vivait dans la rue depuis près de deux mois, il aurait pu être en bien pire état. Son corps avait beau dégager l'odeur caractéristique d'un vieux Stilton, son regard bleu était vif et sa peau étonnamment lisse pour un jeune homme qui n'avait pas accès régulièrement à un rasoir. Sa frange blonde était trop longue, et il avait la manie de rejeter la tête en arrière pour la chasser de ses yeux.

Elle sortit une bouteille d'eau de son sac et la lui donna. Il regarda l'étiquette. « J'imagine qu'il n'y a aucune chance que tu l'aies remplie de vodka ?

— Tu parles comme un vrai clochard ! s'exclama-t-elle en secouant la tête. À ton avis ? »

Nathan dévissa le bouchon et but une longue goulée. « Bon, on explore quoi, aujourd'hui ? » demanda-t-il en changeant de sujet.

Sarah savait quand s'avouer vaincue, ce qui ne l'empêcherait pas de réessayer de le convaincre un autre jour.

Elle étala le plan par terre et lui montra un long couloir qui desservait de nombreuses salles. « Aujourd'hui, c'est celui-ci. »

Il se redressa en dépliant son mètre quatre-vingt, son jean flottant sur ses hanches maigres, et lui tendit la main pour l'aider à se relever. Elle s'épousseta en envoyant voler des petits morceaux de plâtre et de la poussière. « Merci. »

Dans le couloir, ils passèrent devant des cellules où il y avait encore des lits en fer, avec les matelas tachés dont le rembourrage en crin dégringolait sur le carrelage fissuré. Dans une des pièces, ils aperçurent un vieux fauteuil de dentiste en position allongée et des instruments rouillés sur un plateau à côté. Le couloir suivant desservait des pièces minuscules, chacune barricadée par une porte en acier. Sarah jeta un coup d'œil à travers le trou d'une serrure. « On dirait une cellule capitonnée.

— Putain, je me demande à quoi elles servaient… Hé, tu crois que ton vieux a été enfermé dans une cellule comme ça ? Il était dingue, non ?

— Nathan ! Mon père n'était pas un patient… Pourquoi tu dis ça ? À l'époque, on envoyait les gens à l'asile pour toutes sortes de mauvaises raisons. Tout le monde n'était pas fou, et en tout cas, mon…

— Celle-ci est ouverte, dit-il en l'agrippant par le bras. Tu m'enfermes dedans ?

— Mais pourquoi ?

— Histoire de voir l'effet que ça fait… Allez, ça va être marrant !

— Marrant ? Tu devrais sortir davantage, Nathan ! »

Il poussa la lourde porte et entra dans la petite cellule. Le sol était tout mou, les murs tapissés de toile rembourrée de crin.

« Tu es sûr de vouloir faire ça ? » demanda Sarah en refermant la porte.

La réponse assourdie du garçon lui parvint. Elle regarda par le trou de la serrure, mais l'obscurité l'avait englouti. Elle compta jusqu'à dix avant de rouvrir la porte.

Il sortit en souriant. « Ouah, super impressionnant ! »

L'adjectif la fit tiquer. Visiblement, Nathan devait avoir eu une vie très protégée s'il trouvait super impressionnant de passer dix secondes dans l'obscurité d'une cellule capitonnée. Le pauvre…

« Viens ! dit-elle, sans pouvoir retenir un sourire en voyant son visage rayonnant. On a du travail. »

Ils venaient d'arriver au bout du couloir froid et humide. Il n'y avait que deux fenêtres minuscules, percées si haut sur le mur qu'elles ne laissaient entrer pratiquement aucune lumière.

« Et maintenant ? interrogea Nathan.

— Je suis sûre qu'il y a une porte quelque part… » Sarah regarda de nouveau le plan. « Oui, il devrait y en avoir une le long de ce mur… »

Les mains sur les hanches, elle examina le couloir. Son regard s'arrêta sur une énorme armoire à laquelle manquait une porte, l'autre ne tenant plus que sur un seul gond. Elle s'en approcha.

« Attends une minute… Regarde… »

L'armoire n'avait pas de fond. Tous les deux fixèrent la porte qui se trouvait derrière et dont la peinture bleue s'écaillait en gros lambeaux. « C'est là, dit Sarah. Je savais bien qu'il y avait une porte par ici. »

Nathan plongea la tête à l'intérieur de l'armoire et tourna la poignée. « Mince alors ! C'est comme dans l'armoire magique… Il ne manque plus que le lion et la sorcière ! »

Il déplaça l'armoire, puis Sarah poussa la porte d'un coup d'épaule. Voyant qu'elle résistait, elle tapa dedans à coups de pied.

Nathan intervint. « Tu vas te faire mal. Laisse-moi faire. » Lentement, il tourna la poignée en guettant un cliquetis, et après qu'il l'eut actionnée dans tous les sens, le battant s'ouvrit. « Il fallait juste lui faire un petit câlin ! Pas la peine de se comporter comme un éléphant dans un magasin de porcelaine ! »

Dès que leurs yeux se furent accoutumés à la pénombre, ils aperçurent un étroit escalier en bois.

Nathan fit une grimace à Sarah en l'invitant à passer devant. « Après toi…

— Quel gentleman tu fais… ou plutôt, quel trouillard !

— Faut avouer que ça fout un peu les jetons…

— … dit le gars qui dort tous les soirs dans un asile de fous abandonné ! »

Du bout du pied, elle testa la solidité de la première marche, puis, estimant qu'elle serait en mesure de supporter son poids, elle monta l'escalier.

« Qu'est-ce que tu vois ? lui cria Nathan du bas des marches.

— Il y a une autre porte, plus petite et très basse. Je vais devoir me baisser pour entrer.

— Attends-moi… Tu ne vas pas entrer là-dedans toute seule ! »

Ils s'accroupirent en haut de l'escalier. Sarah tourna la clé restée dans la serrure, et la porte s'ouvrit sur un grenier dépourvu de fenêtres. Elle sortit une lampe électrique dont la faible lueur éclaira la poussière accumulée au fil des années et des toiles d'araignée. Au plafond pendait une ampoule nue, recouverte d'une épaisse couche de saleté.

Nathan montra le fond de la pièce. « Il y a quelque chose, là-bas. »

Sarah se dirigea vers l'endroit qu'il indiquait et aperçut un tas de valises empilées sous les combles. « Nathan… Viens, j'ai trouvé quelque chose. »

Il la rejoignit en traînant sa longue carcasse. « Pourquoi est-ce qu'on parle tout bas ? chuchota-t-il.

— Regarde toutes ces valises… » Sarah attrapa la première sur la pile et souffla sur la poussière qui s'éparpilla dans un nuage. Une étiquette marron était attachée à la poignée par un bout de ficelle.

« Il y a un nom ? » demanda Nathan en se penchant au-dessus d'elle.

Elle plissa les yeux pour lire l'étiquette. « Non, juste un numéro, 43/7. Tiens, prends ça. » Elle lui passa la lampe électrique, puis essaya d'ouvrir les deux fermetures rouillées de la valise. « Zut, elle est sans doute fermée à clé…

— Attends, je vais essayer. »

Au bout de quelques secondes, il eut raison des fermetures et posa la valise devant Sarah. « Je te laisse l'ouvrir.

— Merci. » Elle essuya ses mains moites sur le bas de son tee-shirt, puis s'agenouilla et, lentement, souleva le couvercle de la valise. « Seigneur, personne n'a touché à tout ça depuis des années… »

Elle avait presque complètement ouvert la valise lorsque soudain quelque chose explosa comme un airbag sur un tableau de bord. Sarah battit en retraite de frayeur ; Nathan sursauta et se cogna la tête contre une poutre en bois.

« Qu'est-ce que c'est que ça ? » s'exclama-t-elle.

D'un geste protecteur, il l'écarta et braqua le faisceau de la lampe sur la valise. « Je m'en occupe. » Il toucha le tas de tissu blanc du bout du pied.

Sarah le poussa et se pencha pour palper le tissu. « On dirait de la soie… » En le prenant pour le secouer, elle vit les plis jaunis par le temps. « C'est une robe de mariée… » Elle passa son doigt sur les petites perles brodées à l'encolure. « Elle est magnifique, mais je me demande bien ce qu'elle fait ici… Et à voir les traces sous les aisselles, elle a été portée…

— Dis donc, c'était une grosse nana ! commenta Nathan. Une famille de quatre pourrait camper là-dessous ! » Il sortit une photo en noir et blanc de la valise. « Et tu as vu ça ? »

Ils regardèrent le portrait d'un jeune homme en uniforme. Le dos tourné à l'appareil, il jetait un regard par-dessus son épaule en souriant, une cigarette aux lèvres. Il avait la fière allure d'une vedette de cinéma des années 40. Ou du moins l'aurait-il eue si quelqu'un ne lui avait pas découpé les yeux. Sarah leva la photo devant la lampe électrique ; le faisceau traversa les trous où auraient dû se trouver les orbites. « Quelqu'un devait sacrément lui en vouloir... Voyons un peu ce qu'il y a comme autres photos... »

La soupente était tout en longueur et très basse. Les valises entassées sous les poutres infestées de vers à bois étaient de tailles et de couleurs diverses, mais toutes avaient une étiquette attachée à la poignée. Sarah en descendit une deuxième et l'ouvrit. Alors qu'elle farfouillait parmi les vêtements, elle fronça le nez en sentant l'odeur de moisi. Nathan sortit un vieux pull mangé aux mites. « Hé, on dirait que je me suis trouvé de nouvelles fringues !

— Ne touche à rien de ces affaires, c'est compris ? rétorqua Sarah en le dévisageant.

— D'accord ! se défendit-il. Je disais ça pour rigoler. »

Le front plissé de concentration, elle se gratta le menton. « Il faut qu'on procède de façon méthodique, dit-elle en promenant son regard sur le grenier. Il doit y avoir là une vingtaine de valises, et chacune a une histoire à raconter. » Puis elle attrapa Nathan par le bras et murmura avec excitation : « C'est une vraie mine d'or ! Surtout, n'en parle à personne ! »

Il haussa les épaules. « À qui voudrais-tu que j'en parle ? »

Elle sortit un appareil photo de son sac, installa le flash et prit une série de photos des valises empilées. « Voilà qui fera une super couverture pour le livre. » Puis elle s'accroupit et se balança sur ses talons d'avant en arrière en faisant défiler sur l'écran les photos qu'elle venait de prendre.

Nathan se pencha au-dessus de son épaule. « Je t'aiderai, si tu veux. »

Sarah l'observa dans la semi-pénombre, les pupilles dilatées et un grand sourire aux lèvres. Elle ne l'avait encore jamais vu aussi joyeux. « Merci. J'aimerais bien que tu le fasses. » Elle hésita une seconde. « Je te paierai, bien sûr…

— Ce n'est pas pour ça que je l'ai dit. J'ai envie de t'aider, c'est tout. Je n'attends rien en retour.

— Tu es un gentil garçon », dit-elle en lui tapotant le genou.

Elle se redressa autant que le plafond très bas le permettait et se massa la nuque. « Dans cette obscurité, on ne peut pas faire grand-chose… Demain, j'apporterai des lanternes, et on s'y mettra pour de bon. » Elle rangea son appareil photo. « Pourquoi tu ne viendrais pas à la maison, ne serait-ce que pour prendre un bain et manger un repas chaud ? »

Nathan secoua la tête. « Je ne peux pas, je te l'ai dit. S'il te plaît, ne revenons pas là-dessus. »

2

Lorsque Sarah arriva, la pluie avait cessé. Son père était dans le jardin en train d'arracher des mauvaises herbes, toujours en chemise et cravate, les manches roulées au-dessus du coude. « Je suis rentrée ! annonça-t-elle inutilement. C'était comment, au cimetière ? »

La main qu'il se passa sur le front laissa une trace de terre noire au-dessus d'un de ses sourcils. « Pas trop mal. J'ai frotté la pierre tombale avec une brosse chiendent pour la nettoyer un peu. Ces foutus oiseaux avaient fait leurs cochonneries partout ! »

Alors qu'elle se dirigeait vers la maison, elle entendit son père l'appeler. « Sarah, quand est-ce que tu comptes retourner chez toi, tu y as réfléchi ? »

Elle se demanda ce que cachait sa question. « Eh bien, je ne sais pas trop… Je croyais que tu aimais bien que j'habite ici. Es-tu en train de me dire que tu veux que je m'en aille ? »

— Écoute, tu ne peux pas rester ici éternellement, répondit son père d'un ton pragmatique. Il faut bien que j'apprenne à vivre seul. » Il desserra le nœud de sa cravate. « Et toi aussi. »

C'était la première fois qu'il faisait allusion à sa situation dans des termes aussi directs. Il savait très bien qu'elle détestait vivre seule dans son appartement sans âme. Mais elle ne voulait pas en parler pour l'instant et décida de changer de sujet.

« Ce matin, j'ai découvert à Ambergate quelque chose de fascinant. »

Il s'énerva. « Sarah...

— Non, c'est bon. Je sais que tu ne veux rien avoir à faire avec ça. Je voulais juste te le dire. J'ai trouvé un tas de vieilles valises au fond d'un grenier. Je vais établir une liste de ce qu'elles contiennent pour mon livre. »

Sans attendre sa réaction, elle rentra dans la maison et le laissa là, plongé dans ses pensées, le front barré d'un pli inquiet.

« Tu t'y connais en tableurs ? » Sarah ouvrit son ordinateur et s'assit en tailleur sur le plancher du grenier à côté de Nathan.

— Je suis sans abri, pas débile ! »

Les deux lanternes à pile qu'elle avait installées à chaque extrémité de la pièce offraient une lumière suffisante pour travailler. « Excuse-moi. Tiens, regarde... J'ai préparé un tableau avec des colonnes intitulées : *numéro d'étiquette, description de la valise* et *contenu*. Il ne reste plus qu'à le remplir.

— Ça paraît assez simple. Donne-moi ça. »

Elle lui passa l'ordinateur, puis se traîna devant la valise qu'ils avaient examinée la veille. « Puisqu'elle est déjà ouverte, autant commencer par celle-ci. Je vais énumérer les choses, et toi, tu les rentres dans le tableau, d'accord ?

— Oui, chef ! répondit Nathan en mimant un salut militaire.

— Bien… Numéro d'étiquette 43/7. »

Il tapa sur le clavier. Sarah enchaîna.

« Description de la valise : bleu marine, coins renforcés en cuir marron. Contenu : une robe de mariée en soie blanche, une photo en noir et blanc d'un jeune homme en uniforme. » Elle attrapa quelque chose entre le pouce et l'index et le brandit devant elle. « Une culotte… » Elle jeta un coup d'œil dans la valise. « Non, plusieurs culottes, toutes blanches… Enfin, presque ! » Elle soupira. « Mon Dieu, ce travail est palpitant ! »

Au bout de deux heures, ils avaient documenté et photographié près de la moitié des valises. Aucune ne renfermait des choses plus excitantes que des vêtements, des livres et des affaires de toilette, mais toutes avaient quelque chose d'émouvant. Qu'emportait-on lorsqu'on se faisait interner ? Et pourquoi tous ces gens étaient-ils partis d'ici sans leurs affaires ? Sarah se frotta le visage et attrapa la glacière qu'elle avait apportée. « C'est l'heure de se rafraîchir, je crois. »

Elle sortit un paquet de chips qu'elle tendit à Nathan. « Tiens !

— Super ! dit-il en prenant le paquet.

— Tu as sauvegardé le document ? »

Il manifesta son agacement et leva les yeux au ciel.

« Oui, je ne suis pas idiot ! »

Sarah l'observa avec suspicion. « Alors, tu es allé à l'école ? »

Nathan enfourna une poignée de chips dans sa bouche. « De temps en temps, finit-il par répondre. Et parfois, je séchais les cours.

— Où ?

— Où quoi ?

— Où allais-tu à l'école ?

— Au collège privé d'All Hallows, ce n'est pas par ici.

— Tu es catholique ?

— Pardon ? Non, pas du tout… C'est l'Inquisition ou quoi ? »

Sarah sortit la Thermos et remplit deux tasses de thé. « C'était histoire de faire la conversation… Inutile de monter sur tes grands chevaux ! »

Il prit la tasse qu'elle lui tendait. « Désolé. C'est juste que je n'aime pas parler du passé. À l'école, j'ai… j'ai été harcelé. Ça me rappelle de très mauvais souvenirs.

— Ça devait être dur.

— Oui, ça l'était. »

Elle se tut et le regarda mordiller la peau autour de son pouce. « Pourquoi tu ne rentres pas chez toi, Nathan ? Tes parents doivent être malades d'angoisse. Je sais que si c'était mon fils qui…

— Tu n'en sais rien. Il n'y a aucune chance qu'ils s'inquiètent pour moi une seule seconde. S'il te plaît, n'en parlons plus, implora-t-il. Tu perds ton temps. »

Elle attendit qu'il se soit calmé, puis demanda : « Pourquoi es-tu tellement en colère ?

— Je ne suis pas en colère… » Il soupira. « Excuse-moi de t'avoir rembarrée. C'est seulement que… Bon, écoute, j'en ai ras le bol de parler de moi. Raconte-moi quelque chose sur toi, maintenant qu'on est si bons amis. Tu es mariée ? »

Inconsciemment, elle effleura son doigt à l'endroit où elle avait porté son alliance. « Non, plus maintenant.

— Ah, désolé… Euh… Tu es restée mariée longtemps ?

— Dix ans.

— Ouah, c'est long ! Qu'est-ce qui s'est passé ? »

Elle lui donna une petite tape sur le bras. « Tu es un sacré petit curieux, dis-moi !

— Ben quoi, il n'y a que toi qui as le droit de me cuisiner ? »

Sarah remonta ses jambes contre sa poitrine et posa son front sur ses genoux. Les yeux fermés, elle laissa une image de Dan se former dans sa tête. Penser à lui était douloureux, mais l'idée de l'oublier l'était plus encore. « On avait tout, Dan et moi… C'était du moins l'impression qu'on donnait de l'extérieur. Une grande maison, des belles voitures, une vie sociale trépidante, deux voyages par an à l'étranger, toutes les choses superficielles qui rendent les autres envieux… Mais on s'aimait vraiment.

— Ça avait l'air super. Qu'est-ce qui n'a pas marché ? »

Sarah sourit d'un air triste. « Nous n'avions pas la seule chose que nous mourions d'envie d'avoir.

— Quoi donc ?

— Un bébé.

— Oh…

— On a dépensé une petite fortune en FIV, mais le coût n'a pas été que financier. Ce que ça nous a coûté sur le plan émotionnel a été bien plus important. J'étais obsédée par l'idée d'avoir un enfant, tellement obsédée que j'en ai oublié tous les autres aspects de notre couple. »

Nathan fit la grimace et se boucha les oreilles. « Tu vas dire quoi, là ? »

Elle rit. « Je t'épargnerai les détails, mais, il y a neuf mois, Dan m'a brusquement annoncé qu'il n'avait jamais voulu avoir d'enfant et qu'il avait accepté toutes ces démarches de FIV absurdes, c'est ce qu'il a dit, uniquement pour moi.

— Quel salaud sans cœur !

— Oui. Inutile de dire que notre couple s'est effondré. Et à trente-huit ans, je me retrouve célibataire en ayant chaque mois l'espoir de plus en plus mince d'avoir un jour un enfant.

— Il n'y a aucune chance que vous vous remettiez ensemble ?

— Mmmh… Je ne suis pas sûre que sa petite amie enceinte apprécierait.

— Quoi ? s'exclama Nathan en recrachant son thé.

— Eh oui, Dan n'a pas perdu de temps… Il s'est trouvé une petite copine de la moitié de son âge qu'il a mise enceinte deux mois après l'avoir rencontrée. Difficile de se remettre ensemble ! conclut-elle en secouant la tête.

— Tu rencontreras quelqu'un d'autre. Tu es très séduisante pour une… » Il bredouilla en cherchant le mot qui convenait.

« Pour une vieille, tu veux dire ? »

Il se flanqua une tape sur le front. « Ah, pardon… Je ne suis pas doué pour ça.

— Où est-ce que je rencontrerais quelqu'un ? Mon temps se partage entre mon travail à la bibliothèque et l'exploration de cet hôpital.

— Ce genre de truc arrive au moment où on s'y attend le moins. »

Sans répondre, elle ramassa un petit bâton sur le sol et se mit à tracer des cercles dans la poussière.

« Sarah ?

Elle prit une grande inspiration et cassa le bâton en deux. « C'est trop difficile de m'imaginer avec quelqu'un d'autre. Dan et moi avons vécu longtemps ensemble. J'ai beau savoir qu'il m'a fait souffrir, j'ai encore du mal à ne pas avoir de sentiments pour lui. Le détester serait plus simple, seulement je n'y arrive pas ! » Elle se redressa. « Viens, assez parlé de mes malheurs… On se dépêche ? »

D'un geste routinier, elle se saisit d'une autre valise et s'assit devant. « Bien… Numéro d'étiquette 56/178. Dieu seul sait à quoi correspondent ces chiffres… Ils paraissent n'avoir ni rime ni raison. OK… Description : cuir marron, un peu abîmé. » Quand elle essaya de l'ouvrir, la serrure résista. « Flûte, je crois qu'elle est fermée à clé… C'est ennuyeux… Tu n'aurais pas un couteau suisse ou quelque chose ? »

Nathan palpa ses poches d'un air théâtral. « Non, j'ai dû oublier d'en prendre un quand je suis parti de chez moi en courant. »

Ignorant sa remarque sarcastique, Sarah poussa la valise sur le côté. « On s'occupera de celle-ci une autre fois. »

Deux heures plus tard, toutes les valises avaient été ouvertes, documentées et remises en pile. À force de rester assis sur le plancher du grenier encombré, ils étaient tous les deux ankylosés. Sarah s'étira en bâillant. « Merci pour ton aide, Nathan. J'apprécie.

— Il n'y a pas de quoi. Ce n'est pas comme si j'étais hyper occupé. »

Elle posa les yeux sur la seule valise qu'ils n'avaient pas réussi à ouvrir. « Dommage qu'on ne puisse pas voir ce qu'il y a dans celle-ci… Je déteste laisser un travail inachevé ! » Elle essaya encore une fois de trifouiller la serrure. « Demain, j'apporterai une épingle à cheveux ou quelque chose… Nathan ? »

Il était à quatre pattes, une lanterne devant le visage, les yeux plissés face à la lueur de plus en plus faible. Il passa sa main sur les planches brutes en enfonçant ses doigts dans les rainures.

« Qu'est-ce que tu fabriques ?

— J'ai vu quelque chose… » Il posa la lanterne pour essayer de soulever une planche à deux mains. « Quelque chose qui brille. » Il chercha à tâtons et jura en sentant une écharde lui rentrer dans le doigt. « Aïe ! »

Sarah s'approcha. « Laisse-moi voir… » Elle passa son pouce sur le bout de son doigt. « Il faut que je t'enlève ça. » Elle appuya très fort pour extraire l'écharde minuscule plantée sous la peau.

« Hé ! Ça fait mal !

— Allons, ne fais pas le bébé ! Voilà, ça y est, dit-elle en lui montrant l'écharde. Et alors, qu'est-ce que tu cherchais ? »

Nathan suça son doigt et montra les planches d'un signe de tête. « Il y a quelque chose coincé là-dedans. »

Sarah suivit son regard et se pencha pour jeter un coup d'œil. « Oui, tu as raison… » Elle souleva l'objet en question avec son ongle et parvint à le sortir. Tous deux contemplèrent la petite clé en cuivre. « Tiens, tiens… On dirait qu'on ne va pas avoir besoin de cette épingle à cheveux. »

Elle reprit la dernière valise et introduisit la clé dans la serrure. Au bout de deux ou trois essais, la serrure céda. « Bingo ! »

Alors qu'elle relevait le couvercle, elle émit un petit sifflement. « Cette fois, c'est un peu différent… » La peinture posée sur le dessus était presque aussi grande que la valise. Sarah regarda sa montre, consciente que l'heure tournait. « OK, une aquarelle, non encadrée, signée de… » Elle chaussa les lunettes qu'elle avait sur la tête. « Signée de Millie… Millie McCarthy. Je crois que c'est ce qui est écrit. »

Nathan leva les yeux de l'ordinateur. « Enfin, on a un nom… Je me demande pourquoi elle était ici. »

Sarah continua à répertorier le contenu tout en le lui dictant. « Un caillou avec une fleur rose peinte dessus… une brosse à cheveux… » Elle caressa les soies douces et enleva un cheveu blond. Il y avait là l'ADN de quelqu'un qui avait vécu ici et y était peut-être mort. La brosse était accompagnée d'un miroir assorti, également recouvert de soie rose avec une poignée en nacre. « Rectification, dit-elle. Une brosse à cheveux et un miroir. » Elle entendit Nathan taper sur la touche « effacer » et attendit une seconde pour lui laisser le temps de corriger. « Oh, regarde ça ! » Elle brandit un ours en tricot fabriqué avec différentes couleurs de laine. D'un seul coup, une boule lui serra la gorge, au point qu'elle eut de la peine à continuer.

« Qu'est-ce qu'il y a ? demanda Nathan.

— Rien, dit Sarah en reniflant avant de se ressaisir. Un ours en tricot. » Elle le posa sur le couvercle de la valise. « Une… deux… trois robes à fleurs et… Oh, mon Dieu ! » Elle attrapa un petit gilet bleu et le mit sous son nez. « Une brassière de bébé, bleue. »

Nathan demeura impassible. « Tu épelles ça comment ?

— B-L-E-U-E, répondit-elle d'un air absent.

— Oui, je te remercie. Je voulais dire l'autre mot. Brassière ou je ne sais trop quoi.

— Oh… B-R-A-S-S-I-È-R-E.

— Il y a autre chose ? »

Sarah caressa la laine douce, puis la frotta contre sa joue. De l'autre main, elle palpa le fond de la valise. Ses doigts tombèrent sur une feuille de papier, pliée en deux. Elle posa le gilet et la déplia.

Les cinq premiers mots étaient écrits en lettres majuscules, et elle n'eut pas besoin de mettre ses lunettes pour en ressentir pleinement l'impact. « Mais qu'est-ce que… ?

Nathan cessa de taper. « C'est quoi ? »

Sans rien dire, elle lui tendit la feuille.

« Qu'est-ce qu'il y a ? » Il lut les mots d'un air perplexe. « C'est dingue ! » s'exclama-t-il dans un murmure.

3

Novembre 1956

Elle se souvenait de la dernière fois où elle avait franchi ces grilles et remonté l'allée creusée d'ornières à pas lents vers le bâtiment à la splendeur intimidante. Ce jour-là tout comme aujourd'hui, elle avait eu les nerfs à vif, les lèvres sèches et gercées mais pas la moindre goutte de salive pour les humecter. Elle regarda le ciel bleu marine. Le jour ne se lèverait que dans une heure. La brume de l'aube ne s'était pas encore dissipée et l'herbe givrée des talus étincelait. Elle resserra sa cape et, pour se calmer, relâcha un profond soupir qui se cristallisa devant ses yeux dans l'air glacial.

Arrivée au bout de la courbe, elle aperçut l'édifice imposant derrière lequel le château d'eau dominait l'horizon. Sa nervosité laissa place à un minuscule frisson d'excitation. Le premier jour de cours, sa formatrice l'avait informée que tous les asiles de l'époque victorienne avaient été construits au bout de longues allées sinueuses et entourés de hauts murs, dissimulés au regard du public. En grandissant dans l'ombre d'Ambergate, ou de la « grande maison », comme on l'appelait, elle avait entendu raconter tant d'histoires horribles au fil des années que dans sa jeune imagination avaient surgi des images de pensionnaires à moitié nus avec des chevelures d'hommes des cavernes et des yeux fous cachés dans les buissons, des sons inintelligibles sortant de leurs bouches dégoulinant de bave. Personne dans sa famille n'avait su avec certitude ce qui se passait derrière ces murs, mais elle entendait encore la voix menaçante de sa mère lorsqu'elle les grondait elle ou son petit frère : « Vous me rendez folle, tous les deux ! Je vais finir à Ambergate, je vous assure ! » ; ou, quand ils avaient été particulièrement insupportables : « Si vous n'êtes pas sages, je vais faire venir les hommes en blouse blanche pour qu'ils vous embarquent dans la grande maison ! » Même la menace d'une bonne raclée leur semblait préférable à ce sort terrifiant.

Alors qu'elle approchait de l'entrée principale, elle songea à tous les malheureux logés dans ce gigantesque entrepôt pour les fous, la plupart abandonnés ou oubliés là par leurs familles. Elle serra les lèvres et adopta un pas plus déterminé en montant l'escalier en pierre, puis appuya sur le bouton placé à côté de la porte. La sonnette retentit, longue et stridente, et avant qu'elle ait eu le temps d'ajuster sa cape, la porte s'ouvrit sur une petite femme en tailleur de tweed qui la toisa par-dessus ses lunettes en métal. « Bonjour. Quel nom ? demanda-t-elle.

— Oh… Bonjour ! Je m'appelle Ellen… Ellen Crosby. »

La femme ouvrit plus grand la porte pour la laisser entrer. L'odeur clinique du désinfectant et du chou archibouilli lui irrita la gorge. Les souvenirs de la dernière fois où elle était venue lui revinrent d'un coup. C'était le jour de l'examen d'admission. On l'avait conduite dans une salle de classe située au bout d'un couloir qui lui avait paru interminable. Dans la pièce étouffante, les seuls bruits étaient ceux de son stylo sur le papier tandis qu'elle écrivait et de l'eau qui clapotait de temps en temps dans les tuyaux d'évacuation.

Elle n'avait réussi à compléter que les deux tiers environ de la feuille, aussi avait-elle été surprise quand, quelques semaines plus tard, une lettre était arrivée en lui proposant un poste d'élève infirmière en psychiatrie. Sans doute avait-elle été la seule à tenter l'examen. Les quatre années précédentes, elle avait travaillé dans une fabrique de vêtements, et bien que le salaire eût été correct, les heures étaient longues et la tâche monotone. Sa mère appréciait l'argent qu'elle rapportait à la famille, mais elle savait que sa fille avait toujours eu envie d'être infirmière. Pour l'anniversaire de ses six ans, Mrs Crosby lui avait fabriqué un uniforme d'infirmière qu'Ellen n'avait pas quitté pendant deux semaines entières. Comme on était encore en guerre, se procurer du tissu n'avait pas été facile, mais sa mère avait sacrifié une vieille taie d'oreiller et un chemisier bleu pâle, qui certes avait connu des jours meilleurs, mais qui aurait encore pu être porté plusieurs années. Et c'était sa mère qui avait laissé traîner le journal sur la table de la cuisine, ouvert à la page des offres d'emploi. Elle avait entouré d'un rond rouge : *On recherche des étudiants en psychiatrie — aucun diplôme exigé.* C'était juste à ce moment-là que l'alerte avait retenti.

« Je disais que vous alliez commencer en F10, l'unité des longs séjours. »

Ellen dévisagea la femme, qui tenait à présent un classeur. « Pardon ? Oh, excusez-moi… Oui, d'accord. Où est-ce ?

— Quelqu'un va vous accompagner. Vous n'avez qu'à attendre ici », dit-elle en lui montrant un banc. Ellen s'assit au bord, son sac sur les genoux. Elle avait été trop angoissée pour avaler quoi que ce soit au petit déjeuner, mais les gargouillements de son estomac la rappelèrent soudain à l'ordre. Elle sortit de sa poche une pastille de menthe pour les atténuer.

« Élève infirmière Crosby ? »

Une femme corpulente au teint blafard lui tendit une main gercée. Ellen la lui serra, sa paume calleuse lui évoquant plus du cuir que de la peau. « Oui, c'est moi. Enchantée de vous rencontrer…

— Moi aussi. Je suis sœur Winstanley. Vous m'appellerez ma sœur, d'accord ? » Et sans attendre de réponse, elle repartit dans la direction d'où elle était venue. « Suivez-moi ! »

Ellen la suivit tant bien que mal, étonnée de voir une femme d'un tel gabarit marcher aussi vite.

Le bureau de la religieuse était situé au fond de la grande salle. Ellen jeta des regards sur les formes avachies dans les lits alignés de part et d'autre du couloir. Apparemment, les patientes n'avaient droit à aucune intimité, il n'y avait même pas un rideau à tirer, et pas plus d'un mètre entre chaque lit. Bien que tout semble d'une propreté irréprochable, une odeur de renfermé flottait dans l'air, venant sans doute des corps qui croupissaient sous les draps.

« Asseyez-vous ! » La sœur indiqua une chaise devant le bureau, et c'était un ordre qu'il n'était pas question de discuter. « Vous avez pris un petit déjeuner ?

— Non, répondit Ellen. Ce matin, j'ai été incapable de…

— Dites-moi, comment comptez-vous tenir une journée de quatorze heures en ayant l'estomac vide ?

— C'est que… Je n'arrivais pas à avaler, j'étais trop… »

La sœur l'arrêta d'un geste. « Ne me dites pas que vous étiez nerveuse, je vous en prie ! Cet endroit n'est pas fait pour les timorées, vous savez… Vous devez être forte, imposer votre autorité, et commencer comme vous avez l'intention de continuer. » Elle tapa du poing sur le bureau si fort que la tasse posée dessus trembla dans sa soucoupe. « Oubliez les six semaines que vous avez passées à l'école de formation… C'était du gâteau ! Là, vous êtes sur le terrain. » Elle lui laissa le temps de s'imprégner de ses propos. « Vous êtes sûre d'avoir les tripes qu'il faut ? »

Ellen se redressa en relevant le menton et se força à mettre de la conviction dans sa voix. « Oh oui, ma sœur, j'en suis sûre ! »

La religieuse la fixa pendant quelques secondes, le pli sur son front exprimant un léger doute. « Parfait, dans ce cas nous nous entendrons bien. » Puis, un vague sourire aux lèvres, elle se leva. « Deux œufs durs, ça ira ? »

Ellen venait d'écaler le second œuf quand une présence sur le pas de la porte la surprit. Elle entendit la sœur à l'autre bout de la salle dire à une patiente de ne pas mettre les pieds dans le pot de chambre. Elle se retourna et sourit à la femme plantée sur le seuil. « Bonjour ! Je suis l'infirmière Crosby. Et vous êtes... ? »

Le blanc des yeux jauni et les iris d'un bleu trouble, la vieille femme la dévisagea. Sa bouche découvrit ses gencives édentées qui lui donnaient un air de gargouille émaciée. Ellen se leva et lui prit la main, une main parsemée de taches de vieillesse et dont les veines qui couraient sous la peau translucide évoquaient une carte en relief. « Vous avez besoin de quelque chose ? »

La patiente continua à la dévisager, sans hocher ou secouer la tête ni rien dire. Sa chemise de nuit en fin coton était ouverte sur le devant. Ellen la lui reboutonna pour préserver sa pudeur. S'exposer ainsi ne semblait pas déranger la vieille dame, mais elle, oui. Sœur Winstanley apparut sur le seuil, une lueur meurtrière dans les yeux. « Combien de fois faudra-t-il que je vous le répète ? Vous ne devez pas vous lever avant que je vous le dise... Retournez au lit, Gertie ! J'irai chercher vos dents dans un moment. » Elle marmonna à l'intention d'Ellen : « Parfois, c'est comme vouloir s'escrimer à rassembler des chats ! »

Toujours sans piper mot, la vieille femme retourna se coucher en traînant les pieds et en se tenant au mur. Elle marchait avec un fort boitillement en tirant la jambe gauche.

« Pourquoi est-elle ici ? demanda Ellen.

— La vieille Gertie ? Je n'en sais rien ! rétorqua la religieuse en haussant les épaules. Le savoir n'est pas de mon ressort. Il faudrait que je cherche... Elle est ici depuis une quarantaine d'années, mais je ne l'ai encore jamais entendue parler. »

Ellen calcula en vitesse. « Vous voulez dire qu'elle était déjà ici avant la guerre… avant la Grande Guerre ? »

La sœur se frotta le menton en la toisant de haut. « On s'occupe bien d'elle, elle est nourrie trois fois par jour, elle a droit à un bain aussi souvent qu'on peut lui en donner un et à une promenade quand on a le temps.

— Vous parlez de cette femme comme si c'était un chien… »

La sœur mit les poings sur les hanches. « Écoutez, élève infirmière Crosby, étant donné que c'est votre premier jour parmi nous, je vais laisser passer ça. Il faut bien que vous compreniez que certaines de ces patientes seraient incapables de se débrouiller à l'extérieur. Elles sont complètement institutionnalisées. Les mettre dehors serait cruel. Elles ne tiendraient pas une journée !

— Mais…

— Ça suffit, vous abusez de ma patience ! Je n'ai pas le temps de rester là à débattre de la question. » Elle passa ses mains sur son tablier amidonné et prit un ton un peu plus doux. « Nous faisons de notre mieux, vous savez. Sans nous, où serait Gertie ? »

Ellen jeta un regard vers la vieille femme, qui était assise au bord de son lit en train d'arracher la peau autour de ses ongles. Elle avait de nouveau ouvert sa chemise de nuit, exposant sa poitrine à toute la salle.

« Si vous commenciez par aller lui faire sa toilette ? suggéra la sœur.

— D'accord. Je m'en occupe.

— Et n'y passez pas toute la journée ! On a une trentaine de patientes à lever et à habiller avant le petit déjeuner. »

Ellen aida Gertie à se lever. « Venez, je vais vous emmener aux toilettes, d'accord ? » Pas de réponse. Elle accompagna la vieille femme jusqu'à une des cabines. « Ici, ça vous va ? » Toujours sans rien dire, Gertie recula, releva sa chemise de nuit et s'assit sur le siège.

Étonnée de constater qu'il n'y avait pas de porte, Ellen se retourna afin de lui laisser un peu d'intimité et s'affaira à remettre en pile les serviettes. Dans les lavabos, les morceaux de savon noir tout fendillés étaient incrustés de saleté. Elle nota mentalement d'en réclamer d'autres et se retourna en entendant Gertie sortir de la cabine.

« Vous avez fini ? Je vais tirer la… » Ellen se figea et demeura une seconde sans voix. « Oh, mon Dieu, qu'est-ce que vous avez là ? »

Gertie lui tendit sa paume maculée de traces marron, tout comme l'étaient le devant de sa chemise de nuit et les murs de la cabine.

« Qu'est-ce que… Oh, mais c'est dégoûtant… Gertie ! »

Rien de ce qu'on lui avait appris au cours de sa formation ne l'avait préparée à cela. Ellen mit les mains de la vieille femme sous le robinet d'eau chaude et les enduisit du savon à l'air douteux. Puis elle mouilla une serviette et alla nettoyer les murs. Elle avait beau s'efforcer de respirer par la bouche, l'odeur lui donna envie de vomir. Elle regretta d'avoir mangé ces œufs durs.

« Gertie, c'est très mal de faire ça ! » la réprimanda-t-elle, consciente de lui parler comme à une enfant.

La sœur passa la tête dans l'embrasure de la porte. « Qu'est-ce qui vous prend tout ce temps ? Je vous ai pourtant dit qu'on avait... » Elle secoua la tête en apercevant les taches marron sur la chemise de nuit de la vieille femme. « Vous lui avez tourné le dos, c'est ça ? »

Ellen se mordit la lèvre et acquiesça : « Je voulais lui laisser un minimum d'intimité. »

La sœur soupira. « Si les toilettes n'ont pas de porte, c'est pour une bonne raison ! Il ne faut pas quitter des yeux ces cinglées une seule seconde ! »

Ellen ravala ses larmes. « Excusez-moi, ça ne m'arrivera plus. »

La sœur lui sourit. « On dirait que vous avez appris la leçon de la pire des façons, aussi n'en parlons plus !

— Merci, ma sœur. Et encore une fois, je suis vraiment désolée.

— Un jour, vous en rirez, croyez-moi ! » Elle tapa dans ses mains. « Mais pas aujourd'hui. Allez, filez... et plus vite que ça ! »

À 8 heures, les patientes étaient toutes assises autour de la longue table du réfectoire, habillées à l'identique de robes marron informes. Une pile de toasts noircis était posée au milieu. Immédiatement, des mains se tendirent de toutes les directions en les renversant sur la table.

« Chacune son tour ! » cria la sœur en rassemblant les tranches qu'elle remit en tas. « Élève infirmière Crosby, vous voulez bien faire circuler l'assiette ? Franchement, on se croirait chaque jour un peu plus à un repas de chimpanzés ! »

Ellen fit passer les toasts autour de la table pendant qu'une autre infirmière remplissait les tasses d'un thé à peine infusé. La sœur distribua les œufs brouillés grisâtres peu engageants, et le calme s'abattit au moment où les patientes attaquèrent leur petit déjeuner. Elles ne se regardaient pas ; on n'entendait aucun mot, aucune conversation, seulement le bruit qu'elles faisaient en mastiquant le pain caoutchouteux et en lapant le thé, dont la plus grande partie dégoulinait dans les soucoupes.

Les mains dans le dos, Ellen fit le tour de la table en souriant tour à tour à chacune des patientes. Certaines lui souriaient en retour ; d'autres se contentaient de faire des grimaces en regardant au loin. Elle vit que Gertie avait fini de manger et se balançait d'avant en arrière en tambourinant des doigts sur la table. « Gertie, vous voulez le dernier toast ? »

Avant même qu'elle ait terminé sa phrase, une autre vieille femme assise à côté de Gertie s'empara du morceau de pain. Gertie attrapa aussitôt sa fourchette qu'elle lui planta comme un poignard dans le dos de la main. Sa voisine hurla de douleur tandis que du sang jaillissait en éclaboussant la nappe. La sœur arriva en moins d'une seconde. « Pour l'amour du ciel, Gertie, vous ne nous facilitez pas les choses, pas vrai ? »

Horrifiée, la bouche ouverte sur un cri silencieux, Ellen demeura figée sur place.

« Élève infirmière Crosby ! tonna la sœur. Occupez-vous de Rita. Moi, je m'occupe de celle-là. »

Elle attrapa Gertie sous les aisselles et la fit se lever sans ménagement. La vieille femme battit des jambes comme si elle était sur un vélo invisible, cependant elle n'était pas de taille à lutter avec la masse impressionnante de sœur Winstanley. Les autres patientes se mirent à marmonner dans leur barbe ou entre elles – c'était impossible à dire étant donné que les hurlements de Rita couvraient tout. Tenant sa main blessée contre sa poitrine, elle déversa sa fureur sur son assaillante. « Espèce de vieille folle, tu veux qu'on t'enferme, c'est sûr ! » Il n'y avait dans sa remarque aucune trace d'ironie.

Sœur Winstanley intervint : « Merci, Rita. Je vais m'en charger. » Puis elle aboya en direction d'Ellen : « Comptez les couverts. Il devrait y avoir trente-deux fourchettes et trente-trois couteaux en comptant celui planté dans la margarine. » Après quoi, elle appela l'infirmière de service et elles traînèrent Gertie au bout du couloir, ses pieds touchant à peine le sol. Pendant tout cet épisode, la vieille femme n'avait pas prononcé un seul mot.

4

Le temps de traîner son corps douloureux jusqu'à sa chambre située au premier étage du foyer des infirmières, Ellen était sur le point de s'écrouler. Bien que le reste de son service se soit déroulé sans incident, la scène à laquelle elle avait assisté le matin l'avait traumatisée, et elle ne supportait pas l'idée que la pauvre Gertie allait se languir dans une cellule capitonnée le restant de la nuit. La religieuse lui avait assuré que quelqu'un passerait la voir régulièrement et lui apporterait à manger – elles n'étaient pas des monstres ! avait-elle ajouté, sans qu'Ellen ne sache trop si elle faisait référence au personnel ou aux patientes. Dans le hall faiblement éclairé, elle chercha la clé de sa chambre au fond de son sac, impatiente d'ôter ses chaussures et de s'effondrer sur son lit. Incapable de trouver la clé, elle retourna le contenu de son sac sur le sol.

« Hé, qu'est-ce que tu fais là ? Tu as besoin d'aide ? »

Ellen fixa les pieds qui apparurent à côté de ses affaires éparpillées : des richelieus impeccablement cirés, lacés avec un double nœud. Lentement, elle releva les yeux et inclina la tête en scrutant le visage du jeune homme, qui lui parut vaguement familier ; sans doute l'avait-elle déjà croisé – au bar des étudiants, si sa mémoire était bonne –, mais elle ne l'avait encore jamais vu au foyer du personnel infirmier, et certainement pas dans le couloir des filles ! Les joues toutes rouges et les larmes aux yeux, elle se redressa tant bien que mal. « Je ne trouve plus ma clé... Je sais qu'elle est pourtant là quelque part... »

Le jeune homme s'accroupit dans un craquement de genoux et commença à passer ses affaires en revue. Au bout de seulement quelques secondes, il se redressa en lui tendant la clé d'un air triomphant.

« C'est ce que tu cherchais ? »

Ellen soupira de soulagement. « Oh, merci... La journée a été si longue que je ne sais plus ce que je fais !

— Je sais ce que c'est. C'est ton premier jour dans le service ? »

Elle sentit sa lèvre inférieure se mettre à trembloter. Ne faisant pas confiance à sa voix, elle se contenta d'acquiescer.

« Douglas Lyons, se présenta le jeune homme en lui tendant la main. Je suis étudiant en deuxième année.

— Ellen Crosby, dit-elle en la lui serrant. Étudiante en première année... manifestement ! » Elle laissa échapper un petit rire. Douglas avait un visage bienveillant, un grand sourire, et des cheveux blonds hirsutes comme s'il avait passé ses doigts dedans. « Je n'arrive pas à situer ton accent. D'où viens-tu, Douglas ?

— Appelle-moi Dougie, je t'en prie. Ma famille vit à Manchester, mais je suis né à New York. Ma mère est anglaise et a rencontré mon père aux États-Unis, où nous avons vécu jusqu'à mes dix-neuf ans. Au début, elle avait sacrément le mal du pays, et ils n'avaient pas l'intention de rester aussi longtemps, mais la guerre a éclaté en Europe, alors ils ont décidé que ce serait plus prudent de rester là-bas. Nous sommes revenus il y a six ans, quand ma grand-mère est tombée malade. »

Ellen fixa ses yeux bleu glacier. Elle ne s'était pas attendue à ce qu'il lui raconte l'histoire de sa vie et avait conscience qu'ils se tenaient toujours la main. « Eh bien, ravie d'avoir fait ta connaissance, Dougie… Et merci encore ! » Elle commença à rassembler le bric-à-brac tombé de son sac.

Dougie s'accroupit, sa tête si proche de la sienne qu'elle sentit l'odeur fraîche et humide de son eau de Cologne – comme une forêt de pins après une averse. « Attends, laisse-moi faire… » Il ramassa à deux mains toutes les affaires éparpillées par terre et les remit dans le sac. « Bon, il vaudrait mieux que je file avant que la surveillante de nuit ne fasse son apparition. » Il lui prit la main et l'effleura d'un baiser. Un geste audacieux, songea Ellen, mais c'était bien là les Américains ! Non qu'elle en ait déjà rencontré un en vrai. Et soudain, il s'inclina légèrement, puis dévala l'escalier en laissant son parfum flotter dans l'air moisi du hall. Elle renifla le dos de sa main : savon noir. Compte tenu de la journée qu'elle venait de passer, ça aurait pu être nettement pire !

Elle n'aurait jamais cru qu'il était possible de dormir aussi profondément. Elle s'était préparée à passer une nuit agitée remplie de cauchemars, de patientes en maraude menaçant de la poignarder, aussi fut-elle un peu étonnée quand la sonnerie du réveil l'arracha au sommeil. Le couvre-lit en chenille jaune moutarde gisait en tas sur le sol. Elle regarda son uniforme accroché sur la porte, ses gros souliers noirs placés l'un contre l'autre sous le fauteuil en osier. Après s'être extirpée du lit, elle remplit le lavabo d'eau chaude. Quoi que lui réserve cette journée, elle ne pourrait pas être pire que la précédente.

En arrivant dans la salle, elle fut rassurée de voir que Gertie était dans son lit en train de contempler le plafond les yeux grands ouverts, apparemment pas en plus mauvais état après son épreuve dans la cellule capitonnée, bien qu'il soit difficile de l'affirmer avec certitude. Au moment où Ellen entra dans le bureau et accrocha sa cape, sœur Winstanley était en train de noter les instructions des infirmières de l'équipe de nuit.

« Gertie est revenue, lui dit-elle.

— Oui, j'ai vu, ma sœur.

— Il va falloir que vous gardiez un œil sur Rita. Elle ne va sûrement pas l'accueillir à bras ouverts, et nous ne voulons surtout pas d'une émeute. » En voyant l'expression inquiète d'Ellen, la religieuse éclata de rire. « Bienvenue dans un nouveau matin au paradis ! Vous pouvez commencer par les dents ? »

Sur les trente-deux patientes de la salle F10, dix-huit portaient un dentier. L'équipe de nuit les avait nettoyés et mis à tremper dans des verres marqués à chaque nom. Ellen se dirigea vers les lits avec le plateau. Le spectacle était effrayant : dix-huit verres au fond desquels flottaient des fausses dents aux gencives rose pâle dans un liquide stérile. Elle avait l'impression d'être une figurante dans un film d'horreur à petit budget. Elle s'approcha d'abord du lit de Gertie et lui toucha doucement l'épaule. « Il est l'heure de se lever… Je vous ai apporté vos dents. »

La vieille femme se tourna sur le flanc. Ellen l'aida à s'asseoir.

« Comment ça va, ce matin ? » Comme d'habitude, elle n'obtint aucune réponse. Gertie avait les yeux injectés de sang, gonflés et cernés de mauve, comme si on l'avait bourrée de coups de poing. Ellen s'empressa de chasser cette idée. C'était trop horrible à imaginer. On était dans un hôpital, dans un environnement de soins, pas dans une prison de haute sécurité !

Elle posa le plateau au bout du lit et examina les étiquettes. Dès qu'elle eut repéré le verre de Gertie, elle le plaça sur le petit placard près du lit. Si ce qui arriva ensuite était délibéré ou dû à une sorte de réflexe, elle n'aurait su le dire, toujours est-il que la jambe de Gertie jaillit brusquement de sous le drap en envoyant valdinguer le plateau. Bien que tout se soit passé comme au ralenti, Ellen ne fut pas assez rapide pour le rattraper, de sorte que dix-sept dentiers gisaient là sur le sol, leurs sourires figés en un rictus moqueur sur le plancher ciré.

Tout en contemplant l'étendue des dégâts, elle se demanda comment elle allait faire pour tout nettoyer avant que sœur Winstanley ne s'en aperçoive. Comme cela semblait être le cas chaque fois que quelque chose n'allait pas, la sœur se matérialisa devant elle à la seconde même. « Dieu du ciel, que s'est-il passé ? »

Ellen jeta un regard à Gertie, qui fixait un point au loin, impassible. « C'est ma faute, ma sœur. Je ne sais pas pourquoi, mais le plateau a… glissé. » Elle sentit ses joues rougir d'embarras.

« Allez chercher une aide-soignante pour qu'elle vous aide à ramasser ces morceaux de verre… et rincez les dents sous l'eau du robinet.

— Il ne faut pas les stériliser de nouveau ?

— Parce que vous croyez qu'on a le temps ? Contentez-vous de les rincer et de les distribuer.

— Mais… Je ne sais pas quel dentier appartient à quelle patiente…

— Vous n'aurez qu'à le leur faire essayer pour vérifier que c'est la bonne taille… Mais que ça ne vous prenne pas toute la journée ! Si elles n'ont pas les bonnes dents, ce ne sera pas la fin du monde ! La moitié d'entre elles ne s'en rendront même pas compte. »

Ellen se recroquevilla d'un air écœuré. L'idée de devoir porter le dentier de quelqu'un d'autre lui donna la nausée. Elle se tourna vers Gertie, assise dans son lit en train de bercer un verre vide. La vieille femme passa sa langue sur ses lèvres avant de lui adresser un grand sourire qui révéla une rangée parfaite de dents étincelantes.

5

Près de deux mois s'étaient écoulés depuis la dernière fois qu'elle était rentrée chez elle, mais lorsque Ellen s'engagea dans la rue où elle avait grandi, elle se félicita de constater que rien n'avait changé. Les réverbères à gaz éclairaient toujours les pavés luisants; des enfants aux genoux écorchés étaient toujours assis au bord du trottoir, penchés les uns vers les autres en train de bavarder. Elle savait qu'elle aurait dû prévenir sa mère de son arrivée, mais elle avait décidé de venir sur un coup de tête, et comme il n'y avait pas le téléphone à la maison, elle n'avait eu aucun moyen de l'avertir. Après ses débuts tumultueux à l'hôpital, elle avait le luxe de profiter de deux jours de congé. L'envie de retourner dans le giron familial avait été trop forte pour y résister, même si elle se doutait que sa mère allait se mettre dans tous ses états.

Lorsqu'elle poussa la porte d'entrée, une odeur de tourte à la viande de bœuf et aux rognons lui parvint de la cuisine. Même s'il y aurait plus de rognons que de viande de bœuf, elle en saliva à l'avance.

« Maman ! C'est moi… Surprise ! »

Mrs Crosby était assise sur un cageot à fruits retourné près de la cheminée, une aiguille à repriser à la main et les joues rougies par la chaleur des flammes. Elle se releva aussitôt pour accueillir son unique fille. « Ellen, ma chérie, pourquoi tu ne m'as pas dit que tu venais ? J'aurais préparé quelque chose de spécial… Oh, mon Dieu, j'espère qu'on aura assez ! Ce n'est pas grave, Bobby n'aura qu'à manger un ou deux sandwiches à la place. Il me reste de la pâte de hareng saur dans le garde-manger… Je suis sûre qu'il voudra bien donner sa part de tourte à sa grande sœur, et puis, il pourra toujours boire le bouillon du chou. »

Ellen sourit de voir à quel point elle connaissait sa mère : elle était bel et bien dans tous ses états ! C'était tout juste si elle parvenait encore à respirer.

Elles s'embrassèrent. Ellen se délecta de sentir le parfum familier et rassurant de sa peau. Sa mère utilisait le même gros savon ménager vert vif pour frotter le col crasseux des chemises de son mari que pour se laver le visage. Sans doute la crème qu'elle appliquait tous les soirs suffisait-elle à compenser l'effet desséchant du savon, car elle était absolument radieuse, avait un teint éclatant que lui enviaient des femmes de dix ans plus jeunes.

« Ça s'est décidé à la dernière minute », expliqua Ellen en se laissant tomber dans le seul fauteuil de la pièce – le fauteuil de son père. Sa mère jeta un regard inquiet vers la porte.

« C'est bon, maman, je me lèverai quand papa arrivera !

— Tu sais bien comme il est fatigué en rentrant du travail… Je tiens à ce qu'il se repose un peu avant le dîner, qu'il ferme les yeux un petit moment. »

Ellen secoua la tête. « A-t-il jamais existé sur cette Terre un homme dont la femme prenne aussi bien soin ? »

Mrs Crosby essuya ses mains sur sa blouse et réagit, sur la défensive. « C'est qu'il travaille très dur pour cette famille… Livrer le charbon lui casse le dos, d'autant qu'il ne s'arrête pas de la journée ! Il mange ses sandwiches en faisant sa tournée…

— Maman, je disais ça pour plaisanter ! » Ellen se tordit le cou pour regarder vers la cuisine. « Au fait, où est notre Bobby ? Il va bientôt faire nuit.

— Il est encore en train de jouer dehors. Ça m'étonne que tu ne l'aies pas vu… Peut-être qu'il est allé faire un match au terrain de jeux. Mais il reviendra quand il aura faim, j'en suis sûre ! »

Ellen adorait son petit frère, qui le lui rendait bien. Il n'avait que huit ans, et la différence d'âge aurait pu être une barrière, mais il existait entre eux un lien spécial. Lorsqu'il avait appris que sa grande sœur allait partir, il en avait été dévasté, et il avait fallu littéralement l'arracher à elle au moment où elle lui avait dit au revoir.

« Il m'a manqué. Comment il va ? »

Mrs Crosby s'assit au bord de la caisse en bois. « Toujours aussi coquin que d'habitude ! » soupira-t-elle. Elle déplaça le pare-feu et attisa les braises à l'aide du tisonnier. Des étincelles orangées jaillirent des morceaux de charbon. « La semaine dernière, je suis passée chez Hilda pour lui emprunter quelques patates, et tu sais comme elle aime bavarder… Quand je suis rentrée, ce petit voyou était penché au-dessus de la table de la cuisine en train de baver dans mon bol à pâtisserie.

— Tu avais fait un gâteau ? demanda Ellen en fronçant les sourcils. Il était en train de manger la pâte ? »

Mrs Crosby renifla. « Si seulement ce n'était que ça ! Non, il y avait dedans un foutu poisson rouge !

— Un poisson rouge ? D'où est-ce qu'il venait ?

— Eh bien, le chiffonnier est passé dans la rue et Bobby est sorti caresser son cheval, comme il le fait chaque fois. Et pendant qu'il était là dehors, il a repéré un seau rempli de poissons rouges. Le vieux lui a dit qu'il pourrait en avoir un s'il lui donnait quelque chose en échange. Bobby est rentré illico et lui a apporté mon plus beau manteau que j'avais laissé sur la rambarde au pied de l'escalier. » Elle croisa les bras d'un air dépité. « Et le pire, c'est que je n'ai pas encore fini de le payer ! »

Dans d'autres circonstances, l'histoire aurait pu être amusante, mais Ellen savait très bien qu'il n'y avait pas beaucoup d'argent à la maison et que les vêtements neufs étaient rares. Ce manteau, sa mère l'aurait gardé durant des années. « Tu n'as pas pu le récupérer, lui expliquer le malentendu ?

— C'était trop tard… Le temps que je le rattrape, le chiffonnier l'avait déjà revendu. »

Ellen attrapa son sac. « Attends, je vais te donner…

— Tu es une bonne fille, Ellen, mais on n'a pas besoin de ton argent, dit sa mère en se levant. Garde-le, tu l'as gagné. On se débrouillera. » Elle s'empressa de changer de sujet. « Parle-moi de toi. Comment c'est, à l'hôpital ?

— C'est… c'est difficile, mais je commence à m'habituer. Jusqu'à maintenant, j'étais dans le service des longs séjours, et à partir de lundi, je vais passer dans celui des admissions de courte durée, ce qui devrait être mieux. » Elle s'étira en bâillant. La chaleur du feu lui donnait envie de dormir. « Dans cet hôpital, il y a des cas très tristes, tu sais… Une vieille dame vit là depuis environ quarante ans et ne parle jamais à personne. Elle ne prononce pas un seul mot, jamais.

— Seigneur ! C'est une vraie folle ?

— Eh bien, ce n'est pas un diagnostic médical, mais, oui, elle doit avoir des problèmes. Dès que j'en aurai l'occasion, j'irai consulter son dossier pour savoir pourquoi elle est là. Tout le monde semble en avoir oublié la raison. »

Une rafale de vent fit s'engouffrer un tourbillon de feuilles mortes tandis que la porte s'ouvrait à toute volée. Le jeune frère d'Ellen était si pressé de rentrer qu'il trébucha sur le seuil. Il se releva, examina ses genoux, puis, rassuré de voir qu'il n'avait rien, il lança : « Maman, y a quoi au dîner ? Je meurs de faim ! »

Mrs Crosby éclata de rire. « Tu es toujours mort de faim ! Dis-moi plutôt quelque chose que je ne sais pas déjà ! » Elle lui ébouriffa les cheveux, puis recula et croisa les bras en le regardant fixement.

« Qu'est-ce qu'il y a ? » demanda Bobby.

Elle se contenta de sourire et montra d'un signe de tête le fauteuil de son père.

Le petit garçon suivit son regard. « Ellen… Tu es revenue ! s'écria-t-il en se précipitant sur ses genoux.

— Je suis seulement de passage… Tu me manquais tellement ! » Elle le serra dans ses bras et l'embrassa sur le front. Il se blottit tout contre elle.

« J'avais un poisson rouge, mais il est mort. »

Ellen jeta un regard interrogateur à sa mère.

« Ah oui, je ne t'avais pas dit ! Le fichu poisson n'a tenu qu'un seul jour. »

6

Aller travailler dans le service des admissions de courte durée lui donna l'impression de retourner à son premier jour à l'école. Il y avait tant de visages et de noms à retenir… Mais après deux jours de congé, forte d'une vigueur renouvelée, Ellen se sentait prête à affronter ce nouveau défi.

Alors que tout le monde semblait avoir abandonné les patientes dans l'unité des longs séjours, y compris les patientes elles-mêmes, ici, on paraissait plus enclin à prodiguer des soins. En long séjour, il s'agissait apparemment plus de maîtriser la situation que de guérir les malades, de les garder quelque part où attendre en faisant durer les dernières miettes de vie. En revanche, dans ce service, les patientes recevaient les tout derniers traitements et médicaments, et certaines se remettraient. Le médecin venait même de temps en temps. Bien entendu, certaines choses restaient identiques : les lits trop rapprochés, pas de porte ni de cloison de séparation dans les toilettes. L'odeur de décomposition avait beau ne pas être aussi envahissante, on percevait encore des relents d'ammoniaque sous le savon antiseptique et la cire.

« Bonjour, élève infirmière Crosby. »

C'était long à prononcer, mais Ellen avait appris qu'on ne l'appellerait pas simplement infirmière Crosby tant qu'elle n'aurait pas obtenu sa qualification.

« Bonjour, sœur… ?

— Sœur Atkins », précisa la religieuse en vérifiant l'étiquette sur un flacon de comprimés qu'elle rangea dans l'armoire. Aussi grande et mince que sœur Winstanley était petite et ronde, elle avait des cheveux grisonnants relevés en chignon. « Bienvenue dans le service ! On commence par prendre une tasse de thé ? » D'un signe de tête, elle montra la vieille théière posée dans un coin. Sœur Atkins avait un visage tout en longueur aux pommettes anguleuses et ne portait aucun maquillage à part du rouge à lèvres, lequel paraissait incongru avec le reste de son apparence austère.

« Oui, volontiers. » Ellen entendit la voix de sa mère lui prodiguer de sages conseils : *Ne jamais refuser une tasse de thé et ne jamais rater une occasion de faire un saut aux toilettes*.

« Nous avons une nouvelle qui arrive aujourd'hui. J'aimerais que vous vous occupiez de la procédure d'admission.

— Moi ? Mais…

— Ne vous inquiétez pas, c'est très simple. » Sœur Atkins but une gorgée de thé en laissant une trace rouge luisante sur le bord de la tasse. « Vous étiez aux longs séjours, c'est bien ça ?

— Oui, confirma Ellen. C'était… mouvementé.

— C'est ce que je me suis laissé dire », rétorqua la religieuse en souriant.

Ellen rougit. L'incident dans les toilettes et l'histoire des dentiers s'étaient répandus comme la rougeole en faisant le tour du club et du foyer du personnel infirmier, de sorte qu'elle ne pouvait pas passer dans un couloir sans que quelqu'un lui adresse un sourire entendu ou un mot d'encouragement.

Sœur Atkins lui tapota la main. « Ne vous en faites pas… Ici, vu que les moments de léger soulagement ne sont pas fréquents, on s'empare de la moindre chose un peu drôle qui se raconte et se répète en étant pas mal exagérée. » Elle se tourna vers la pile de fiches posée sur son bureau. « La nouvelle admission devrait arriver vers 10 heures, aussi j'aimerais que vous alliez préparer le lit qui se trouve entre ceux de Pearl et Queenie et que vous alliez ensuite dans la réserve chercher un lot de vêtements neufs : chemise de nuit, robe de journée, culottes et bas. Si vous pouvez, tâchez de trouver une robe qui n'a pas été complètement bouillie. »

Tous les vêtements de l'hôpital étaient lavés à très haute température afin d'éliminer toute trace de vomi, crachat et autres fluides corporels nauséabonds. Inévitablement, cela voulait dire que les vêtements rétrécissaient et étaient extrêmement ternes et mal ajustés ; qui plus est, à voir la façon qu'avaient les patientes de se griffer la peau, le tissu rêche grattait.

Ellen revint avec une pile de draps blancs amidonnés et commença à faire le lit en mettant d'abord une alèse sur le matelas. Bien qu'elle ignorât si la nouvelle admission était incontinente ou pas, c'était la procédure standard. Elle jeta un regard à Queenie, qui était allongée sur son lit entièrement habillée, mais qui portait une sorte de cape en tricot sur les épaules, fermée au cou par un nœud en satin. La jeune femme la fixait avec attention de ses yeux rapprochés. Ses cheveux couleur de rouille formaient une boule de frisottis serrés et l'ombre verte sur ses paupières donnait l'impression d'avoir été appliquée par une enfant de deux ans à la main particulièrement lourde.

« Bonjour, je suis l'infirmière Crosby… l'élève infirmière Crosby. »

Queenie se redressa. « Je vais avoir une nouvelle voisine ?

— Oui, elle devrait arriver d'ici peu. J'espère que vous l'aiderez à se sentir la bienvenue.

— Tout dépend si c'est une vraie folle ou pas. »

Ellen glissa l'oreiller dans la taie et tapa dessus pour le gonfler. « Je ne sais pas de quoi elle souffre, mais si vous faites suffisamment d'efforts, je suis sûre que vous vous entendrez. »

Queenie changea de sujet. « Quand est-ce que je pourrai rentrer chez moi ?

— C'est au médecin d'en décider. » Ellen s'assit au pied de son lit. « Vous êtes ici depuis combien de temps ?

— Je n'en sais rien, répondit Queenie en haussant les épaules. On est en quelle année ?

— 1956. En novembre. »

Queenie compta sur ses doigts. « Eh bien, je suis ici depuis que mon père est mort, en 1952, c'était en février, vous avez dû en entendre parler à la radio et le lire dans les journaux. Il n'allait pas très bien, mais on ne se doutait pas que c'était aussi grave, soupira-t-elle en secouant la tête. J'aurais préféré qu'elle reste là-bas et qu'elle ne revienne jamais ! »

Ellen avait du mal à suivre. « Qui auriez-vous préféré qui soit restée là-bas ?

— Ma sœur, Elizabeth. » Queenie regarda dans le vide, les yeux brillants de larmes. « Si elle était restée au Kenya, je ne serais pas ici. »

7

Elle ne savait pas trop quoi emporter, ni même pendant combien de temps elle resterait absente. De combien de sous-vêtements aurait-elle besoin ? Combien de livres fallait-il qu'elle prenne ? La valise marron à la doublure écossaise défraîchie était ouverte sur le lit. Elle prit la brosse à cheveux de sa mère sur la coiffeuse et en caressa les soies toutes douces. Elle avait passé d'innombrables heures à brosser les boucles auburn de sa mère, les faisant briller d'un tel éclat qu'elle imaginait y voir son propre reflet. Elle la passa sur ses cheveux, qui aussitôt se dressèrent d'électricité statique. Jamais elle ne serait aussi belle que l'avait été sa mère, elle le savait, cependant ce n'était pas une raison pour ne pas faire un effort, surtout aujourd'hui. Cette parure, composée d'une brosse et d'un miroir assorti, avait été un cadeau de mariage de son père, et sa mère y tenait beaucoup.

Son œil s'arrêta sur la pendulette en or d'officier sur la cheminée. Elle s'en approcha et prit l'aquarelle qui était posée derrière, émerveillée une fois de plus devant les traits de pinceau délicats qui avaient réussi à produire un tableau aussi évocateur. Les nuances d'or, de roux, d'ocre et de vert pâle se mêlaient en rendant le paysage si vivant qu'Amy en était époustouflée chaque fois qu'elle le regardait. Encore aujourd'hui, elle y découvrait toujours quelque chose de nouveau. Lorsque son père l'appela du bas de l'escalier, elle s'empressa de jeter l'aquarelle sur les affaires déjà rangées dans la valise. Puis elle la referma et attacha les sangles.

« Amy, tu es prête ? »

La valise à la main, elle s'immobilisa sur le palier. « Il est déjà l'heure ? Je m'étais dit qu'on pourrait aller déjeuner avant de… »

Peter Sullivan dévisagea sa fille, l'air contrarié. « Amy, s'il te plaît, ne rends pas les choses plus difficiles qu'elles ne le sont déjà… » Sa voix était inquiète, chacun de ses mots chargé de regret.

Elle grommela et poussa la valise qui dévala l'escalier à la vitesse d'une luge, obligeant son père à s'écarter quand elle atterrit en bas. Amy descendit et prit le bagage. Ça valait le coup d'essayer encore une fois. Elle n'allait pas lui faciliter les choses. « C'est vraiment indispensable ? »

Voyant qu'il jetait un coup d'œil vers la cuisine, elle suivit son regard et vit que Carrie était là, les mains agrippées aux montants de la porte. Alors que tous les deux la dévisageaient, elle croisa les bras, visiblement pas du tout d'humeur à discuter. « C'est la seule solution, Amy. À moins que tu ne préfères que je porte plainte ? » La douceur du ton de la jeune femme contredisait totalement le défi qu'exprimait son regard.

« Ce ne sera pas nécessaire, ma chérie. » Peter parla avec fermeté, mais au moment où il lui dit au revoir, il ramena ses boucles blondes derrière ses oreilles d'un geste plein de tendresse et lui caressa la joue. Puis il l'embrassa sur le front, où ses lèvres s'attardèrent quelques secondes. Ne supportant pas de voir une telle intimité entre eux, Amy ouvrit la porte et sortit dans l'allée.

Elle n'avait jamais aimé les trajets en voiture, si bien que lorsqu'ils s'arrêtèrent devant l'entrée d'Ambergate, elle avait carrément mal au cœur. Elle avala la salive qui lui emplissait la bouche et se força à penser qu'elle mordait dans un citron. Imaginer le goût amer sur la langue était censé faire passer la nausée. Ça ne marcha pas. Son père avait roulé trop vite dans l'allée pleine de trous – la suspension de la Morris Mini n'était pas de taille à lutter contre les nids-de-poule – et à présent, il avait déjà fait le tour de la voiture pour venir lui ouvrir la portière. Il lui tendit sa main, qu'elle repoussa, et elle sortit de la voiture à son rythme en s'efforçant de rester le plus digne possible.

« Tu as l'air un peu patraque, observa son père en prenant la valise. Tu ne te sens pas bien ? »

Amy lui lança un regard noir en ignorant sa question. Évidemment qu'elle ne se sentait pas bien ! Comment pouvait-il se montrer aussi insensible ?

En entrant dans l'hôpital, la sensation de nausée ne fit que s'accentuer. L'odeur clinique en masquait difficilement une autre qu'elle ne parvenait pas à identifier, mais qu'elle imagina être de l'huile rance. Derrière les bruits de vaisselle qui s'entrechoquait, elle entendit quelqu'un gémir – un son qui commençait tout bas avant de monter crescendo. Amy repensa au temps où elle vivait à la ferme et à ce jour où le vieux taureau énorme avait fait une occlusion intestinale. Il n'avait pas beuglé autant que la personne qui faisait ce raffut épouvantable ! Sincèrement, tout cela était-il vraiment indispensable ? Elle se tourna vers son père.

« Il y a peut-être une autre solution. Je veux dire… »

Il eut beau répondre doucement et avec compassion, ses paroles ne lui laissèrent aucun doute sur le fait qu'il ne changerait pas d'avis. « C'est pour ton bien, Amy. Je ne veux plus en parler.

— Mais…

— Amy, s'il te plaît… Je t'aime, je t'ai *toujours* aimée, mais tu as besoin d'aide. » Quand il lui prit le bras, ses ongles s'enfoncèrent avec une agressivité qu'elle ne lui avait encore jamais vue, ses yeux froids et secs confirmant qu'il était inutile de discuter davantage.

Un bruit de clés précéda l'ouverture de la porte, puis une jeune infirmière leur fit signe d'entrer.

« Je suis l'élève infirmière Crosby, dit-elle. Je vais m'occuper de votre admission. Suivez-moi, s'il vous plaît. »

Amy regarda la longue salle qui s'étirait devant elle, les lits en fer à peine plus larges qu'un cercueil et les fenêtres qu'obstruaient de gros barreaux. L'atmosphère suffocante de désespérance et de tout espoir perdu rendait la respiration difficile. Soudain, elle eut envie de ressortir en courant pour inspirer une grande bouffée d'air frais, au moins aussi longue que le temps où elle serait obligée de rester dans cet endroit épouvantable. Elle sentit la panique l'envahir, partir de ses orteils et remonter lentement comme le mercure dans un thermomètre, et elle comprit que ça ne s'arrêterait pas tant qu'elle n'aurait pas atteint le point d'ébullition. Elle se retourna pour s'adresser encore une fois à son père, faire appel à son côté tendre, celui qu'il avait avant qu'*elle* ne l'ait calcifié. Ce n'était pas juste… Elle n'avait rien fait de mal ! Pourquoi personne ne voulait-il l'écouter ?

« Où est mon père ? » demanda-t-elle à la jeune infirmière.

Celle-ci contempla ses pieds, son hésitation à répondre trahissant son malaise. « Il… il est déjà parti.

— Quoi ? Non ! C'est une terrible erreur, je ne devrais pas être ici ! Je vous en prie, il faut me croire… Tout ça, c'est de sa faute à *elle* ! »

Amy arracha sa valise des mains de l'infirmière, puis fonça à toute allure vers la porte en glissant sur le parquet ciré et en renversant un chariot de médicaments au passage. Hors d'haleine, elle actionna la poignée, mais ses paumes moites n'arrivaient pas à la saisir comme il faut. Elle eut beau pousser et tirer dans tous les sens, la porte brinquebala sur ses gonds en demeurant obstinément fermée.

Tout à coup, une main ferme lui saisit l'épaule en la faisant crier de surprise et de douleur. « Ne me touchez pas ! » Elle se libéra et planta ses ongles dans le petit espace qui se trouvait entre la porte et le montant en essayant de les écarter. Brusquement, elle se mit à crier : « Au secours, à l'aide ! Je… je n'arrive plus à respirer ! Laissez-moi sortir ! Il faut que je rentre chez moi ! » Puis, se laissant tomber à genoux, elle hurla dans l'interstice entre le bas de la porte et le plancher. « Tu ne peux pas me faire ça ! Papa… reviens ! Je t'en supplie ! »

Sa vue se brouilla, une chape d'obscurité se referma soudain sur elle en l'étouffant, et elle sentit qu'elle allait défaillir. Un instant, elle cessa de crier. Pourquoi pensait-elle à un mot aussi vieillot ? Les dames de l'époque victorienne défaillaient lorsqu'elles étaient prises de vapeurs. Elle se demanda s'ils avaient des sels ici à l'hôpital. Elle s'apprêtait à poser la question lorsqu'elle sentit une aiguille lui piquer le haut du bras, puis une douleur sourde quand sa tête heurta le plancher dans un bruit mat.

8

« Quand elle sera revenue à elle, je veux que vous notiez tout en détail. Taille, poids, couleur des cheveux, il me faut une description complète.

— Pourquoi en a-t-on besoin ? s'étonna Ellen. On sait à quoi elle ressemble. »

Sœur Atkins ne chercha pas à dissimuler son impatience. « On ne vous apprend donc rien dans cette soi-disant école de formation ? Ça nous permet de les retrouver plus facilement quand elles disparaissent dans la nature. Il faudra aussi vérifier si elle a des poux, sur la tête et ailleurs, et lui donner un bain. Et puis, ses cheveux sont trop longs, vous prendrez les ciseaux dans le tiroir de mon bureau, mais avant de faire tout ça, mettez une étiquette sur sa valise et emportez-la dans la réserve, salle 12 au grenier. »

Rien que d'entendre toutes ces instructions, Ellen se sentit épuisée.

Aller à la réserve relevant plus d'une expédition que d'une chose faite en vitesse, elle eut tout le temps de songer à la nouvelle arrivante. Amy Sullivan n'était qu'une jeune fille ; elle ne devait pas être plus âgée qu'elle-même, et pourtant leurs situations étaient aux antipodes l'une de l'autre. Travailler dans le service des longs séjours avait beau avoir été assez éprouvant, les patientes qui se trouvaient là en étaient à la fin de leur vie, et force était de reconnaître qu'elles n'attendaient plus que de mourir. La vie d'Amy ne faisait que commencer, et cette jeune fille qui avait tout l'avenir devant elle avait été incarcérée contre sa volonté.

Ellen relut les indications que lui avait données sœur Atkins. *Première porte sur la droite après le réfectoire, puis deuxième sur la gauche après les cuisines et tout au bout du couloir. La porte au fond à gauche, une porte bleue.* Elle marchait depuis déjà vingt minutes, et la valise lui paraissait de plus en plus lourde. Elle se demanda si elle retrouverait son chemin en suivant les indications à l'envers. Peut-être aurait-elle dû laisser des miettes de pain derrière elle.

Enfin, elle trouva la porte bleue, l'ouvrit et monta l'escalier très raide qui menait à une autre porte, beaucoup plus petite, de sorte qu'elle dut se baisser pour entrer dans le grenier. Elle chercha l'interrupteur. L'ampoule nue suspendue au milieu de la pièce éclairait à peine, mais dès que ses yeux se furent accoutumés à la pénombre, elle aperçut les valises entassées les unes sur les autres, de formes et de tailles diverses, qui toutes contenaient les vestiges d'une vie laissée derrière soi. Elle ne pouvait pas se redresser de toute sa hauteur et rester courbée ainsi était bizarre, néanmoins elle réussit à mettre la valise d'Amy sur la pile.

De grosses toiles d'araignée poussiéreuses pendaient un peu partout, et il flottait une odeur d'antimite, néanmoins, après le chaos qui régnait dans le service, il y avait là quelque chose de paisible. Ellen eut envie de s'asseoir un instant pour rassembler ses pensées. Alors qu'elle regardait les étiquettes sur les valises, elle s'interrogea sur ce qu'étaient devenues leurs propriétaires. Elle repensa à Gertie, enfermée à Ambergate depuis quarante ans, dont la vie avait tout simplement été effacée. Peut-être avait-elle une valise ici quelque part qui en révélerait plus sur la vieille femme qu'elle n'était prête à en dire.

Après s'être fait réprimander par sœur Atkins pour avoir traîné en chemin, Ellen alla s'asseoir au pied du lit d'Amy, stylo en main, prête à tout noter en détail sur sa nouvelle patiente. La jeune fille adossée à l'oreiller croisait les bras, une lueur de défi dans le regard. « Où sont mes affaires ? demanda-t-elle.

— J'ai rangé votre valise dans la réserve, la rassura Ellen. Ne vous inquiétez pas, elle ne risque rien. »

Amy tira sur la chemise informe qui recouvrait son corps menu. « Je refuse de porter ça, je veux mes vêtements !

— Désolée, toutes les patientes doivent porter la tenue de l'hôpital. Vous pouvez me donner votre nom complet ?

— Oui, je ne suis pas débile… Amy Amelia Sullivan. Quand est-ce que je pourrais parler à la personne responsable ? »

Ellen jeta un coup d'œil vers le poste des infirmières. Sœur Atkins s'employait à convaincre une patiente plutôt difficile de terminer son petit déjeuner. Chaque fois qu'elle approchait une cuillerée de porridge de sa bouche, la femme serrait les lèvres. La sœur lui donna une gifle qui résonna entre les murs nus. Puis elle lui pinça le nez entre ses doigts, obligeant la patiente récalcitrante à ouvrir la bouche. Aussitôt elle enfourna le porridge et coinça d'une main le menton de la patiente.

Ellen se retourna vers la jeune fille. « Écoutez, je vais vous donner un conseil. Ne faites pas d'histoires. Vous avez vu ce qui s'est passé tout à l'heure quand vous avez fait une scène. Vous voulez passer tout votre temps ici en étant droguée… ou pire ? »

Amy couvrit son visage de ses mains. « Ma poitrine… C'est comme si quelque chose m'oppressait… comme si un boa constrictor allait faire de moi son déjeuner. »

Ellen lui écarta les mains et les garda dans les siennes. « Respirez profondément, d'accord ? Je sais que ça vous paraît un peu étrange, mais plus vite vous accepterez d'être ici, plus vite nous pourrons nous concentrer pour faire en sorte que vous alliez mieux et que vous puissiez rentrer chez vous. » Elle lui serra les mains d'un geste rassurant. « Voilà, c'est bien… Vous savez, moi aussi je suis nouvelle ici. » Amy voulut dire quelque chose, mais Ellen ne lui en laissa pas le temps. « Oh, je sais que nous ne sommes pas dans la même situation, mais essayons de trouver nos marques ensemble, vous voulez bien ? »

Amy hocha la tête. « Je ne suis pas folle, vous savez.

— Je n'ai pas dit que vous l'étiez. Bon, quelle est votre date de naissance ?

— C'est une question piège, pour voir si je suis ou non une parfaite cinglée ? »

Seigneur ! « Non, c'est la procédure d'admission standard. »

Amy soupira. « Le 25 janvier 1937. »

Ellen hésita avant de noter. La jeune fille et elle avaient seulement une semaine de différence. « Bien, pouvez-vous vous lever pour que je vous mesure ?

— Je fais un mètre soixante-deux.

— Si vous voulez bien, il faut que je vérifie. »

Amy repoussa le drap en coton et se planta debout près du lit.

Ellen remplit la fiche. « Oui, un mètre soixante-deux. Couleur des cheveux ? »

Amy se remit au lit. « Caramel. Ma mère a toujours dit que j'avais les cheveux couleur caramel. »

Ellen examina la fiche. « Je n'ai pas de case qui corresponde, je vais devoir indiquer châtain clair. Couleur des yeux ?

— Chocolat. »

Ellen sourit. « Laissez-moi deviner, votre mère a toujours dit que vous aviez les yeux couleur chocolat !

— Vous vous moquez de moi ?

— Non, pas du tout… Excusez-moi. Je vais cocher marron. Et maintenant, il faut que je vérifie si vous n'avez pas… euh… des poux.

— Des poux ? Je n'ai pas de poux ! D'où croyez-vous que je vienne ? » La jeune fille avait un visage de faon comme dans les bandes dessinées, des grands yeux bordés de longs cils épais, mais le soudain accès de colère avait durci ses jolis traits. « Allez me chercher la responsable immédiatement !

— Ça ne changera rien, j'en ai peur… C'est elle qui m'a donné ces instructions. »

Comme attirée par le drame, Queenie s'approcha de son pas traînant et se laissa tomber juste à côté sur son lit. « J'espère que nous n'avons pas une semeuse de troubles parmi nous…

— On vous a sonné ? rétorqua Amy. Taisez-vous !

— Vous feriez bien d'apprendre les bonnes manières, jeune demoiselle ! Ne savez-vous donc pas à qui vous parlez ? »

Ellen intervint : « Allons, allons, mesdames, calmons-nous… Queenie, vous voulez bien nous laisser toutes les deux ?

— Ho, ho ! chantonna Queenie. Écoutez-vous, infirmière ! Elle est là depuis à peine cinq minutes que déjà elle bouscule tout le monde ! Je pourrais vous rabattre le caquet, moi ! Que diriez-vous du supplice de l'étirement dans la tour de Londres ? On verra si ça vous plaît ! »

Amy tapota son index sur sa tempe. « Elle est complètement dingue ?

— Délirante », précisa Ellen. Il était temps qu'elle impose son autorité. « Venez, on va à la salle de bains. Vous prendrez un bon bain chaud et je vérifierai si… Enfin, vous savez ! »

Deux hautes baignoires victoriennes étaient installées côte à côte sur le carrelage. Ellen ouvrit les énormes robinets d'où l'eau jaillit tel un torrent. Après avoir versé une dose de Dettol qu'elle mélangea dans l'eau avec la main, elle se tourna vers Amy. « Vous pouvez enlever votre chemise, s'il vous plaît ? »

La jeune fille fit passer la chemise par-dessus sa tête en la jetant par terre et se retrouva nue à partir de la taille.

« Merci. Et aussi… votre culotte.

— Vous avez envie de vous rincer l'œil ? Vous aimez les filles, c'est ça ? »

Bien qu'elle ne sache pas trop comment prendre la truculence soudaine de cette remarque, Ellen refusa de s'énerver. « Non, je fais juste mon travail. »

Amy baissa sa culotte et fit un pas de côté, puis la ramassa du bout de son index et la brandit en l'air. « Vous voulez que je la mette où ?

— Là, avec la chemise. »

À présent complètement nue, Amy rejeta les épaules en arrière et mit les mains sur les hanches. « Très bien, allez-y ! »

Décontenancée par cette attitude hostile, Ellen se força à faire un pas en avant. « Pourriez-vous écarter un peu les pieds, s'il vous plaît ? »

Elle prit un petit peigne qu'elle passa délicatement dans les poils pubiens de la jeune fille. Elle ne se presserait pas, ne la laisserait pas imaginer que la tâche qui lui incombait la mettait mal à l'aise, même si elle aurait préféré se planter des aiguilles sous les ongles. Alors qu'elle s'efforçait de maîtriser ses doigts tremblants, elle sentit les jambes d'Amy se raidir et les muscles de son ventre se crisper.

« C'est fini, vous pouvez grimper dans la baignoire. »

Lorsqu'elle la tint par le coude pour l'aider à enjamber le rebord, elle fit semblant de ne pas remarquer la grosse larme qui coulait sur la joue de la jeune fille. Après s'être agenouillée, elle remplit une petite casserole avec de l'eau du bain qu'elle lui versa sur la tête. Puis elle prit le savon noir et le fit mousser dans ses cheveux.

« Qu'est-ce que vous faites ? s'écria Amy.

— Je vous lave les cheveux.

— Avec du savon ? Vous êtes folle ! Je ne vais jamais pouvoir les peigner !

— Ici, il n'y a pas de shampoing. » Ellen rinça le savon. Les cheveux pendaient en longues mèches dans le dos de la jeune fille. « Il va falloir que je les coupe. Ils sont trop longs.

— Pour ça, il faudra me tuer d'abord ! N'essayez pas de m'approcher avec le moindre instrument tranchant. »

Ignorant ses protestations, Ellen rassembla les cheveux d'Amy en queue-de-cheval. C'était dommage de les couper, mais si elle n'obéissait pas aux ordres de sœur Atkins, non seulement elle-même aurait des problèmes, mais la religieuse les ratiboiserait avec nettement moins de délicatesse. Elle empoigna la masse de cheveux d'une main tout en sortant discrètement les ciseaux de l'autre. Puis, avec autant d'efficacité que le permettaient les lames émoussées, elle coupa la longue chevelure.

En revenant dans le bureau de la sœur, Ellen déposa la fiche complétée d'Amy dans le panier en métal, prête à être ajoutée dans son dossier.

« Quelle performance flamboyante ! » Sœur Atkins apparut, posa un bol vide sur le chariot du petit déjeuner et se frotta les mains. « Voilà qui apprendra à cette petite garce à avoir voulu me mordre ! »

Ellen regarda de l'autre côté de la porte et vit que la patiente qui avait été nourrie de force était étendue sur son lit, les bras écartés au-dessus de la tête, les poignets attachés aux montants en fer avec des bandages, le bâillon sur sa bouche ne lui permettant que d'émettre des sons gutturaux. Elle agitait les jambes dans tous les sens, de sorte que sa chemise s'était relevée en exposant la culotte trop large que toutes les patientes devaient porter.

Ellen voulut protester, mais la stupéfaction l'avait laissée sans voix. « Je… je ne crois pas que… »

Sœur Atkins se planta devant elle en la fusillant du regard. « Vous ne croyez pas quoi, élève infirmière Crosby ?

— Il me semble que ce n'est pas très… On ne nous a rien appris de tel à l'école…

— Écoutez, je suis responsable de ce service, je ne suis pas une de vos fichues formatrices qui n'ont pas approché un patient depuis des années ! » Elle montra la salle d'un grand geste du bras. « Il faut faire comprendre à ces folles qui commande, sans quoi, avant même que vous vous en rendiez compte, elles prendront le pouvoir, et nous serons tous fichus !

— Mais, regardez Amy, ce n'est qu'une jeune fille, protesta Ellen. Elle ne devrait pas voir ça… Elle va être terrifiée !

— Si on se fie aux premières indications dont on dispose, cette demoiselle est parfaitement capable de se débrouiller toute seule. Ne vous y trompez pas, c'est une bagarreuse ! » Elle posa une main apaisante sur l'épaule d'Ellen et prit un ton plus doux. « Au début, croyez-le ou pas, j'étais comme vous. Ah oui, quand j'ai commencé, moi aussi je pensais que je pourrais changer le monde ! Vous trouvez que ça ne va pas, mais, dans les années 30, c'était encore pire... Dans un des premiers services où j'ai travaillé, on nous a envoyées, d'autres élèves infirmières et moi, dans l'unité des réfractaires, où les patientes les plus dangereuses étaient enfermées à clé dans des petites salles. On nous avait recommandé de rester ensemble, mais ma collègue avait une autre idée. Elle m'a dit qu'on terminerait plus vite notre ronde si on se séparait, et avant que j'aie pu discuter, elle est partie. J'étais terrifiée – je n'ai pas honte de l'avouer ! On devait simplement ramasser les pots de chambre, sauf que ces patientes étaient les plus dérangées de tout l'hôpital. Jamais je n'ai été aussi rapide de ma vie, mais le temps que j'arrive à la dernière cellule, ma collègue avait disparu. Charmant, me suis-je dit, elle m'a laissée en plan et est retournée dans la salle principale ! » Elle parla un peu plus bas. « Mais ce n'était pas le cas. On a entrepris des recherches, et ce n'est que dans l'après-midi qu'on l'a retrouvée, sous le matelas d'une patiente. »

Ellen se figea. « Oh, mais c'est horrible...

— C'est le moins qu'on puisse dire ! commenta la sœur en reprenant son ton brusque. Par conséquent, quand je vous dis qu'une patiente a essayé de me mordre, pardonnez-moi si la façon que j'ai de réagir vous paraît un peu dure ! »

Ellen baissa les yeux. « Oui, ma sœur, excusez-moi. » S'excuser, c'était la seule chose qu'elle semblait faire ces temps-ci. « Et... elle allait bien ? Votre amie, je veux dire ?

— Non, pas bien du tout. » Ménageant son effet, sœur Atkins fit une pause de quelques secondes. « Elle avait été étranglée. »

9

Le club était noir de monde. Les corps se pressaient dans la salle, un brouillard de fumée de cigarettes planait au-dessus des têtes, les rires tapageurs rappelant qu'ils étaient tous des êtres humains qui avaient une vie en dehors de l'asile. C'est ici que le personnel venait se détendre après avoir effectué de longues heures de service, l'endroit où les frustrations accumulées se relâchaient en compagnie d'autres personnes qui savaient exactement ce que vous ressentiez. Des étudiants qui n'avaient encore jamais touché à une goutte d'alcool se surprenaient à commander une pinte de bière avec un whisky, de préférence un double.

Ellen se fraya un chemin au milieu de la foule et cria sa commande au barman : « Deux doigts de whisky, s'il te plaît, Jack ! »

Ce dernier versa une dose dans un verre et le fit glisser sur le bar. Elle l'avala d'un trait. Le goût fort lui fit monter les larmes aux yeux. « La même chose, s'il te plaît ! » Elle se mit à tousser et se tapota la poitrine.

Jack sourit. « Ça va si mal que ça ? »

Elle répondit par une grimace, puis emporta son second verre à une table et tira un tabouret. Ce n'était vraiment pas l'endroit où venir si on voulait de la tranquillité et du silence, mais il lui fallait juste quelques instants pour laisser l'alcool opérer sa magie. Elle songea à sa mère, qui affrontait toutes les épreuves de la vie sans avoir besoin de recourir à un alcool fort. En fait, elle ne buvait qu'une seule fois par an, un petit verre de sherry le jour de Noël qu'elle prenait à midi pile, et pas une minute avant. En pensant à sa famille, Ellen se sentit prise d'une tristesse inattendue. Elle laissa aller sa tête contre le mur et ferma les yeux, son verre sur les genoux.

« Ce siège est occupé ? »

Elle se redressa et vit Dougie approcher un tabouret. « Non, je t'en prie, assieds-toi… et laisse-moi t'offrir un verre quand tu auras terminé celui-ci. C'est le minimum que je puisse faire après que tu m'as aidée la semaine dernière. Alors, où étais-tu passé ?

— Je suis retourné à l'école, malheureusement. » Il but une longue gorgée de bière. « Mais l'hôpital m'a manqué.

— Vraiment ? »

Il rit. « Tu vas t'habituer… Après l'excitation dans le service, la salle de classe paraît plutôt ennuyeuse.

— Mmmh… C'est une façon de voir les choses. » Elle termina son whisky en s'efforçant de ne pas imaginer le regard réprobateur que lui aurait adressé sa mère.

« Laisse-moi aller nous chercher à boire, et ensuite, tu me raconteras tout. » Dougie se leva, prit le verre d'Ellen et joua des coudes en direction du bar.

Plus grand que la plupart des autres étudiants, il n'eut aucune difficulté à crier sa commande au-dessus des têtes. Il revint avec les boissons, le teint rouge et une fine couche de sueur sur la lèvre supérieure. Il enleva son gros pull à torsades et s'éventa de la main pour se rafraîchir. La chemise qu'il portait en dessous était remontée, laissant Ellen apercevoir un torse aux muscles bien dessinés, une ligne de poils blonds qui courait de son nombril à… *Oh, Seigneur !* Les joues en feu, elle chassa l'image de son esprit et détourna les yeux.

« Ah, ça va mieux ! s'exclama Dougie en jetant son pull sur un tabouret. « Alors, comment ça s'est passé ? Vas-y, ne m'épargne aucun détail.

— Je suis étonnée que tu ne sois pas déjà au courant… Apparemment, tout le monde l'est !

— J'ai fait profil bas. Je révisais, tu comprends. Pourquoi, qu'est-il arrivé ? » Il se rapprocha, croisa les bras et les posa entre eux sur la table. « Allons, ma jolie, tu peux tout dire à oncle Douglas ! »

Ellen tripota le dessous-de-verre en carton, puis leva les yeux et croisa son regard curieux. « Je commence à me demander si ce travail est fait pour moi. Il semblerait que je sois la risée de tous.

— Ça n'a rien de personnel, j'en suis sûr. Les élèves infirmiers sont des cibles faciles. » Il se pencha encore et parla plus bas : « Quand j'étais en première année, l'infirmier en chef m'a envoyé chercher des fournitures dans l'aile des femmes chez la surveillante en chef. Cette femme me terrifiait, je l'admets volontiers ! Elle dirigeait le service d'une poigne de fer sans jamais enfiler de gant de velours. Sa voix ne connaissait que deux modes : hurler quand elle était de bonne humeur et beugler quand elle vous considérait comme un imbécile ! »

Ellen but une gorgée. « Je suis certaine que personne ne t'a jamais pris pour un imbécile.

— Ah non ? J'ai regardé ce que l'infirmier avait écrit et j'ai demandé à la surveillante une boîte de trompes de Fallope ! »

Ellen éclata de rire et plaqua le dos de sa main sur la bouche. Il lui fallut quelques secondes avant de pouvoir reprendre la parole. « Oh, Dougie… Tu n'as pas fait ça ! »

Il se redressa. « Comme je le disais, les élèves que nous sommes sont des cibles faciles. »

Sœur Winstanley, la responsable du service des longs séjours, se dirigea vers eux d'un pas pesant, tenant dans chaque main une pinte de bière dégoulinante de mousse. Des petits vaisseaux éclatés marbraient ses joues. « Bonsoir ! dit-elle. Pardon, mais j'ai oublié votre prénom…

— Ellen.

— Oui, c'est ça. La vieille Gertie a été transportée dans l'unité de soins. Comme vous aviez l'air de vous intéresser à elle, j'ai pensé que vous aimeriez le savoir.

— Qu'est-ce qu'elle a ?

— Je ne connais pas le diagnostic, répondit la sœur en haussant les épaules. Mais elle s'est mise à cracher du sang et, d'après le médecin, il y a du liquide dans ses poumons. Elle ne respirait pas bien.

— Est-ce qu'elle a dit quelque chose ?

— Bien sûr que non, ne soyez pas bête ! Elle n'a pas prononcé un mot depuis belle lurette… Qu'est-ce qui vous fait imaginer qu'elle va se mettre à parler maintenant ? Je n'ai encore jamais entendu le son de sa voix.

— Je passerai la voir dès que j'aurais un moment. »

La sœur éclata de rire. « Ah, vous êtes une tendre, vous ! Mais vous ne ferez que perdre votre temps. »

Apercevant une collègue un peu plus loin, la religieuse fila la rejoindre, les laissant de nouveau en tête à tête.

« De quoi parlait-elle ?

— Oh, d'une patiente en long séjour qui n'a pas prononcé un mot depuis des années…

— Mon Dieu, c'est incroyable !

— Apparemment, elle a parlé au début, mais personne n'a l'air de se souvenir qu'elle l'ait fait.

— Elle est ici depuis combien de temps ?

— Une quarantaine d'années, à ce qu'on m'a dit. »

Dougie se tapota les lèvres en fronçant les sourcils. « Pourquoi tu ne consultes pas son dossier d'admission ?

— J'ai regardé dans l'armoire qui est dans le bureau de la sœur, mais il n'y a aucun dossier à son nom. Cette femme est là depuis tellement longtemps… C'est comme si elle faisait partie des meubles, au lieu d'être considérée comme un être humain qui a des sentiments. »

Dougie termina sa bière. « Viens, finis ton verre, on y va. »

Ellen se leva et attrapa son sac. « Mais… On va où ? »

En sortant dans l'air glacial, elle resserra ses bras autour d'elle et vit la vapeur de son haleine tourbillonner devant sa bouche. Elle souffla très fort, comme pour éteindre les bougies sur un gâteau d'anniversaire. « Quand j'étais petite et qu'il faisait froid comme ça, je faisais semblant de fumer. » Elle mit son index et son majeur devant sa bouche en tirant sur une cigarette imaginaire, puis souffla de nouveau. « Voir toute cette fumée me donnait l'impression d'être une adulte ! »

Dougie sortit un paquet de Capstan de sa poche. « Tu en veux une vraie ? »

Ellen refusa d'un geste. « Oh, mon Dieu, non ! Je trouvais ça très exotique étant gamine, mais la réalité est un peu différente… Fumer me piquait juste les yeux et la gorge.

— Tu ne devais pas t'y prendre comme il faut. Ça te dérange si je fume ?

— Pas du tout, vas-y. »

Elle le regarda craquer une allumette et mettre ses mains en coupe autour de la flamme. La lueur jaune éclaira son visage une seconde. Une odeur de soufre flotta dans l'air.

« Tu n'as pas froid ? » Sans attendre sa réponse, Dougie lui entoura l'épaule de son bras couvert de laine. « Viens, accélérons un peu. »

Lorsqu'ils arrivèrent à l'hôpital, tous deux respiraient très fort d'avoir marché si vite. L'air glacé oppressait la gorge d'Ellen. « J'ai… j'ai mal à la poitrine, dit-elle dans un souffle.

— Ça ira mieux une fois à l'intérieur. Viens ! »

Elle observa la villa qui se dressait à droite du bâtiment principal, et qui était presque aussi impressionnante que l'hôpital lui-même, bien qu'à une échelle plus petite. Les vitraux encastrés dans la pierre et la corniche élaborée sur la tour de l'horloge évoquaient un savoir-faire réservé en général aux palais les plus somptueux.

« C'est le bâtiment administratif, expliqua Douglas. C'est là que sont conservés la plupart des dossiers des patients, ainsi que ceux du personnel, passé et présent. »

Ellen regarda l'horloge en plissant les yeux. « Il y aura encore quelqu'un à cette heure-ci ?

— Il y a toujours quelqu'un. Suis-moi, je vais te présenter Fred. »

Il l'entraîna vers la porte en bois et actionna le lourd heurtoir en fer forgé. Après qu'il eut frappé trois coups sonores, ils entendirent des clés cliqueter derrière la porte, qui s'entrouvrit de quelques centimètres.

« Bonsoir, Fred ! »

La porte s'ouvrit un peu plus. Un homme minuscule aux cheveux blancs tout fins jeta un regard par-dessus ses lunettes. « Qui va là ?

— C'est moi, Dougie. Comment vas-tu, Fred ? »

Le vieil homme gloussa et leur fit signe d'entrer. « Douglas, mon ami, entre… Ça va ?

— Mais oui, mon ami, répondit le jeune homme en imitant son accent cockney. Je te présente l'élève infirmière Crosby, elle a besoin de ton aide. Ellen, voici Fred, qui a été patient ici il y a des lustres et ne se résout pas à nous quitter, pas vrai, Fred ? »

Le vieil homme lui donna une petite tape amicale dans le dos. « Quel culotté de Yankee tu fais ! Bon, entrez ! On va boire un coup de gnôle. »

Une chaleur désagréable régnait dans le bureau qui sentait la paraffine et était éclairé par une grosse lampe Anglepoise. Un journal était ouvert sur la table, à côté d'une bouteille de whisky à moitié vide. Fred servit deux autres verres, puis remplit le sien et le leva. « Content de te revoir, Douglas ! Ça faisait trop longtemps. Qu'est-ce que je peux faire pour vous ? »

Ellen prit la parole. « Je cherche le dossier d'admission de Gertrude Lewis. Elle est ici depuis un peu plus de quarante ans et, malheureusement, c'est à peu près tout ce que je sais. »

Fred plissa les yeux. « Ce nom me dit quelque chose… Nos chemins ont dû se croiser à l'époque où j'étais enfermé. » Il griffonna quelque chose sur un coin de son journal, puis mit le bout de son crayon dans sa bouche. « Quarante ans ? On cherche donc un dossier de l'année… 1916. Mais vous croyez que ça remonte à avant ça ?

— Oui, je crois… Je suis désolée, je ne connais pas l'année exacte. Vous allez quand même pouvoir nous aider ?

— Je suis là pour ça. »

Le vieux Fred attrapa un énorme registre en cuir aux pages jaunies. Il laissa courir son doigt le long d'une colonne, tourna la page et répéta l'opération. « Voilà… Oui, on y est, c'est celui-là. » Il nota autre chose dans la marge du journal, puis alla ouvrir une armoire en acajou dans laquelle des clés étaient suspendues à des crochets en cuivre sur plusieurs rangées. Il en sélectionna une et la lança à Douglas. « Salle 10, à l'étage, première porte sur la gauche. Les dossiers ont été archivés. »

La pièce était remplie d'étagères en bois séparées par des allées très étroites. Sous leurs pieds, ils sentirent une sorte de rugosité, résultat de la poussière accumulée au fil des années. L'odeur de moisi rappelait celle des librairies de livres d'occasion.

« Ouah… Par où on commence ? demanda Ellen en regardant les cartons empilés à l'infini. Je n'arrive pas à croire que le dossier de Gertie ait été archivé… Elle est une patiente ici, bon sang, elle n'est pas encore morte !

— C'est encore pire que ça en a l'air… Tout est classé par ordre alphabétique. » Douglas montra la première rangée d'étagères. « Là, ça va de A à C, on peut donc oublier. » Il avança vers la section suivante. « D à F… On se rapproche. »

Ellen sauta une allée et s'aventura dans la suivante. « J'y suis, le prévint-elle. Ça va de J à L. »

Douglas apparut à ses côtés et, ensemble, ils passèrent en revue les cartons en scrutant les noms inscrits sur les étiquettes jaunies. « De Langton à Lipman, lut Ellen à haute voix. Ce doit être dans celui-ci. »

Quand Douglas descendit le carton de l'étagère, il fut surpris par son poids. « Emportons-le sur la table. »

Ellen enleva le couvercle et jeta un coup d'œil sur les dossiers serrés les uns contre les autres. Elle humecta son pouce et les feuilleta un à un. « Il est là… Gertrude May Lewis. » Elle sortit le dossier et l'ouvrit sur la table. Douglas approcha une chaise. Assis côte à côte, la tête penchée tout près l'une de l'autre, ils reconstituèrent l'histoire de Gertie.

Ellen posa son doigt sur la date d'admission. « Regarde… Le 1er septembre 1912.

— Par conséquent, elle est là depuis… » Il compta sur ses doigts.

Ellen fut plus rapide. « Quarante-quatre ans.

— Tu calcules vite, dis donc !

— En tout cas plus vite que toi !

— Mais… » Il se tut en voyant son sourire moqueur.

Elle continua à lire le dossier. « Elle est née le 12 août 1871, ce qui veut dire qu'elle a quatre-vingt-cinq ans et qu'elle en avait quarante et un à son arrivée à Ambergate. » Elle leva les yeux au ciel d'un air effaré. « Gertie aura passé ici la moitié de sa vie ! »

Douglas tourna le dossier pour lire la suite. « Il est noté qu'elle a été admise avec un diagnostic de démence et de mélancolie. »

Penchés sur le dossier dans un silence contemplatif, ils prirent connaissance des rares détails concernant l'admission de Gertie. On l'avait retrouvée en train d'errer en chaussettes dans les rues de Manchester sans un sou sur elle. N'ayant trouvé aucune bonne raison de la garder dans une de ses cellules, le commissaire de police l'avait amenée à l'hôpital. Les observations précisaient qu'elle mesurait un mètre soixante-dix, était de constitution robuste et avait des cheveux châtain foncé qui lui arrivaient à la taille.

« Mon Dieu, la pauvre n'est plus que l'ombre de ce qu'elle a été… Elle doit mesurer environ un mètre cinquante, et ses cheveux sont drus et blancs.

— Elle a quatre-vingt-cinq ans, lui rappela Dougie. Il n'y a guère que si elle avait vécu toute sa vie dans un luxueux cocon qu'elle n'aurait pas eu les cheveux blancs !

— Tu as sans doute raison. » Ellen continua à lire le dossier. « Attends, d'après ce qui est écrit là, elle est mariée ! dit-elle d'un air étonné. C'est bizarre qu'elle ait eu l'allure d'une clocharde au moment où elle a été admise… Peut-être que son mari l'a flanquée dehors.

— Oui, c'est possible. C'est peut-être pour ça qu'elle est devenue folle.

— Il est dit ici qu'elle a subi une série d'ECT qui a débuté en avril 1940. C'est quoi ?

— Électroconvulsivothérapie. Un traitement de la dépression par électrochocs. On pose des électrodes de chaque côté de la tête du patient, et on lui envoie jusqu'à cent cinquante volts dans le cerveau.

— Mon Dieu, ça doit être horrible...

— Le traitement s'est nettement amélioré. Aujourd'hui, au moins, on anesthésie le patient et on lui donne un relaxant musculaire. »

Ellen prit les notes et lut à haute voix. « "La patiente a bien réagi à la dernière série d'ECT et n'a pas protesté autant que la fois précédente, ce qui est un signe positif. Elle présente tous les symptômes d'une amnésie rétrograde et ne conserve aucun souvenir du traitement. Au cours de la dernière séance d'ECT, le 8 septembre 1940, une convulsion particulièrement violente a entraîné une double fracture de la jambe gauche de la patiente. Actuellement (le 16 septembre 1940), elle refuse de parler à qui que ce soit et semble introvertie et renfermée. Bien qu'elle soit d'humeur apathique, elle ne se plaint plus. J'en conclus que l'ECT a été efficace et recommande d'arrêter le traitement. Toutefois, puisque rien sur le plan médical ne l'empêche de parler, elle reste aliénée mentalement." »

« C'est d'une telle tristesse ! s'exclama Ellen en remettant les notes dans le dossier. Cette femme n'a pas prononcé un mot depuis seize ans... Ce n'est pas possible... Demain, j'irai la voir, et je me fiche pas mal de ce que pourra dire sœur Winstanley. L'hôpital l'a laissée tomber. Il est temps que quelqu'un réagisse au lieu de rester là à ne rien faire. »

Douglas rit de voir son air déterminé. « Vas-y, Ellen. Quelqu'un doit se battre pour Gertie, et je ne vois pas qui le ferait mieux que toi. »

10

« Bonjour, sœur Atkins, comment allez-vous ?

— Très bien, docteur Lambourn. Et vous-même ?

— Je n'ai pas à me plaindre. » Le médecin souffla dans ses mains, puis les frotta l'une contre l'autre. « Le froid est glacial, ce matin. »

La sœur lui tendit une tasse de thé. « Tenez, ça vous réchauffera.

— Merci, ma sœur. » Il commença à examiner les dossiers empilés sur son bureau. « Il faut que je voie la nouvelle arrivée… Quel est son nom… Amy quelque chose ?

— Sullivan, précisa la religieuse. Il faudra être ferme avec elle. Si vous voulez mon avis, c'est une difficile. »

Le médecin continua à feuilleter les dossiers, puis leva les yeux. « Eh bien, non.

— Non quoi, docteur ?

— Je ne veux pas de votre avis. »

Elle pinça les lèvres et lui jeta un regard contrit. « Bien sûr, docteur Lambourn… Excusez-moi.

— Ce n'est pas grave. »

C'était très bien de se montrer accessible et sympathique avec les infirmières, mais parfois, elles dépassaient les limites et avaient besoin qu'on leur rappelle qui était le responsable. La plupart des infirmières et des sœurs étaient plus âgées que lui, et il trouvait leur façon de flirter moyennement amusante, voire pitoyable. Par la fenêtre du bureau, il aperçut une jeune infirmière en train de brosser doucement les cheveux d'une patiente et qui souriait tout en bavardant.

« Nous avons une nouvelle recrue, à ce que je vois. » Elles étaient toujours faciles à repérer.

Remise de la pique du médecin, sœur Atkins le rejoignit devant la fenêtre. « Oui, c'est l'élève infirmière Crosby. Elle est très… disons, très enthousiaste.

— Je vais aller me présenter, dit-il en prenant un dossier sous son bras. Quel lit a-t-on attribué à Amy Sullivan ?

— Celui entre Pearl et Queenie.

— La veinarde ! » commenta le médecin d'un air entendu.

La jeune infirmière se tourna vers lui. Ses cheveux bruns étaient tirés en chignon impeccable sous sa coiffe, à part une boucle folle qui lui retombait au milieu du front. Elle tenta de l'écarter en soufflant dessus tout en s'essuyant les mains sur son tablier.

« Je suis le docteur Lambourn, et je crois savoir que vous êtes l'élève infirmière Crosby. » Elle lui tendit une main moite et il sourit, amusé de la voir rougir jusqu'au cou.

« Oui, en effet… Ellen. Ravie de vous rencontrer, docteur.

— Comment cela se passe pour vous ?

— Pas trop mal. J'apprends vite. » Elle hésita et baissa légèrement la voix. « Puisque vous êtes là, je souhaiterais vous dire un mot… » Elle jeta un regard à Pearl assise dans le fauteuil, sa masse corpulente débordant de chaque côté. « Je peux vous parler en privé ?

— Je vous entends, vous savez… Je suis peut-être idiote, mais je ne suis pas sourde !

— Désolée, Pearl. Ne vous inquiétez pas, ce n'est pas de vous qu'il est question. Je vais vite revenir terminer de vous brosser les cheveux. »

Le docteur Lambourn entraîna Ellen vers le fond de la salle. « Alors, de quoi s'agit-il ?

— Il y a une patiente dans l'unité de soins qui à mon avis a besoin de voir un médecin. Pas de médecinc générale, mais un qui pourrait… s'occuper d'elle, ajouta-t-elle en se tapotant la tempe.

— Un psychiatre ?

— Oui, c'est ça. Je me demandais si vous pourriez passer la voir. »

Sœur Atkins n'avait pas exagéré l'enthousiasme de cette jeune fille. « Dites-moi, élève infirmière Crosby, depuis quand vous a-t-on confié la responsabilité de cet hôpital ? La dernière fois que j'ai vérifié, les élèves infirmières étaient un échelon au-dessus du vieux monsieur qui vide les pots de chambre pour 3 pence par semaine dans l'unité des réfractaires. »

Bien qu'il ait dit cela avec un léger sourire amusé, Ellen plaqua sa main devant sa bouche d'où les mots sortirent en bégayant.

« Je… je suis désolée, docteur, je ne voulais pas… »

Il posa sa main sur son épaule. « Soyez persuadée que votre patiente recevra les meilleurs soins que cet hôpital est en mesure d'offrir. Inutile de vous inquiéter ou de prendre l'initiative de recommander un traitement.

— Je comprends », dit Ellen en hochant la tête. Son after-shave était si présent qu'il lui picotait les yeux.

« Bien, pouvez-vous me dire où je peux trouver Amy Sullivan ?

— Oui, docteur, elle est dans la salle de jour. »

Ellen retourna auprès de Pearl et lui brossa les cheveux avec plus de brusquerie qu'elle n'en avait l'intention.

« Aïe ! protesta celle-ci.

— Désolée. » Elle reposa la brosse et tourna doucement une mèche de cheveux entre ses doigts pour former une grosse boucle.

« Il est superbe, n'est-ce pas ?

— Qui ça ? demanda Ellen sans comprendre.

— Le docteur Lambourn. Il ressemble à Clark Gable, sans la moustache ridicule, bien sûr… Dites, vous lui donnez quel âge ? »

Ellen gonfla les joues. « Je n'en ai aucune idée. Je ne l'ai pas observé d'assez près. La trentaine, je dirais, peut-être un peu moins.

— Je crois qu'il a du sang étranger, méditerranéen sans doute.

— Il a le teint assez basané, c'est vrai. De toute façon, ça ne nous regarde pas de savoir d'où il…

— Il n'est pas marié, vous savez.

— Et alors ? Qu'il soit marié ou pas m'est complètement égal. Pour moi, ça ne change rien. »

Pearl gloussa entre ses dents. « C'est ce qu'elles disent toutes ! »

Il la vit d'abord de profil ; sa silhouette se découpait sur la fenêtre alors que le soleil matinal dardait ses rayons sur la moquette. Elle était assise, les mains sur les genoux, les jambes croisées, et faisait des mouvements circulaires dans l'air avec son pied. Sa coupe de cheveux « spécial Ambergate » exposait son long cou gracieux. Celle qui s'en était chargée s'en était plutôt bien sortie. Il avait vu nettement pire. Il lui effleura l'épaule. « Amy Sullivan ? »

Elle le regarda, ses yeux d'un brun profond s'ouvrirent un peu plus grand. « Oui. »

Il sentit son cœur s'accélérer, comme s'il venait de piquer un sprint au lieu d'être planté là, pétrifié et immobile. Il inspira plusieurs fois pour se ressaisir, puis desserra légèrement sa cravate.

« Je suis le docteur Lambourn. » Il se pencha et voulut lui serrer la main.

Elle refusa de la prendre et croisa les bras ostensiblement. « Quand est-ce que je pourrai rentrer chez moi ? »

Il ne savait plus combien de fois il avait entendu cette question au fil des années. Sa réponse fut la même qu'à chaque fois : « Dès que vous irez mieux.

— Pour l'amour du ciel, il n'y a rien qui ne va pas chez moi, vous devez pourtant bien le voir ! Je ne suis pas comme cette cinglée dans le lit d'à côté qui se prend pour la reine d'Angleterre… ou cette Pearl qui perd complètement la boule ! Je ne devrais pas être ici. Je ne serais pas ici si ce n'était pas à cause d'*elle*. »

Le médecin s'assit dans un fauteuil face à elle, posa son dossier sur le rebord de la fenêtre, puis joignit les mains. « Vous souvenez-vous de ce que c'est que d'être heureuse, Amy ? »

La question parut l'étonner. Elle ouvrit et ferma la bouche plusieurs fois avant de répondre. « Définissez ce qu'est le bonheur. »

Il réfléchit une seconde. « C'est une chose difficile à définir. Pour le comprendre, il faut être malheureux.

— Alors je devrais être une sacrée spécialiste ! »

Il hocha la tête. « Certaines personnes cherchent le bonheur, d'autres le créent. »

Elle le dévisagea sans chercher à dissimuler son mépris. « Vous êtes en train de dire que c'est ma faute si je suis coincée ici ?

— Ce n'est pas du tout ce que j'ai dit, mais c'est intéressant que ce soit ce que vous ayez compris. » Il remarqua les poings serrés, les articulations blanchies. « Pourquoi êtes-vous en colère ? »

Amy laissa échapper un petit rire triste et applaudit lentement, l'air sarcastique. « Oh, bien vu, docteur ! Des années d'études de médecine ont visiblement porté leurs fruits ! » Elle se leva. La robe informe glissa sur son épaule en découvrant sa clavicule. Elle la remonta. « J'en ai assez ! Je retourne me coucher. »

La mâchoire crispée, le médecin la regarda s'éloigner tout en s'interrogeant sur sa nouvelle jeune patiente. Si elle était aussi difficile chez elle, il comprenait mieux pourquoi son père l'avait amenée. Néanmoins, pas besoin d'être un expert pour comprendre qu'il y avait bien d'autres choses sous la surface. Il reprit le dossier et retourna dans la salle, ignorant les cris plaintifs de Pearl lorsqu'il passa devant son lit.

« Docteur Lambourn, vous aviez dit que je pourrais rentrer chez moi cette semaine… Pourquoi vous n'êtes pas venu me voir ? Combien de temps je vais devoir encore rester ici ? Vous m'écoutez, docteur ? »

Dans l'unité de soins, les lits étaient beaucoup plus espacés que dans le dortoir des longs séjours ; ici, les patients étaient moins nombreux, et aucun n'abusait de l'hospitalité étant donné qu'ils en ressortaient pour la plupart les pieds devant. Ellen observa la vieille femme recroquevillée dans le lit en position fœtale, la bouche grande ouverte, l'oreiller sous sa tête mouillé de salive. La brise qui entrait par la fenêtre soulevait le rideau à fleurs défraîchi. L'infirmière lui avait dit qu'elle souffrait beaucoup et avait du mal à dormir. Or, à cet instant, elle semblait calme et paisible. En la voyant endormie, Ellen décida qu'il serait cruel de la réveiller.

Elle s'assit sur la chaise près du lit et sortit l'exemplaire de *My Weekly* qu'elle avait apporté spécialement pour Gertie. Le magazine lui rappelait sa famille. Chaque semaine, son père allait chez le marchand de journaux d'où il rapportait ce magazine à sa femme, ainsi qu'une boîte de cinquante grammes de tabac Old Holborn pour lui. Bien que le magazine ne coûte que trois pence, sa mère n'aimait pas qu'on dépense de l'argent pour elle, mais Ellen savait qu'elle dévorait chaque nouveau numéro, notamment la collection sans fin de modèles de tricot.

Le mannequin photographié sur la couverture portait un pull joliment brodé qui lui fit penser à sa mère. Nul doute qu'elle aurait adoré se tricoter un tel pull, seulement jamais elle n'aurait gaspillé de la précieuse laine pour quelque chose d'aussi frivole alors qu'elle avait un jeune garçon à habiller qui usait ses pulls à une vitesse sidérante. Elle sauta les pages consacrées aux recettes de pain d'épices de Noël et de poulet en cassolette, et s'installa pour lire la première histoire. À peine avait-elle lu les deux premières phrases que Gertie fut prise d'une violente quinte de toux qui la fit sursauter. Le magazine tomba à terre.

Elle s'empressa d'attraper la carafe sur la table de chevet et remplit un verre d'eau. « Gertie, c'est moi, Ellen… L'élève infirmière Crosby. » Elle la redressa en position assise, étonnée de constater qu'elle était aussi légère qu'une plume, et l'adossa aux oreillers. Les yeux larmoyants, la vieille femme continua à tousser en expectorant des mucosités mêlées de sang dans le crachoir. Ellen approcha le verre d'eau de ses lèvres craquelées. « Tenez, buvez un peu… Ça va mieux ? Comment vous sentez-vous ? »

Gertie ne montra aucunement qu'elle avait entendu sa question. Sans se laisser décourager, Ellen insista. « J'ai jeté un coup d'œil sur les notes dans votre dossier. Je ne suis pas censée le lire, mais quel mal cela pourrait-il faire ? Je sais depuis combien de temps vous êtes ici, et que, au-delà de ces portes, le monde doit vous paraître effrayant, mais vous pourriez sortir, si seulement vous vous remettiez à parler. J'en ai discuté avec un médecin, et il n'a rien promis, mais… »

Elle vit que Gertie avait fermé les yeux. « Vous m'entendez ? » Elle lui tapota doucement le poignet. « Je sais que, autrefois, vous avez été mariée. »

La vieille femme ouvrit tout grands les yeux et la fixa d'un regard si pénétrant qu'elle dut détourner le regard. Ellen observa l'annulaire de sa main gauche : pas d'alliance, et rien n'indiquant qu'elle en ait porté une un jour. Pas de déformation de la chair, pas de trace plus pâle sur la peau.

« Où est votre mari, Gertie ? Est-ce pour ça que vous êtes ici ? Est-ce qu'il vous a quittée ? »

La vieille dame fit un hochement de tête quasi imperceptible, puis elle remonta les draps sous son menton et se tourna sur le côté en fermant les yeux.

11

Ambergate accueillait des hommes et des femmes, mais les deux ailes étaient dirigées comme deux entités séparées, et les patients n'étaient pas autorisés à se mélanger. Cette ségrégation des sexes provoquait souvent de la frustration parmi les pensionnaires, qui recouraient à des moyens ingénieux pour organiser des rencontres en douce que le personnel feignait de ne pas remarquer. Dehors, dans les cours où les patients faisaient quotidiennement de l'exercice, une fille entreprenante, Belinda, avait mis en place une source de petits revenus : elle laissait les patients qui s'occupaient du potager poser leurs outils et venir la tripoter à travers la grille en échange de une ou deux cigarettes. Au début, Ellen était intervenue pour mettre fin à ces rendez-vous galants douteux, mais sœur Atkins lui avait expliqué que les malades mentaux avaient besoin de se soulager comme tout un chacun. « Je trouve ça aussi dégoûtant que vous, lui avait-elle dit. Mais ça les calme et ça les rend plus faciles à gérer. Ce qui ne peut être que bien pour nous, les infirmières ! » avait-elle ajouté avec un clin d'œil. Ellen avait opiné et, très vite, elle avait appris à regarder ailleurs.

Ce matin-là, il était évident que la pluie allait durer toute la journée. Ellen déplorait le fait que, sans une pause dans leur routine monotone, les patients seraient encore plus grincheux et difficiles. Sœur Atkins passa son avant-bras sur la vitre pour enlever la buée et contempla la pluie torrentielle. « Il pleut à peine, déclara-t-elle en regardant sa montre. Bon, venez, on va dehors ! » Elle se tourna vers Belinda, assise au bord de son lit, qui faisait aller et venir sa main en rythme entre ses cuisses. « Pour l'amour du ciel, Belinda... Pas ici, s'il vous plaît ! »

La jeune fille leva un regard hâve et sourit, révélant d'immenses dents jaunes qui n'auraient pas déparé sur un cheval de trait. « J'ai besoin de sortir, ma sœur. » La tête inclinée sur le côté, elle mit son index dans sa bouche en le faisant entrer et sortir lentement. « Vous comprenez ce que je veux dire ?

— Je viens de dire qu'on allait dehors. Si vous n'étiez pas aussi occupée à vous faire plaisir, vous m'auriez entendue, espèce de sale petite dévergondée ! » Elle fonça vers la jeune fille qu'elle fit lever sans ménagement et lui donna une tape derrière la tête pour faire bonne mesure. « Allez attendre dans la salle de jour ! »

Dans la cour, Ellen resta le dos collé au mur sous l'avant-toit qui offrait une maigre protection. Les patientes marchaient en rond, le sol usé par le passage des pieds traînants, se suivant les unes les autres comme des moutons. Brusquement, elle pensa au tigre du zoo de Belle Vue. Bien qu'il dispose d'un vaste enclos avec des arbres, des rochers et une petite mare au milieu, il se contentait d'aller de long en large derrière la grille et rugissait en passant devant les visiteurs.

Elle vit Belinda dire quelque chose à Amy, laquelle réagit en lui flanquant un grand coup dans la poitrine qui la fit tituber en arrière. Ellen faillit intervenir, mais Belinda, qui apparemment avait compris le message, préféra aller à l'autre extrémité de la cour. Elle l'entendit siffler quelqu'un. Un homme penché au-dessus d'un carré de légumes se redressa en entendant une voix de femme l'appeler. Après avoir jeté un coup d'œil vers l'infirmière responsable, il s'approcha de la grille en se dandinant, les mains enfoncées dans les poches. Il devait avoir au moins soixante-dix ans ; son crâne chauve luisant de pluie était hachuré de coupures de rasoir.

« On paye d'abord ! » exigea Belinda.

L'homme sortit deux cigarettes et la toisa. « Le haut et le bas. »

Belinda attrapa les cigarettes et en coinça une derrière chaque oreille. Après quoi elle regarda Ellen par-dessus son épaule et lui fit un sourire salace tout en déboutonnant lentement sa robe.

Ellen déposa la grande boîte de maquillage sur la table au milieu de la salle de jour. « Bien, qui veut commencer ? » Il était préférable que ce soit un membre du personnel qui applique le maquillage. Les patientes avaient tendance à avoir la main lourde avec le rouge à joues et le khôl, et se retrouvaient souvent avec un visage de clown qui ne faisait qu'accentuer leur allure de folles. Elle prit un tube de rouge à lèvres rose. « Vous voulez en mettre un peu, Amy ? »

Cette dernière leva les yeux du livre ouvert sur ses genoux. « Non, merci, je n'irai pas à ce bal grotesque ! Je suis ici depuis maintenant deux semaines et je veux voir un médecin. Vous ne pouvez pas me garder enfermée éternellement ! »

Ellen soupira. La jeune fille répétait ce mantra tous les jours depuis son arrivée, cependant, il était hors de question qu'elle rentre chez elle. Ce n'était pas un choix ; son père, appuyé par le médecin de famille, avait signé son internement. « Vous n'êtes pas obligée de vous maquiller, mais vous irez danser. »

Amy referma son livre d'un coup sec et le lança sur le rebord de la fenêtre. « À un bal de cinglés ? Vous espérez sérieusement que je vais me contorsionner sur une piste de danse avec ce ramassis de créatures disgracieuses et pathétiques ? » Elle montra la fenêtre du menton. « J'ai vu comment elles se traînent dans la cour... Elles sont à peine capables de marcher droit, encore moins de danser une valse ! » Elle croisa les bras. « Je n'irai pas et vous ne m'y forcerez pas. »

Pearl arriva de sa démarche chaloupée, les pieds gonflés comme de la pâte qu'on aurait fait lever débordant de ses chaussures. « Eh bien, moi, j'y vais. Vous pouvez me maquiller ? » demanda-t-elle tout essoufflée en laissant tomber ses cent vingt kilos dans un fauteuil.

Ellen lui mit un peu de poudre de riz. Pearl avait une peau sans défaut, mais tous ses traits convergeaient vers le milieu de son visage rond comme une lune.

« Et je voudrais aussi du rouge à lèvres. Est-ce que je peux mettre ma robe de mariée ? »

Sœur Atkins cria depuis la porte : « Combien de fois faudra-t-il vous répéter que nous n'avons pas votre fichue robe de mariée ? Vous porterez la tenue de l'hôpital comme tout le monde. Franchement, je me demande où vous vous croyez, parfois… On n'est pas dans une colonie de vacances !

— Avancez les lèvres, Pearl. » Ellen lui appliqua le rose avec soin et recula pour admirer son œuvre. Elle était désolée pour Pearl. Âgée seulement d'une trentaine d'années, elle faisait des séjours réguliers à Ambergate depuis douze ans. Jeune fille rondelette à l'air modeste, elle n'avait eu aucune difficulté à se préserver pour l'homme qu'elle épouserait. Elle avait eu de la peine à le croire lorsque, dès leur deuxième rendez-vous, un beau GI à l'accent exotique lui avait demandé sa main. Sa mère l'avait encouragée, tout excitée, et avait réussi à se procurer de la soie de parachute, avec laquelle elle avait confectionné une robe de mariée ravissante pour sa fille. Tous les voisins avaient participé en apportant leurs coupons de rationnement, ce qui avait permis à Pearl de commander une pièce montée à trois étages, nappée d'un glaçage blanc et décorée de boutons de rose en sucre rose pâle.

Ken lui avait annoncé qu'il devait s'absenter deux mois, mais qu'il serait de retour à temps pour le mariage. Emportée par l'enthousiasme, Pearl lui avait offert sa virginité la veille de son départ. Et lorsque le grand jour était enfin arrivé, elle avait attendu patiemment devant l'autel pendant plus d'une heure, sans prêter attention aux murmures de la congrégation, avant d'être obligée d'admettre que son fiancé ne reviendrait pas. Elle s'était retirée dans sa chambre en emportant l'étage supérieur du gâteau et avait refusé d'enlever sa robe de mariée pendant deux semaines entières.

Sœur Atkins avait raconté son histoire à Ellen avec une jubilation évidente, pour finalement lâcher une dernière petite phrase frisant l'hystérie. Apparemment, Ken avait séduit Pearl et lui avait proposé de l'épouser à la suite d'un pari. La pauvre fille en avait fait une dépression nerveuse et s'était rabattue sur la nourriture pour se consoler, jusqu'au jour où sa mère, éreintée, avait décidé de l'amener à Ambergate.

Ellen termina de coiffer Pearl et ramena sa frange sur le côté en la maintenant à l'aide une pince. « Voilà… magnifique ! » Elle ignora le rire moqueur de sœur Atkins. « À qui le tour ?

— Je ne retrouve pas mon diadème…

— Oh, par pitié, arrête un peu ! lança Amy à Queenie. Tu t'appelles Gladys et tu ne seras jamais reine d'Angleterre !

— Amy, s'il vous plaît ! la réprimanda Ellen. Queenie ne fait de mal à personne. »

Le bal étant l'une des rares occasions où les patients des deux sexes étaient encouragés à se rencontrer et à se mélanger, la salle était quasiment pleine quand Ellen arriva avec sa petite cour. Elle avait reçu l'ordre de chaperonner Pearl, Queenie, Belinda et Amy, mais à voir la façon dont les patients étaient alignés, les hommes d'un côté et les femmes de l'autre, la tâche ne serait pas trop lourde. Elle aperçut Dougie au fond de la salle et lui adressa un signe joyeux. Il avait retiré sa blouse blanche et n'avait pas mis de cravate. Il portait une chemise beige au col ouvert, et des bretelles vertes tenaient son pantalon.

« Qui est-ce ? demanda Amy.

— Il s'appelle Douglas Lyons. Il est élève infirmier en deuxième année.

— Mmmh… Je crois bien qu'il vous fait de l'œil.

— Ne soyez pas ridicule ! rétorqua Ellen en lui lançant un regard noir. C'est juste un ami, et il faut que vous arrêtiez d'être aussi insolente ! » S'entendre parler avec autant de dureté la surprit.

« Ho, ho, j'ai touché une corde sensible, on dirait !

— Taisez-vous. » Ellen se passa la main dans les cheveux en voyant Dougie approcher.

« Bonsoir, Ellen. C'est ton premier bal de fous, j'imagine ?

— Charmant ! s'exclama Amy en croisant les bras d'un air fâché. Je ne peux pas parler pour les autres, mais je vous assure que je ne suis pas plus folle que vous !

— Excusez-moi, lui dit Dougie. C'était une remarque grossière de ma part, mais je ne voulais en rien vous offenser. » Il posa sa main sur son bras. « Je vous prie de me pardonner. »

Amy humecta ses lèvres et esquissa un sourire timide en penchant la tête. « C'est bon, Douglas, je vous pardonne ! »

Ellen intervint avec un peu plus de sévérité que ne le justifiait la situation. « Pour vous, c'est infirmier Lyons, dit-elle en attrapant la jeune fille par le bras. Venez, allons nous asseoir là-bas avec les autres.

— Dis à Pearl que je viendrai réclamer ma danse tout à l'heure ! » lui lança Dougie.

La salle était sombre et le plafond aussi haut que celui d'une cathédrale, au point que la musique sonnait creux tandis que l'aiguille grattait la surface du disque tournant en rond sur le gramophone. Plusieurs hommes avaient été regroupés sur la piste de danse et se balançaient d'un air gauche dans leurs tenues mal coupées, lesquelles étaient manifestement soumises au même régime de haute ébullition que celles des femmes. Le pantalon en berne, les épaules au rembourrage affaissé et la veste dont les boutons n'étaient pas boutonnés avec ceux d'en face, la plupart avaient l'air de naufragés.

Ellen remarqua un grand homme dégingandé qui faisait le tour de la piste de danse en levant très haut les jambes, la tête si basse que son menton touchait sa poitrine. Soudain il s'arrêta, redressa légèrement la tête et se lança dans une conversation animée en gesticulant abondamment, de la salive jaillissant de sa bouche à mesure qu'il s'agitait. Il était impossible de dire ce qui avait déclenché sa colère étant donné qu'il s'adressait au vide. Dougie se faufila à ses côtés et le prit par l'épaule. Ellen sourit en voyant l'effet apaisant immédiat qu'eut son geste sur le patient. Il lui tapota le bras et le dirigea vers elle.

« J'aimerais te présenter Alroy Bennett, lui dit-il. Que tout le monde appelle affectueusement tonton Alroy. »

Ellen lui tendit la main. « Ravie de vous rencontrer… tonton Alroy. Je suis l'infirmière Crosby, se présenta-t-elle en osant laisser tomber "élève".

— Tonton Alroy est l'un de nos patients en long séjour, précisa Dougie. Il est ici depuis près de quarante ans, n'est-ce pas ?

— On m'a tiré dessus, vous savez.

— Oh, mon Dieu ! s'exclama Ellen en reculant d'un pas.

— Oui, mais ce n'est pas récent », ajouta Douglas en riant. En aparté, il murmura à l'intention d'Ellen : « Quoique, on pourrait arranger ça ! » Il donna une tape dans le dos d'Alroy. « Tonton a été blessé dans les tranchées pendant la Première Guerre mondiale. »

Alroy se tapota le sommet du crâne. « Ouais, j'ai encore des bouts de shrapnel qui se baladent dans le cerveau. On m'a laissé pour mort, avant que les ramasseurs de cadavres me trouvent et me transportent à l'hôpital. »

Semblant avoir repéré quelqu'un au fond de la salle, il fit un salut militaire avant de s'éloigner au pas cadencé.

« Le pauvre, commenta Dougie. Il peut avoir l'air normal pendant des jours, mais ensuite la folie le reprend. Ils ont tout essayé, et maintenant, il est complètement institutionnalisé. » Il parla plus bas, obligeant Ellen à tendre l'oreille pour entendre quelque chose par-dessus la musique. « Tu as remarqué les bosses qu'il a de chaque côté de la tête ?

— Ce serait difficile de ne pas les voir.

— Lobotomie préfrontale, en 1942. Le chirurgien a fait des trous dans son crâne pour accéder à son cerveau, dans lequel il a trifouillé un peu avant de le déclarer guéri.

— Mon Dieu, ça paraît barbare !

— C'est vrai, reconnut Dougie en haussant les épaules. Mais il est beaucoup plus calme qu'il ne l'était avant, alors, qui sait ? Quoi qu'il en soit, j'avais une raison de te le présenter. Il se souvient de ta Gertie. Apparemment, elle chantait à merveille, et elle savait aussi s'y prendre sur une piste de danse.

— Vraiment ? Oh, j'aimerais bien lui parler…

— C'est ce que j'ai pensé. Écoute, dès que tu auras terminé ton service ce soir, viens me rejoindre. Je suis de service jusqu'au matin, mais je me débrouillerai avec l'infirmier en chef. Toutefois, je ne te promets rien. Comme tu as pu le voir, tonton Alroy est assez imprévisible, mais ça vaut le coup d'essayer.

— Merci, c'est très gentil. »

Les premières mesures de *Moonlight Serenade* retentirent dans la salle.

« Oh, c'est ma chanson ! »

Les bras tendus vers Dougie, Pearl traversa la salle. Il la prit par la main et la guida avec grâce sur la piste de danse. Puis il se tourna vers Ellen en lui faisant un clin d'œil et articula en silence : « À tout à l'heure ! »

12

La nuit, il y avait quelque chose de serein dans un hôpital, même à Ambergate. Après l'inévitable chaos de la journée, les lumières tamisées et le silence relatif plongeaient le lieu dans une ambiance soporifique. Dougie ouvrit la porte et, un doigt sur les lèvres, fit signe à Ellen d'entrer. Elle se faufila devant le poste de l'infirmier de service qui dormait à poings fermés, les pieds sur le bureau et la bouche ouverte, un son guttural bloqué au fond de la gorge.

« Tu vois qui fait tout le boulot dans ce service ! » murmura Dougie en le montrant d'un signe de tête. Il se dirigea à pas de loup au milieu de la salle. La dernière chose que voulait un infirmier à cette heure-ci était que ses pas balourds réveillent les patients.

« Tonton Alroy est dans la salle de jour. Ne t'inquiète pas pour lui, il a tendance à s'endormir vers 3 heures du matin. »

Ellen trouva Alroy assis dans une chaise haute munie d'un plateau vissé aux accoudoirs. « Qu'est-ce qu'il fait dans une chaise d'enfant ? » murmura-t-elle.

Dougie parut un peu mal à l'aise. « Il ne dort pas, alors s'il n'est pas… contenu, il passerait la nuit à aller et venir dans le dortoir en cherchant la bagarre avec je ne sais qui. Si on le laissait se promener librement, personne ne dormirait.

— Même ton chef ? rétorqua-t-elle en montrant le poste des infirmiers.

— Crois-moi, les patients n'ont aucune envie de le contrarier. Il a sa façon à lui de s'occuper d'eux, et elle n'a rien de joli !

— Tu ne peux pas donner quelque chose à Alroy pour l'aider à dormir ?

— Il a déjà pris son paraldéhyde. Pour une raison que j'ignore, il adore le goût infect de ce somnifère, mais je crois que ça ne lui fait plus aucun effet. La dose qu'il a avalée suffirait à endormir un éléphant. Je ne peux pas lui en donner plus. » Il la prit par le bras. « Allons-y, viens lui dire bonjour. »

En les entendant arriver, le vieil homme leva la tête. S'il reconnut Ellen, il n'en laissa rien voir. Il retira une saleté imaginaire sur l'épaule de la jeune femme, l'approcha tout près de ses yeux et la roula entre le pouce et l'index. L'odeur familière du sédatif imprégnait son haleine.

« Vous vous souvenez de l'infirmière Crosby que vous avez vue ce soir au bal ? Elle est venue pour vous parler de Gertie.

— Qui ? » Sa voix était rauque, ses paupières lourdes.

« Gertie, répéta Ellen.

— Je sais qui est Gertie ! s'agaça Alroy. Mais vous, vous êtes qui ?

— Il faut que je retourne dans le dortoir, dit Dougie en riant. Je vous laisse tous les deux. »

Ellen tira une chaise à côté du vieil homme et fit la grimace tandis que le raclement des pieds en bois sur le sol troublait le silence. « Alors, vous vous souvenez de Gertie ? »

Alroy la fixa de ses iris brouillés par les années. « Oui, bien entendu. Elle était superbe, dans le temps ! J'avais le béguin pour elle. Au moment où je suis arrivé, elle était là depuis environ huit ans, si je me rappelle bien, mais je ne l'affirmerais pas. Elle venait me chercher, venait bavarder avec moi quand on en avait le droit. Mais elle est un peu plus vieille que moi.

— Quel âge avez-vous, tonton Alroy ? »

Il observa le plafond comme s'il essayait de résoudre un casse-tête particulièrement complexe. « Euh, j'en sais trop rien…

— Dites-moi ce que vous savez, alors. Au sujet de Gertie.

— C'est une triste histoire… C'est pour ça que je ne l'oublie pas. Et parce qu'elle a bien dû me raconter la même chose une centaine de fois. Elle adorait se répéter, celle-là ! » conclut-il en gloussant.

Ellen insista : « J'aimerais beaucoup entendre son histoire.

— Eh bien, elle travaillait comme femme de chambre dans un hôtel de luxe en ville… Le Midland, vous connaissez ? »

Ellen émit un petit sifflement. « Dites donc, c'est un vrai palace ! Remarquez, je n'y suis jamais entrée. »

Alroy posa son menton sur sa main. « Moi non plus. Et un jour, un jeune gars a séjourné là. Il venait d'Amérique pour affaires, pour acheter des chevaux et ce genre de choses, et il était allé en Écosse voir des Clydesdale. Quand il est descendu à Manchester, il s'est entiché de notre Gertie. Je vous l'ai dit, c'était une beauté, à cette époque-là. Il était un peu plus jeune qu'elle, mais ils ont commencé à sortir ensemble et, très vite, ils se sont mariés. Elle avait alors une quarantaine d'années, et Edgar n'en avait que trente, mais elle a dit au Midland ce qu'ils pouvaient faire de son emploi, et ils sont partis en bateau commencer une nouvelle vie en Amérique. »

Ellen se pencha en avant. Elle n'arrivait pas à imaginer Gertie au bras de son jeune mari américain. « C'était formidable pour elle. Et ensuite, que s'est-il passé ?

— La traversée a été comme une lune de miel. Ils n'avaient pu se payer que l'entrepont, mais ça n'en a pas moins été une aventure pour Gertie, qui n'était jamais sortie de Manchester. » Alroy soupira et frotta ses yeux fatigués. « Et la suite, vous la connaissez !

— Pardon ?

— Lequel de nous est fou, ici ?

— Je ne vous suis pas…

— Le bateau a heurté un iceberg, non ? »

Tout à coup, Ellen repensa aux notes dans le dossier de Gertie. Elle avait été admise en septembre 1912.

« Vous voulez dire qu'elle était à bord du *Titanic* ?

— Oui, elle a réussi à monter dans un canot de sauvetage, mais le pauvre Edgar était encore sur le bateau au moment où il a sombré. Il a sauté dans l'eau, mais elle était glacée… Naturellement, puisqu'il y avait des icebergs… D'après Gertie, il restait de la place dans le canot, mais l'officier qui était là n'a pas voulu aller récupérer les hommes à la mer. Il a dit qu'ils seraient alors trop lourds et risqueraient de couler à leur tour.

— C'est épouvantable…

— Oui. Et le corps d'Edgar n'a jamais été retrouvé.

— De sorte que Gertie n'a jamais pu l'enterrer. Vous saviez qu'on l'avait trouvée en train d'errer dans les rues, avant qu'elle ait été amenée ici ? »

Alroy hocha la tête. « À mon avis, elle ne s'est jamais remise de l'avoir perdu. »

Absorbée dans ses réflexions, Ellen mordilla l'ongle de son pouce. « Comment est-elle revenue à Manchester ?

— Deux semaines après le naufrage, elle a dû embarquer sur un paquebot qui l'a ramenée chez elle. On pourrait penser qu'elle était terrifiée de remonter sur un bateau, mais pas du tout. Elle m'a dit qu'elle avait plus ou moins espéré qu'il coulerait, et que, cette fois, il l'emporte au fond de l'eau. Elle avait renoncé… Elle ne pensait pas qu'elle pourrait continuer à vivre sans lui. »

Ellen prit la main d'Alroy et caressa du pouce ses doigts enflés. « Merci, tonton Alroy ! Vous m'avez été d'une grande aide.

— Tout le plaisir est pour moi. » Il mit ses deux mains sur sa tête et commença à se tirer les cheveux. « On m'a tiré dessus, vous savez ! »

Ellen revint dans la salle sur la pointe des pieds tout en songeant à l'histoire tragique de Gertie. Dougie était assis dans un coin derrière un bureau, la lampe Anglepoise braquée sur son journal. « Ça y est ? Comment ça s'est passé ? »

Elle se pencha pour avoir les yeux au niveau des siens. « Dougie, j'aurais vraiment besoin que tu me rendes un service. »

Il mordilla le bout de son crayon et tapota sur le journal. « Mmmh… Oui, bien sûr… Quatre horizontal, propriétaire terrien écossais, en cinq lettres.

— *Laird.* »

Il compta le nombre de lettres. « Mais oui, c'est ça ! Tu es forte…

— S'il te plaît, oublie tes mots croisés et écoute-moi. Tu peux venir me retrouver au bar des étudiants demain soir, disons à 18 heures ? »

Il leva les yeux du journal. « D'accord. Mais qu'est-ce qui se passe ?

— Je te raconterai tout demain.

— Super ! On a un rendez-vous. »

Elle lui jeta un regard par-dessus son épaule en secouant la tête. « Ce n'est pas un rendez-vous. » Néanmoins, il ne put s'empêcher de sourire.

Le lendemain soir, Dougie franchit la porte à 18 heures pile. Il s'essuya les pieds sur le paillasson et ébroua ses cheveux trempés de pluie, arrosant au passage un groupe d'étudiants serrés autour d'une table près de l'entrée. « Hé, Douglas, tu n'es pas un labrador ! s'exclama l'un d'eux en s'essuyant les yeux.

— Désolé, mon vieux ! » s'excusa-t-il.

Ellen rit en voyant la scène, puis elle se leva et l'appela : « Dougie, par ici ! Je t'ai commandé une pinte. »

Il se faufila jusqu'à elle et s'assit en prenant une longue goulée de bière. Un peu de mousse se déposa sur sa lèvre.

Étonnée qu'il ne s'en rende pas compte, elle lui fit signe de s'essuyer. « Tu as de la… Enfin, tu vois. »

Il passa sa langue sur sa moustache blanche. « Merci.

— Quand est-ce que tu dois reprendre le travail ? » demanda-t-elle.

Il remonta sa manche pour regarder sa montre. « Pas avant 23 heures, mais ce serait bien que je dorme un peu d'abord.

— Oh, je suis désolée, tu aurais dû me le dire ! Bon, je ne te retiendrai pas longtemps… » Elle prit le dessous de bière et commença à le déchiqueter tout en parlant. « Je sais ce qui est arrivé à Gertie.

— Je suis content qu'Alroy t'ait été utile… Raconte-moi.

— Oh, oui, il m'a appris plein de choses, en fait ! »

Elle lui répéta ce qu'Alroy lui avait raconté, écarquillant les yeux à mesure qu'elle parlait.

« Mon Dieu, quelle histoire ! Pauvre vieille Gertie… » Dougie secoua la tête et but une gorgée. « Mais en quoi puis-je t'aider ? »

Ellen gigota sur son siège, mal à l'aise. Le dessous de bière était à présent réduit à un petit tas de confettis. « Tu accepterais de venir la voir ?

— Ma foi, oui, si c'est ce que tu veux. Mais je ne vois pas trop à quoi ça servira.

— Elle n'en a plus pour longtemps. Je me dis que si elle entend ton accent, peut-être que ça lui rappellera Edgar et qu'elle finira par trouver un semblant de paix. »

Dougie s'étrangla au-dessus de son verre. Un peu de bière lui ressortit par le nez. « Ellen, aussi bonnes que puissent être tes intentions, je ne vais pas me faire passer pour un type qui est mort !

— Je ne te demande pas de te faire passer pour qui que ce soit, uniquement d'être toi-même, de la rassurer. »

En voyant son visage s'adoucir, elle osa aller plus avant. « Tu pourrais lui dire que tu l'attends de l'autre côté… Sans être trop précis, bien sûr…

— Que je… que je l'attends de l'autre côté ? Tu as perdu la tête ? » s'exclama Dougie, sa voix montant de quelques octaves.

Ellen termina son verre, le reposa d'un geste brusque et se leva pour s'en aller. « Non, tu as raison, c'est fou, c'est complètement fou… Oublie ce que je viens de dire. »

13

Derrière la fenêtre de la salle de jour, Amy regardait le carré de légumes et la cour réservée aux hommes. Elle aperçut une silhouette solitaire perdue dans un grand imperméable en train de chercher des mégots de cigarette par terre. Au bal, elle avait remarqué que plusieurs patients avaient le bout des doigts et du nez noirci à force de fumer des mégots. Quelle existence désespérante… Elle plissa les yeux en regardant l'infirmier de service, un pied appuyé contre le mur, lui-même en train de fumer. C'était l'Américain qu'elle avait croisé l'autre soir. Elle ne comprenait pas comment un jeune homme aussi charismatique et charmant pouvait choisir de travailler dans un endroit aussi triste. Certaines personnes n'avaient vraiment aucune ambition. Elle se retourna en entendant qu'on appelait son nom.

« Venez, Amy, il est temps de se préparer. » L'infirmière Crosby – Ellen – s'exprimait comme si elle s'apprêtait à passer une nuit palpitante en ville et non l'heure des visites dans un asile de fous.

Amy se leva à contrecœur. « Je suis prête. »

Ellen l'observa de haut en bas et fronça les yeux en voyant des taches de jaune d'œuf sur le devant de sa robe. « Allons vous chercher une robe propre. Votre père ne peut pas vous voir dans cet état… Et vous auriez besoin de vous laver les cheveux. Venez, allons dans la salle de bains. » Elle se posta au milieu de la salle et frappa dans ses mains. « Celles qui attendent des visites, venez avec moi, s'il vous plaît ! »

Une file de patientes se forma derrière elle et la suivit. Sœur Atkins avait déjà rempli les deux baignoires. Ellen se plaça entre les deux, les mains sur les hanches, le visage rougi par la vapeur chaude qui s'élevait de l'eau. « Allons, ne traînez pas, nous n'avons pas toute la journée ! »

Habituées à la procédure, plusieurs patientes réclamèrent de passer les premières et ôtèrent leur robe et leurs sous-vêtements sans la moindre gêne. Amy se languissait depuis dix-sept jours dans cet hôpital et, pendant tout ce temps, elle n'avait pris qu'un seul bain. D'un seul coup, elle eut très envie de se débarrasser de la crasse accumulée sur sa peau, cependant elle ne fut pas assez rapide. Pearl et une autre fille prirent les premiers bains. De l'eau gicla par-dessus les bords quand Pearl s'assit dans la baignoire.

« C'est comme donner le bain à un éléphanteau ! » commenta sœur Atkins alors qu'elle lui versait de l'eau sur la tête. Sans cérémonie, les deux premières patientes furent lavées, frottées, puis se virent ordonner de se lever et de sortir. La sœur s'épongea le front. « Suivante ! »

Amy s'avança avec un léger sourire. « Si vous permettez, je me déshabillerai une fois que le bain sera prêt.

— Le bain est prêt ! rétorqua la sœur qui la dévisagea sans comprendre.

— Mais… mais c'est l'eau que vient d'utiliser Pearl ! »

La religieuse se tourna vers Ellen, qui était occupée avec une autre patiente. « Vous entendez ça ? Mademoiselle veut de l'eau propre rien que pour elle ! » Elle approcha son visage à quelques centimètres de celui d'Amy. « Maintenant, écoutez-moi bien, je ne sais pas pour qui vous vous prenez, mais sachez qu'ici on n'est pas dans un spa ! On n'a pas le temps de vider la baignoire entre chaque patiente, espèce de petite idiote !

— Mais ce n'est pas hygiénique… Ça ressemble plus à un bain rempli de parasites.

— C'est ça, exactement ! rétorqua la religieuse. Retournez à la fin de la file ! » Elle poussa Amy si violemment que celle-ci tituba en arrière en dérapant sur les flaques d'eau qu'avait déversées Pearl et se cogna la joue contre le rebord de la baignoire. Pendant un instant, la douleur fulgurante l'assomma et elle dut prendre sur elle pour ne pas s'évanouir. Elle se toucha la joue, qui était brûlante, et elle sentait déjà son œil enfler, mais elle ne pleurerait pas. Il était hors de question qu'elle donne ce plaisir à sœur Atkins.

Amy attendait dans la petite salle réservée aux visites en compagnie d'autres patientes. Elle n'était encore jamais venue dans cette partie de l'établissement ; à l'évidence, c'était la face publique de l'hôpital. Pour commencer, il y avait de la moquette, bien que celle-ci soit d'un motif affreusement criard, et un feu flambait dans la cheminée, où les bûches craquaient en dégageant une odeur de pin. Il y avait même une grande plante aux feuilles bien vertes et luxuriantes dans un cache-pot en cuivre. Dans le service, les plantes n'étaient pas autorisées, pour la bonne raison que certaines patientes avaient la fâcheuse manie de manger la terre.

Elle ne se leva pas pour accueillir son père et se contenta de lui tendre sa joue quand il se pencha pour l'embrasser. S'il fut choqué par son allure, il se débrouilla admirablement pour ne rien en montrer.

« La sœur m'a raconté que tu avais glissé dans la salle de bains et que tu étais tombée. » Il voulut lui toucher la joue, mais elle se recula.

« Ça ne m'étonne pas. »

Les infirmières l'avaient obligée à enfiler une robe propre, mais elle sentait mauvais et avait les cheveux gras et filasse.

« Je vois que tu t'es fait couper les cheveux.

— Oh oui, ils ont un super salon de coiffure... On peut même se faire faire une manucure. » Elle ébouriffa ses cheveux des deux mains en les hérissant dans tous les sens, puis lança un regard noir à son père. « Ils me les ont coupés avec des ciseaux tout émoussés. » Elle poussa un long soupir en tremblant. Elle ne voulait pas pleurer, mais sa voix était à peine plus forte qu'un murmure. « Il faut que tu me ramènes à la maison. Je te promets que je...

— Amy, s'il te plaît... Le médecin dit que tu ne vas pas bien.

— Ne me fais pas rire ! Je ne l'ai vu qu'une seule fois, et tout ce qu'il a fait a été de chercher à me provoquer pour me faire réagir, pour me pousser à la dispute !

— Reconnais-le, tu serais capable de déclencher une émeute dans une maison vide. »

D'un air las, il croisa les mains. Elle remarqua les premières traces grises sur ses tempes. Deux rides verticales étaient apparues entre ses sourcils, et bien que la lumière ait quitté ses yeux depuis longtemps, il avait à présent un regard vide, comme s'il avait perdu la volonté de s'en soucier. Elle l'aimait tellement, de chaque fibre de son être : la façon qu'il avait de la regarder, le souvenir de son odeur quand elle venait sur ses genoux au coin du feu… Étant petite, elle n'aurait voulu être nulle part ailleurs. Excepté sur les genoux de sa mère. Avec ses jambes osseuses, ce n'était pas aussi confortable, mais ses cheveux étaient longs et doux. Quand elle posait sa tête contre sa poitrine, elle attrapait une de ses mèches qu'elle frottait au-dessus de sa lèvre, se délectant de son parfum de noix de coco et de la texture soyeuse jusqu'à ce qu'elle s'endorme.

C'était trop dur – c'était comme si elle avait une balle de golf coincée au fond de la gorge. Elle sentit une larme brûlante couler sur sa joue et la piquer en passant sur son ecchymose. « Elle me manque trop, papa ! » Les mains plaquées sur le visage pour qu'il ne voie pas ses larmes, elle sentit qu'il lui tapotait le genou.

« À moi aussi, elle me manque… À moi aussi…

— Est-ce que tu me pardonnes ? »

Son père répondit d'une voix cassée et à peine audible : « Tu sais bien que oui. »

Après que les visiteurs furent partis et que les patientes eurent regagné leur service, Ellen se chargea de fermer la salle. Elle ratissa le feu en étalant les cendres et replaça les chaises le long du mur. Munie d'une pelle et d'une balayette, elle était à genoux en train de ramasser des miettes de biscuit lorsque quelqu'un lui tapa sur l'épaule.

« Oh, Seigneur... Vous m'avez fait une de ces peurs ! » Elle se redressa tant bien que mal. « Je peux vous aider ?

— Je suis désolé de vous avoir fait sursauter. Je suis le père d'Amy.

— Oui, je me souviens de vous. » Ellen lui tendit la main. « Comment allez-vous ? »

Il tordit sa casquette entre ses doigts. « J'aimerais vous donner quelque chose. Ça devra rester dans le dossier de ma fille, qui, je suppose, est confidentiel.

— Oui, naturellement. De quoi s'agit-il ? »

Il sortit une enveloppe de la poche de sa veste. « C'est une lettre à l'intention du... médecin. Celui qui s'occupe d'Amy. »

Ellen prit l'enveloppe couleur crème et hocha la tête. « Je veillerai à la remettre au docteur Lambourn. »

Le père d'Amy fixa ses chaussures. Sans lever les yeux, il balbutia un remerciement et s'éclipsa aussitôt.

14

Chacune de ses respirations semblait infiniment pénible : un raclement rauque à l'inspiration, un sifflement à l'expiration. Ellen remplit un bol d'eau tiède et passa un gant mouillé sur le visage de Gertie. La vieille dame avait atteint la fin de sa route, et elle tenait à ce qu'elle quitte ce monde le plus dignement possible. Gertrude May Lewis était arrivée à l'asile le cœur brisé, elle ne s'était jamais remise de la mort de son mari, n'avait jamais eu la chance de connaître un nouvel amour et faisait face à son dernier voyage. Ellen ignorait ce qui l'attendait mais s'il existait quelque chose tel que le ciel, un endroit où l'on retrouvait les êtres que l'on aimait, elle ferait en sorte que la vieille femme soit à son avantage.

« Voilà, Gertie… », dit-elle doucement en lui séchant les joues. Puis, après avoir jeté un coup d'œil vers le bureau de la sœur, elle prit le poudrier qu'elle avait mis dans sa poche et lui poudra légèrement le visage. « Vous voulez être belle quand vous reverrez Edgar, n'est-ce pas ? »

Adossée à deux oreillers, la vieille femme fixait le plafond. En entendant le nom d'Edgar, elle papillonna très légèrement des yeux. Avec une pince à épiler, Ellen lui retira quelques poils tout raides sur le menton, puis versa une goutte d'eau de lavande sur son doigt et la parfuma derrière les oreilles. Enfin, elle brossa ce qui lui restait de cheveux blancs en les arrangeant de façon à recouvrir la peau rosée sur le crâne. « Et voilà, Gertie, vous êtes superbe ! »

Lorsqu'elle agita le drap léger pour faire passer de l'air en dessous, elle fronça le nez. La lavande ne suffisait pas à masquer l'odeur de putréfaction. Elle rabattit le drap et releva la chemise de nuit de Gertie. Sur l'os protubérant de sa hanche s'étalait une escarre nécrosée, autour de laquelle la peau noircie était suintante de pus. Ellen plaqua sa main devant sa bouche et se pinça le nez en allant chercher une bassine et un gant de toilette.

Après avoir nettoyé la plaie et appliqué dessus de la poudre de zinc, elle prit la main de la vieille femme dans la sienne. La peau fine d'un gris argenté était fraîche au toucher, les ongles jaunis et striés. « Je suis désolée que le système vous ait laissée tomber. Je sais tout à propos d'Edgar… et je dois dire qu'il avait l'air d'être un merveilleux jeune homme ! On vous a refusé une vie de bonheur ensemble, mais il vous attend, j'en suis sûre. Vous pouvez lâcher prise. »

Gertie avait les yeux fermés et respirait à peine, mais ses lèvres esquissèrent un léger sourire. Ellen sentit ses propres paupières s'alourdir. Après une longue journée, elle aurait dû aller dormir. Elle mit un bras sur le lit et posa la tête au creux de son coude. Elle allait juste s'accorder quelques minutes.

Combien de temps était-elle restée assoupie, elle n'en avait aucune idée, toujours est-il qu'elle se réveilla en sentant une main sur son épaule. Groggy, elle se redressa et aperçut Dougie qui lui souriait. « Salut, toi ! dit-il en s'asseyant au bord du lit. Tu as l'air crevée… Pourquoi tu ne vas pas te coucher ? Je vais prendre le relais. »

Ellen se frotta les yeux. « Tu es venu ? Je croyais que tu… »

Il lui fit signe de se taire. « Je me suis dit que, après tout, ça ne pouvait pas faire de mal.

— Merci… Tu vas lui parler ?

— Mais oui. » Quand il se tourna vers Gertie, Ellen s'émerveilla de voir avec quelle facilité il s'exprimait, d'une voix à la fois rassurante et sincère. Comme si ça lui était parfaitement naturel.

« Comment ça va, Gertie chérie ? » Il fit un clin d'œil à Ellen. En l'entendant exagérer son accent américain, elle aurait pu l'embrasser.

Dougie caressa la main de la vieille dame, puis effleura sa joue ridée tout en murmurant doucement son nom. Ellen demeura sidérée par sa tendresse.

« Demande-lui si elle se souvient de toi », lui souffla-t-elle.

Il se recula et lui murmura à l'oreille : « Je ne suis pas Edgar et je t'avais prévenue que je ne ferais pas semblant de l'être ! » Bien qu'il l'ait dit avec beaucoup de gentillesse, elle comprit qu'il n'en démordrait pas.

« Désolée. Je me suis laissé prendre par l'instant. Tu es tellement…

— Je suis juste Dougie, qui rend service à une amie.

— Oui, je sais, et je t'en serai éternellement reconnaissante. »

Ellen regarda la silhouette endormie, la poitrine qui se soulevait à chaque respiration. « Elle a l'air paisible, non ? »

Dougie acquiesça. « Je me demande si elle nous entend. »

Pile à cet instant, Gertie ouvrit les yeux et leva la main, puis ouvrit la bouche et la referma en se frottant les lèvres. Ellen attrapa un verre d'eau. « Tenez, buvez un peu... »

Gertie secoua la tête en refusant de boire. Puis, avec un effort gigantesque, elle fit signe à Ellen de s'approcher. Celle-ci se pencha, l'oreille tout près de la bouche de la vieille femme. « Qu'est-ce qu'il y a, Gertie ? Vous voulez dire quelque chose ? »

Des sons rauques sortirent de sa gorge, ses cordes vocales ayant manifestement du mal à réagir à ce qu'on leur demandait soudain de faire, mais à la seconde même où la vieille femme rendait son dernier soupir, le premier mot qu'elle prononçait depuis seize ans résonna dans l'oreille d'Ellen.

Délicatement, cette dernière lui ferma les yeux et se tourna vers Dougie.

« Elle a parlé, murmura-t-elle.

— Quoi ?

— Elle a parlé, répéta Ellen en s'autorisant un petit sourire.

— Qu'est-ce qu'elle a dit ?

— Elle a simplement dit... *merci.* »

Lorsqu'il ouvrit tout grand les bras, elle n'hésita pas à s'y laisser aller et enfouit son visage dans sa blouse blanche. « Merci, Dougie... Tout ça, c'est grâce à toi. »

15

Le docteur Lambourn se passa la main sur le menton, sa barbe lui rappelant qu'il fallait qu'il achète une nouvelle lame de rasoir. Quand il entendit la porte s'ouvrir en râpant sur la moquette, il ajusta son nœud de cravate, puis se leva pour accueillir sa patiente.

« Voici Amy, docteur, annonça l'infirmière en forçant la jeune fille à entrer dans le bureau.

— Pas la peine de me pousser ! s'écria celle-ci. Je suis parfaitement capable d'entrer dans une pièce sans qu'on m'aide. »

L'infirmière leva les yeux au ciel. « Elle est à vous, docteur ! »

Il lui indiqua un fauteuil face à lui. « Je vous en prie, asseyez-vous. »

Son regard brillant ne dissimulant rien de sa fureur, Amy se laissa tomber lourdement sur le siège. Il se félicita que le bureau en acajou forme entre eux une sorte de barrière. Au cours de sa carrière, il avait rencontré toutes sortes de patients, il avait même fait l'objet d'une agression physique en plus d'une occasion, mais aucun ne l'avait décontenancé autant que cette jeune fille. Il frappa dans ses mains, puis les posa à plat sur le bureau. Qu'elle remarque qu'elles tremblaient ne leur serait utile à aucun d'eux. Il but un peu d'eau et se racla la gorge.

« Alors, comment vous sentez-vous ? »

Amy renversa la tête en arrière et croisa les bras derrière la nuque en observant le plafond. « Ça fait un mois, docteur… Pourquoi me gardez-vous ici ?

— Pour votre bien.

— Justement, ça ne marche pas ! Je serai mieux chez moi. Mon père m'a dit qu'il me pardonnait. »

Le médecin jeta un coup d'œil sur le tiroir entrouvert du bureau où il aperçut l'enveloppe couleur crème sur laquelle était écrit en lettres liées : *À l'attention du médecin*. Il ferma le tiroir et le verrouilla avec une petite clé en cuivre.

« Parlez-moi de votre premier souvenir.

— Pourquoi ? Qu'est-ce que ça a à voir ?

— Répondez-moi simplement », dit-il en souriant.

Elle soupira et croisa les bras sur la poitrine. « Vous savez quelle est la différence entre Dieu et un psychiatre ? »

Il tapota son stylo sur son bloc. « Non, éclairez-moi…

— Dieu ne se prend pas pour un psychiatre. »

Lentement, le docteur Lambourn hocha la tête, plus affecté par la plaisanterie qu'il ne souhaitait le montrer. « Excellent. »

Amy entortilla une mèche de cheveux autour de son doigt et esquissa un petit sourire satisfait. Ses grands yeux marron s'étaient adoucis, et bien qu'ils soient soulignés de cernes sombres, elle irradiait d'une beauté comme il n'en avait encore jamais vue chez aucune patiente.

« Revenons au sujet, si vous voulez bien… À votre premier souvenir. »

Sans prévenir, elle alla se poster devant la fenêtre et commença à parler en lui tournant le dos, comme si elle ne voulait pas qu'il voie son émotion. « J'étais heureuse… En tout cas au début. Je sais que vous attendez de moi que je vous raconte une histoire triste sur une enfance défavorisée pleine de cruauté et de négligence, mais ce n'était pas comme ça du tout. » Du bout des doigts, elle caressa le velours soyeux du rideau. « J'avais seulement deux ans quand la guerre a commencé… Non que je m'en souvienne, bien sûr, mais je me rappelle la ferme de ma grand-tante où nous sommes allées vivre, rien que ma mère et moi. Papa était parti se battre. » Elle se retourna. « Vous avez déjà perdu quelqu'un, docteur ? »

Pris de court par la question, il mit quelques secondes à se ressaisir. « C'est de vous qu'on parle, Amy, pas de moi. » Il sentit une veine battre sur son front. « Continuez, je vous prie.

— J'aimerais me souvenir de davantage de choses de cette période… Chaque fois que je pense à la ferme, je ressens une douleur ici, dit-elle en se touchant la poitrine. C'est comme une sorte de nostalgie, une réelle envie de remonter le temps… C'est magnifique, là-bas… Vous y êtes déjà allé ?

— Où ça ?

— Dans l'ouest du pays de Galles. La côte est spectaculaire… La mer démontée et impitoyable avec les landes balayées par le vent en hiver, les falaises parsemées de fleurs et le ciel radieux en été… » Elle passa sa langue sur ses lèvres. « Je peux presque encore sentir le goût du sel… Oh, et l'odeur des champs quand le foin vient d'être coupé… Même la cour de la ferme pleine de bouses de vache me paraissait sentir divinement bon !

— Ça paraît idyllique.

— Oh, ça l'était ! » Elle écarta les bras à l'horizontale et tournoya sur elle-même. « Maman et moi sommes restées là tout le temps qu'a duré la guerre, complètement à l'écart de ce qui se passait en Europe et dans le reste du monde… De temps en temps, on recevait une lettre de mon père, quelquefois une simple carte postale pré-imprimée où il écrivait dans un coin qu'il allait très bien ou quelque chose de ce genre. Mais j'étais trop jeune pour qu'il me manque, et en plus, j'étais très occupée.

« Lorsque j'ai eu l'âge, je passais toute la matinée à l'école, et quand j'en sortais, Jess, le border collie de ma grand-tante, m'attendait en tenant l'anse d'un panier dans la gueule. On revenait ensemble à la maison en sautillant et on s'arrêtait ramasser les œufs dans le poulailler qui se trouvait dans le champ derrière la maison… Ma mère était dans la prairie en train de peindre, son chevalet planté au milieu des hautes herbes et des fleurs sauvages, tandis que les buses virevoltaient dans le ciel. Puis on rentrait, et je buvais un verre de lait directement au pis de la vache. Il était encore tout chaud. Après, maman faisait chauffer la plaque du four et préparait des gâteaux gallois. »

Il ne l'avait jamais vue aussi enthousiaste. Ses yeux brillaient et sa bouche exprimait quelque chose qui se rapprochait d'un sourire. « Et après la guerre ? »

Ce fut comme s'il lui avait retiré le tapis de sous les pieds. Son visage s'assombrit, ses épaules s'affaissèrent, et elle revint se laisser choir dans le fauteuil. « Je ne veux pas en parler. » Les mains plaquées sur le visage, elle respira profondément.

Le docteur Lambourn regarda sa montre et attendit que l'aiguille du chronomètre ait fait deux tours de cadran. « Amy… » Elle ne bougea pas. Il se leva, passa de l'autre côté du bureau et s'agenouilla devant elle. Un à un, il lui écarta les doigts du visage. Sa peau était marquée, et la lueur présente quelques minutes plus tôt dans ses yeux s'était éteinte. « Si vous ne coopérez pas, je ne peux pas vous aider.

— C'est trop dur d'y penser… et encore plus d'en parler, murmura-t-elle. S'il vous plaît, ne m'y obligez pas, docteur ! Ça ne m'aidera en rien. »

Il était si près qu'il sentait la chaleur de son corps et son haleine au doux parfum de pêche. Il lui prit le menton en la forçant à le regarder. Ses yeux étaient sombres au point qu'il était difficile de distinguer ses pupilles. « Vous avez confiance en moi, Amy ? »

Elle lâcha un long soupir et détourna le regard vers la fenêtre en réfléchissant à sa question. « Je n'ai confiance en personne », finit-elle par répondre.

Cette jeune fille était un baril de poudre d'émotions contradictoires ! Vulnérable et enfantine un instant, tempétueuse et conflictuelle le suivant.

Il retourna s'asseoir derrière son bureau et décrocha le téléphone. « Du thé pour deux, s'il vous plaît, sœur Atkins. Et aussi quelques biscuits. »

Cinq minutes plus tard, la jeune élève infirmière, à qui la religieuse avait manifestement délégué cette tâche subalterne, entra avec un plateau. « Merci, vous pouvez le laisser là », dit le médecin en indiquant la petite table devant l'âtre.

Il se tourna vers Amy. « Vous venez ? »

Elle se leva. Il approcha son fauteuil de la cheminée, puis s'installa dans celui qui se trouvait en face. Ils burent le thé en silence, un silence plus contemplatif que gêné, interrompu de temps à autre par les crépitements du feu.

Le docteur Lambourn reposa sa tasse et se cala au fond du fauteuil. Amy grignota le coin d'un biscuit. Des miettes tombèrent sur ses genoux. Elle les envoya promener d'un geste absent sur la moquette avant de se laisser aller contre l'appui-tête en fermant les yeux. « Quand la guerre a pris fin, j'avais huit ans, commença-t-elle. Je dois avoir été la seule personne en Angleterre à ne pas avoir fêté ça, car je savais qu'on allait devoir rentrer à Manchester et que je devrais partager ma mère… Mon père, je ne m'en souvenais plus. Je ne l'avais pas revu depuis mes deux ans, il était pour moi un étranger. Ça va sans doute vous paraître dur, mais ça m'aurait été égal qu'il ne soit jamais revenu. Mais ma mère, elle, était folle de joie ! Comme la maison était restée fermée pendant six ans, nous avons passé des semaines à faire du ménage, à aérer et à tout pomponner, au point que j'étais persuadée que le roi en personne allait venir nous rendre visite !

« J'étais assise sur ses genoux, et on lisait un livre ensemble lorsque mon père a finalement franchi la porte. Il était encore en uniforme. Je me rappelle qu'il avait le visage tout sale et que, quand il a ôté sa casquette, ses cheveux étaient plats et gras. J'ai cru qu'un vagabond était entré chez nous par erreur. Mais ma mère l'a reconnu tout de suite. Elle a poussé un cri de joie et s'est levée si brusquement que j'ai atterri par terre sur les fesses. Elle ne s'en est même pas aperçue. Ils se sont serrés dans les bras pendant un moment interminable…

J'étais sûre qu'ils m'avaient oubliée, mais quand ils ont fini par se décoller l'un de l'autre, mon père est venu vers moi et s'est penché en me tendant les bras. Je ne savais pas trop quoi faire, alors il m'a soulevée et m'a serrée si fort que j'ai cru que j'allais suffoquer à cause du manque d'air et des relents de je ne sais quelle huile de moteur que dégageait sa peau. Sa joue toute barbue piquait, j'ai tourné la tête en essayant de lui échapper, mais il s'est contenté de rire et m'a reposée dans le fauteuil. »

Le médecin écoutait en silence. Amy n'avait jamais parlé aussi longtemps, et il hésitait à l'interrompre en lui posant des questions. Il hocha légèrement la tête en souriant pour l'engager à continuer.

« J'ai aidé ma mère à remplir la grande baignoire en fer devant la cheminée pendant que mon père nous regardait, assis dans le fauteuil. Elle ne voulait pas qu'il fasse quoi que ce soit, insistait pour qu'il se repose… Quand il a été prêt à entrer dans le bain, on m'a envoyée là-haut dans ma chambre. Je les entendais tous les deux qui riaient et gloussaient, puis soudain, il n'y a plus eu aucun bruit, et je ne les ai plus entendus du tout. »

Amy se pencha pour prendre son thé et recracha ce qui restait de liquide froid dans la tasse. « Une fois que mon père a été tout propre et rasé, je me suis assise sur ses genoux. Autant que je m'en souvienne, c'était la première fois… Il a sorti de sa poche une pièce de trois pence toute neuve qu'il a prise entre son pouce et son index, et là, juste devant mes yeux, il l'a fait disparaître… Je n'avais encore jamais vu ça, je n'arrivais pas à croire que cet homme magique était mon père ! Et soudain, il a passé sa main derrière mon oreille, et la pièce est réapparue ! J'étais tellement éberluée que je n'ai rien trouvé à dire. Il a ri, m'a embrassée sur la tête, et là, j'ai su que tout irait bien. Il était mon père, et il avait suffisamment d'amour pour moi et ma mère. » Elle sourit. « Contrairement à ce que vous pensez, je n'étais pas une enfant difficile…

— J'en suis persuadé. Continuez, je vous prie.

— Ce soir-là, je dois avouer que j'ai été un peu furieuse au moment d'aller me coucher. Pendant six ans, j'avais dormi dans le lit de ma mère, et d'un seul coup, on me disait de dormir dans mon lit dans une autre chambre… Je n'arrivais pas à le croire ! Je me suis sentie tellement trahie que j'ai filé à l'étage en tapant des pieds sans leur souhaiter bonne nuit ni à l'un ni à l'autre. Mais j'étais incapable de dormir et je suis restée les yeux grands ouverts jusqu'à ce que je les entende monter. L'un des deux a ouvert la porte de ma chambre pour jeter un coup d'œil. Mais j'ai aussitôt tiré l'édredon sur ma tête en faisant semblant d'être endormie.

« J'adorais sauter sur le lit de ma mère. Les vieux ressorts grinçaient au rythme de mes bonds. Quand je les ai entendus grincer alors que j'étais là sous mes couvertures, je me suis demandé pourquoi mes parents s'amusaient à sauter sur le lit. C'est vrai, mon père devait être fatigué… et puis, est-ce qu'ils n'étaient pas un peu trop vieux pour jouer à ça ? »

Le médecin laissa échapper un petit rire. « Et aujourd'hui, que ressentez-vous ? »

Elle haussa les épaules. « Ils étaient amoureux. Ils l'avaient toujours été, depuis l'âge de seize ans. Ni lui ni elle n'avaient jamais regardé quelqu'un d'autre… C'était un genre d'amour comme il n'en arrive qu'une fois dans une vie et que de rares personnes ont la chance de connaître… » Elle reprit sa respiration en frissonnant. « Si bien que ça a été d'autant plus dur quand…

— Quand quoi, Amy ? »

Elle fronça les yeux et se frotta les tempes. « Quand je l'ai tuée. »

Le docteur Lambourn laissa échapper son stylo qui atterrit par terre. Il prit son temps pour le ramasser, appréciant ce répit de quelques secondes. « Vous avez tué votre mère ? »

Amy acquiesça. « À ce moment-là, elle était enceinte de neuf mois d'un petit garçon… Mon petit frère. Il est mort, lui aussi. »

Son ton pragmatique alarma le médecin. « Comment avez-vous… Pouvez-vous me raconter ce qui s'est passé ?

— Pas vraiment, non… Je me souviens surtout d'après, je me revois assise dans le salon avec mon père qui sanglotait et pouvait à peine me regarder. J'avais le bras en écharpe et une écorchure au front. Plein de gens étaient là que je ne reconnaissais pas, en train de boire du thé comme si c'était la solution à tous les problèmes ! »

Il jeta un regard vers les tasses vides sur la table basse. « Vous vous sentez capable de continuer ?

— De continuer à vivre ou de raconter mon histoire ?

— De raconter votre histoire. »

Amy fixa le plafond, s'efforçant selon lui de contenir ses larmes. « Je me souviens d'avoir aperçu une chienne de l'autre côté de la rue… Elle ressemblait à Jess, que je n'avais pas revue depuis presque un an, et j'avais beau savoir que ce n'était pas elle, je me suis précipitée dehors en courant. Tout ce que je me rappelle, c'est que quelqu'un a crié, qu'une voiture a klaxonné… et que le corps de ma mère gisait étalé sur le capot de la voiture. »

Le médecin regarda son bloc. Son histoire l'avait tellement captivé qu'il n'avait pas pris une seule note. « Ça ressemble à un tragique accident. Pourquoi pensez-vous que c'était votre faute ?

— Ma mère est morte en voulant me sauver. Si je ne m'étais pas précipitée dans la rue, elle serait encore là… et je ne serais pas coincée ici avec un père qui me déteste !

— Il ne vous déteste pas. Vous avez dit vous-même qu'il vous avait pardonné.

— Il l'a dit avec la bouche, mais pas avec les yeux. »

Le docteur Lambourn se tut un instant. Il n'y aurait jamais de bon moment pour poser la question suivante. « Pourquoi avez-vous emmené le bébé au lac, Amy ? »

Elle lui jeta un regard ébahi, un voile de confusion troublant son visage. « Quel lac ? Quel bébé ? » Elle se leva d'un geste si brusque que le fauteuil se renversa. Lorsqu'elle sortit en trombe, une boule tomba du sapin de Noël installé près de l'âtre et se brisa sur le carrelage.

Après son départ, le médecin contempla la porte un long moment. Puis il prit la balayette près de la cheminée et ramassa les morceaux de verre brisé avant de retourner à son bureau et d'ouvrir le tiroir. Il relut la lettre de Peter Sullivan d'un air songeur en mordillant le bout de son stylo, puis nota quelque chose sur son bloc. Après avoir relu ce qu'il venait d'écrire, il repensa à ce qu'avait dit Amy. Peut-être avait-elle raison. Peut-être se prenait-il vraiment pour Dieu.

16

Ellen examina la feuille que venait de lui tendre sœur Atkins. « Qu'est-ce que c'est ?

— Les ordres du médecin, voilà ce que c'est ! »

Elle dévisagea la religieuse, qui encore une fois n'y était pas allée de main morte avec le rouge à lèvres. Ses dents étaient tachées de rouge.

« Amy va subir des ECT ? s'écria Ellen d'un air horrifié.

— C'est ce qui est écrit, non ? »

Elle repensa au dossier de Gertie. Ce traitement particulier lui avait valu d'avoir une jambe fracturée.

« Est-ce que c'est sans risque ? J'ai entendu raconter des choses terribles sur... »

La voix du docteur Lambourn la fit se retourner : « Je vois que vous remettez encore une fois en cause ce que dit le médecin, élève infirmière Crosby ! Je ne comprends pas pourquoi vous vous embêtez à suivre cette formation... Vous en savez manifestement déjà plus que n'importe qui. Peut-être pourriez-vous m'enseigner une ou deux choses… Après tout, je n'ai qu'un diplôme de médecine en psychiatrie ! »

Sœur Atkins réprima un sourire, manifestement ravie de voir Ellen mal à l'aise.

« Excusez-moi, docteur, c'est juste que…

— Pour ça aussi, vous êtes douée… Vous excuser. Sans doute avez-vous une longue pratique ! » Il se pencha si près qu'elle sentit l'odeur de dentifrice dans son haleine.

La sœur eut pitié et s'interposa. « Assurez-vous qu'Amy ne prenne pas de petit déjeuner ce matin, élève infirmière Crosby. »

Le docteur Lambourn observa Ellen d'un air pensif. « Et vous accompagnerez la patiente dans la salle des ECT. Peut-être apprendrez-vous quelque chose…

— Moi ? Oh, je ne suis pas sûre de… »

En le voyant froncer les sourcils, elle laissa sa phrase en suspens et dit : « Oui, bien sûr, docteur. »

Ellen trouva Amy dans la salle de jour, assise à sa place favorite devant la fenêtre. Le soleil voilé de décembre dessinait un trait sur la moquette, des particules de poussière dansaient dans le rai de lumière. « Venez, Amy, il est l'heure d'y aller.

— Je n'irai nulle part, dit la jeune fille sans lever les yeux.

— Nous en avons déjà discuté. Le docteur Lambourn a recommandé un traitement qui va vous aider. »

Cette fois, Amy lui lança un regard noir. « En me grillant le cerveau ?

— Ce n'est pas de cela qu'il s'agit… et de toute façon, il est inutile de discuter. Les patientes internées n'ont pas à donner leur autorisation en ce qui concerne les soins. »

Belinda s'approcha. « N'aie pas peur, ce n'est pas si épouvantable que ça… On m'en a fait des dizaines de fois, et regarde, je vais très bien ! » Elle ébouriffa ses cheveux en se mettant à loucher et laissa pendre sa langue sur le côté. « Tu vois, ze zuis complètement guérie ! » zozota-t-elle avant de s'éloigner en riant comme une folle.

Ellen amena Amy sur une chaise roulante dans la salle d'électroconvulsivothérapie. Le médecin les attendait. « Bonjour, dit-il en lui tendant un formulaire. Veuillez confirmer ces points, infirmière. »

Elle jeta un coup d'œil sur la liste. « Oui, la patiente est à jeun. Et comme vous le voyez, elle ne porte pas de lunettes, pas plus qu'elle n'a de dentier à retirer. » Elle lui rendit la feuille.

« Merci. » Il tapota la main gauche d'Amy en examinant ses veines. L'anesthésiste inséra un tube à travers lequel seraient administrés l'anesthésique et le relaxant musculaire. Le regard vitreux, Amy se laissa faire sans protester. Toute sa volonté de se battre avait disparu.

L'anesthésiste avait une allure de professeur fou, des lunettes rondes perchées au bout du nez, de longues mèches de cheveux fins et gris qui retombaient de part et d'autre de sa figure. « Comptez à l'envers en partant de dix, s'il vous plaît. »

Amy passa la langue sur ses lèvres et soupira : « Dix, neuf, huit, sept… » Très vite, sa voix devint inaudible et elle ferma les yeux.

« Élève infirmière Crosby, veuillez appliquer la gelée conductrice sur les zones bitemporales, je vous prie. »

Ellen le regarda sans comprendre.

« Les tempes ! » précisa le docteur Lambourn d'un ton agacé.

Alors qu'elle étalait la gelée de ses doigts tremblants, Ellen sentit les larmes lui monter aux yeux. Dans la salle aux murs marron trop petite et étouffante, il flottait une odeur étrange, une sorte de gaz nauséabond qui lui remontait dans les narines et au fond de la gorge et la rendait vaseuse. Elle entendit la porte s'ouvrir et vit deux autres infirmières entrer dans la pièce déjà encombrée.

Dès que l'anesthésiste fit signe au docteur Lambourn, ce dernier reporta son attention sur l'appareil en bois installé sur le chariot près d'Amy. Il tourna et régla une série de cadrans et de boutons jusqu'à ce qu'il paraisse satisfait. Puis il mit un bandeau en caoutchouc dans la bouche de la patiente et plaça deux électrodes sur les zones du crâne enduites de gelée. La main plaquée devant la bouche, Ellen attendit que le médecin appuie sur le bouton qui enverrait l'électrochoc. Se sentant quelque peu vaciller, elle s'agrippa au chariot à l'instant où quatre-vingts volts de courant traversaient le cerveau d'Amy. En dépit des deux infirmières qui la maintenaient sur la table, le corps de la jeune fille fit un bond sur la table, et ses bras et ses jambes s'agitèrent si violemment qu'elle se retrouva quasiment en lévitation. Une fois qu'elle redevint immobile, l'anesthésiste lui ôta le bâillon et lui mit un masque à oxygène sur le visage pendant quelques secondes.

Le docteur Lambourn sourit à Ellen. « Vous voyez, ce n'était pas si terrible que ça !

— Pas pour moi. Mais pour elle ? » D'un signe de tête, elle montra le corps inerte d'Amy et son menton luisant de bave.

« D'ici à une quinzaine de minutes, elle reviendra à elle et elle ressentira probablement un fort mal de tête. C'est un effet secondaire qu'on ne peut malheureusement pas éviter, mais ça ne durera pas.

— Et à long terme ? »

Le docteur Lambourn adopta un ton professoral. « Amy a des difficultés à se souvenir de certaines choses, des choses qui sont importantes pour l'aider à guérir. Et s'il est vrai que ses souvenirs risquent de s'embrouiller à la suite de ce traitement, dans certains cas, les patients voient leur mémoire s'améliorer du fait de la capacité qu'ont les ECT de supprimer l'amnésie souvent associée à la dépression sévère. »

Ellen remarqua que la paupière inférieure du médecin tressautait. Il serra le dossier d'Amy contre lui comme pour se protéger. Son attitude ne correspondait pas du tout à celle d'un homme convaincu par les paroles qui sortaient de sa bouche. Elle saisit sa chance. « Vous êtes donc en train de dire que c'est en quelque sorte une loterie, c'est ça ? »

Le docteur Lambourn sembla choisir ses mots avant de répondre. « Vous êtes toujours aussi pénible ? Ou vous arrive-t-il de prendre un jour de repos ?

— Je ne pense pas que ce soit une mauvaise chose de s'interroger sur certaines méthodes si elles paraissent un peu barbares et donnent des résultats aléatoires. »

Il soupira très fort par le nez, ce qui aurait pu être une façon de rire avec dérision. Cependant, il était plus qu'évident qu'il ne la trouvait pas amusante du tout. « Contentez-vous de faire la toilette au lit et les lavements, et laissez les choses importantes aux vrais médecins. » Sur ce, il sortit en trombe en claquant la porte derrière lui.

L'anesthésiste adressa un petit sourire à Ellen avant de hausser les épaules et de se concentrer sur ses instruments de torture.

Elle avait très envie d'aller parler à Dougie. Elle avait besoin de voir un visage amical, de l'entendre la rassurer et lui dire que tout irait bien. Lorsqu'elle s'engagea dans le couloir qui menait à l'aile des hommes, elle pria pour qu'il soit encore là. Mémoriser ses propres horaires de travail était déjà assez compliqué, alors, ceux des autres… Elle frappa à la porte verrouillée de l'unité et jeta un coup d'œil par le hublot en verre armé. Elle râla intérieurement en apercevant l'infirmier obèse arriver d'un pas pesant, son trousseau de clés rebondissant sur sa hanche. Après avoir sélectionné la bonne clé, il ouvrit la porte. « Oui ?

— L'infirmier Lyons est-il encore là ?

— Qui veut le savoir ? »

Ellen n'était pas du tout d'humeur à jouer aux devinettes. « Moi. »

Il sourit et lui fit signe d'entrer. « Vous le trouverez dans la salle de jour.

— Merci. »

Elle se rendit tout au fond dans la grande salle, sans avoir besoin de se retourner pour se douter que l'infirmier fixait ses fesses et que les yeux de tous les patients étaient rivés sur elle, comme si elle était une sorte de créature étrange dans une exposition de monstres à l'époque victorienne.

Dougie était assis devant une petite table carrée, le dos tourné à la porte, penché en avant et la tête dans les mains. Le jeune homme qui lui faisait face recula sur sa chaise et croisa les bras en esquissant un petit sourire satisfait. « Échec et mat ! claironna-t-il.

— Tu as encore gagné ! » dit Dougie en secouant la tête.

Le jeune homme parut ravi. Deux fossettes se creusèrent sur ses joues imberbes. Ses cheveux noir de jais avaient été rasés d'un côté, et bien qu'ils soient en train de repousser, Ellen aperçut la cicatrice qui courait sur son crâne.

« Bonjour, Dougie, dit-elle en souriant à son partenaire d'échecs.

— Mon Dieu, qu'est-ce qui t'amène ici ? Ellen, je te présente Edward, qui vient de me battre une fois de plus. » Il ramassa les pièces sur l'échiquier. « Allez, Ed, va-t'en ! »

Le jeune homme prit le roi noir sur l'échiquier, l'embrassa, puis le lança en l'air. Dougie le rattrapa dans sa main. « Même heure demain ? »

Edward se frotta le menton. « Il faut d'abord que je vérifie mon agenda. » Il se leva avec difficulté en s'appuyant au rebord de la table. Dougie voulut venir l'aider, mais il l'en dissuada d'un signe. « Je peux y arriver tout seul, merci ! » La démarche instable, il s'éloigna à petits pas traînants, les bras tendus devant lui, prêt à se rattraper à quelque chose au cas où il perdrait l'équilibre. Presque arrivé devant la porte, il se jeta contre le montant comme si c'était un canot de survie. Le visage rougi par l'effort, il se retourna et lança d'un air rayonnant : « Je te l'avais bien dit ! »

Une fois qu'il fut parti, Ellen s'installa sur la chaise qu'il venait de libérer. « C'est vraiment gentil à toi de le laisser gagner... J'imagine que c'est bon pour son estime de soi.

— Le laisser gagner ? J'aimerais bien qu'il *me* laisse gagner de temps en temps ! Je n'ai encore jamais réussi à le battre.

— Ah, je croyais que...

— Oui, je sais ce que tu penses. Je joue tellement mal aux échecs que je n'arrive même pas à battre un malade mental !

— Pourquoi est-il ici ? J'ai vu la cicatrice sur son crâne et, manifestement, il a du mal à marcher.

— Il s'est blessé à la tête en faisant une chute de vélo. Il est dans le service depuis plusieurs mois.

— Mais il ne devrait pas être dans un hôpital psychiatrique...

— Ce n'est pas moi qui décide des règles. Il a encore des crises.

— Oh, le pauvre... Il est si jeune !

— En fait, il vient d'avoir vingt et un ans. C'était son anniversaire la semaine dernière. Sa mère lui a apporté un gâteau. Elle lui rend visite une fois par semaine, et elle lui apporte toujours une poire.

— Une poire de quoi ?

— Une poire à manger, pardi ! » Dougie jeta un regard sur la pendule. « Elle doit venir cet après-midi. »

Ellen attrapa un pion blanc sur l'échiquier et le fit rouler entre ses doigts. « Ce matin, j'ai dû accompagner une patiente à une séance d'ECT. »

Il tendit la main pour récupérer la pièce. Elle la lâcha sur sa paume. « Et tu as trouvé ça très dur. » Ce n'était pas une question.

« C'était affreux… En quoi est-ce une bonne chose de torturer ainsi quelqu'un ? »

Dougie remit le couvercle sur la boîte de jeu d'échecs. « Tu sais, au cours de ces deux dernières années, je me suis posé de multiples fois cette question, mais j'ai aussi constaté une réelle amélioration chez certains patients. C'est tout ce que je peux en dire. Je ne peux parler que de ce que j'ai vu.

— J'ai interrogé le docteur Lambourn. Je lui ai demandé s'il n'existait pas un autre moyen de…

— Oh non, tu n'as pas fait ça ?

— Ne t'inquiète pas, j'ai retenu la leçon… Il pense déjà que j'ai la grosse tête !

— Il n'y a rien de mal à faire preuve d'enthousiasme, ma vieille », dit-il en lui tapotant la main.

Qu'il l'ait appelée ainsi la fit sourire. Néanmoins, avec son accent, ça donnait l'impression qu'il se payait sa tête.

« Bon, je ferais mieux d'aller voir comment va Amy », dit Ellen en se levant.

Il se figea. « La jeune fille qui était au bal ? C'est à elle qu'on a fait les électrochocs ?

— Oui. »

L'expression de son regard était difficile à interpréter. L'air contrarié, Dougie poussa un gros soupir et murmura : « La pauvre… »

Les odeurs du déjeuner imprégnaient encore la salle – des relents de lard rance qui rivalisaient avec les pommes cuites trop cuites. Et de chou. L'hôpital sentait en permanence le chou, même quand il n'y en avait pas au menu.

Amy était allongée sur son lit, les yeux rivés au plafond, une croûte de salive séchée aux coins de la bouche. Pearl était à genoux par terre d'un côté, Queenie de l'autre, chacune lui tenant une main. Cette démonstration de compassion émut Ellen. « C'est gentil à vous, Pearl. Comment va-t-elle ?

— Elle n'a pas dit un mot. Vous pourriez m'aider à me relever ? Je me doutais bien que c'était une erreur de m'agenouiller sur ce sol dur comme du bois ! »

Ellen la prit par un bras et rougit sous l'effort qu'elle dut faire pour la soulever.

« Merci, infirmière.

— Pearl, Queenie, je vais prendre le relais. Vous avez été adorables toutes les deux. Je suis sûre qu'Amy apprécie votre gentillesse. »

Les deux patientes se prirent bras dessus bras dessous et s'éloignèrent vers la salle de jour.

Ellen caressa le front d'Amy. « Vous devez avoir faim, non ? Vous n'avez pas pris de petit déjeuner. »

Aucune réaction. Tout en observant la jeune fille, elle serra les dents de frustration. Amy n'était plus qu'une version pathétique de la demoiselle dynamique pleine de fougue arrivée à l'asile quelques semaines plus tôt. Son moral était au plus bas et son espoir s'amenuisait de jour en jour.

« Je… je… voudrais voir mon père. » Elle prononça ces mots d'une voix faible et rocailleuse, comme si elle avait inhalé de la fumée au-dessus d'un feu.

Ellen se pencha plus près. « Je vais en parler, comptez sur moi ! » Puis elle se tourna vers le lit qui se trouvait en face. « Belinda, vous voulez bien venir tenir compagnie à Amy ?

— Non, je suis occupée. Allez vous faire…

— Belinda ! Venez ici tout de suite ! »

Ellen frappa à la porte du bureau du médecin, les aisselles couvertes de sueur, le cœur battant à toute allure comme si elle venait de courir un marathon.

« Entrez ! » La voix désincarnée semblait plutôt sympathique, mais elle savait qu'à la seconde où elle franchirait le seuil, toute sa bonhomie s'envolerait.

« Je peux vous dire un mot, docteur Lambourn ?

Il se frotta les tempes. « Allons bon, c'est encore vous ? Non, ne me dites rien… Vous m'apportez une nouvelle méthode révolutionnaire pour guérir les malades qui n'implique pas d'aller fouiller dans leur cerveau ou de leur faire subir des électrochocs comme si c'était des animaux à l'abattoir ! Je me trompe ? »

Ellen serra les poings et répondit avec calme. « Pas du tout, docteur. Je voulais seulement savoir si on pourrait faire venir le père d'Amy bientôt. Elle le réclame.

— Elle le réclame ? » Il l'avait dit d'une voix neutre, mais elle devina qu'il y avait derrière une menace.

Elle avala sa salive avant de répondre. « Oui, docteur.

— Et vous trouvez normal que ce soient les patients qui nous donnent des instructions ? »

Ellen sentit les premiers frémissements de peur se manifester dans son ventre. « Je pensais juste que…

— Vous pensez trop, c'est bien là votre problème ! »

Il sortit une enveloppe d'un tiroir et la lui tendit. « Je vous suggère plutôt de lire ceci. »

Ses doigts lui donnant l'impression d'être aussi gros et malhabiles que des saucisses, Ellen sortit la feuille de l'enveloppe. Elle parcourut rapidement la lettre avant de se concentrer sur les mots.

Le 1er décembre 1956
À l'attention du médecin en charge d'Amy Amelia Sullivan

Je soussigné, Peter Sullivan, père de la patiente susnommée, tiens à vous faire savoir que ma fille devra rester sous votre garde pendant un temps indéfini. Bien que cette décision soit la plus difficile et la plus douloureuse que j'aie jamais eu à prendre, je la confie à l'asile étant donné qu'elle ne peut plus vivre chez moi. Elle représente un danger pour elle-même et pour sa famille. Ses actes ont démontré qu'elle n'était pas saine d'esprit, et l'avoir à la maison présenterait un risque que je ne suis pas prêt à courir. Je ne crois pas qu'elle soit mauvaise, néanmoins je ne souhaite pas la revoir tant qu'elle ne sera pas complètement guérie – quel que soit le temps que cela prendra. Je l'aimerai toujours, mais la voir dans cet état m'est trop pénible. Je vous prie de la traiter avec bienveillance.

Bien sincèrement,

Peter Sullivan

Assis derrière son bureau, le docteur Lambourn avait le menton dans les mains et la tête parfaitement immobile, mais ses yeux guettaient chacun de ses mouvements.

Ellen replia la lettre et la posa devant lui. « Est-ce qu'elle sait que son père ne viendra plus la voir ?

— Non, je ne le lui ai pas encore annoncé, et je ne vois pas la nécessité de le faire dans l'immédiat.

— Mais elle va être anéantie…

— Élève infirmière Crosby, il y a des choses que vous ne savez pas… et que vous n'avez aucun besoin de savoir. » Il tapota son stylo sur le gros livre posé près de lui. « Connaissez-vous les travaux de Sigmund Freud ?

— Non, pas vraiment… J'ai entendu parler de lui, mais…

— Et ceux de Carl Jung ? »

Ellen fit signe que non et baissa les yeux.

Elle l'entendit repousser son fauteuil, et brusquement, il surgit à ses côtés en la prenant par l'épaule comme s'ils étaient de vieux amis. L'odeur âcre de son eau de Cologne lui agressa les narines. « Retournez dans la salle, dit-il tout bas. Et laissez-moi m'occuper d'Amy. »

17

Noël était sa fête préférée. Sa mère avait toujours fait un effort supplémentaire et, des années plus tard, Amy n'avait rien oublié de l'excitation qu'elle ressentait lorsqu'elle descendait l'escalier en courant le matin de Noël et apercevait la chaussette suspendue au-dessus de la cheminée. Bien que celle-ci ne soit pas très remplie – on était en guerre –, il y avait toujours un cadeau fabriqué à la maison, et du meilleur effet. Ces cadeaux, Amy les avait conservés précieusement jusqu'à ce jour. Le mouchoir brodé à ses initiales ; le caillou lisse et plat que sa mère avait ramassé sur la plage et sur lequel elle avait peint des œillets roses comme on en trouvait sur les falaises derrière le cottage ; et son préféré entre tous : un petit ours qu'elle avait tricoté avec des bouts de laine de toutes les couleurs et rembourré de vieux bas.

Elle se revoyait assise sur l'accoudoir tandis que sa mère était dans le fauteuil en train de tricoter un gilet bleu pâle pour le bébé à venir, son frère – car ils avaient été certains que ce serait un garçon. Sa mère avait passé son alliance sur une chaîne qu'elle avait tenue au-dessus de son ventre arrondi. L'alliance s'était balancée de droite à gauche, ou avait tourné en rond – elle ne se rappelait plus très bien –, toujours est-il que sa mère avait été folle de joie en se voyant apparemment confirmer qu'elle portait un fils.

Amy regarda par la fenêtre. Bien que bas dans le ciel, le soleil éblouissant se reflétait sur les champs tout blancs où les arbres ployaient sous le poids de la neige tombée en abondance. Ce pauvre petit garçon, son petit frère, n'avait jamais porté ce gilet, et son père avait dormi pendant des années en le laissant sous son oreiller.

« Levez-vous, Amy, on va faire un tour dehors. »

Elle ne l'avait pas entendu arriver. Cet ordre soudain interrompit sa rêverie. Peut-être cela valait-il mieux ; ruminer ne servait à rien, ils n'arrêtaient pas de le lui répéter. Cependant, ici, c'était différent. Ce maudit médecin voulait tout le temps la faire parler, lui faire revivre ses souvenirs douloureux.

« Un tour ? » Amy regarda le docteur Lambourn dans son gros manteau à col de fourrure qui lui donnait l'allure d'un espion russe. Quand il tapa dans ses mains, ses gants en cuir produisirent un son retentissant.

« Oui, venez ! » Il lui tendit le manteau qu'il avait apporté en l'invitant à l'enfiler.

Elle se leva lentement et glissa ses bras dans les manches. Il fit passer ses cheveux sur le col. En sentant sa main sur son cou, elle frissonna malgré elle.

« Je vois que vos cheveux ont un peu repoussé. »

Elle se tourna face à lui tout en boutonnant son manteau. « Je suppose qu'on voudra bientôt me les couper à nouveau. »

Dehors, Amy eut envie de courir droit devant elle et de ne plus jamais regarder en arrière. Elle aurait voulu danser dans la neige fraîche, souiller cette surface immaculée… Et sans doute l'aurait-elle fait si le médecin ne l'avait pas prise par le bras, comme s'ils étaient des amoureux sortis faire une balade dans le paysage hivernal féerique. Elle s'arrêta de marcher et le regarda. Ses joues étaient rougies par le froid et son chapeau qui avait glissé lui couvrait quasiment les yeux.

« Est-ce que pour vous, je ne suis qu'une expérience, docteur ? Je veux dire, je ne vous vois pas vous promener avec Pearl ou Queenie, ni même avec Belinda.

— Belinda ! s'esclaffa le docteur Lambourn. Dieu m'en préserve ! » Il sortit un mouchoir et s'essuya les yeux. Ils pleuraient, mais ce n'était pas des larmes, seulement une réaction à l'air glacial. « Vous m'intriguez, Amy, et je crois que je peux vous aider. Avez-vous entendu parler de Sigmund Freud ? » Il l'entraîna en avant. Leurs pas crissèrent sur la neige.

« Oui, répondit-elle avec méfiance. Il a quelque chose à voir avec les rêves, c'est ça ?

— Freud est le père de la psychanalyse, dit le médecin en riant. Il encourageait ses patients à parler librement de ce qu'ils avaient vécu, notamment au cours de leur petite enfance. Il voulait investiguer l'esprit, surtout l'inconscient, et donc, oui, vous avez raison pour ce qui est des rêves.

— C'est pour ça que vous essayez encore de me faire parler ?

— Découvrir la cause cachée de vos problèmes psychiques m'intéresse, oui. »

Amy s'immobilisa. « Je n'ai aucun problème psychique ! Pourquoi vous ne vous occupez pas plutôt des personnes qui en ont, docteur ? » Elle fit un grand geste en montrant l'hôpital. « Cet endroit est rempli de cinglés qui ont plus besoin que moi que vous leur consacriez du temps !

— La plupart sont irrécupérables. » Il l'attrapa par le menton pour l'obliger à le regarder. « Alors que pour vous, il y a de l'espoir, Amy, dit-il en appuyant son doigt au milieu de son front. Mais il faut qu'on découvre la clé qui ouvre ce qui se passe là-haut. La clé de votre liberté ne se trouve pas sur le trousseau que sœur Atkins porte à la ceinture… Elle est là, dans votre tête ! S'il vous plaît, laissez-moi vous aider. »

Il lui tenait toujours le menton, mais pas d'une façon menaçante ; en fait, son pouce ganté de cuir lui caressait la joue. Peut-être devrait-elle lui faire confiance… Depuis les électrochocs, ses souvenirs étaient moins embrouillés – au moins sur ce point, il avait dit vrai. Mais subir cette épreuve encore une fois était la dernière chose qu'elle voulait.

« Plus d'électrochocs ? »

Il la prit fermement par les épaules. « Plus d'électrochocs, je vous le promets. »

Amy observa le bâtiment au loin qu'elle était désormais obligée d'appeler sa maison. Le château d'eau dominait les toits où des stalactites pendaient telles des lances le long des gouttières. Quel mal y aurait-il à se prêter à sa psychanalyse expérimentale ? De toute façon, qu'avait-elle à perdre ?

« Et vous êtes qualifié pour pratiquer cette psychanalyse ?

— Plus ou moins.

— Plus ou moins ? répéta-t-elle d'un air étonné.

— Je suis psychiatre et pleinement qualifié, vous n'avez rien à craindre. Et bien que cette psychanalyse soit quelque peu différente, vous êtes entre de bonnes mains. »

Amy soupira. « D'accord… Je serai votre cobaye.

— Vous ne le regretterez pas ! conclut le médecin en esquissant un sourire. Nous commencerons après Noël. »

Le vent en plein visage, les lèvres tétanisées de froid, ils marchèrent dans un silence agréable jusqu'à ce qu'ils arrivent devant l'hôpital et l'escalier en pierre qui avait disparu sous une épaisse couche de neige. Plusieurs hommes étaient rassemblés au bas des marches, appuyés sur leurs pelles. Un infirmier apparut et leur donna des instructions. « Ed, tu dégages les marches, s'il te plaît, en commençant par le haut. Et pousse la neige de gauche à droite pour qu'elle tombe sur les grilles. » Il se tourna vers les autres. « Vous, commencez par déblayer l'allée. »

Le jeune Ed gravit les marches une à une, comme un petit enfant qui apprend à monter un escalier. Se tenant à la rambarde, il prit plusieurs profondes inspirations, puis il commença à pelleter la neige. Sa frêle ossature et son instabilité apparente ne l'empêchaient en rien de travailler avec efficacité, de sorte qu'il déblaya la première marche en quelques secondes et passa à la suivante. Le docteur Lambourn et Amy attendirent en bas patiemment.

Une fois l'escalier entièrement dégagé, le jeune homme les invita à avancer. « Merci, Ed ! » lui dit le médecin.

Amy le remercia d'un sourire accompagné d'un petit signe de tête. Ed souleva sa casquette, l'air ravi. « Faites attention, mademoiselle, je ne voudrais pas que vous glissiez ! »

Le docteur Lambourn tapa des pieds sur le perron pour les débarrasser de la neige. Amy prit une poignée de neige sur la rambarde et en fit une boule parfaite. Ed, penché sur sa pelle, lui tournait le dos. Quand elle lança son missile, qui l'atteignit en plein sur la nuque, la boule de neige se désintégra en dégoulinant dans son col.

Il se redressa dans un sursaut. « Hé, faites gaffe ! » Il chercha des yeux son assaillant et vit Amy se frotter les mains en souriant. « C'est vous ? »

Elle se retint de rire, mais lorsqu'elle le vit se baisser pour ramasser une poignée de neige à son tour, elle se précipita à l'intérieur en poussant un cri et claqua la porte juste à temps. Lorsqu'elle entendit la boule de neige atterrir sur le montant en bois, elle s'adossa contre la porte et éclata de rire. Pour la première fois depuis des années, elle sentit la joie exploser en elle, et le rire resté si longtemps enfoui jaillit telles des bulles de champagne dans une bouteille, en un torrent qu'elle ne parvenait plus à arrêter.

18

Jamais l'hôpital n'avait été aussi resplendissant. Et pas seulement à cause des décorations de Noël. Le ménage avait été fait à fond, on avait fait disparaître les toiles d'araignée, les taches, ainsi que tous les patients difficiles. La directive du nouveau surveillant général était arrivée la semaine précédente. Deux jours avant Noël, l'établissement serait ouvert aux visiteurs afin que les familles puissent passer du temps avec leurs proches, et repartir chez eux en étant rassurés de savoir qu'ils recevaient les meilleurs soins possibles.

« Comme si on avait pas déjà assez de boulot ! » avait râlé sœur Atkins en prenant connaissance du mémo.

Ellen avait gardé le silence. La religieuse n'avait pas à se plaindre. Comme Ellen s'y attendait, elle leur avait délégué le travail supplémentaire à elle et aux autres élèves infirmières.

Une fois qu'elle eut terminé de frotter, de récurer et de cirer, elle avait les mains toutes rouges et éraflées, les ongles plus courts qu'ils ne l'avaient jamais été. Amy apparut sur le seuil de la salle de jour en tenant un plateau.

« Où est-ce que je mets ça ? »

La cuisine avait fait monter une fournée de tartelettes aux fruits secs toutes chaudes, ce qui, avec les chants de Noël que diffusait le gramophone, ne faisait qu'ajouter à l'ambiance de Noël et injectait même un semblant de normalité. Ellen prit le plateau et le posa sur la console, où elle aperçut une petite tache de cire qu'elle essuya avec sa manche en marmonnant : « Quelqu'un n'a pas très bien fait son travail !

— De quoi j'ai l'air ? » demanda Amy en tournoyant sur elle-même. Je veux montrer à mon père que je vais mieux et que je ne le décevrai plus. » Toujours vêtue de la robe de l'hôpital, elle avait noué un ruban autour de sa taille menue et s'était fabriqué une broche avec un bout de guirlande. Ses cheveux étaient brossés, et une touche de rouge à lèvres rose pâle complétait sa métamorphose.

Ellen se concentra sur les branches de houx qu'elle avait cueillies dans le parc. Les feuilles au vert brillant lui piquèrent le doigt, sur lequel apparut une goutte de sang. Elle s'empressa de le porter à sa bouche, cet incident lui fournissant un excellent prétexte pour ne pas avoir à répondre à la question d'Amy.

Lorsque les visiteurs commencèrent à arriver, les patientes étaient toutes rassemblées dans la salle de jour. Elles allaient et venaient en buvant du thé et en mangeant des tartelettes comme si elles étaient dans une grande demeure à la campagne où les recevaient le lord et la lady du manoir. Ellen circula dans la salle avec la théière, remplissant les tasses et échangeant quelques mots ici et là. Elle remarqua qu'Amy jetait des coups d'œil vers la porte en guettant son père, son visage s'assombrissant chaque fois qu'un nouveau visiteur arrivait pour une autre patiente. Mais Ellen savait qu'il ne franchirait pas cette porte, ni aujourd'hui, ni demain, ni un autre jour. Le docteur Lambourn avait insisté pour que la jeune fille ne soit pas mise au courant de la lettre que lui avait adressée son père. Selon lui, ça ne serait pas favorable à sa guérison. Ellen voulait-elle être responsable du fait qu'Amy n'aille pas mieux ? Pourrait-elle vivre en ayant ce poids sur la conscience ? Ces derniers jours, il était vrai que la jeune fille semblait avoir retrouvé un certain éclat, qu'elle n'était pas aussi chicaneuse et turbulente que d'habitude. De toute manière, elle n'avait pas le choix, elle devait respecter les instructions du médecin.

Queenie avait l'air dans son élément. Sa jeune sœur était venue la voir, et elle la promenait à travers la salle en la présentant à tout le monde comme étant la princesse Ethel, que cela intéresse les gens ou pas.

« Pour l'amour du ciel ! murmura Amy à Ellen. On pourrait croire qu'ils auraient fini par lui sortir ces absurdités de la tête ! Franchement, ce n'est pas juste que je me retrouve enfermée avec des personnes comme ça !

— Queenie est plutôt inoffensive. »

Amy changea de sujet. « Mon père ne viendra pas, n'est-ce pas ? »

Ellen s'empressa d'enfourner une moitié de tartelette dans sa bouche, histoire de se laisser le temps de formuler une réponse adéquate. Elle avala le gâteau bourré de gras et s'essuya les lèvres avec son tablier. « C'est ce qu'il semblerait… Mais ne soyez pas triste. Concentrez-vous sur le fait d'aller mieux, et quand vous sortirez d'ici, vous pourrez aller le voir. »

Brusquement, Amy arracha la broche de sa robe d'un geste si violent qu'elle fit un trou dans le tissu. « Je savais qu'il ne viendrait pas… Elle lui a lavé le cerveau ! » Puis elle dénoua le ruban qu'elle avait à la taille et le mit autour de son cou. Immédiatement, Ellen perçut le danger. Elle n'y avait pas prêté attention, mais Amy n'aurait jamais dû être en mesure de se procurer ce ruban. Étant donné qu'elle était une patiente « à fiche rouge », laquelle correspondait à un risque potentiel de suicide, il s'ensuivrait certainement une enquête qui aurait de graves répercussions sur quiconque était chargé de la surveiller si jamais la sœur s'en apercevait.

Amy se fraya un chemin au milieu de la foule et s'installa sur la banquette devant la fenêtre en contemplant le jardin. La neige avait commencé à fondre et d'énormes plaques dégringolaient du toit comme de la glace fondue. Ellen s'assit face à elle et lui prit la main.

« Il y a de l'espoir pour vous, Amy. Il ne faut pas abandonner. » Elle toucha le ruban en satin quelques instants sur le cou de la jeune fille avant de le lui enlever doucement et de le mettre dans sa poche.

19

Si l'asile de fous d'Ambergate avait eu quelque chose comme un calendrier mondain, le bal de Noël en aurait été à coup sûr le point culminant. Les patientes avaient passé les semaines précédentes à fabriquer des guirlandes en papier, lesquelles étaient à présent suspendues dans la salle entre les appliques murales. Un immense sapin de Noël avait été réquisitionné quelque part, et avec ses branches quasiment dépourvues d'aiguilles, il ajoutait un côté pathétique aux festivités.

La déception due à l'absence de son père la veille s'était plus ou moins dissipée, et pour la première fois depuis son admission, Amy se sentait un peu plus optimiste. Le docteur Lambourn avait promis de l'aider à aller mieux, et même s'il utilisait une méthode sans être qualifié, qui était-elle pour en discuter ? Elle ne connaissait pas la différence entre un psychiatre et un psychanalyste, et d'ailleurs, elle s'en fichait. Du moment qu'elle n'aurait pas à subir une nouvelle séance d'électrochocs, elle serait d'accord sur tout.

Le parquet de danse était bondé de patients vêtus à l'identique qui se dandinaient en faisant semblant de passer un bon moment. Des rations supplémentaires de cigarettes avaient été distribuées, si bien qu'un brouillard de fumée bleue planait dans la salle tel un nuage toxique. Amy agita la main devant elle en sentant ses yeux la piquer. Elle regarda Queenie soulever Pearl et la faire tournoyer, à peine capable de refermer les bras autour de sa masse imposante. Soudain, elle sentit qu'on lui tapotait l'épaule et se retourna. Un jeune infirmier lui tendit la main. « Vous voulez danser ? »

Elle reconnut son accent et fronça le nez. « Désolée, j'ai oublié votre nom…

— Infirmier Lyons, mais ce soir, c'est Dougie », rétorqua-t-il, la main toujours tendue.

Amy secoua la tête. « Vous n'êtes pas obligé, vous savez…

— Non, mais j'en ai envie. »

Elle se leva et lissa sa robe, prenant soudain conscience qu'elle ressemblait à tous les cinglés qui l'entouraient. Il n'y avait aucun doute, l'infirmier l'invitait à danser par pitié, et il le raconterait ensuite à ses amis qui riraient à ses dépens.

Dougie la tint à une distance respectueuse, suffisamment près toutefois pour qu'elle sente l'odeur citronnée de sa peau. Il était beaucoup plus grand qu'elle, mais, cela dit, tout le monde l'était. Elle avait les yeux au niveau de son torse et de sa chemise entrouverte sur sa peau glabre. Il la guida habilement autour de la salle, et elle lui fut reconnaissante de ne pas chercher à engager la conversation, qui de toute façon aurait été forcée. Il dansait avec elle uniquement parce que ça faisait partie de son travail.

Quand le disque s'arrêta, il se planta devant elle en la tenant à bout de bras et lui sourit. « Merci, madame. » Puis il lui prit la main et la raccompagna jusqu'aux chaises alignées le long du mur. « C'était un réel plaisir ! »

Amy le regarda d'un œil amusé. « Vous êtes un bon infirmier, Dougie. Et encore meilleur menteur ! »

Alors que la soirée s'étirait, elle était de plus en plus impatiente de retourner dans le dortoir. La puanteur des corps qui n'avaient pas droit au luxe de bains réguliers, et encore moins au déodorant, était entêtante, sans parler de la chaleur quasi insupportable. Elle défit les premiers boutons sur le devant de sa robe et souffla sur sa poitrine. Puis elle appuya la tête contre le mur et ferma les yeux, sans même se donner la peine de les ouvrir quand elle sentit quelqu'un se laisser tomber sur la chaise voisine. La musique avait repris, et les accords de *Winter Wonderland* s'élevaient avec un son métallique sur le gramophone qui s'efforçait de suivre tant bien que mal.

« Re-bonjour ! »

Elle ouvrit les yeux et se frotta l'oreille. « Pas la peine de hurler, je suis juste à côté !

— Pardon… Avec tout ce raffut, j'ai cru que vous ne m'entendriez pas. »

Amy se tourna vers Ed. « Oh, c'est vous… Comment va votre tête ? »

Il passa timidement sa main à l'arrière de son crâne. « Mieux. Depuis qu'on m'a opéré pour soulager la pression sur mon cerveau, c'est nettement mieux. Je n'ai plus autant de crises, juste la migraine de temps en temps.

— Ah bon ? Qu'est-ce que vous avez ?

— Un type en camion m'a renversé cet été. Il ne s'est même pas arrêté, m'a laissé là pour mort. Je faisais la dernière livraison de la journée. Les patates, les carottes et le reste, tout était éparpillé sur la route. Mais maintenant, je suis sur la voie de la guérison… à condition qu'on ne me lance pas une boule de neige sur la tête ! »

Amy se sentit rougir, et ça n'avait rien à voir avec la chaleur. « Je suis vraiment désolée. Je ne savais pas. Comment j'aurais pu me douter que… »

Elle se tut en le voyant sourire. L'expression sombre qu'il avait un instant plus tôt laissa place à un sourire insolent. Il se leva et montra la piste de danse. « Je vous pardonnerai à condition que vous dansiez avec moi. »

L'idée de se faufiler entre la masse compacte de tous ces corps n'était pas très séduisante, mais il la regardait de façon si charmante, et ses fossettes lui firent penser à celles d'un petit garçon. Et puis, il n'était pas fou ! Comme elle, il n'aurait jamais dû être ici… Il attendait toujours sa réponse.

« Avec plaisir, merci !

— Je m'appelle Edward Hooper, dit-il en lui tendant la main. Mais tout le monde m'appelle Ed.

— Amy Sullivan. Tout le monde m'appelle Amy… entre autres noms d'oiseaux ! »

Ed la serrait plus près que ne l'avait fait l'infirmier, et il était beaucoup plus petit, ne la dépassait que de quelques centimètres, ce qui rendait difficile d'éviter que leurs regards se croisent en dansant. Elle sentait sa main sur ses reins, et, malgré elle, elle se détendit dans ses bras. Comme il semblait un peu chancelant sur ses pieds, elle se demanda si ce n'était pas elle qui le tenait, néanmoins, pendant quelques secondes, ce fut comme si personne d'autre n'existait : elle oublia où elle était et se laissa transporter ailleurs… Aux bals de la paroisse où il lui était arrivé d'aller et où le pasteur se chargeait de chaperonner les couples et mettait son bras entre eux s'il estimait qu'ils dansaient trop près l'un de l'autre.

Au moment où la musique s'arrêta, Amy était en train de sourire en repensant à ce souvenir. Ed se pencha ; leurs fronts se touchèrent un bref instant. « Merci », murmura-t-il.

Ils s'écartèrent l'un de l'autre, mais il garda sa main dans sa paume moite et la ramena vers les chaises. Amy ne s'était pas sentie aussi légère depuis des mois, voire des années… C'était comme si le gros manteau noir de désespoir qu'elle avait porté telle une seconde peau s'était envolé et était resté sur la piste de danse.

20

« Vous avez passé un bon Noël, Amy ? »

Elle était étendue sur le divan, un divan en velours rouge apparu récemment dans le bureau, mais qui avait connu une autre vie au cours de laquelle quelqu'un avait trouvé malin d'écraser des cigarettes sur le tissu. Elle faufila son doigt dans un des trous calcinés et arracha distraitement le rembourrage. « C'est quoi cette question ? Étant donné que j'étais coincée ici, qu'est-ce que vous en pensez, docteur ? »

Le docteur Lambourn tapota son stylo sur son bloc. « J'essayais juste de vous détendre avant qu'on commence. » Il remarqua ce qu'elle était en train de faire subir au divan. « Vous voulez bien ne pas faire ça, s'il vous plaît ? »

Amy fit la moue et croisa les bras. « Alors, que voulez-vous savoir ?

— Qu'est-ce que vous aimeriez me dire ?

— Vous répondez toujours à une question par une question ? »

Il haussa les sourcils. « Et vous ? »

Elle retira ses jambes du divan, prête à se lever. « Ça ne va pas marcher, docteur… Il n'y a rien à dire, il n'y a rien chez moi qui ne va pas. Qu'est-ce que ça peut faire si parfois je me sens aussi lourde que si je portais une armure ? Si la colère qui brûle en moi me donne l'impression d'avoir la peau en feu ? Si je saute la dernière marche et qu'il n'y a rien d'autre qu'un puits noir tourbillonnant rempli de néant ? »

Elle remit son doigt dans le trou de cigarette. Le seul bruit dans la pièce était celui que faisait le stylo du médecin en train d'écrire furieusement sur son bloc. Il souligna quelque chose plusieurs fois avant de prendre la parole. « C'est très bien, Amy, vraiment très bien.

— Vous êtes marié, docteur ? »

Ce brusque changement de sujet parut le décontenancer. « Non, mais…

— Vous avez une petite amie, alors ? Un beau gars comme vous ne doit pas manquer de compagnie féminine !

— Amy, il ne s'agit pas de moi. Arrêtez de vouloir changer le sujet de notre séance. » Le ton était ferme, mais sans méchanceté. « Bien, parlez-moi de ce qui s'est passé au lac. »

Elle se rallongea et croisa les mains sur le ventre. « Vous me faites penser à un chien qui ne lâche jamais son os !

— Comme vous voudrez. »

Amy ferma les yeux. Plusieurs minutes s'écoulèrent avant qu'elle ne dise quelque chose. « Il faisait froid, un froid glacial… et très, très sombre. J'imagine que j'aurais dû avoir peur. C'est vrai, il aurait pu y avoir toutes sortes de cinglés planqués là derrière les buissons ! » Elle ouvrit les yeux et se tourna vers le médecin. « Cela dit, ils sont tous ici, n'est-ce pas ? »

Il lui fit un petit sourire. « Continuez, je vous prie.

— Je ne sais pas… Je voulais lui faire autant de mal qu'elle m'en avait fait.

— Qui vous a fait du mal ? »

Elle parla comme si elle avait un goût amer dans la bouche, comme si prononcer ce mot lui était insupportable. « Ma belle-mère. » Sentant monter la rage familière, elle déglutit péniblement avant de cracher son nom. « Carrie…

— Carrie ? » répéta le médecin.

Elle l'entendit gribouiller. « On pourrait ne plus dire son nom ? »

Il prit le temps de réfléchir à ce qu'il allait répondre, comme s'il s'agissait d'une question importante et non d'une simple demande. « Comme vous voudrez. Pour l'instant.

— Après que j'ai tué ma mère… »

Il l'interrompit immédiatement. « Amy, c'était un accident, nous en avons déjà discuté. S'il vous plaît, arrêtez de vous torturer. »

Elle soupira. « Bon, d'accord, après que ma mère est morte dans un tragique accident… » Elle le regarda en face. « Un accident provoqué par ma faute, mon père et moi nous sommes rapprochés. Oh, au début, ça n'a pas été facile, ça a même été terrible ! Des proches m'avaient dit qu'il ne fallait pas que je pleure pour ne pas faire de peine à mon père. Comme s'il n'y en avait que pour lui ! J'avais perdu ma mère, bon sang ! Un jour, elle était là, et le lendemain, elle avait disparu ! Comment une personne aussi belle et talentueuse, aussi vivante et indispensable, peut-elle cesser d'un seul coup d'exister ? On ne m'a jamais autorisée à la pleurer, et j'ai passé des années à accumuler les choses, de peur de la mentionner et de faire exploser mon père. On ne parlait jamais d'elle. C'était comme si elle s'effaçait peu à peu de notre passé, comme si elle n'avait jamais existé… et ça ne me plaisait pas. »

Une grosse larme coula sous ses paupières closes. Elle l'essuya avec son doigt. « Et puis, il y avait le bébé… Ils n'ont pas pu le sauver. Ils ont essayé, mais… il… »

Un flot de larmes jaillit en l'empêchant de continuer. Elle se couvrit le visage à deux mains, honteuse que le docteur Lambourn soit témoin de sa profonde tristesse. Il sortit un mouchoir de sa poche et le lui tendit. Un mouchoir repassé en un carré parfait, et d'un blanc si immaculé qu'elle hésita une seconde avant de le déplier et de se moucher. L'odeur de la poudre de savon se mêlait à celle de son eau de Cologne. Une sensation qu'elle trouva étrangement réconfortante.

Le médecin prit la parole d'une voix rauque, comme si c'était lui qui allait se mettre à pleurer. « Pourquoi détestez-vous autant votre belle-mère ? »

Amy poussa un long soupir. « Parce qu'elle a rendu mon père heureux.

— Vous n'étiez pas contente de le voir enfin heureux ? »

Elle secoua la tête. « Je voulais que ce soit moi qui le rende heureux. » Le mouchoir était à présent tout chiffonné dans ses mains. « Après que j'ai tué… Après la mort de ma mère, on s'est accrochés l'un à l'autre, mon père et moi… physiquement et émotionnellement. Il n'y avait de place pour personne. Comment aurait-il pu y en avoir ? Le vide qu'a laissé ma mère était trop immense pour être comblé... Mais mon père m'avait, et moi je l'avais, et on savait tous les deux ce que l'autre endurait. »

Amy se tut et agita la main pour s'éventer. « Quelle chaleur... Ça vous ennuierait d'ouvrir la fenêtre ? »

Il acquiesça et entrouvrit la lourde fenêtre à guillotine de quelques centimètres, ce qui effraya deux pigeons en train de roucouler sur le rebord. Une rafale d'air glacé s'engouffra dans la pièce. « Continuez, je vous prie.

— Ma mère était tellement belle...

— Vous tenez ça d'elle, observa le médecin en souriant.

— Oh non ! se récria Amy. Ma mère était d'une beauté stupéfiante ! Comme une star de cinéma, on pourrait dire. Et une artiste d'un tel talent... Elle peignait des paysages. Elle a même vendu plusieurs de ses tableaux. Deux d'entre eux ont été achetés par un peintre qui avait fait ses études à l'École d'art de Manchester, L.S. Lowry. Vous avez dû entendre parler de lui. »

Le médecin leva les yeux de son bloc. « Oui, en effet... Impressionnant.

— Elle ne gagnait pas beaucoup d'argent, mais elle était vraiment au seuil de quelque chose de spécial. Il disait qu'elle possédait un talent exceptionnel. »

La température dans la pièce avait chuté. « Vous avez moins chaud, Amy ? Je vais refermer la fenêtre, et nous pourrions peut-être parler de Carrie.

— Non ! s'écria-t-elle. Non, non, non !

— Comme vous préférez. Je la laisse ouverte.

— Je ne vous parle pas de cette foutue fenêtre ! pesta-t-elle. Je vous ai demandé de ne pas prononcer son nom, et vous ne m'avez pas écoutée… » Elle se leva en lui faisant face, sans chercher à réprimer ses sanglots, et se bourra la poitrine de coups de poing. « Vous ne m'avez pas écoutée… »

Le médecin la saisit par les poignets. Elle n'était pas de taille à lutter, et toutes ses forces la quittèrent tandis que ses genoux se mettaient à trembler. Il la prit dans ses bras et lui caressa doucement la tête. « Nous allons en rester là pour aujourd'hui. C'était très bien, Amy. »

Quand ses sanglots se furent calmés, elle s'essuya le nez avec le mouchoir, puis le lui rendit. « Je vous en prie, dit-il. Gardez-le. »

Un petit sourire aux lèvres, elle hocha la tête et le fourra dans sa manche. « Merci. »

21

Les mains en forme de conque, Amy souffla dans ses paumes pour les réchauffer. Elle avait toujours eu une mauvaise circulation sanguine, et ses doigts engourdis étaient bleus de froid. Elle marcha d'un pas vif dans la cour, où la neige avait fondu en laissant çà et là des flaques de boue marron. Le vent lui cinglait les joues et le cou. Elle remonta le col du manteau tout à fait insuffisant que lui avait fourni l'hôpital ; le tissu trop mince était usé à certains endroits, et la doublure déchirée n'avait rien d'utile ni de joli. Chez elle, elle avait un manteau parfait : rouge vif et cintré au niveau de la taille, avec des gros boutons sur le devant et un col en fourrure noire. Elle sourit en pensant à l'effet qu'il aurait produit si elle avait eu le droit de le porter dans cet endroit misérable.

Sa dernière séance avec le docteur Lambourn remontait à quinze jours. Depuis, elle ne l'avait pas vu, ni n'avait entendu parler de lui. Sans doute qu'il en avait eu assez d'elle, qu'il était lassé de ses larmes qui semblaient à chaque fois le déstabiliser. Dès qu'elle exprimait une émotion, il mettait fin de façon abrupte à la séance.

Elle s'arrêta devant la grille à côté de Belinda, qui regardait à travers les barreaux. « Tu attends ton rendez-vous ?

— Hein ? » Un mégot de cigarette était fiché entre ses dents jaunes.

— Rien », dit Amy en reculant devant son haleine fétide.

Belinda appela quelqu'un derrière la grille, où plusieurs patients étaient en train de biner un carré de légumes. « Hé, toi avec la pelle, t'as des clopes ? En échange, t'auras droit à une petite gâterie ! » Elle ouvrit sa robe en montrant ses seins affaissés, les veines visibles sous sa peau pâteuse.

« Pour l'amour du ciel ! marmonna Amy. Que fais-tu de ta dignité ? »

Le garçon qui tenait la pelle se redressa en se grattant la tête. « C'est à moi que tu parles ? » cria-t-il.

Amy reconnut la voix de Ed. « Laisse-le tranquille, Belinda… Ce n'est qu'un enfant…

— Tu vas m'y obliger ? rétorqua l'autre en ricanant.

— Oui, s'il le faut.

— J'aimerais bien voir ça ! » Elle serra les poings, mais Amy, plus rapide, eut juste le temps de savourer le regard ébahi de l'autre fille tandis que son poing s'abattait sur sa joue. Belinda tituba en arrière et se heurta la tête contre le mur avant de s'affaler par terre.

Amy frotta ses phalanges endolories en regardant la silhouette pathétique avec un sourire narquois. Elle entendit Ed l'appeler, mais avant même qu'elle ait pu répondre, sœur Atkins l'agrippa par-derrière et lui retourna le bras. En entendant un os craquer, elle fut certaine qu'elle lui avait disloqué l'épaule. La douleur l'aveugla, au point que si la religieuse ne l'avait pas soutenue, elle se serait écroulée à côté de Belinda qui pleurait comme un veau.

« J'en ai plus qu'assez de vos bêtises ! » dit la sœur entre ses dents serrées en lui postillonnant sur la joue. Malgré la douleur, Amy aurait voulu s'essuyer le visage, mais la religieuse lui tenait les deux bras fermement derrière le dos.

« Belinda, levez-vous ! » ordonna la sœur.

Celle-ci se releva tant bien que mal. Du sang coulait d'une de ses narines. Ses cheveux gras pendouillaient autour de son visage hargneux.

« Maintenant, écoutez-moi bien, toutes les deux ! Je ne veux pas de problème dans ce service. Alors vous arrêtez, vous m'entendez ? »

Les deux jeunes filles gardèrent le silence. « J'ai dit : *vous m'entendez ?* » hurla la religieuse.

Amy fixa Belinda en plissant les yeux. « Oui, ma sœur.

— Belinda ? »

Cette dernière croisa les bras et racla le sol du bout du pied. « Oui, ma sœur », grommela-t-elle.

Sœur Atkins relâcha Amy et la poussa brutalement dans le dos. « C'est la dernière fois que je vous préviens ! » Sur ce, elle repartit en les laissant en tête à tête, une haine palpable frémissant entre elles deux.

Alors qu'Amy se retournait pour s'en aller, Belinda l'empoigna par les cheveux et lui murmura à l'oreille : « Tu vas entendre parler de moi ! Tu ferais bien de surveiller tes arrières…

— Oh, essaie un peu pour voir ! Tu ne me fais pas peur, espèce de pauvre traînée ! »

Elle lui flanqua un coup de coude dans les côtes et fila en vitesse à l'autre bout de la cour. Plusieurs patientes rassemblées en petit groupe cessèrent de parler quand elle passa devant elles en courant. « Le spectacle est terminé ! » leur lança-t-elle.

« Vous voulez me raconter ce qui s'est passé cet après-midi ? »

Elle fusilla le docteur Lambourn du regard. « Non, je ne veux pas.

— Amy, j'essaie de vous aider, sincèrement, mais vous ne me facilitez pas la tâche ! Je vous consacre une grande partie de mon temps, plus que je n'en accorde à mes autres patientes. Pourquoi, à votre avis ?

— Vous me l'avez déjà dit. Parce que vous pensez que les autres sont trop cinglées pour réagir à ce genre de traitement. Soit c'est ça… soit vous vous êtes pris d'un béguin pour moi ! »

Le médecin ferma les yeux et se ressaisit une seconde avant de répondre : « Je ne m'abaisserai pas à commenter cette dernière remarque. Et maintenant, reprenons où nous en étions restés la dernière fois… » Il consulta ses notes. « Au jour où vous avez pris le bébé de votre belle-mère… » Il se tut une seconde pour voir si elle l'écoutait. « Le jour où vous avez pris le bébé de Carrie. »

À la mention de ce nom, Amy se raidit de tout son être. Elle comprit qu'il cherchait à la provoquer. Mais elle n'allait pas lui donner satisfaction, elle ne lui faciliterait pas les choses. La bouche sèche, elle dut faire un effort pour parler d'une voix posée.

Puisqu'il ne laisserait pas tomber, autant en finir avec ça ! Qui plus est, elle se sentait bien sur ce divan, dans le havre paisible de son bureau, loin de ces sauvages du dortoir. Jouer son jeu ne lui ferait pas de mal.

« Je crois que vous avez raison, docteur. J'avais effacé ce soir-là de ma mémoire. Ça aurait été l'anniversaire de ma mère... Elle aurait fêté ses quarante ans, mais personne ne s'en était souvenu. » Elle le regarda d'un air outré. « Non, mais vous y croyez ? Mon père ne se rappelait même plus que c'était l'anniversaire de sa femme ! Ils avaient été ensemble depuis l'âge de seize ans, et la seule chose qui l'intéressait était de se bêtifier avec son nouveau bébé. Il ne pensait même pas à son autre enfant mort de façon si tragique... Je ne faisais plus partie de cette famille, il n'y avait pas de place pour nous tous. J'ai pensé à m'enfuir, seulement, où serais-je allée ? Et de toute manière, pourquoi aurait-il fallu que je quitte ma maison ?

— Voyons si j'ai bien compris, l'interrompit le médecin. Votre père et Carrie ont fini par se marier et ont eu ensemble un bébé.

— Ont fini par se marier ? Ils se sont mariés à peine cinq mois après s'être rencontrés !

— Je vois. Et combien de temps après le bébé est-il arrivé ?

— Neuf mois ! répondit Amy d'un ton caustique.

— Était-ce un garçon ou une fille ?

— Quelle importance ? À quoi ça rime, toutes ces questions ?

— Un garçon ou une fille ? » insista le docteur Lambourn.

Amy soupira d'impatience. « Oh, pour l'amour du ciel, d'accord… Une fille.

— Merci. Revenons à la soirée en question.

— Mon Dieu ! On dirait un agent de police…

— Comprenez-vous que vous auriez pu aller en prison pour tentative de suicide, sans parler du meurtre ? Je crois que vous devriez être très reconnaissante à votre père d'avoir fait le choix de vous amener ici.

— Il faudra que je lui envoie un mot de remerciement !

— Vous ne vous rendez pas compte de votre chance… La semaine dernière, j'ai recommandé qu'un homme soit admis à Ambergate pour se faire soigner, après qu'on l'a retrouvé à moitié étranglé à côté du corps décomposé de sa femme. Il ne supportait pas de vivre sans elle et avait essayé de mettre fin à ses jours pour qu'ils puissent de nouveau être ensemble. Les magistrats ne m'ont pas suivi, si bien qu'il purge actuellement une peine de six mois à la prison de Strangeways. »

Amy arracha des petits morceaux de ouate sur sa robe et les roula entre ses doigts. Son visage las trahissait son total désintérêt.

Le docteur Lambourn se massa les tempes en s'efforçant de ne pas perdre son calme. « Amy, que s'est-il passé ce soir-là ? Prenez votre temps. »

Il se tut et, osant à peine respirer, cessa de prendre des notes. Le silence s'éternisa, au point de devenir suffocant et impossible à ignorer. Amy craqua la première.

« Je voulais les punir tous les deux d'avoir oublié l'anniversaire de ma mère, reprit-elle en parlant tout bas. Je voulais qu'ils ressentent la même douleur que je ressentais chaque jour de ma vie… Ils étaient en bas devant la cheminée, serrés l'un contre l'autre dans le même fauteuil, celui où ma mère et moi avions l'habitude de nous asseoir. Des couches étaient suspendues au-dessus du feu en train de sécher, et eux étaient là, front contre front, et il lui caressait la joue. Ils étaient complètement indifférents à ma présence. J'avais l'impression d'être invisible… Si je disparaissais à tout jamais, ils ne s'en apercevraient même pas… C'étaient les couches de mon petit frère qui auraient dû être là en train de sécher, c'était lui qui aurait dû dormir là-haut dans son berceau… »

Elle se tut une seconde et roula une boule de ouate entre ses doigts.

« Ce soir-là, j'ai décidé de partir, et de ne jamais revenir, pour qu'ils se sentent coupables de ce qu'ils m'avaient poussée à faire. Mais ils se fichaient pas mal de moi ! Si je ne revenais jamais, je savais qu'ils ne me pleureraient pas. C'était ce qu'ils voulaient : ne plus m'avoir dans leurs pattes. La culpabilité les aurait rongés un petit moment, mais je ne leur aurais pas manqué, ils ne ressentiraient pas la douleur dévorante de la perte. » Elle sourit. « C'est là que j'ai décidé de prendre la petite… Elle, ils l'adoraient ! Comme ça, ma belle-mère connaîtrait l'agonie que je devais endurer jour après jour.

— Vous êtes une jeune femme perturbée, Amy Sullivan.

— Et vous très doué pour énoncer des évidences, docteur ! Combien d'années avez-vous passé à la fac de médecine ? »

Il ignora sa question. « Continuez, je vous prie.

— Je suis montée à pas de loup, en prenant soin d'éviter la marche qui craque. Quand j'ai poussé la porte de leur chambre, les gonds ont grincé si fort que j'ai été persuadée qu'ils allaient monter l'escalier tous les deux en courant. Mais non, ils étaient tellement obnubilés l'un par l'autre qu'ils n'ont sans doute rien entendu ! Le bébé dormait près de leur lit dans son berceau, son petit visage rose dépassait de la montagne de couvertures dont elle avait la manie de la couvrir... Je l'ai prise tout doucement dans mes bras et je l'ai bercée jusqu'à ce qu'elle se calme. Puis je suis redescendue en vitesse, je me suis faufilée dehors et je me suis dirigée vers le parc.

— Dans l'intention de mettre fin à votre vie et à celle du bébé ?

— Sans doute. Je n'avais pas les idées très claires, je ne réfléchissais pas vraiment... Je savais juste que je voulais que toute cette douleur s'en aille. Ma belle-mère... Carrie... » Amy grimaça comme si elle venait de mordre dans un citron. « Carrie était l'archétype de la méchante belle-mère qui me détestait, qui pensait quc je gênais et qui voulait mon père pour elle toute seule. Eh bien, qu'elle l'ait ! me suis-je dit, mais je vais lui prendre son bébé, comme ça, elle connaîtra l'atroce souffrance de perdre quelqu'un qu'on aime tellement !

— On dirait que vous avez mûrement réfléchi à la situation, ce soir-là. »

Une expression de doute barrant son front, elle resta silencieuse une minute. « Peut-être que vous avez raison, finit-elle par dire. De toute façon, qu'est-ce que ça change ? Ils m'ont rattrapée et m'ont envoyée ici. Pour finir, elle a eu ce qu'elle voulait... Elle a gagné.

— Aujourd'hui, que ressentez-vous par rapport à Carrie ? »

Amy écarquilla des yeux brillants de fureur. « Je la hais ! C'est une mauvaise femme qui a retourné mon père contre moi, seulement il est trop aveugle ou trop stupide pour s'en rendre compte. Je ne comprends même pas ce qu'il lui trouve. Ce n'est qu'une vieille sorcière qui n'arrive pas à la cheville de ma mère ! D'ailleurs, elle ressemble à une sorcière, elle a des yeux tout enfoncés, un menton pointu et des verrues… Il ne lui manque plus qu'un chat noir et un balai ! Mais, pour une raison incompréhensible, elle le rendait heureux. Moi aussi, j'aurais pu… j'aurais pu le rendre heureux. »

Elle se leva pour aller se poster devant la fenêtre et passa son doigt sur le montant poussiéreux d'un air absent. Alors qu'elle regardait dehors, son haleine forma de la buée sur la vitre. « Mon père ne reviendra pas me voir, n'est-ce pas, docteur ?

— Non, il ne reviendra pas, en tout cas pas pour l'instant. »

Amy se retourna, le regard impénétrable malgré les larmes qui luisaient sur ses joues. « Je le savais, dit-elle dans un murmure. Je le savais. »

22

Sœur Atkins jeta un regard à Ellen par-dessus ses lunettes. « Le nouveau surveillant général a encore fait des siennes, à ce que je vois !

— Oh non, qu'a-t-il fait cette fois-ci, ma sœur ?

— Lisez vous-même », dit la religieuse.

Ellen plaça la feuille qu'elle lui remit sous la lampe pour déchiffrer ce qui était tapé à l'encre pâle.

« Sa secrétaire devrait savoir quand changer le ruban de sa machine, je sais au moins ça. »

Elle lut la note deux fois de suite, comprenant mieux à quel point la sœur devait être consternée.

« Ça me paraît une évolution positive. »

Sœur Atkins leva les yeux au ciel. « J'aurais dû me douter que vous le verriez ainsi ! » Elle tapa du poing sur le bureau. « Ouvrir les salles ? Je n'ai jamais rien entendu d'aussi insensé de ma vie ! Autoriser aux patients un plus large accès au parc ? Laisser les hommes et les femmes se mélanger ? » Sa voix avait atteint de tels aigus qu'elle ne pouvait guère aller plus haut.

« Il explique avoir mis ces mesures en place dans le dernier hôpital où il a travaillé, fit valoir Ellen. Sans doute que ça s'est avéré une réussite, sans quoi il ne chercherait pas à faire la même chose à Ambergate. Du reste, ce sont seulement certaines salles qui ne seront pas fermées à clé. Les patients les plus dangereux et ceux qui sont en long séjour continueront à être enfermés. »

La religieuse secoua la tête, sans qu'Ellen puisse dire si c'était parce qu'elle n'y croyait pas, était exaspérée ou se résignait contre son gré.

Elle continua à relever les points positifs. « Il dit qu'avec un peu plus de liberté, les patients sont moins perturbés, plus faciles à appréhender. Ça ne pourrait qu'être un bénéfice pour nous tous, vous ne pensez pas ? »

Les coudes sur la table, sœur Atkins resta muette et se passa les mains dans les cheveux, sans se rendre compte qu'elle défaisait son chignon. Puis, d'un geste rageur, elle froissa le mémo en boule et le lança dans la corbeille à l'autre bout de la pièce. Le bruit mat que fit le papier en atterrissant sur le fond en métal résonna dans le silence. « Voilà ce que je pense de ses "nouvelles directives en vue de l'amélioration du bien-être des patients" ! »

Comme si la feuille froissée l'avait contaminée, elle se frotta les mains d'un air dégoûté. « À l'époque où j'étais en formation, on nous disait de ne pas encourager les patients à fraterniser. On ne voulait pas qu'ils se liguent contre nous, vous comprenez. » Elle brandit le poing en l'air. « Diviser pour mieux régner, c'était notre devise ! Pour lui qui reste dans son luxueux bureau à dicter des mémos comme s'ils se démodaient d'un jour à l'autre, c'est facile, mais ce sont les gens comme vous et moi qui devront faire les frais de ses idées insensées et ramasser les pots cassés quand tout partira à vau-l'eau ! » Elle attrapa ses allumettes, alluma une cigarette et aspira une longue bouffée pour se calmer en basculant sa chaise en arrière.

Ellen recula lentement, mais hésita devant la porte. « Ma sœur, je suis rentrée chez moi ce week-end et ma mère a fait un gâteau. »

La religieuse, qui avait fermé les yeux, ne parut pas du tout intéressée. « Oh… Je vais prévenir la presse ! »

Bien qu'ayant perçu l'ironie de la remarque, Ellen insista : « C'est pour Amy… Pour son… » Elle flancha, regrettant de ne pas avoir trouvé sa chef de meilleure humeur. « Aujourd'hui, c'est son anniversaire. Elle a vingt ans. »

Cette fois, sœur Atkins la regarda droit dans les yeux, sa cigarette fichée aux coins des lèvres. « Et vous lui avez préparé un gâteau ?

— Non, pas moi. Ma mère.

— Ne coupez pas les cheveux en quatre, élève infirmière Crosby… Où est-ce que vous vous croyez ? »

Ellen sentit ses paumes devenir moites. « J'ai pensé que ce serait bien, c'est tout. »

La religieuse la regarda d'un air songeur, puis demanda : « Un gâteau à quoi ?

— Au chocolat. »

Sœur Atkins plissa les yeux derrière la fumée de sa cigarette. « Vous n'oublierez pas de m'en garder une part… » Un petit sourire se dessina sur ses lèvres. « Allez, fichez-moi le camp en vitesse ! »

La journée était douce mais humide. Une odeur de feu de bois s'échappait du potager. Ellen avait proposé à Amy d'aller faire un tour dans le parc pendant l'heure des visites, un geste destiné à changer les idées de la jeune fille, étant donné qu'elles savaient toutes les deux que, anniversaire ou pas, personne ne viendrait la voir. Elle n'avait pas reçu une seule carte postale.

Ellen balança le panier en osier au bout de son bras tandis qu'elles marchaient en silence. Maintenant que la température était remontée, la terre était plus facile à travailler, et un groupe de patients était en train d'arracher les mauvaises herbes dans le potager. Un infirmier remit du bois sur le feu, d'où jaillirent immédiatement des flammes et un panache d'épaisse fumée grise. Pris d'une quinte de toux, il se mit à battre des bras dans tous les sens pour la dissiper.

Ellen ne put s'empêcher de rire. « Bonjour, Dougie ! »

Il plissa les yeux. « C'est toi, Ellen ? Quelle surprise ! Qu'est-ce qui t'amène par ici ? »

Elle lui montra sa compagne. « C'est l'anniversaire d'Amy, et la sœur m'a donné la permission d'aller faire un tour dans le parc avec elle. J'ai un gâteau, ajouta-t-elle en tapotant le panier.

— Alors… Bon anniversaire, Amy ! » D'un air gauche, il se pencha vers la jeune fille, puis s'immobilisa et mit les mains dans ses poches.

Amy esquissa un sourire. « Voudriez-vous vous joindre à nous ? Nous avons aussi une Thermos de thé. »

Ellen remarqua la petite lueur dans son œil, son sourire timide. « Allons-y ! dit-elle en prenant la jeune fille par le bras. L'infirmier Lyons a des quantités de choses à faire et n'a pas besoin qu'on vienne le distraire. » Puis elle la poussa en avant et se retourna en disant : « Au revoir, Dougie !

— Pour information, sachez que j'aurais bien voulu un morceau de ce gâteau ! » rétorqua-t-il.

Elles marchèrent en silence jusqu'à l'ancien pavillon de cricket, où elles s'installèrent sur un banc sous la véranda qui protégeait un peu de la bruine. Ellen déballa le gâteau et remplit deux tasses de thé.

« Il est sympathique, n'est-ce pas ? » Amy but une gorgée.

« Qui ça ?

— Dougie. C'est un très bel homme, et il est adorable avec les patients, très gentil. Et avec son accent… On dirait un vrai cow-boy ! »

Ellen observa Amy pendant qu'elle découpait son gâteau d'anniversaire, dont elle enleva la partie supérieure en chocolat dur pour en grignoter un bout comme un hamster avant d'engloutir le reste en une seule bouchée.

« Oui, il est très prévenant, mais ne confondez pas son attention professionnelle avec je ne sais quels sentiments qu'il pourrait avoir pour vous. » Sa phrase était sortie avec plus de dureté qu'elle n'en avait eu l'intention, et elle la regretta aussitôt en voyant le regard blessé de la jeune fille. « Écoutez, je suis désolée, s'excusa Ellen. Je ne voulais pas être cassante. »

Amy sourit. « Ce n'est rien… Je me rends bien compte qu'il ne me regarderait même pas ! » Elle se leva et brossa les miettes sur sa robe. « De toute façon, j'ai déjà un admirateur… » Elle laissa errer son regard vers le bâtiment principal et les innombrables fenêtres derrière lesquelles toute vie humaine était promise à dépérir et à mourir. « Et c'est lui qui me sortira de cet enfer. »

23

Les semaines s'écoulaient, lentes et monotones, chaque jour étant dicté par la même routine. Si on n'était pas fou avant d'entrer à Ambergate, on était sûr de l'être lorsqu'on vous laissait en sortir. Pas une journée ne se passait sans qu'il y ait une altercation, une dispute ou un drame, souvent orchestré par le personnel pour s'amuser. Certaines histoires que lui avait racontées Dougie l'avaient horrifiée. Dans l'aile de l'hôpital réservée aux hommes, la vie était brutale, la violence fréquente, et les prétendus traitements pour le moins discutables.

Ellen se dirigea au fond du club et grimaça en sentant ses pieds s'enfoncer dans la moquette imbibée de plusieurs années de bière renversée. La table était tapissée d'un résidu collant dont elle ne pouvait que deviner l'origine. Elle interpella Dougie alors qu'il la rejoignait. « Va chercher un torchon, tu veux ? Cette table est répugnante… »

Il revint avec une lavette grisâtre qu'il passa sur la table. Ellen fronça le nez. « Mmmh… C'est légèrement mieux, je suppose. »

Elle remarqua son air préoccupé quand il s'assit et tripota son dessous-de-verre trempé. Sa gaieté habituelle s'était envolée, et il donnait l'impression de ne pas avoir dormi depuis un mois. « Ça va ? Tu as l'air épuisé. »

Dougie fit un vaillant effort pour se redresser. « Oui, oui, ça va… C'est juste que ça a été une dure journée.

— Ici, toutes les journées le sont. Tu veux m'en parler ? »

Il hésita. « Non, je ne veux pas t'ennuyer avec mes problèmes…

— Si c'était le cas, pourquoi te poserais-je la question ? »

Il but une longue gorgée de bière. « Aujourd'hui, nous avons reçu un nouveau patient, Brian. Sa femme l'a amené en disant que le médecin avait insisté pour qu'il vienne se faire soigner, mais qu'elle-même n'était pas certaine que cela soit nécessaire.

— Qu'est-ce qu'il a ? »

Dougie poussa un gros soupir, jeta un coup d'œil alentour pour vérifier que personne n'écoutait, puis dit tout bas : « Eh bien, c'est un de ces…

— Un de ces quoi ?

— Tu sais bien, un… un homosexuel, dit-il en articulant le dernier mot sans le prononcer.

— Mais tu viens de me dire que c'était sa femme qui l'avait amené…

— Oui, ils sont mariés depuis cinq ans. Il l'aime profondément, et j'ai bien vu dans son regard à elle qu'elle ressentait la même chose. C'est un amour tendre et réciproque.

— Je ne te suis pas… Pourquoi est-il à Ambergate ?

— C'est son médecin qui l'a envoyé. Il pense qu'il a besoin de soins pour guérir.

— Guérir ? Est-ce que c'est même possible ? Il n'est pas malade ! »

Dougie haussa les épaules. « On verra. La thérapie par aversion a commencé aujourd'hui. On lui a montré des photos d'hommes nus, et ensuite on lui a fait des électrochocs. »

Ellen reposa son verre d'un air outré. « Seigneur Jésus ! Le pauvre homme… C'est barbare !

— Je suis d'accord, c'est carrément affreux, mais il adore sa femme et est prêt à endurer ça rien que pour elle. Ils n'ont jamais consommé leur union. »

Elle se sentit rougir et tripota son collier. Dougie remarqua son embarras.

« C'est joli, dit-il en changeant de sujet.

— Ma mère me l'a envoyé pour mon anniversaire. Il ne vaut pas très cher, mais comme elle a dû mettre de l'argent de côté pendant des mois pour pouvoir l'acheter, il m'est très précieux.

— Ah, c'est formidable ! C'était quand, ton anniversaire ?

— Le mois dernier.

— Tu aurais dû me le dire…

— C'est ce que je viens de faire.

— Oui, mais tu aurais dû me prévenir avant. » Il se leva et lui tendit la main. « Viens ! »

Ils s'assirent sur le muret côte à côte dans les effluves du vinaigre chaud et de l'encre du papier journal. Ellen ouvrit son cornet de frites dont l'odeur la faisait déjà saliver. « Merci, Dougie ! »

Il hocha la tête vers la baraque à frites. « Ce n'est pas vraiment le Midland !

— Je sais, mais c'est bien de faire quelque chose de normal, pour changer. On oublie vite qu'il existe tout un monde en dehors de l'hôpital… » Elle enfourna une frite brûlante dans sa bouche. La lueur orangée du réverbère scintillait sur les flaques d'eau accumulées lors d'une précédente averse.

Un chien efflanqué s'approcha et s'assit devant eux sur le trottoir. « Oh, regarde, il meurt de faim !

— C'est vrai qu'il est maigre, dit Dougie en lui lançant une frite. On pourrait lui compter les côtes. »

Le chien goba la frite d'un coup et se remit en position de mendier.

« Cette frite, il l'a engloutie sans même la savourer. »

Ellen lécha ses doigts pleins de gras un à un et froissa en boule le papier journal. « Merci encore, Dougie. C'est le meilleur repas d'anniversaire que j'aie jamais eu ! »

Il regarda au loin, l'air songeur.

« J'ai dit : merci, Dougie ! »

Il sursauta et revint à l'instant présent. « Excuse-moi… Je pensais à Brian et à sa femme. Ce que cet homme est prêt à endurer pour la rendre heureuse… C'est du véritable amour, c'est sûr ! Mais tu sais ce qu'il y a de plus tragique dans cette histoire ? »

Ellen secoua la tête.

« C'est que, heureuse, elle l'est déjà. Elle l'aime tel qu'il est. » Il se força à sourire. « Ça te dirait qu'on aille marcher un peu ? » Il sauta au bas du muret et se planta devant elle. « Viens. »

Il la prit par la taille pour l'aider à descendre. Une de ses mains s'attarda sur sa hanche, et il la regarda dans les yeux. Osant à peine respirer, Ellen sentit ses doigts lui caresser la joue. Enhardi par ce consentement apparent, il l'attrapa par la nuque et l'attira vers lui. Elle ferma les yeux en attendant que ses lèvres effleurent les siennes. Après qu'il l'eut embrassée, elle poussa un petit soupir, rouvrit les yeux et lui sourit.

« Tu n'imagines pas depuis combien de temps j'avais envie de faire ça ! » murmura Dougie en s'écartant.

Le cœur d'Ellen battait si fort qu'il devait l'entendre, elle en était persuadée. « Et tu as attendu que j'empeste la frite pour te décider !

— Il n'y a rien de mal à ça. » Il l'embrassa de nouveau, plus longuement. Elle tituba en arrière, coincée contre le mur tandis qu'il la couvrait de délicieux baisers.

Le chien affamé qu'ils avaient oublié émit un gémissement aigu qui les fit sursauter tous les deux.

« Eh bien, dis donc, tu parles d'une reconnaissance ! » s'exclama Dougie. Il caressa le chien sur la tête, puis dit à Ellen : « Attends-moi une seconde. »

Il disparut dans la baraque à frites et revint au bout de quelques minutes avec un paquet tout chaud encore fumant. Il le posa sur le muret et en sortit une saucisse, qu'il déchiqueta en grimaçant quand il se brûla les doigts. Puis il souffla sur les morceaux d'où s'élevait de la vapeur. « Qu'est-ce que tu fais ? » lui demanda Ellen.

Il parut étonné. « Je ne voudrais pas que ce pauvre chien se brûle. »

Dès qu'il eut posé la saucisse sur le trottoir, le chien, reconnaissant, dévora son repas sous leurs yeux. « Je n'avais jamais dépensé aussi utilement trois pennies ! » déclara Dougie en prenant Ellen par l'épaule.

Elle laissa aller sa tête contre lui. « Tu es un grand tendre, Douglas Lyons ! »

Il l'embrassa dans les cheveux. « Tu ferais bien de t'en souvenir. »

24

Une nouvelle échauffourée avait éclaté dans la salle de jour. Bien que les fauteuils ne soient pas étiquetés, les patientes avaient tendance à graviter autour de celui qu'elles considéraient comme étant le leur – et malheur à qui s'avisait de s'approprier celui qu'il ne fallait pas !

« Excuse-moi, Belinda, mais tu es dans mon fauteuil. » Amy se força à prendre un ton poli et lui sourit gentiment.

Belinda ne se donna même pas la peine de lever les yeux. « Va te faire voir, sale bêcheuse ! »

Personne ne pourrait nier qu'elle avait d'abord tenté l'approche aimable, aussi Amy fut-elle presque contente qu'elle réagisse ainsi, lui fournissant une excellente excuse pour ce qui se passa ensuite. Se jetant sur Belinda par-derrière, elle lui coinça la tête avec un bras et l'empoigna de l'autre main par les cheveux, puis l'extirpa du fauteuil en l'envoyant valdinguer plus loin.

Belinda se cogna à une table. Les tasses en porcelaine voltigèrent dans tous les sens, du thé se répandit et inonda la moquette. Grognant tel un chien enragé, elle se redressa en position assise, puis se releva et fonça sur Amy juste au moment où sœur Atkins entrait dans la salle.

« Jésus Marie Joseph ! Mais c'est le Far West, ici ! Il va falloir installer des portes de saloon ! » La religieuse sépara Belinda d'Amy, à qui elle donna une bonne tape sur la tête. « Je ne veux savoir ni qui a fait quoi ni qui a commencé. Vous êtes aussi terribles l'une que l'autre ! » Puis elle se retourna et tapa Belinda sur la tête. « Voilà, juste pour vous montrer que je ne fais pas de préférence ! » Elle montra la vaisselle brisée. « Nettoyez-moi tout ça immédiatement ! »

Amy et Belinda se mirent à genoux et ramassèrent les débris qu'elles entassèrent sur un plateau. Assises non loin de là, Pearl et Queenie contemplaient la scène d'un air abasourdi.

« Désolée », dit Belinda.

Amy, toujours agenouillée par terre, mit ses mains sur ses reins. « Qu'est-ce que tu as dit ?

— Tu as très bien entendu. Je ne le répéterai pas. »

Amy céda. « Moi aussi, désolée. » Elle se releva et se dirigea vers le fauteuil de la dispute près de la fenêtre.

Belinda la suivit et se laissa tomber dans celui qui se trouvait en face.

« C'est la merde, ici, non ? »

Amy aurait eu du mal à dire le contraire. Elle regarda son ennemie d'un air de pitié à peine voilé. Depuis combien de temps Belinda était à Ambergate, elle l'ignorait, mais il était évident que l'expérience l'avait ravagée. « Pourquoi tu es là ? »

L'air de défi que Belinda arborait quelques minutes plus tôt avait disparu. « À cause de mon père, répondit-elle dans un murmure. Il ne veut plus de moi. »

Amy éprouva une soudaine bouffée d'empathie. C'était une chose qu'elle pouvait comprendre. « Il t'a mise à la porte ? »

Belinda se mordilla l'ongle du pouce, le regard rempli de tristesse sous ses paupières tombantes. « Plus ou moins... Je crois que j'étais trop vieille pour lui.

— De quoi est-ce que tu parles ? Tu ne dois pas être beaucoup plus âgée que moi.

— J'ai vingt-trois ans, dit Belinda en reniflant. Mais il les aime jeunes. Je suis arrivée ici à seize ans. »

Bien que son instinct lui dise de se lever et de filer, Amy était allée trop loin pour en rester là. « Qu'est-ce que tu veux dire ? » demanda-t-elle, espérant que l'autre allait redevenir hostile et lui répondre de s'occuper de ses affaires.

« Il venait dans mon lit presque tous les soirs. Je restais là les yeux grands ouverts à attendre qu'il rentre du pub, et quand je l'entendais monter l'escalier, mon cœur battait à toute allure. Je savais que je n'aurais pas à passer la nuit toute seule... » Elle secoua la tête. « Je détestais ça, je détestais dormir toute seule... J'aime pas quand il fait noir. Souvent, il disparaissait pendant des jours, et il fallait que je me débrouille toute seule, mais il n'y avait jamais rien à manger. Une fois, j'ai bouffé du pain rassis que le voisin avait jeté sur la pelouse. Ces foutus oiseaux étaient mieux nourris que moi ! »

Fascinée par son histoire, Amy déglutit, mais elle hésita à l'inciter à en dire plus. « Et c'est tout ce que vous faisiez, vous dormiez ensemble ? »

Belinda ignora sa question. « Au lit, j'avais tout le temps froid. Il ne voulait pas que je mette une chemise de nuit, il disait que ça le gênait, mais après, quand il se collait contre moi, j'avais chaud, et j'aimais bien ça. » Elle renversa la tête en arrière et fixa le plafond. « Il avait les mains rugueuses… Mon père est ouvrier, tu sais, mais il n'a jamais été vraiment violent avec moi. Quand il me caressait, il était toujours très doux. Il m'aimait tellement…

— Je crois que tu confonds l'amour avec autre chose, observa tout bas Amy.

— Qu'est-ce que tu veux dire ? rétorqua Belinda, la colère pas très loin de la surface. Tu ne sais rien de lui ! Il ne m'a jamais fait de mal. Ma copine, son père la battait si fort qu'elle avait des bleus. Un jour, il lui a cogné la tête contre le mur et le plâtre s'est fendu. Il était tellement en colère qu'il a chauffé le tisonnier dans le feu et, une fois qu'il a été brûlant, il lui a plaqué sur le dos. Mon père ne m'a jamais fait un truc pareil, alors ne va pas…

— D'accord, d'accord, calme-toi ! » dit Amy en l'arrêtant d'un geste. Elle attendit que Belinda ait retrouvé une respiration normale. « Pourquoi est-ce que tu es là, alors ?

— Ma mère s'est tirée quand j'étais bébé, du coup, lui et moi, on n'est restés que tous les deux. Je n'ai aucun souvenir d'elle, mais j'ai vu une photo, et elle était jolie. Je dois lui ressembler. »

Amy regarda ses cheveux gras, son teint blafard et ses dents si proéminentes qu'elles l'empêchaient de fermer complètement la bouche. Il aurait été difficile d'imaginer une créature moins séduisante. Dieu seul savait à quoi avait pu ressembler sa mère ! « Je vois, dit-elle. Peut-être que tu rappelais ta mère à ton père. »

Belinda réfléchit une seconde. « Non, il la détestait. C'est une sale égoïste… Moi, je ne suis pas comme ça.

— J'hésite à te reposer la question, mais, dans ce cas, pourquoi est-ce que tu es ici ?

— Attends, j'y arrive… » Elle croisa les bras et posa ses pieds sur la petite table, comme si elle allait raconter une belle histoire à des enfants avant de dormir. « Il a rencontré quelqu'un au pub… Une femme. Elle travaillait derrière le bar et puait tout le temps la bière. En moins de deux, il l'a fait venir habiter chez nous, tu te rends compte ? » Elle secoua la tête d'un air perplexe. « Je n'ai pas compris ce qu'il lui trouvait… Elle était tellement laide ! »

Amy ne put qu'imaginer ce que Belinda entendait par ce terme. Elle pensa à sa belle-mère, l'amertume familière manquant l'étouffer. Belinda et elle n'étaient pas si différentes, en fin de compte. « Et elle a rendu ton père heureux ?

— Ah oui, ça, elle savait faire ! Elle a amené sa fille chez nous. Elle n'avait que sept ans. » Incapable de regarder Amy en face, elle se tourna vers la fenêtre et reprit dans un murmure : « À partir du moment où elle a été là, il n'est plus jamais venu dans mon lit. Je croyais qu'il était avec cette sale bonne femme, mais non, il était dans le lit de la petite… » Elle regarda Amy. « C'est elle qui avait pris ma place, pas sa salope de mère ! »

Amy poussa un long soupir. « Ton père a abusé de vous deux, tu en as conscience ?

— Non, c'est pas vrai ! Il m'aimait, il me rassurait, il me faisait plein de trucs gentils…

— Seigneur ! Belinda…

— De toute manière, qu'est-ce que ça change ? Quand j'en ai fait toute une histoire, il m'a fichue dehors, juste comme ça. Mais je n'allais pas me laisser faire sans moufter, alors j'ai balancé une brique dans la fenêtre ! » Elle rit à ce souvenir avant de s'assombrir de nouveau. « Je reconnais que je criais comme une folle en lançant toutes sortes de menaces, du coup, il m'a fait envoyer ici. » Elle s'essuya rageusement la joue, comme si elle regrettait d'avoir laissé couler ses larmes. « Deux flics m'ont embarquée comme si j'étais une bête pendant que mon père gueulait : “Enfermez-la, je ne veux plus jamais la revoir !” »

Amy lui prit la main. Belinda se dégagea aussitôt. « J'ai pas besoin de ta pitié.

— Comme tu voudras. J'essayais juste de…

— Pas la peine », dit Belinda en se levant.

Amy la regarda sortir de la salle avec mauvaise humeur. Pas étonnant qu'elle soit prête à offrir son corps en échange de quelques cigarettes… Le contact physique qui avait défini son enfance lui manquait. Quelle tragédie qu'elle ait pris ça pour de l'amour !

Au moment où Amy se leva de son fauteuil, le ciel était bleu marine. Elle était seule. La cacophonie de la vaisselle qui s'entrechoquait annonçait le début du repas dans la salle à manger. Elle fit rouler sa tête, les os de son cou craquant à mesure que la tension diminuait. Quelque chose sous le fauteuil en face attira son regard. Après avoir jeté un coup d'œil vers la porte, elle se mit à quatre pattes et ramassa un morceau de soucoupe cassé d'environ sept centimètres. Elle passa son doigt sur le bord pointu et effilé – le genre de chose qu'il aurait fallu remettre à sœur Atkins immédiatement.

Elle souleva le coussin de son fauteuil, en ouvrit la fermeture Éclair et glissa le morceau de porcelaine à l'intérieur de la mousse de rembourrage, puis remit le coussin en place. Parfait. Peut-être n'en aurait-elle jamais l'usage, mais ce serait bien d'avoir une petite police d'assurance.

25

Au moment de frapper à la porte du docteur Lambourn, elle hésita. Elle savait qu'elle avait déjà le cou tout rouge, et elle sentit ses joues s'empourprer malgré elle. Elle passa la main dans ses cheveux qui lui arrivaient à présent aux épaules, et bien qu'ils n'aient pas retrouvé leur splendeur d'antan, ils étaient un peu plus doux depuis que le légendaire nouveau surveillant général avait introduit le shampoing à Ambergate. Bien qu'Amy ne l'ait jamais rencontré, elle lui savait gré des petits changements positifs auxquels il procédait. Elle lissa le devant de sa robe en se demandant quand il se déciderait à moderniser l'uniforme obligatoire. Néanmoins, ça ne lui importait pas vraiment. Elle n'avait pas l'intention de rester ici très longtemps.

Elle se lécha les lèvres et sentit le goût du rouge à lèvres qu'elle avait mis avant de venir. Après avoir pris une longue inspiration, elle frappa à la porte.

« Entrez ! »

Le médecin ne leva pas tout de suite les yeux. Il continua à écrire sur son bloc tout en tenant sa tête penchée de l'autre main.

« Bonjour, docteur Lambourn ! »

Son intonation enjouée lui fit lever un regard surpris. « Bonjour, Amy. Vous avez l'air bien joyeuse, aujourd'hui. »

Sans y avoir été invitée, elle s'installa sur le siège face à lui et croisa les jambes. « Je le suis… et c'est grâce à vous ! »

Voyant son embarras, elle réprima un sourire.

Il se leva et montra le divan. « On y va ?

— Oh… mais qu'est-ce que vous insinuez par là, docteur ? »

Il desserra son nœud de cravate. « Arrêtez, Amy… Cette façon de faire ne vous va pas. »

Elle s'allongea sur le divan et croisa les mains tandis qu'il feuilletait son bloc. Seul le tic-tac hypnotisant de la vieille horloge résonnait dans le silence.

« Je crois savoir qu'une nouvelle altercation a eu lieu récemment dans la salle de jour. »

Amy se mordit la lèvre. Ça lui ressemblait bien de commencer par quelque chose de négatif alors qu'elle se sentait tellement mieux ! Mais elle ne se rebellerait pas. Qu'elle reste joyeuse et ne retourne pas à sa turbulence habituelle était important. « C'est déjà oublié, dit-elle en agitant la main dans le vague. Ce n'était rien du tout.

— Très bien. Si vous le dites. »

Elle bascula son poids et s'installa plus confortablement.

« Mais oui.

— D'accord… » Il traîna sur le mot, l'air sceptique. « Vous êtes ici depuis maintenant quatre mois. Parlez-moi de ce que vous espérez pour l'avenir, de vos projets quand vous partirez d'ici. »

Amy sentit son cœur s'accélérer. Il s'agissait là d'une nouvelle approche ; en général, il fouillait dans son passé, l'obligeait à penser à des choses qu'elle avait refoulées dans les recoins sombres de son cerveau. Elle allait devoir jouer la prudence et lui répondre ce qu'il voulait entendre.

« Il faut que je sois responsable de mes actes, commença-t-elle. Je dois des excuses à mon père, c'est certain, mais aussi à ma belle-mère… Carrie. » Elle fronça les yeux et retint son souffle un instant. « Et il faut que je comprenne que la mort de ma mère n'était pas de ma faute, et que mon père a droit au bonheur. » Elle avait trouvé son rythme, les mots sortaient presque machinalement. « Carrie n'est pour rien dans tout cela. Elle n'a pas pu s'empêcher de tomber amoureuse de mon père… et bien que j'accepte le fait que je n'aurai jamais une autre mère, il n'y a aucune raison que mon père n'ait pas une autre femme. »

Amy se tourna vers le médecin. Il avait la main devant la bouche, mais elle vit dans ses yeux qu'il souriait. Néanmoins, il ne dit rien, se contenta de l'encourager d'un hochement de tête pour qu'elle poursuive dans la même veine. « Je suis déterminée à être de nouveau heureuse… À rencontrer quelqu'un et à fonder ma propre famille un jour.

— C'est ce que votre mère aurait souhaité pour vous. »

Agacée qu'il se permette une telle supposition, elle hésita une seconde avant de rétorquer d'une voix neutre : « Oui, je crois. »

Puis elle mit les pieds par terre et s'assit au bord du divan. Ses genoux frôlèrent les siens. « Vous me trouvez jolie, docteur ? »

Déstabilisé par cette question inattendue, le docteur Lambourn haussa les sourcils. « Mon avis n'a pas d'importance…

— Il en a pour moi.

— Je m'abstiendrai de répondre à cette question. »

Elle l'avait troublé, elle le savait, et qu'il réponde était inutile. Sa réponse se lisait dans son regard et son attitude gênée. « Comme vous voudrez ! » dit-elle en souriant.

Elle écarta l'encolure de sa robe et passa ses doigts sur sa poitrine. « Il fait chaud, non ? » Un sourire coquet se dessina sur ses lèvres humides.

Sans lui prêter attention, le médecin retourna s'asseoir derrière son bureau. Il prit du papier à lettres jaune et trempa son stylo dans l'encrier. « Je vais écrire à votre père en lui faisant part de vos progrès de façon détaillée. S'il donne son accord, nous pourrons envisager de mettre fin à votre internement pour que vous retourniez dans le foyer familial. »

Le puits d'espoir qu'elle avait osé créer menaçait de déborder. Elle se força à garder son calme et se contenta de hocher la tête. « Je vous remercie, docteur. »

26

Plus les jours s'allongeaient, plus il se réjouissait de la marche vivifiante qu'il devait effectuer pour rentrer à son cottage, et qui lui permettait d'expulser de ses poumons l'air vicié de l'hôpital. La perspective du fauteuil confortable qui l'attendait au coin du feu l'encouragea à accélérer le pas. Quand il imagina l'arôme riche et terreux du verre de bordeaux qu'il allait se servir, il se mit pratiquement à courir. Le col remonté pour se protéger de la pluie, il venait d'arriver au pied de l'escalier en pierre lorsqu'il entendit une voix l'interpeller du haut des marches. « Docteur Lambourn… »

Il entendit des talons cliqueter alors que la voix se rapprochait. « Oh, je suis contente de vous avoir rattrapé à temps ! » L'élève infirmière Crosby reprit son souffle en se tapotant la poitrine. « Quelqu'un demande à vous voir et dit que c'est urgent. »

Le médecin regarda ostensiblement sa montre. « Cela devra attendre, je le crains ! Dites à cette personne de prendre rendez-vous, conformément à l'usage. Il faut apprendre aux gens qu'ils ne peuvent pas débarquer comme ça au débotté en espérant que je les reçoive ! »

Sans plus attendre, il s'éloigna vers la grille tel un homme en mission, impatient de se retrouver seul au terme d'une longue journée.

« Docteur, attendez ! »

Alors qu'il continuait à avancer, il entendit l'infirmière lui courir après. Elle l'attrapa par le coude.

Il lui lança un regard noir. « Vous permettez ?

— Je suis désolée, mais cette femme est manifestement bouleversée, et elle dit qu'elle ne veut voir que vous, docteur. Elle ne m'a pas précisé pourquoi, mais elle est dans un état épouvantable. »

Le docteur Lambourn jura en son for intérieur. Si seulement il ne s'était pas arrêté dans son bureau pour y remettre de l'ordre avant de partir, il aurait déjà franchi cette grille et aurait été hors de vue !

Il observa l'infirmière Crosby, les mains jointes en prière, qui l'implorait de ses yeux de jeune chiot. Il secoua la tête et soupira d'un air irrité : « Très bien, je lui accorde cinq minutes. »

Lorsqu'il entra dans son bureau, la femme était assise le dos à la porte, mais elle se leva timidement en l'entendant arriver.

Il retira ses gants de cuir et les jeta sur le bureau. « En quoi puis-je vous aider ? » demanda-t-il sans s'embarrasser des formalités habituelles.

Elle se tamponna le nez avec un mouchoir et le garda là, le tissu assourdissant ses paroles. « Je suis navrée d'être venue comme ça à l'improviste… Je ne savais pas quoi faire d'autre. »

Les épaules de son imperméable bleu marine étaient tachées de pluie, et le foulard en soie noué sous son menton trempé. Des lunettes noires à monture étincelante dissimulaient ses yeux, ce qu'il trouva bizarre étant donné que le soleil n'avait pas fait la moindre apparition depuis plusieurs jours. Les doigts tremblants, elle ôta ses lunettes. Il vit alors ses yeux bleus, gonflés et rougis, réduits à de simples fentes dans un visage plutôt avenant.

Il regretta un instant d'avoir été un peu brusque avec cette jeune femme, qui à l'évidence était dans une grande détresse. Il lui indiqua le fauteuil devant la cheminée. « Je vous en prie, asseyez-vous. Le feu est éteint, mais les braises sont encore chaudes. »

Elle souffla dans ses mains pour les réchauffer.

« Je vais remettre un peu de charbon », dit-il en attrapant le seau.

La jeune femme acquiesça et dénoua son foulard qu'elle mit à sécher sur le pare-feu, puis elle passa ses doigts dans ses cheveux blonds pour redonner forme à ses boucles. « Merci », murmura-t-elle en reniflant.

Le médecin s'assit face à elle. Curieux de savoir pourquoi cette jolie femme à l'air dépenaillé avait insisté pour le voir, il adopta une attitude plus aimable. « Si vous commenciez par me dire quel est votre nom ? »

Elle redressa le menton et plissa légèrement les yeux, comme si la question lui paraissait difficile. « Carrie… Carrie Sullivan. »

Il lui fallut plusieurs minutes avant de pouvoir prendre la parole. Amy avait décrit sa belle-mère sous un jour totalement différent. Cette femme ne ressemblait en rien à la personne qu'il avait imaginée à partir de la description peu flatteuse et malveillante que lui en avait fait sa patiente.

« Vous êtes la belle-mère d'Amy ? »

Elle confirma d'un signe de tête. « Peter Sullivan est… était mon mari. » Elle serra le poing et le mordit de toutes ses forces.

« *Était* votre mari ? »

Les yeux noyés de larmes, Carrie Sullivan s'obligea à respirer à fond. « Il a fait une crise cardiaque… » Elle parla plus bas tout en triturant son mouchoir trempé. « Et il n'a pas survécu. »

Instinctivement, le docteur Lambourn se pencha et lui toucha doucement le poignet. « Je suis désolé. »

Elle s'efforça de sourire. « Merci, docteur. » Elle se reprit un peu. « Vous pourrez le dire à Amy ? Je l'aurais fait moi-même, seulement les choses sont un petit peu…

— Oui, je comprends. Je vais la prévenir, comptez sur moi. » Ne sachant pas trop s'il devait lui en parler, il hésita. « La semaine dernière, j'ai écrit à votre mari pour lui faire part des progrès qu'avait faits Amy en suggérant qu'il serait peut-être temps qu'elle rentre chez elle. »

Voyant la lueur de panique dans ses yeux, il s'empressa d'ajouter : « Je comprends bien que ça pourrait être difficile pour l'instant. Je ne veux pas que vous vous inquiétiez. Vous avez suffisamment de difficultés auxquelles faire face en ce moment. »

Un coup timide frappé à la porte interrompit la discussion. « Entrez », dit le docteur Lambourn.

L'infirmière Crosby s'avança avec un bébé dans les bras. « Excusez-moi, docteur, mais elle est un peu grincheuse… Je crois qu'elle a faim. »

Dès qu'elle entendit les vagissements de sa fille, le visage de Carrie Sullivan s'éclaira et elle la prit dans ses bras. Le médecin se pencha et regarda le bébé avancer les lèvres, ses longs cils encadrant des yeux marron sombre. Sa gorge se noua. « Elle est… elle est magnifique », réussit-il à dire.

Carrie berça son bébé en lui souriant. Puis elle regarda le médecin d'un air suppliant. « Je vous en prie, docteur… Vous ne pouvez pas laisser cette folle approcher ma fille ! »

Il ferma les yeux et imagina Amy entrer dans le lac en tenant cette petite dans les bras. La responsabilité qui lui incombait de protéger Carrie et son enfant lui pesait, et bien qu'il n'y ait aucun doute que sa patiente avait fait des progrès considérables, il était impossible de prévoir comment la nouvelle de la mort de son père l'affecterait.

« Tâchez de ne pas vous inquiéter, madame Sullivan, dit-il en prenant la main minuscule du bébé. Amy est ici pour aller mieux, et vous avez ma parole qu'elle n'ira nulle part tant que ce ne sera pas le cas. »

27

Les accords sinistres de la marche funèbre de Mozart retentirent tandis qu'elle marchait derrière le cercueil de son père, les porteurs avançant d'un pas parfaitement cadencé. Elle s'accrocha au bras du docteur Lambourn qui la guida à l'intérieur de l'église et l'installa sur un banc. En prenant place à ses côtés, il lui adressa un petit sourire. Elle apprécia de le sentir près d'elle dans l'église glaciale. Le froid du sol en pierre lui remontait dans les jambes. Des genoux aux épaules, elle n'était que tremblements, et le claquement de ses dents résonnait dans sa tête. À travers les vitraux, le soleil dardait ses rayons sur le cercueil en bois. Amy jeta un regard à sa belle-mère assise de l'autre côté de l'allée. Le visage dissimulé sous un voile noir, elle avait la tête penchée quasiment sur les genoux et se balançait d'avant en arrière.

Le médecin lui tapota le coude. « Vous tenez le coup ? » murmura-t-il.

Amy fit signe que non et enfouit son nez dans le livre de cantiques. Les pages jaunies sentaient le moisi, le vieux papier fin craquait.

« *Reste avec moi* était le chant préféré de ma mère, observa-t-elle.

— C'est très approprié, acquiesça le docteur Lambourn. C'est un beau geste de la part de Carrie, vous ne trouvez pas ? »

Amy poussa un soupir agacé. « Je ne l'aimerai jamais, inutile de perdre votre temps… C'est sa faute si mon père est mort. »

Il contempla les poutres du plafond en donnant l'impression de compter jusqu'à dix. « S'il vous plaît, pas maintenant… »

La voix du pasteur retentit au milieu de la maigre assemblée. « Cher et bien-aimé… »

Amy ferma les yeux en regrettant que ce ne soit pas déjà fini.

Pendant la plus grande partie de la messe, elle réussit à se contenir. Ce fut seulement lorsqu'elle entendit mentionner le nom de sa mère qu'elle laissa échapper un gros sanglot qui résonna entre les murs de l'église, ce qui lui valut un regard de pitié de plusieurs membres de la congrégation. La pauvre folle qui n'avait le droit d'assister à l'enterrement de son père que sous la surveillance rapprochée d'un psychiatre !

Dehors au soleil, elle se tint devant la tombe vide en regardant son père adoré être mis en terre, alors que sa belle-mère sanglotait joliment dans un mouchoir à fleurs. La scène avait quelque chose d'une irrévocabilité affreuse qui la remplit d'un sentiment de détresse et de total désespoir. Le docteur Lambourn se tenait la tête baissée, les mains dans le dos. Partout resplendissaient les premiers signes du printemps. Les perce-neige étaient déjà passés, mais les crocus et les jonquilles apportaient des taches de couleur entre les pierres tombales. Chacun était tellement emmuré dans son chagrin qu'elle envisagea un instant de fuir pour être enfin libre. Néanmoins, si elle savait très bien ce qu'elle fuirait, elle n'avait aucune idée de l'endroit où elle irait.

Le médecin avait insisté pour qu'ils aillent à la maison présenter leurs respects et partager un verre de sherry à la mémoire de son père. Carrie avait ouvert la pièce qui donnait sur l'avant ; il avait toujours été convenu que c'était la « plus belle pièce », et sa mère l'avait rarement utilisée de son vivant. Amy éprouva une pointe de culpabilité lorsqu'elle entra et se laissa tomber sur le canapé. Le docteur Lambourn lui tendit un petit verre de sherry, qu'elle vida d'un seul trait. La sensation de brûlure lui fit monter les larmes aux yeux.

« Combien de temps doit-on rester ici ? lui demanda-t-elle.

— Je ne pensais pas que vous étiez si pressée de rentrer à Ambergate. »

Elle balaya du regard les éléments de décoration qu'elle ne connaissait pas. Les meubles simples et fonctionnels étaient toujours là, mais sa belle-mère avait jugé bon d'ajouter des coussins aux teintes criardes, ainsi qu'une peau de bête qui avait appartenu à un mouton dans une vie antérieure. Le papier peint gaufré, autrefois d'une chaude couleur café, avait été peint d'un rose pâle plutôt terne.

Quand Carrie entra dans la pièce en portant le bébé sur la hanche, Amy se leva. Le voile noir ridicule ayant disparu, elle vit son propre chagrin se refléter sur le visage de sa belle-mère.

« Merci d'être venue, Amy. »

Entendre son nom sortir des lèvres de sa belle-mère déclencha la fureur qui frémissait en permanence sous sa peau. « Comment oses-tu ? s'écria-t-elle. Tu n'as pas à me remercier de venir à l'enterrement de mon père ! Je suis venue parce que je le voulais… parce qu'il était mon père, avec lequel je suis liée par le sang et qui sans toi ne serait pas mort ! »

Le bébé regardait Amy avec de grands yeux écarquillés. Carrie mit sa main sur l'oreille de la petite fille en la serrant tout contre elle. « Je te saurai gré de ne pas élever la voix dans ma maison. Fais preuve d'un minimum de respect. Ton père aurait…

— Ne me dis pas ce que mon père aurait fait ou pas ! » Amy se pencha si près de sa belle-mère qu'elle sentit son haleine sur sa peau. « Tu… l'as… tué ! » Elle le dit avec un tel venin que l'enfant fondit en larmes au moment où Carrie sortait en vitesse de la pièce.

Le médecin, qui n'avait pas prononcé un mot pendant cet échange, prit finalement la parole. « C'était méchant de votre part.

— J'aurais dû me douter que vous seriez de son côté ! » Amy avait de la peine à respirer. Ses lèvres étaient blêmes de colère. « Ramenez-moi à la maison, s'il vous plaît.

— À la maison ? »

Elle le fixa en plissant les yeux.

« À Ambergate. »

Après un trajet de retour qui s'effectua dans un silence pesant, le docteur Lambourn se gara devant l'hôpital. Impatiente qu'il vienne lui ouvrir la portière, Amy prit la main qu'il lui tendit pour l'aider à descendre. « Si vous permettez, docteur, j'aimerais passer un petit moment à la chapelle.

— Oui, bien sûr… Je vais prévenir la sœur. »

Nichée entre le bâtiment principal et la villa réservée à l'administration, la chapelle avait des murs verdis par la mousse accumulée là depuis des années. On voyait la cloche en fonte se balancer en haut de la tour malgré la brume du soir qui menaçait d'engloutir le cimetière. Amy tourna la poignée en bois et se faufila à l'intérieur. La vapeur de son haleine tourbillonna devant elle lorsqu'elle posa le pied sur le paillasson, le son résonnant dans l'intérieur spartiate. Deux grands cierges étaient allumés de chaque côté de l'autel et les chandeliers en cuivre brillaient dans la lumière vacillante.

Elle s'agenouilla sur un prie-Dieu, joignit les mains et ferma les yeux en cherchant quoi dire à ce Dieu omniprésent qui s'acharnait sur elle en lui infligeant un malheur après l'autre. En tout cas, elle n'avait à Le remercier de rien. Après avoir marmonné ce dont elle se souvenait de la prière au Seigneur, elle s'assit sur le banc et réprima un frisson. Elle avait l'étrange impression de ne pas être seule dans la chapelle. Une sensation qui n'avait rien de précis, mais bien qu'elle ne voie ni n'entende rien, elle sentait une présence de façon inconsciente.

« Bonjour… Il y a quelqu'un ? »

Et soudain, elle l'entendit pour de bon : un raclement de pied sur les dalles en pierre rugueuses du côté de l'autel. Elle jeta un regard vers le rideau en velours bleu qui menait à la sacristie et retint son souffle lorsqu'elle le vit s'écarter tandis qu'une silhouette sortait de l'obscurité et s'approchait d'un pas traînant.

28

« Seigneur… Ed ! J'ai failli avoir une crise cardiaque… » Honteuse de cette désinvolture qui lui faisait comparer sa situation à ce qui venait d'emporter son père, elle se reprit aussitôt. « Tu m'as fait peur… terriblement peur ! »

Les boucles brunes du jeune homme avaient repoussé et il irradiait de son visage enfantin une chaleur qui la ravit. « Je suis désolé, dit-il. Je ne voulais pas te déranger pendant que tu priais. »

Amy tapota le banc en l'invitant à s'asseoir. « Je ne priais pas vraiment. Je n'ai rien à Lui dire… si toutefois Il existe ! »

Ed jeta un regard craintif alentour, puis observa les poutres comme s'il s'attendait à voir la foudre transpercer la toiture. « Chut, ne parle pas comme ça ici…

— Le pire est déjà arrivé ! s'esclaffa-t-elle. Il ne peut rien me faire qui me fera davantage de mal.

— Comment cela ?

— Mon père est mort. D'une crise cardiaque, ils ont dit, ce qui n'a rien d'étonnant étant donné qu'il s'efforçait de satisfaire les exigences d'une jeune femme. Il avait quarante et un ans et s'est retrouvé avec un bébé… À son âge… » Elle secoua la tête sans terminer sa phrase.

« Oh, je suis désolé de l'apprendre… Ça ne doit pas être facile pour toi.

— J'ai tout perdu. Il ne reste plus rien pour moi à l'extérieur.

— Ne dis pas ça, rétorqua Ed en prenant sa main glacée qu'il réchauffa dans la sienne. Bientôt tu iras mieux et tu quitteras cet endroit. Et un jour, tu rencontreras quelqu'un et tu auras une famille à toi.

— Tu es gentil… J'aimerais pouvoir y croire… »

Amy jeta un coup d'œil au chiffon noir qu'il tenait dans l'autre main. « À propos, qu'est-ce que tu fais ici ?

— Je polis les cuivres », répondit Ed en montrant l'autel.

Elle se tut un instant, profitant du calme de la chapelle et de la compagnie agréable du jeune homme. Elle laissa aller sa tête sur son épaule, apaisée par le rythme régulier de sa respiration, sans qu'il soit nécessaire de prononcer des paroles lénifiantes. Dans cette étreinte paisible, elle ressentit une paix comme elle n'en avait pas connue depuis la mort de sa mère, et, lentement, les émotions refoulées durant des années se dissipèrent. Amy ferma les yeux et s'abandonna à un sommeil épuisé dépourvu de rêves.

Au bout d'un moment, elle se réveilla en sursaut. Il lui fallut quelques secondes avant de réaliser où elle était. Elle ignorait combien de temps elle avait dormi, mais elle était toujours appuyée contre Ed qui lui enlaçait les épaules de son bras. Cependant, quelque chose n'allait pas.

« Ed ? » Pas de réponse. En se tournant vers lui, elle vit ses yeux dans le vague, ses pupilles dilatées. « Qu'est-ce que tu as ? Ed, parle-moi… »

Affolée par son absence de réaction, elle le secoua doucement par les épaules, puis chercha son pouls sur son cou et soupira de soulagement en le sentant battre sous ses doigts. Mais son visage était pareil à un masque mortuaire, ses yeux fixes, sa bouche et sa mâchoire aussi rigides que celles d'une statue. « Ed, s'il te plaît… »

C'est alors que le jeune homme se mit à convulser, ses bras et ses jambes s'agitant de façon incontrôlable. Il tomba sur le sol en pierre où il continua à se débattre comme un homme en train de se noyer.

« Ed, qu'est-ce qui t'arrive ? » s'écria Amy. L'espace entre les bancs n'était pas suffisant pour qu'elle puisse s'accroupir et lui apporter du réconfort ou une aide quelconque. Après ce qui lui sembla durer une éternité, les violentes convulsions cessèrent et tout son corps se raidit avant de finalement se relâcher. Un filet de sang dégoulinait au coin de sa bouche. Son visage aussi blanc que de la craie était luisant de sueur.

Elle observa son corps inerte, sa respiration rapide et saccadée. « Ça va aller, je suis là », le rassura-t-elle en caressant les boucles brunes sur son front.

Ed ouvrit la bouche pour dire quelque chose, mais aucun son n'en sortit. Puis il montra ses lèvres et tira la langue en haletant comme un petit chien.

« Tu as soif ? »

Il acquiesça et esquissa un sourire, apparemment reconnaissant qu'elle ait compris.

Amy se faufila entre les bancs et revint au bout de quelques minutes avec un gobelet qu'elle avait rempli d'eau dans les toilettes au fond de la sacristie. Elle l'aida à se redresser en position assise et approcha le gobelet de ses lèvres. Il but plusieurs gorgées hésitantes avant que son corps bascule en avant. Elle s'assit en tailleur dans l'allée et l'allongea en posant sa tête sur ses genoux, puis elle lui caressa les cheveux et le visage jusqu'à ce qu'il ait repris un peu de couleur.

« Je suis désolé que tu aies dû assister à ça.

— Je suis désolée que tu aies dû le vivre. Mon pauvre…

— J'ai un goût de sang dans la bouche… J'ai dû me mordre l'intérieur de la joue. »

Amy sortit de sa manche un mouchoir qu'elle mouilla du bout de la langue et essuya le sang qui avait coulé sur son menton.

Ed ferma les yeux et commença à respirer plus calmement. « La tête m'élance, et je suis épuisé. Je suis toujours tellement fatigué après…

— Chut, n'essaie pas de parler ! »

Elle-même se souvenait très bien de ce qu'elle avait ressenti après qu'elle avait fait une crise pendant cette séance d'électrochocs atroce. Son cerveau lui avait donné l'impression d'être trop gros pour son crâne, comme s'il avait doublé de volume et allait faire éclater ses os. La douleur aveuglante lui avait flanqué la nausée et la fatigue l'avait privée de toute énergie pendant la semaine suivante.

« Ça va aller, Ed, je suis là… Tu n'as qu'à te reposer un peu. Je reste avec toi. » Elle passa les doigts dans ses boucles et lui massa doucement le cuir chevelu jusqu'à ce qu'elle voie sa mâchoire se détendre et qu'il s'endorme.

Au bout d'un moment, elle sentit ses fesses engourdies de froid à force de rester assise à même le sol, son dos lui faisait mal et ses jambes étaient ankylosées. Son estomac vide gargouillait comme les vieux tuyaux de l'hôpital. Elle chercha à quand remontait la dernière fois où elle avait mangé. Depuis le porridge du petit déjeuner, la seule chose à avoir franchi ses lèvres était ce sherry qu'elle avait bu cul sec après l'enterrement. Bien qu'elle n'ait aucune idée de l'heure qu'il était, elle vit qu'il faisait nuit. La seule lumière provenait des cierges allumés sur l'autel. L'heure du repas était déjà passée, et elle s'était résignée à renoncer au dîner. Ed avait l'air serein. Elle avait beau mourir de faim et être dans une position inconfortable, elle ne le réveillerait pas.

29

Ed était plus instable sur ses pieds que d'habitude, cependant il était si léger qu'elle n'eut aucune difficulté à le soutenir pour le raccompagner jusqu'à l'hôpital. Un vieil homme, le pantalon roulé à mi-mollet, une unique dent dépassant de sa mâchoire inférieure, s'avança vers eux. Les poings serrés, il se donnait des coups dans la figure en changeant de main à chaque pas. Amy porta la main devant sa bouche et faillit vomir en sentant l'odeur d'urine que dégageait son corps.

Ed se fendit d'un sourire. « C'est un des inconvénients de la nouvelle politique des portes laissées ouvertes…

— Oui, on peut le dire ! » Elle regarda le jeune homme, un garçon intelligent et cohérent qui avait une mère aimante pour s'occuper de lui à la maison. C'était si frustrant ! « Ta place est-elle vraiment ici ? Ce n'est pas juste que tu doives te retrouver au milieu de pareils cinglés !

— Oh, Jimmy le Panda est sympa ! C'est un sacré personnage, quand on le connaît.

— Jimmy le Panda ?

— Oui, il a en permanence les deux yeux au beurre noir.

— Quoi ? Tu es sérieux ? »

Ed sourit. « Ici, il y a toutes sortes de gens, tu sais… La plupart ont des histoires très tristes à raconter, si bien qu'ils considèrent l'hôpital comme leur foyer et sont très contents d'être là. J'ai rencontré des personnes extraordinaires et je leur serai toujours reconnaissant de ce qu'elles ont fait pour moi. Ne les juge pas trop vite. »

Venant de n'importe qui d'autre, cette remarque aurait pu sonner comme une réprimande, mais un sourire atténuait ces propos et Amy se contenta d'acquiescer. Peut-être qu'Ed pourrait lui apprendre deux ou trois choses…

Ils s'arrêtèrent devant l'entrée de l'aile réservée aux hommes. « Ça va aller, maintenant. Merci de t'être occupée de moi, Amy… Et, encore une fois, je suis sincèrement désolé pour ton père.

— Merci, dit-elle tout bas. Prends bien soin de toi, d'accord ?

— Promis. » Il ouvrit grand les bras et tituba légèrement lorsqu'elle s'approcha. Ils restèrent enlacés quelques instants, chacun désireux de prolonger ce contact humain fondamental que la plupart des gens considéraient comme allant de soi.

Au moment où elle regagna son propre service, les rideaux étaient tirés et les lumières éteintes. Sœur Atkins feuilletait un magazine dans son bureau. « Ce n'est pas trop tôt ! Où étiez-vous donc passée ?

— Le docteur Lambourn m'avait dit qu'il vous préviendrait. Je suis allée à la chapelle pour réfléchir tranquillement.

— Vous avez disparu pendant des heures ! Voilà qui fait beaucoup de réflexion ! Et vous pensez pouvoir arriver ici comme si de rien n'était ? » Elle se leva et lança le magazine sur le bureau. « Je me doutais bien que ça arriverait, s'ils ne fermaient plus les portes… Les patients vont et viennent comme ça leur chante ! Mais tout ça se terminera en catastrophe, croyez-moi ! » Elle attrapa ses cigarettes. « Et n'imaginez surtout pas vous échapper ! On vous rattrapera, et ce sera encore pire pour vous ! » Elle inspira une bouffée et souffla la fumée par le nez comme un dragon.

« C'était l'enterrement de mon père, aujourd'hui. »

La sœur se figea. « C'est possible, mais cela ne vous donne pas le droit pour autant de disparaître à votre guise. Vous avez raté le dîner, tant pis pour vous ! Vous resterez sur votre faim, mais peut-être que ça vous servira de leçon… Et maintenant, allez vous coucher en vitesse avant que je fasse quelque chose que vous regretterez ! »

Pearl et Queenie dormaient, la première étendue sur le dos, la bouche grande ouverte, un raclement irritant résonnant au fond de sa gorge. Amy se glissa sous les draps et plaqua l'oreiller sur sa tête en le rabattant sur ses oreilles. Dieu merci, elle n'aurait plus à supporter très longtemps cet horrible endroit !

Soudain, elle entendit les ressorts grincer et sentit quelqu'un se laisser tomber au pied de son lit. Elle écarta l'oreiller et aperçut une silhouette dans la pénombre. « Qui est là ?

— Chut… C'est moi, Belinda ! »

Amy se redressa et croisa les bras sur sa poitrine. Ce soir, elle n'était pas d'humeur à se laisser embêter. « Qu'est-ce que tu veux ? »

Belinda jeta un coup d'œil vers le bureau de la sœur. « Comme j'ai vu que tu n'étais pas là au dîner, je t'ai gardé quelque chose… » Elle montra le bol qu'elle cachait dans son dos. « C'est froid, mais c'est encore mangeable. »

Amy prit le bol et en tâta le contenu avec la cuiller.

« C'est de la compote de pommes avec de la crème anglaise, précisa Belinda. Les pommes pourraient être un peu plus sucrées, mais c'est mieux que rien. »

La crème avait formé une peau jaunâtre peu appétissante, ce qui n'empêcha pas Amy de saliver lorsqu'elle en prit une cuillerée. « Merci. »

Belinda lui sourit et se leva. « Y a pas de quoi ! »

Amy racla le fond du bol avec son doigt en veillant à ne rien laisser du dessert. Quand Belinda lui fit un signe depuis son lit, elle lui répondit. Ici, les gestes spontanés de gentillesse étaient rares, et ils venaient parfois des personnes les plus inattendues.

30

Les nuages avaient fini par se déchirer en laissant le soleil transpercer leur voile obstiné. Le docteur Lambourn regarda le ciel en souriant d'un air satisfait. Il mit un coussin sur chacun des fauteuils en fer forgé peints en blanc, puis plaça une cruche remplie de jonquilles qu'il avait cueillies au centre de la table. Les pétales étaient un peu desséchés, mais le jaune égayait le lieu d'une belle tache de couleur. Il était fier du jardin de son cottage, qui lui apportait un immense plaisir et lui offrait un répit bienvenu après l'ambiance déprimante qu'il devait souvent supporter à l'hôpital. Un chemin de dalles en pierre menait au fond à un petit étang, où les berges tapissées de bruyère formaient une gamme éclatante de teintes roses et mauves. Il tourna ses paumes vers le ciel ; constatant que l'air n'était pas humide, il alla chercher l'assiette de biscuits sablés dans la maison.

Les gelées de l'hiver étaient passées, et à mesure que le soleil d'avril réchauffait la terre, l'herbe recommençait à pousser et les bourgeons à dérouler leurs feuilles sur les arbres. Il ouvrit son journal sur la table. Une légère brise en souleva les coins. La main plaquée sur la page, il essaya de se concentrer sur ce qui était écrit en attendant son invitée. À 11 heures précises, deux choses se produisirent en même temps : le coucou dans la cuisine jaillit de son nid et la sonnette de l'entrée retentit. Bien, songea-t-il, elle était ponctuelle. Il ne supportait pas les gens qui étaient en retard.

Il ouvrit la porte. « Bonjour, entrez, je vous en prie… Allez directement à l'arrière. J'ai pensé que nous pourrions nous asseoir au jardin. »

Elle s'essuya les pieds sur le paillasson en prenant plus de temps qu'il ne l'aurait jugé nécessaire. « Merci », répondit-elle.

Pendant qu'il préparait le thé dans la cuisine, elle s'installa dans un des fauteuils. « Vous avez un jardin ravissant ! » lui cria-t-elle.

Il revint avec la théière et prit place dans l'autre fauteuil. « Merci. Il est petit, mais très bien conçu.

— Oui, en effet. »

Se concentrant sur n'importe quoi pour éviter de le regarder, la jeune femme observa le jardin, son malaise étant évident à la façon dont elle gigotait. Depuis la dernière fois qu'il l'avait vue, la transformation était phénoménale. Oubliés les traits ravagés par le chagrin ; son teint très pâle rayonnait de santé et ses cheveux brillants retombaient en boucles sur ses épaules. Elle s'éclaircit la gorge et, cette fois, elle le regarda en face.

« Voilà qui me semble assez peu orthodoxe… Je me demande quelles sont vos raisons, docteur Lambourn. »

Il haussa les sourcils, l'air de ne pas comprendre.

« Je parle du fait de me faire venir chez vous alors que vous avez un bureau parfaitement adapté pour les visites. »

Le médecin essuya des miettes de sablé sur ses lèvres avec une serviette. « Tout va bien, Carrie. Mais comme l'atmosphère à l'hôpital est parfois un peu étouffante, je me suis dit que se voir dans un endroit plus agréable serait mieux pour nous deux.

— Ma belle-fille sait-elle que je suis ici ?

— Mes patients ne sont pas au courant de tout ce que je fais… Je n'ai pas jugé utile de l'informer de la situation.

— De quelle situation ? »

Il lui tendit l'assiette de sablés, qu'elle refusa poliment.

« Désormais, vous êtes sa plus proche parente. »

Une légère inquiétude assombrit le regard de la jeune femme. « Et… ?

— Comme vous le savez, j'avais envoyé une lettre à votre mari pour lui faire part des progrès que faisait Amy, et dans laquelle je suggérais que le moment était venu de reconsidérer son internement.

— Je n'ai jamais vu cette lettre…

— C'est possible, cependant cela ne change rien au fait que je l'ai écrite. »

Carrie se tourna sur le côté. « C'est un chèvrefeuille, là, au-dessus de votre porte ? »

Il n'avait nul besoin d'être un psychanalyste aguerri pour repérer une tactique de diversion. « Oui. Pour l'instant ce n'est qu'un tas de branches mortes, mais, dans quelques mois, il resplendira de fleurs au parfum divin. » Il agita la théière pour mélanger les feuilles de thé. « Je vous ressers une tasse ? »

Carrie refusa d'un signe de tête. « Je ne peux pas vivre avec elle à la maison, docteur. Elle a tenté de tuer mon bébé. Ce n'est pas possible… Vous ne pouvez pas me demander de la reprendre !

— Où voulez-vous qu'elle aille ? »

Elle haussa les épaules. « Je n'en sais rien. Tout ça est tellement compliqué… Je ne suis pas prête à la prendre chez moi. » Elle arracha les pétales d'une jonquille d'un air absent.

« Le serez-vous à un moment donné ?

— Je ne sais pas… Je ne peux vraiment pas le dire.

— Sachez que j'apprécie votre franchise, Carrie. » Il joignit les mains. « Écoutez, voici ce que nous allons faire. Je ne parlerai à personne de cet entretien. Je vais poursuivre mes séances avec Amy, néanmoins, vous devez comprendre que je ne peux pas la garder internée sans une bonne raison. Elle a fait de gros progrès, et je ne voudrais pas que le surveillant général remette mes méthodes en cause. Ce serait donner une mauvaise image de moi, comme si je ne savais pas ce que je faisais.

— Ah, finalement vous en venez au fait… Il s'agit de vous, pas d'Amy ! »

Le docteur Lambourn prit le temps de choisir ses mots avant de répondre : « Si cela vous aide de le croire, ça ne me dérange pas, mais je vous déconseille d'adopter la politique de l'autruche.

— Je dois d'abord penser à ma fille, docteur… Vous le comprenez sûrement. Elle est tout ce qui me reste au monde.

— Je le comprends, dit-il, et il était sincère. Laissez-moi voir ce que je peux faire. Je vous promets que ni vous ni votre bébé ne serez mis en danger. »

Carrie se détendit. Ses épaules se relâchèrent, et elle poussa un long soupir. « Merci, docteur, vous n'avez pas idée de ce que ça représente pour moi ! »

Il sourit et lui tendit la main. « Si je vous faisais faire un tour du jardin ? J'ai des azalées en fleur magnifiques, et il y a de merveilleux œufs de grenouille dans l'étang.

— Des œufs de grenouille ? » Elle fronça le nez et le dévisagea une seconde pour voir s'il était sérieux. « Eh bien, allons-y… Je vous suis. »

Il attrapa sa main fine, dont la douceur le surprit. Il était habitué aux paumes calleuses des infirmières, ou aux mains abîmées des patientes qu'il évitait de serrer à tout prix. Lorsqu'il plaça son autre main sur ses reins en l'entraînant vers l'étang, il sentit son parfum, l'odeur lui rappelant aussitôt des temps plus heureux. Nullement préparé à cette invasion de souvenirs surgis malgré lui, il s'empressa de les chasser. Il n'était jamais bon de ressasser le passé.

31

Une douce brise agitait le sommet des immenses peupliers qui bordaient le parc – une brise bienvenue dans la chaleur de l'après-midi qui lui avait valu d'avoir le visage luisant et des auréoles humides sous les bras.

« Ça fait du bien de prendre l'air, n'est-ce pas ? » Le docteur Lambourn respira à fond en gonflant le torse.

Amy ne pouvait qu'être d'accord avec lui. N'importe quoi valait mieux que de tourner en rond dans la cour de l'asile sous le regard belliqueux des infirmières ! Ils marchèrent côte à côte le long de la rivière, où l'eau était encore haute en raison des pluies abondantes de l'hiver. Soudain, leurs bras se frôlèrent, et elle eut envie qu'il lui prenne la main. Consciente qu'elle avait les paumes humides, elle les essuya sur sa robe au cas où il le ferait. Le surveillant général avait introduit une nouvelle garde-robe à l'hôpital, et bien qu'elle apprécie la légèreté de la robe d'été, elle avait chaud aux pieds dans ses gros souliers, trop serrés et trop lourds pour une journée aussi ensoleillée.

« Docteur, est-ce que ce serait possible que j'aille mettre les pieds dans l'eau ? Mes chaussures sont très inconfortables.

— Je ne vois aucune raison de vous en empêcher. » Il lui montra la berge un peu plus loin. « Il y a là-bas une courbe et une sorte de petite plage. C'est un endroit parfait pour s'asseoir. » Amy se demanda comment il le savait. Qui d'autre avait-il amené dans cet « endroit parfait » ?

Ils avancèrent en silence d'un pas nonchalant. Les seuls bruits percéptibles étaient le froissement des plis de sa jupe et le cri d'un oiseau quelque part dans un arbre. Ils arrivèrent près d'une petite plage de sable à l'ombre d'un saule pleureur. Le médecin étala la couverture écossaise qu'il tenait sous le bras.

Amy retira ses grosses chaussures et ses grosses chaussettes, puis elle releva sa jupe et s'avança timidement au bord de la rivière. L'eau était si glacée qu'elle se figea. À cette période de l'année, elle s'était attendue à ce qu'elle soit tiède. Elle faillit perdre l'équilibre, mais pas seulement à cause de l'eau froide, à cause de quelque chose qu'elle ne parvenait pas à formuler, quelque chose au-delà de sa conscience. En regardant l'eau couler à toute vitesse sur ses pieds, elle commença à tituber et écarta les bras pour ne pas tomber, et d'un seul coup, elle se souvint. L'horreur lui revint en mémoire tel un film déjà vu de nombreuses fois mais qu'elle avait comme effacé de sa mémoire. Elle se revit avancer dans le lac, de plus en plus loin, en cherchant désespérément l'oubli. Elle se rappela également le hurlement, les sanglots étouffés hystériques, le bébé dans ses bras… Le bébé qu'elle avait tenté de…

Elle bascula en avant et atterrit la tête la première sur les galets. Un caillou pointu lui entailla le nez. Sous le choc, elle but la tasse en voyant le courant emporter un tourbillon de sang. Puis des mains puissantes la relevèrent et la ramenèrent sur le sable en l'étendant sur la couverture ; elle perçut une voix apaisante, une main réconfortante sur son front.

Le souffle coupé, elle resta allongée là en regardant le ciel bleu, les oiseaux qui tournoyaient en rond sans but.

Le docteur Lambourn s'accroupit près d'elle, le visage à quelques centimètres du sien, son souffle chaud sur ses joues mouillées. « Vous m'avez fait une sacrée peur… » Il tamponna la blessure sur son nez avec son mouchoir.

« Je suis désolée… Je ne sais pas trop ce qui s'est passé, bredouilla Amy. Je crois que c'est de sentir l'eau glacée. Ça m'a ramenée à ce jour où… Oh, mon Dieu, je l'entendais hurler ! C'était comme si elle était juste derrière moi, elle appelait son bébé en pleurant, c'était…

— Chut, essayez de ne pas vous tourmenter », dit le médecin en posant son doigt sur ses lèvres. Puis il la fit asseoir et l'enlaça par les épaules en la berçant jusqu'à ce qu'elle se calme et retrouve une respiration normale.

« Écoutez, il y a un marchand de glaces un peu plus loin. Je vais aller nous en chercher. » Il se redressa et s'épousseta. « Il ne va pas tarder à fermer, je vais y aller en courant. »

Quand il revint, Amy se sentait beaucoup mieux. Elle ôta des petits morceaux d'algue de ses cheveux dégoulinants. Sa robe trempée lui collait désagréablement à la peau. Elle réprima une envie de rire lorsqu'elle vit l'état du pantalon du médecin, mouillé jusqu'aux genoux.

Il suivit son regard et sourit. « Je n'ai pas eu le temps d'enlever mes chaussures et de rouler le bas de mon pantalon. »

Il s'assit face à elle, et elle prit le cornet de glace qu'il lui tendit. « Oui, j'imagine… En tout cas, merci. » Elle lécha la glace, savourant le goût onctueux oublié depuis longtemps. Il retira sa veste et la lui mit sur les épaules. « Tenez, prenez ça, vous frissonnez.

— Pourquoi faites-vous cela pour moi, docteur ?

— Je n'ai pas envie que vous attrapiez la mort ! Votre robe est trempée.

— Je ne parlais pas de la veste. Pourquoi est-ce que vous me permettez de sortir et m'accordez toute cette attention ? »

Le docteur Lambourn réfléchit longuement avant de répondre : « Vous m'intriguez, finit-il par dire. J'aime votre caractère, votre esprit indomptable, et je ne pense pas que vous soyez mauvaise. Vous avez beaucoup souffert au cours de votre existence, ce qui ne peut qu'avoir eu un effet sur vous, mais vous avez fait du chemin depuis la première fois que je vous ai vue, et je voudrais que vous soyez prête le jour où vous retrouverez le monde extérieur.

— Oh, je vois… » Amy enfourna le reste du cornet dans sa bouche. Un silence gêné s'étira. Elle lui avait offert une parfaite occasion d'exprimer les véritables sentiments qu'il avait à son égard. Elle avait installé le chevalet et fourni la toile vierge. Il lui suffisait d'écrire dessus *Je vous aime*. Or, il n'en avait rien fait.

« Je voudrais rentrer, dit-elle.

— Chez vous ?

— À Ambergate.

— Déjà ? Vous ne passez pas un bon moment ?
— Je pensais que vous m'aimiez bien, docteur.
— Oui, je vous aime bien.
— Mais pas plus ? »

Il soupira. « Amy, il est très fréquent que les patients se prennent d'un attachement pour leur médecin. Cela fait partie du jeu. Mais vous devez comprendre que les sentiments que j'ai pour vous sont dus à mon envie de vous aider, de vous guérir si vous l'acceptez, de faciliter votre retour à la société… » Il lui laissa le temps d'enregistrer ses paroles. « C'est vrai que je vous ai traitée de façon différente… Vous ne me verrez pas aller me promener dans le parc avec des patientes comme Pearl ou Belinda, par exemple, mais j'ai de l'espoir pour vous. Vous êtes une jeune fille qui m'est spéciale. J'ai consacré beaucoup de temps à votre cas.

— C'est donc tout ce que je suis pour vous ? s'esclaffa Amy d'un air moqueur. Un cas ?
— S'il vous plaît, cessez de déformer mes propos. »

Elle garda le silence un instant. Comment avait-elle pu se tromper à ce point ? « J'ai vingt ans, et vous savez quoi ? Personne ne m'a jamais embrassée. »

Un bref instant, le médecin parut décontenancé, ne pas trop savoir comment réagir. « Tout ça est devant vous, Amy. Vous êtes une belle jeune femme. N'importe quel homme aurait de la chance de vous avoir à son bras. Vous n'avez pas remarqué comment les gens vous ont regardée pendant que nous marchions au bord de la rivière ? Vous avez fait tourner plusieurs têtes !

— Vous dites ça pour me faire plaisir.
— Non, pas du tout », dit-il avec conviction.

Il se pencha plus près et lui remit une mèche de cheveux derrière l'oreille. Au contact électrisant de ses doigts, elle faillit reculer. Il laissa sa main effleurer l'arrondi de sa mâchoire, et quand elle vit qu'il hésitait à la retirer, elle redressa le menton et se rapprocha de lui. Ne voulant pas voir qu'il la rejetait, elle ferma les yeux, mais elle sentit qu'il était toujours là, juste devant elle, son haleine tiède se mêlant à la sienne. Elle sentait le savon sur sa peau, une vague odeur de tabac. Sans ouvrir les yeux, elle lui toucha la joue, les poils qu'il avait rasés le matin commençant à ombrer sa peau. Et soudain, alors qu'elle n'en pouvait plus d'attendre, il posa ses lèvres sur les siennes, sa respiration devenant plus lourde et plus rapide tandis que sa main se faufilait sous sa robe.

Amy réprima un petit cri de plaisir. Elle avait vu juste ; il avait bien des sentiments pour elle, et il lui montrait la profondeur de son affection d'une façon qui ne prêtait à aucune confusion. Les fondations étaient posées pour sa sortie d'Ambergate. Elle prit son visage entre ses mains de telle manière qu'il ne put faire autrement que la regarder, et murmura : « Je vous aime, docteur Lambourn. »

32

Il était si pressé de rentrer chez lui qu'il laissa tomber la clé trois fois de suite avant de parvenir à ouvrir la porte. Il déposa la pile de courrier dans l'entrée et alla directement dans la cuisine, où il ouvrit le robinet de l'évier. Puis il remonta ses manches et s'aspergea la figure d'eau froide. Après qu'il se fut arrosé trois fois, le devant de sa chemise était trempé et une flaque d'eau s'étalait à ses pieds. Le souffle court, il s'appuya au bord de l'évier, les mains crispées. Sa tête l'élançait si fort qu'il se serait volontiers arraché les cheveux.

Ils étaient revenus à l'asile en silence, sans savoir quoi dire ni l'un ni l'autre. Cependant, Amy avait semblé plus légère, elle donnait même l'impression de marcher en sautillant, et un sourire ravi n'avait pas quitté ses lèvres tandis qu'elle le tenait par la main. Il tapa du poing un grand coup sur la paillasse. Comment avait-il pu être aussi stupide ? Il avait profité d'une jeune fille vulnérable, et bien qu'elle n'ait opposé aucune résistance, il aurait dû se maîtriser. Elle lui avait même dit qu'elle l'aimait, et bien que de toutes les fibres de son être il avait eu envie de lui dire la même chose, comment l'aurait-il pu ? Il était son médecin. Il aurait dû renoncer à s'occuper de son cas dès qu'il avait compris qu'il développait des sentiments pour elle, mais il ne pouvait pas se couper en deux. Amy le captivait.

Il s'essuya le visage avec un torchon en regrettant de ne pas pouvoir revenir en arrière. Après quoi il sortit la bouteille de whisky qu'il gardait au fond d'un placard pour ce genre d'urgences. Il avait beau apprécier un bon vin, il n'était pas un gros buveur, toutefois, ce soir, il ferait une exception. Il mit deux comprimés antidouleur dans sa main et les avala d'un coup avec le whisky. Puis il emporta un second verre dans le salon en se baissant pour ne pas se cogner aux poutres basses qui traversaient la pièce. Il posa son verre sur la cheminée et prit la photo dans un cadre en argent. Du bout du doigt, il enleva la poussière qui dissimulait le visage. Le visage de la femme qu'il avait cru aimer autrefois, la femme avec laquelle il avait envisagé un avenir, la femme sur qui avaient reposé tous ses rêves et ses espoirs. Jusqu'à ce jour affreux où elle lui avait annoncé qu'elle l'aimait, mais pas suffisamment. Après son départ, il n'avait jamais imaginé qu'il serait capable un jour de retomber amoureux. Pourtant, Amy avait chamboulé tout ça.

Après le repas, lorsque les autres se retirèrent dans la salle de jour, Amy s'excusa et fila s'allonger sur son lit. Elle voulait revivre cet après-midi dans un magnifique ralenti et en Technicolor, savourer chaque caresse, chaque baiser, les plus tendres comme les plus passionnés. Elle avait tremblé sous la tendresse de ses caresses, chacun de ses nerfs hurlant de désir. Il avait pris un temps infini, mais quand le moment tant attendu était arrivé, ce moment qui faisait d'une jeune fille une femme, elle avait été transportée dans un endroit qu'elle n'aurait jamais imaginé exister. Et elle avait vu qu'il en allait de même pour lui dans son regard, l'avait entendu dans sa respiration laborieuse et senti dans le mouvement frénétique de ses hanches. Bien sûr qu'elle n'était pas qu'une simple patiente ! Elle l'avait su depuis le début. À présent, même lui ne pouvait le nier.

Le lendemain matin, elle se réveilla bien avant que n'ait retenti la cloche. À dire vrai, elle avait à peine dormi, trop excitée qu'elle était à faire des projets pour un avenir qui la veille encore lui avait semblé inenvisageable.

« Bonjour, Amy, la salua Ellen. Vous êtes réveillée de bonne heure. Tout va bien ?

— Oh oui… et même mieux que bien ! » répondit la jeune fille avec un grand sourire.

Ellen fronça les sourcils. « Ma foi, ça fait plaisir de vous voir de bonne humeur ! C'est le jour du bain. Vous voulez le prendre la première ? »

En temps normal, Amy aurait sauté sur l'occasion, mais là, elle avait envie de se délecter encore de son odeur. Car tant qu'elle la sentirait sur sa peau, elle aurait la certitude que tout cela n'avait pas été qu'un rêve dont elle allait se réveiller d'une seconde à l'autre, trempée de sueur, en proie à une douleur physique à l'idée de ce qui aurait pu arriver.

« Non, je vous remercie. » Elle montra le lit en face du sien. « Pourquoi vous ne laissez pas Belinda le prendre la première ?

— Eh bien, c'est très… très gentil à vous ! » Ellen fit de son mieux pour dissimuler sa surprise. « Vraiment très gentil… Belinda va être enchantée, j'en suis sûre. » Elle lui jeta un regard perplexe avant d'aller réveiller Belinda et de lui annoncer la bonne nouvelle.

Ce fut plus tard dans l'après-midi, alors qu'elle était dans le bureau de sœur Atkins, que tout s'écroula d'un coup.

« J'aimerais voir le docteur Lambourn, s'il vous plaît », demanda Amy, poliment mais fermement, sachant qu'un refus serait dur à avaler. Que le médecin ne soit pas venu la voir l'avait un peu déçue, mais elle supposait qu'il devait être occupé. Après tout, il avait bien d'autres patientes.

La religieuse leva les yeux. « Non, ce n'est pas possible. »

Immédiatement, Amy se sentit hérissée. « Pour quelle raison ?

— Parce que je vous le dis.

— Ce n'est pas une raison suffisante, ma sœur…

— Pour moi, si. Et maintenant, allez-vous-en ! »

Amy ne bougea pas. « J'ai besoin de voir le docteur Lambourn, répéta-t-elle.

— Oui, j'avais entendu la première fois… Veuillez sortir de mon bureau avant que je vous mette dehors. »

Malgré les larmes malvenues qui menaçaient de jaillir, Amy refusa d'obéir. « S'il vous plaît, sœur Atkins ! » implora-t-elle en essayant de garder son calme. Se mettre en colère ne ferait qu'empirer les choses.

La religieuse poussa un soupir agacé. « Vous ne pouvez pas le voir pour la bonne raison qu'il n'est pas là ! Il est parti. »

Le sol se déroba sous ses pieds. Amy se rattrapa au dossier de la chaise. Le sang lui monta au visage si précipitamment qu'elle éprouva des picotements dans le crâne. Elle n'arrivait pas à comprendre ce qu'elle entendait. C'était comme si elle portait des caches sur les oreilles. Elle voyait les lèvres de la sœur remuer, mais les mots qui en sortaient restaient incompréhensibles.

« Quoi ? Non, il ne peut pas avoir fait ça…

— Cette conversation a assez duré. Vous m'avez posé une question, je vous ai répondu, par conséquent filez en vitesse et fichez-moi la paix ! » La religieuse replongea dans son dossier sur lequel elle nota quelque chose qu'elle souligna d'un trait rageur.

Amy demeura plantée là, légèrement vacillante, mais elle fit un effort pour ne pas trop montrer son désarroi. « Où est-il parti… et quand reviendra-t-il ? »

Sœur Atkins releva la tête d'un air exaspéré. « Vous êtes encore là ?

— Oui, mais… »

La religieuse se leva vivement et lança vers la salle : « Élève infirmière Crosby, pourriez-vous venir faire sortir une patiente de mon bureau ? » Elle se tourna vers Amy. « Le docteur Lambourn a été appelé pour une urgence familiale… Non que cela vous regarde ! Il restera absent pendant une période indéfinie. Satisfaite ? » conclut-elle en mettant les poings sur les hanches.

Amy sortit du bureau d'un air hébété, comme dans une brume de complète incrédulité. Repoussant les tentatives de l'infirmière Crosby de l'aider, elle se dirigea directement vers son lit sur lequel elle s'allongea en remontant le drap au-dessus de sa tête, impatiente de se couper du bruit des femmes qui caquetaient autour d'elle, de leurs murmures insensés et irritants dont elle pouvait se passer. Plus rien n'avait de sens. Quelle urgence avait pu l'éloigner juste au moment où ils avaient tant de projets à faire pour leur future vie ensemble ?

Amy se recroquevilla en position fœtale. Une larme coula sur sa joue. Tous les êtres qu'elle aimait l'abandonnaient, d'une manière ou d'une autre.

33

Les semaines s'étirèrent, des jours interminables faits de monotonie, de petites querelles et d'infirmières despotiques. Le docteur Lambourn n'avait donné aucune nouvelle. C'était comme s'il n'avait jamais travaillé à Ambergate. Au début, Amy avait eu un comportement hystérique, s'était rendue désagréable à la moindre occasion et avait harcelé les infirmières pour leur soutirer des informations. Aucune d'elles ne s'était montrée coopérative. Au contraire, elles l'avaient bourrée de médicaments pour la calmer, engourdir ses sens et faire d'elle une patiente docile qui ne poserait plus de problème. Sauf que les comprimés, elle ne les prenait pas. Elle était devenue experte dans l'art de faire semblant de les avaler – elle rejetait la tête en arrière de façon théâtrale et buvait une longue goulée d'eau –, de sorte qu'elle en avait à présent tout un tas caché en lieu sûr sous son matelas.

Un matin, Amy était dehors en train de marcher avec Belinda le long de ce qui avait été la cour, réduite à présent à l'état de gravats, prête à être plantée de gazon et de parterres de fleurs colorées.

Belinda passa son bras sous le sien. « Je suis contente que tu sois ma meilleure amie. »

Amy lui jeta un regard en biais. Ce n'était pas ainsi qu'elle se serait décrite. Plutôt comme deux âmes en peine qui s'étaient retrouvées là ensemble et avaient décidé d'en tirer le meilleur parti. Hormis le fait que toutes deux étaient internées contre leur volonté, elles n'avaient absolument rien en commun, et si jamais elles sortaient d'ici un jour, Amy changerait de trottoir pour l'éviter. Toutefois, mieux valait avoir Belinda pour amie que pour ennemie.

« Moi aussi, je suis contente », rétorqua-t-elle en lui tapotant le bras.

Elle aperçut Ed près du poulailler, un panier à la main, en train de ramasser les œufs fraîchement pondus, et s'écarta de Belinda. « Si tu veux bien, j'aimerais avoir un peu de temps pour moi toute seule.

— Mais pourquoi ? Les meilleures amies n'en ont pas besoin !

— Belinda, s'il te plaît… Il me faut juste un petit moment pour réfléchir. On se retrouvera tout à l'heure. »

Sur ces mots, elle laissa Belinda la regarder s'éloigner vers le seul véritable ami qu'elle avait à Ambergate.

« Bonjour, Ed ! »

Le jeune homme sortit la tête du casier, deux œufs marron tout chauds dans la main. « Bonjour. Regarde-moi ces deux merveilles ! » s'exclama-t-il en lui tendant sa paume. Il rayonnait comme si c'était lui qui les avait pondus.

Amy sourit. Il n'y avait que lui pour s'enthousiasmer ainsi devant deux œufs. « Ils sont magnifiques, c'est vrai.

— Comment vas-tu ? » Sa question n'avait rien de désinvolte. Ed la comprenait. Bien qu'elle n'ait pas été capable de lui raconter tout ce qui s'était passé entre elle et le docteur Lambourn, il en savait suffisamment pour comprendre la douleur que représentait la disparition du médecin, et elle se surprenait à s'appuyer sur lui de plus en plus. À la vérité, sans Ed, elle aurait été incapable d'endurer une telle souffrance.

« Oh, tu sais bien... Je me demande toujours pourquoi je suis ici, abandonnée par mon propre médecin, le seul qui aurait pu me faire sortir au lieu de me laisser pourrir sur place.

— Tu n'en sais rien. Il n'est pas parti depuis longtemps.

— Quatre semaines et deux jours.

— Viens », dit Ed en lui offrant son bras.

Amy lui prit la main. Le visage bronzé du jeune homme irradiait d'une telle santé qu'elle se demanda combien de temps encore il allait rester à Ambergate. Elle repoussa aussitôt cette idée.

« Attends-moi, je vais juste apporter ces œufs à Dougie. » Il partit en courant rejoindre l'infirmier qui était un peu plus loin, en train d'expliquer à des patients ce qu'il voulait que chacun d'eux fasse dans le jardin, et comment faire la différence entre les mauvaises herbes et les plantations. Amy le regarda s'éloigner. Ed courait d'un pas assuré, sa démarche maladroite n'était plus qu'un lointain souvenir. Et elle en était heureuse pour lui. Sa guérison avait été longue, et sa détermination à aller mieux récompensée, mais l'idée qu'il s'en aille était trop insupportable pour qu'elle s'y attarde.

C'était de nouveau une chaude journée. Ces dernières semaines, ils avaient eu droit à des températures torrides, le seul inconvénient étant que les infirmières se montraient plus irritables que d'ordinaire.

« Asseyons-nous ici. » Ed indiqua un carré d'herbe devant l'ancien pavillon de cricket. Ils s'installèrent sous le ciel sans nuages. Il ferma les yeux, les traits détendus, ses fossettes à peine visibles. Amy arracha un bouton d'or avec lequel elle lui chatouilla le menton. « Ah, j'ai senti un truc sur moi…

— C'est moi, espèce d'idiot ! s'esclaffa-t-elle en lui montrant la fleur. Je voulais juste voir si le jaune t'allait bien.

— Ah, d'accord… Et alors ? » demanda Ed en relevant le menton.

Amy observa le reflet doré sur sa peau. « Oui, très bien », déclara-t-elle.

Il cueillit quelques pâquerettes qu'il tressa en couronne et la lui posa sur la tête. « Superbe ! » murmura-t-il. Puis il se pencha et l'embrassa légèrement sur la joue. Instinctivement, elle lui saisit la main et la posa contre la peau encore humide de ses lèvres.

Ed parut troublé. « Je… je suis désolé. Je ne sais pas ce qui m'a pris…

— Ne sois pas désolé, lui dit-elle gentiment. Je ne le suis pas du tout. »

34

On l'avait envoyée chercher un lot de vêtements destiné à une nouvelle patiente. La mise en place de la politique des portes ouvertes signifiait que le personnel médical pouvait charger certaines patientes d'effectuer les menues tâches qu'il jugeait indignes. Mais ça ne dérangeait pas Amy. S'échapper un moment lui procurait un répit bienvenu. Elle suivit le long couloir en laissant traîner sa main sur les carreaux de céramique marron brillant et se félicita d'avoir du temps pour elle. Un autre mois s'était écoulé sans que le docteur Lambourn n'ait fait un signe. Quand elle pensait à la façon qu'il avait eue de l'utiliser et de se débarrasser d'elle comme d'un vieux journal, elle sentait monter une rage qu'elle avait du mal à contrôler. Pourtant, dans ses moments plus calmes, plus rationnels, elle savait qu'il ne l'avait pas abandonnée. Il y avait sûrement une explication logique. Le médecin était un homme attentionné, elle ne le savait que trop bien, aussi était-ce normal que régler une urgence familiale lui prenne du temps.

Amy prit le paquet de vêtements sous son bras et décida de revenir par un autre chemin en savourant la solitude des longs couloirs dans lesquels le seul bruit était celui de ses pas. Quand elle passa devant les épouvantables cellules fermées à clé, elle accéléra l'allure. Certains cinglés n'auraient jamais droit à la politique des portes ouvertes.

Au bout d'un moment, sans trop savoir si elle l'avait décidé consciemment ou pas, elle se retrouva à proximité du bureau du docteur Lambourn. Son cœur s'affola lorsqu'elle vit que la porte sur laquelle était inscrit son nom était entrouverte. Osant à peine respirer, elle s'immobilisa devant et tendit l'oreille. Elle perçut le bruit d'un tiroir qu'on ouvrait et refermait, puis d'un deuxième, comme si on cherchait quelque chose. Elle posa les vêtements par terre, arrangea ses cheveux et se pinça les joues pour leur donner un peu de couleur avant de frapper à la porte.

« Entrez… »

Amy hésita. La voix du médecin paraissait plus vieille et très lasse, comme si le fait de prononcer ce simple mot avait exigé de lui un effort gigantesque.

Elle entra et l'aperçut de dos en train de batailler avec la fenêtre à guillotine qu'il s'efforçait d'ouvrir. La chaleur était oppressante, l'atmosphère étouffante et imprégnée d'une odeur d'antimite et de cire.

Il lui tardait qu'il se retourne et vienne la prendre dans ses bras. Peu lui importait qu'il soit parti si longtemps. Maintenant, il était là, et c'était la seule chose qui comptait. Il continua à essayer de soulever la fenêtre qui refusait de s'ouvrir en poussant des soupirs agacés.

« Vous m'avez manqué », lui lança Amy.

Il se retourna. Alors qu'elle s'apprêtait à lui demander si elle lui avait manqué elle aussi, la question demeura coincée dans sa gorge et elle ne réussit qu'à produire un croassement inintelligible.

« Je vous demande pardon ? dit le médecin.

— Où… où est le docteur Lambourn ?

— Puis-je demander qui veut le savoir ? » Le ton était poli, mais le visage dur et pas du tout accueillant. Cet homme était beaucoup plus âgé que le docteur Lambourn ; ses tempes grisonnaient et les taches brunes sur ses mains témoignaient de son âge avancé.

« Je suis une de ses patientes.

— Vous étiez.

— Pardon ?

— Vous *étiez* une de ses patientes. Le docteur Lambourn a quitté Ambergate pour prendre un poste ailleurs, c'est moi qui le remplace. On a dû vous noter sur ma liste, et je me présenterai officiellement quand je ferai ma ronde dans la salle, mais, pour l'instant, j'ai des quantités de choses à faire, par conséquent, si vous voulez bien m'excuser… »

Comme si elle avait la tête sous l'eau, les oreilles d'Amy se mirent à bourdonner. « Il… il ne reviendra pas ? Mais il faut absolument que je le voie ! »

Le médecin sourit, des pattes d'aigle ridèrent sa peau autour de ses yeux. « Je suis le docteur Harrison, et je peux vous assurer que je suis aussi qualifié que le docteur Lambourn pour m'occuper de vous. » Il parlait avec lenteur, énonçait chaque mot comme s'il s'adressait à une abrutie doublée d'une sourde. « Pourriez-vous retourner en vitesse là d'où vous venez, ma chère ? Vous seriez gentille. » Il la poussa doucement vers la porte, et elle sortit du bureau tel un zombie.

Amy erra au hasard dans le labyrinthe de couloirs, se cognant aux murs et franchissant des portes en titubant comme une aveugle. Des larmes salées lui piquaient les yeux. Elle ravala les sanglots qui menaçaient de la submerger. Arrivée au bout d'un couloir dans une partie de l'hôpital qu'elle n'avait encore jamais vue, elle poussa une porte et se retrouva dehors en plein soleil. Ce fut seulement à cet instant qu'elle laissa jaillir un cri perçant qui semblait provenir des entrailles de la Terre. Elle ne vit pas les deux infirmiers qui vinrent se placer à côté d'elle, et avant même qu'elle ait eu le temps de protester, ils la saisirent chacun par un bras et la ramenèrent sans cérémonie dans son service.

Exaspérée, sœur Atkins leva les bras au ciel en voyant Amy avec les yeux bouffis et le visage strié de larmes. « Où diable étiez-vous encore passée ? » Elle se tourna vers les deux infirmiers. « C'est bon, je m'en occupe ! »

Amy contempla le sol sans se donner la peine de répondre. La sœur l'empoigna par les cheveux en la forçant à la regarder. « Je vous ai posé une question !

— J'étais allée chercher des nouveaux vêtements, comme vous me l'aviez demandé.

— Et où sont-ils ? »

Amy jeta un regard autour d'elle, s'attendant plus ou moins à voir les vêtements se matérialiser devant ses yeux comme par enchantement. « J'ai dû les faire tomber.

— Vous avez dû les faire tomber, répéta sœur Atkins. Vous êtes idiote ou quoi ? Vous ne pouvez pas faire une simple course sans créer des problèmes ? »

Amy ne savait pas si elle devait répondre ou pas.

La religieuse prit quelque chose dans sa poche et le lui tendit dans sa paume ouverte. Amy regarda fixement le petit tas de pilules blanches. « Devinez où je les ai trouvées ? »

Elle baissa la tête, mais la sœur la lui redressa en l'agrippant si violemment par les cheveux qu'elle eut peur qu'elle ne lui arrache un morceau de cuir chevelu. Elle garda le silence. De toute façon, quoi qu'elle dise, ça n'irait pas.

Dieu merci, sœur Atkins la relâcha et la poussa en lui donnant un coup dans la poitrine. « Retournez dans le dortoir ! Je m'occuperai de vous plus tard. »

Amy s'écroula sur son lit en frottant son crâne douloureux. En moins d'une minute, Belinda la rejoignit. « Elles ont trouvé les comprimés sous ton matelas...

— Oui, je sais.

— Il faut les prendre, si tu veux aller mieux. »

Amy la regarda avec une pitié non déguisée. « Tu es ici depuis combien de temps ?

— J'en sais rien... Sept ans, je crois.

— Et tu as toujours pris tes comprimés ?

— Ben, oui !

— Ça t'a fait du bien ? »

Belinda réfléchit une seconde. « Oui, évidemment...

— Alors pourquoi est-ce que tu es encore là ? »

Elle haussa les épaules. « Eh bien, je...

— Je vais te dire pourquoi. Tu as guéri parce qu'il n'y avait rien chez toi qui n'allait pas au départ. Les traitements qu'on t'a obligée à suivre pendant toutes ces années, les électrochocs, le coup du coma à l'insuline, le cocktail de drogues qui n'en finit jamais, tout ça était fait pour te contrôler, pas pour te guérir. Ils ont annihilé tes sens, ont fait de toi quelqu'un qui ne peut plus penser par elle-même… Ils t'ont institutionnalisée, et le pire dans tout ça, c'est que tu leur en es reconnaissante ! »

Belinda baissa la tête et tritura un fil qui dépassait de sa robe. « Mais si je sortais, où est-ce que j'irais ? marmonna-t-elle. Ici, c'est chez moi. »

Amy posa sa tête sur son épaule et lui prit la main. « C'est bien ça le drame… »

35

Leurs heures de service n'avaient pas été compatibles pendant plusieurs semaines. Alors qu'elle attendait Dougie dans la petite salle au fond du pub, Ellen fit tourner sa bague de fiançailles en admirant l'anneau en or et les trois minuscules diamants. Ellc ignorait comment il avait pu acheter une telle bague, mais il est vrai qu'il s'était porté volontaire pour effectuer de nombreuses gardes supplémentaires et avait bu des demis au lieu de pintes, allant même à la boulangerie récupérer les miches de pain rassis qui autrement auraient fini à la poubelle. Économiser de l'argent faisait partie de son plan principal en vue de couronner leur virevoltante histoire d'amour par une demande en mariage.

Dès qu'elle le vit approcher, elle se leva. Il se précipita vers elle et enfouit son visage dans son cou en l'embrassant derrière l'oreille. « Arrête ! s'esclaffa-t-elle en le repoussant gentiment. Tout le monde nous regarde !

— Je n'y peux rien. Tu m'as manqué.

— À moi aussi, tu m'as manqué. » Elle écarta une mèche sur son front. « Tu as l'air fatigué. Tu es sûr que tu n'en fais pas trop ?

— Ne t'inquiète pas pour moi. Je suis costaud. Il faut l'être pour travailler ici… » Il but une longue gorgée de bière. « Mais j'ai de bonnes nouvelles. Ce gars que j'ai aidé, tu te souviens, celui qui s'est fait renverser sur son vélo ?

— Oui. Eh bien, quoi ?

— Il rentre chez lui la semaine prochaine. C'est formidable, non ? »

Ellen hésita. « Oui, c'est une bonne nouvelle… En tout cas pour lui.

— Qu'est-ce que tu veux dire ?

— Oh, rien… C'est juste que j'ai une patiente à qui il va beaucoup manquer.

— Tu parles d'Amy ?

— Oui. Ils sont devenus très proches… » Elle haussa les épaules. « Mais bon, les patients vont et viennent, ils ne sont pas prisonniers. » Elle songea à Pearl et à Queenie, et à la vieille Gertie incarcérée à l'hôpital pendant des années. « C'est du moins ce qu'on veut nous faire croire. »

En fin d'après-midi, le ciel était devenu si noir qu'on se serait cru le soir, et bien que la pluie soit bienvenue après la chaleur de ces dernières semaines, les éclairs qui zébraient le ciel au-dessus du bâtiment principal lui firent presser le pas. Le temps qu'Amy arrive au pavillon de cricket, ses cheveux pendouillaient en mèches trempées autour de son visage et sa robe légère collait à son corps tremblant. Ed l'attendait sur la véranda. Il lui tendit la main et l'aida à monter les marches en bois.

« Regarde-toi ! s'exclama-t-il. Tiens, prends ça. » Il retira sa veste informe et la lui mit sur les épaules.

Amy esquissa un sourire. Le docteur Lambourn avait fait la même chose seulement deux mois auparavant. Était-ce il y a déjà si longtemps ? Elle ne comprenait pas comment le temps avait pu passer si vite alors qu'elle était si malheureuse.

« Viens t'asseoir », proposa Ed sans lui lâcher la main. Il la garda dans la sienne quand ils furent assis côte à côte sur le banc. « Comment ça va avec ton nouveau médecin ? »

Elle émit un grognement. « Oh, il n'a rien à voir avec le docteur Lambourn ! Il parle beaucoup, mais il ne dit rien, tu vois le genre… Il me traite de la même façon que les autres, se contente d'établir des ordonnances de comprimés qui nous rendent toutes abruties et dociles… » Elle baissa les yeux sur leurs mains entrelacées. « J'avais vraiment quelque chose avec le docteur Lambourn… Mes sentiments étaient sincères. C'était comme faire sauter un bouchon de champagne ! Tout sortait en jaillissant, et ça m'aidait. » Elle vit son désespoir se refléter dans le regard de son ami et secoua la tête. « Mais on ne peut pas remettre le bouchon dans la bouteille. »

Ed avait l'air peiné, un pli profond creusait son front. « Le docteur Lambourn a bien dû laisser des notes dans lesquelles il parlait de tes progrès. Ils ne peuvent pas te garder ici sans une raison valable. »

Amy se tourna vers le bâtiment principal, un endroit rempli de gens qu'on avait détenus là sans aucune raison valable. « Oh, si, ils le peuvent ! »

Tout en lui caressant le dos de la main, il regarda un groupe de malades chroniques longer le terrain de cricket en file indienne dans leurs tenues identiques mal coupées, la tête penchée et les épaules voûtées. Il savait que plusieurs d'entre eux étaient là depuis le tournant du siècle.

« À quoi tu penses, Ed ? »

Il la regarda droit dans les yeux. « Je m'en vais la semaine prochaine. On m'a donné l'autorisation de sortir. »

Sa phrase flotta en l'air – une phrase qui aurait dû être une joie à entendre. Ed méritait de rentrer chez lui. Amy doutait même qu'il ait jamais dû séjourner ici. « Eh bien, c'est… c'est une merveilleuse nouvelle ! » Elle s'obligea à prendre un ton enjoué. « Je suis ravie pour toi, vraiment ! Bien sûr, tu vas me manquer, mais tu…

— Viens avec moi, dit-il en lui coupant la parole, la voix ferme et convaincue, le regard suppliant.

— Que je vienne avec toi ? » Elle éclata de rire, mais s'arrêta aussitôt en voyant qu'il était on ne peut plus sérieux. « Mais comment le pourrais-je ? Où irais-je ?

— Chez moi. Il y a seulement ma mère et moi, et la maison est assez grande pour que tu y restes le temps de trouver tes marques. »

Amy promena son regard alentour. « Je ne sais pas… Comment sortirais-je d'ici ?

— Sortir d'ici n'a rien de très difficile ! rétorqua Ed d'un ton moqueur. C'est rester dehors qui est plus compliqué. Tant que tu es internée, l'hôpital a entière autorité sur toi. Et je n'ai aucun doute qu'ils feront tout ce qui est en leur pouvoir pour te ramener. Quitte à impliquer la police… ou la presse locale.

— Eh bien, tu vois… À quoi bon ? Ce serait sans espoir.

— Plus que de passer le restant de ta vie ici ? »

Amy songea aux innombrables hommes et femmes enfermés derrière les portes verrouillées à clé, qui étaient désormais si perturbés et dangereux que plus jamais ils ne reverraient le monde extérieur. À n'en pas douter, ils avaient été aussi sains d'esprit qu'elle l'était lorsqu'ils avaient été admis dans cet hôpital où ils avaient passé une vie entière. C'était une réalité aussi sinistre qu'insupportable. Ce fut alors qu'une autre pensée la traversa. Si elle s'échappait, peut-être parviendrait-elle à retrouver le docteur Lambourn. Ils pourraient repartir de zéro. Elle ne serait plus sa patiente, ils seraient libres d'être enfin ensemble. Un petit sourire aux lèvres, elle se tourna vers Ed, lequel attendait toujours sa réponse.

« Tu as un plan ? » lui lança Amy d'un air narquois.

Il lui fit un clin d'œil et lui pressa la main. « Figure-toi que oui. »

36

Les joues rouges et les bras engourdis, Amy lissa le drap empesé, puis se frotta le dos en appuyant ses pouces sur ses muscles ankylosés. Elle jeta un regard sur les rangées de lits faits au carré en admirant son œuvre. Ses coins d'hôpital pouvaient rivaliser avec ceux de Florence Nightingale en personne, et les trente matelas ressemblaient à des cadeaux de Noël emballés de main de maître.

Elle entendit le souffle rauque de Pearl derrière elle. « Il y a deux hommes qui veulent te voir, là-bas, dans la salle. » Amy écarquilla des yeux surpris. En dehors des médecins et d'un visiteur de temps à autre, il était rare de voir des hommes dans le service.

« Merci, Pearl. Je les rejoins dans un instant. »

Bien qu'en apparence imperturbable, elle avait besoin d'une minute pour se ressaisir, le temps de respirer à fond et de réfléchir à ce qu'elle allait dire.

Au fond de la salle, Ed attendait à côté de l'infirmier Lyons, qui tenait son jeune protégé par l'épaule. L'infirmier sourit en la voyant approcher.

« Ce jeune homme va rentrer chez lui, et il voulait vous dire au revoir. »

Amy dévisagea Ed. Il avait mis ses propres habits : un pantalon marron qui lui allait bien et lui couvrait les chevilles, une chemise verte à carreaux au col ouvert, les manches roulées sur ses avant-bras bronzés. Il serrait une casquette dans ses mains et fixait le plancher.

Je t'en supplie, Ed… Comporte-toi de façon normale… Ne va pas nous trahir !

« Salut ! dit-elle joyeusement. Ça me fait plaisir que tu sois venu me dire au revoir. »

Il leva les yeux sans piper mot. Comme s'il craignait d'être démasqué s'il ouvrait la bouche.

« Tu es très élégant. Alors, ça y est, prêt à rentrer chez toi ? »

Il hocha la tête. « Mmmh… » Ce fut tout ce qu'il trouva à dire.

Amy remarqua que ses yeux allaient de droite à gauche. Il n'aurait pas eu l'air plus louche s'il avait été habillé d'une tunique à rayures avec une cagoule sur la tête et un butin dans un sac jeté sur l'épaule. Il fallait qu'elle le sorte de là.

« J'ai été ravie de faire ta connaissance. Je te souhaite le meilleur pour l'avenir… et fais attention sur ton vélo ! » ajouta Amy en laissant échapper un petit rire.

Ed s'avança d'un pas timide et la prit dans ses bras d'un air incertain. Elle le serra plus près et sentit son souffle tiède quand il lui chuchota à l'oreille : « À demain ! »

« Ça va ? » Belinda prit place dans le fauteuil et se pencha en avant, les poings sous le menton. Elle donnait l'impression que la réponse lui importait réellement.

Amy leva les yeux de son livre. « Pourquoi ça n'irait pas ?

— Je sais bien que tu adorais ce garçon, et vu qu'il est parti, je me disais que tu devais être un peu triste. »

Amy l'observa en plissant les yeux, émerveillée par le chemin qu'elles avaient parcouru depuis le jour où elles s'étaient rencontrées, et détestées au premier regard. « C'est gentil, mais ça va, je t'assure. »

Cette réponse sembla satisfaire Belinda qui sourit de toutes ses dents. « Tant mieux ! Tu es tellement… Ah, c'est quoi le mot, déjà ? Tu as toujours l'air de… rebondir.

— Résiliente ?

— Oui, c'est ça. Dommage que je ne sois pas plus comme toi…

— Tu es très bien comme tu es », assura Amy avant de replonger dans son livre, lui signalant ainsi que la conversation était terminée.

Belinda ne parut pas comprendre. « Est-ce qu'il te tarde d'aller au bal de l'été, samedi ? »

Amy fixa les mots imprimés sur la page qui se brouillèrent en un amas de lettres inintelligibles. « Oui, sans doute.

— Tu danseras avec moi ? »

L'idée de tenir le corps transpirant de Belinda dans ses bras lui répugnait. Assise là, elle sentait une odeur forte suinter de tous ses pores. « On verra.

— Tu n'auras pas ce garçon pour t'inviter à danser…

— C'est vrai. » Amy tourna une page sans relever la tête.

« Du coup, tu auras le temps de danser avec moi. »

Amy ferma son livre de façon si brutale que Belinda sursauta. Elle s'efforça de parler sans montrer son impatience. « Je suis certaine qu'il y aura plein de jeunes gens qui voudront danser avec toi. » Rien n'était plus faux, elle le savait. Ils feraient la queue pour avoir droit à une petite gâterie en échange de quelques cigarettes, mais les hommes prêts à danser avec elle seraient une denrée rare.

Elle était trop nerveuse pour avaler un petit déjeuner. Toutefois, pour ne pas éveiller les soupçons, elle se força à grignoter le coin d'une tranche de pain grillé. La margarine qui avait fondu dessus lui donna envie de vomir. Elle but d'un trait sa tasse de thé et jeta un regard sur la pendule. Plus que deux heures de cette existence minable à supporter, et elle serait libre ! Le nœud d'excitation qui s'était formé dans sa poitrine l'empêchait de respirer normalement. Elle essuya la sueur qui perlait sur sa lèvre tout en tambourinant de ses doigts impatients sur la table.

Sœur Atkins surgit derrière elle en tenant un fichier et lui tapa dans le dos. « Vous, là ! Changement de programme… Vous irez à la buanderie. »

— Mais, cette semaine, je dois faire les lits…

— Eh bien, maintenant, vous êtes affectée à la lessive. » La religieuse recula sa chaise en l'obligeant à se lever. « Allez, dépêchez-vous ! »

Amy se força à rester calme. Ce changement de dernière minute ne l'empêcherait pas d'appliquer son plan. Il faudrait juste qu'elle trouve une excuse pour sortir et se rendre à l'autre bout de l'hôpital, où il était convenu qu'elle retrouverait Ed. *Tourne à gauche après la grille d'entrée*, lui avait-il dit, *et prends ensuite la première à droite*. Il l'attendrait à l'arrêt de bus. Le trajet qu'elle aurait à parcourir serait plus long, mais si on ne s'apercevait pas de son absence avant qu'elle ait eu le temps de franchir la grille, tout irait bien. Ed lui apporterait des vêtements pour qu'elle se change ; comme il l'avait fait remarquer, passer une grille non fermée à clé était on ne peut plus simple, en revanche, les patients vêtus de l'uniforme de l'hôpital avec l'écusson Ambergate cousu sur la poche ne passaient pas inaperçus en ville.

Elle se dirigea au bout du dortoir, des milliers de scénarios tournant dans sa tête. Lorsqu'elle jeta un coup d'œil sur son lit aux coins tirés au cordeau, elle éprouva une sorte de fierté. Elle s'arrêta devant celui de Belinda, qui était en train de se coiffer avec une brosse qui ne servait pas à grand-chose sur ses cheveux frisés tout emmêlés.

« Au revoir, Belinda. » Surprise par l'émotion que trahissait sa voix, elle déglutit péniblement en plaquant un sourire sur son visage.

Belinda fronça les sourcils. « On se verra au déjeuner, dis ?

— Oui… oui, bien sûr. »

Belinda la regarda d'un air sceptique. Elle n'en croyait pas un mot.

« Tu vas où, Amy ? »

— À la buanderie. »

Belinda jeta la brosse sur son lit. « Je voulais dire après. Quand est-ce que tu t'en vas ? »

Amy lui fit signe de se taire. « Chut, qu'est-ce que tu veux dire par là ?

— Tu es très bizarre depuis que ton petit copain est parti. J'ai pas raison ? Tu vas faire le mur. »

Amy réfléchit à ce qu'elle allait répondre. Elle pouvait soit nier en bloc, soit mettre Belinda dans la confidence. Elle observa son air désespéré, ses yeux de chien battu et sa moue boudeuse. « Je ne vais nulle part, lui assura-t-elle en lui prenant la main. Je te promets qu'on se verra tout à l'heure.

— D'accord. Parce que, tu sais, je ne supporterais pas de rester ici sans toi. »

37

En hiver, la buanderie était un endroit idéal. L'atmosphère de vapeur chaude et l'odeur réconfortante du linge tiède étaient en tout cas préférables au vacarme des cuisines. Mais en été, c'était insupportable. À la seconde où Amy poussa la porte, une bouffée d'air brûlant lui sauta au visage. C'était comme si elle venait d'entrer dans une serre, sauf qu'il n'y avait là ni fleurs exotiques ni papillons, rien que des cuves remplies de vêtements fumants de vapeur et l'odeur âcre des corps qui trimaient trop dur et prenaient des bains trop rarement. Elle balaya la pièce du regard, soulagée de constater qu'elle ne connaissait personne.

À l'aide d'une pince, elle sortit une veste d'homme de l'eau bouillante. Après avoir vérifié que toutes les taches douteuses avaient disparu sur les revers, elle la plongea dans la cuve d'eau froide. Une vieille femme s'approcha ; il lui manquait deux dents sur le devant, ses cheveux étaient presque blancs, à part sa frange jaunie par la fumée de cigarette.

« Je ne t'ai encore jamais vue ici. »

Amy plaça la veste dans l'essoreuse. « Et alors ? » Elle n'était pas d'humeur à faire la conversation.

« D'accord… C'était juste histoire de parler ! » dit la vieille femme. Elle plongea ses mains directement dans la cuve d'eau bouillante.

« Mais… Qu'est-ce que tu fais ? Tiens, prends ça, dit Amy en lui tendant les pinces.

— Quand on travaille ici depuis aussi longtemps que moi, on n'a pas besoin de ce genre d'accessoire ! »

Amy la regarda sortir un pantalon. Elle avait les mains rouge écrevisse, la peau aussi épaisse et craquelée que celle d'un éléphant.

Dieu du ciel ! songea-t-elle. *Il faut que je parte d'ici.*

Le temps passait avec une lenteur si pénible que les aiguilles de la pendule murale semblaient s'être mises en grève. Compte tenu du nombre de fois où elle avait levé les yeux sur cette pendule, Amy était sidérée de ne pas s'être trahie. Heureusement, le moment de partir était enfin arrivé ! Les mains tremblantes, elle dénoua son tablier, sa bouche sèche et l'appréhension lui donnant une sorte de vertige. Elle respira trois fois par le nez en soufflant lentement par la bouche. Sentant monter l'adrénaline, il lui tardait d'en finir. Le moment était venu de commencer le reste de sa vie. Aujourd'hui, elle allait renaître.

Elle interpella la vieille femme, qui avait à présent les bras dans l'eau bouillante jusqu'aux coudes. « Je vais faire un saut aux toilettes. » Et sans attendre, elle fila vers la porte et sortit dans la fraîcheur délicieuse du couloir. Impatiente de quitter cet endroit de malheur, elle avança aussi vite qu'il était possible de le faire sans éveiller les soupçons. La tête baissée, le pas déterminé, elle suivit les couloirs, pas trop vite mais suffisamment pour dissuader quiconque de lui adresser la parole.

Un peu désorientée, Amy poussa la double porte et se retrouva dehors en plein soleil. Elle se ressaisit. Le terrain de cricket et l'allée principale étaient là juste derrière, un peu plus loin qu'elle ne l'avait escompté. Mais ce n'était pas grave. Ed l'attendrait. Mieux valait procéder avec prudence que se précipiter au risque de se faire attraper. D'un pas nonchalant, elle fit le tour du terrain, s'arrêtant ici et là pour cueillir une pâquerette ou simplement tendre son visage vers le soleil. Si jamais quelqu'un l'observait derrière une fenêtre, il ne se douterait pas qu'elle s'apprêtait à prendre la fuite.

Dès qu'elle aperçut la grille principale, elle dut se retenir pour ne pas se mettre à courir. Son cœur battait si fort qu'elle se dit qu'il allait exploser. Elle calcula qu'il lui restait une centaine de pas à faire avant d'être libre et commença à compter dans sa tête… *Quatre-vingt-dix-neuf, quatre-vingt-dix-huit*… Elle songea à sa mère, sa mère magnifique et talentueuse, qui l'avait étouffée de son affection. Jamais elle n'aurait permis que sa fille se languisse dans un endroit pareil… C'était sa mère qui, patiemment, lui avait appris à lire et à écrire pendant les années de guerre qu'elles avaient passées au pays de Galles, elle qui lui avait appris à dessiner, à faire des gâteaux gallois, à se boucler les cheveux, à broder des mouchoirs… Comme tout aurait été différent si elle n'était pas morte de cette façon tragique !

Soixante-cinq, soixante-quatre… Amy serra les poings en pensant à son père. Quel homme faible il s'était révélé être, pris dans les griffes d'une femme beaucoup plus jeune qui l'avait flatté et lui avait donné le bébé qu'il aurait dû avoir avec sa mère. *Trente-deux, trente et un…* Des larmes lui embuèrent les yeux lorsqu'elle repensa au docteur Lambourn. Elle se refusait à croire qu'il l'ait abandonnée. Ils avaient partagé trop de choses pour que ce soit possible, non seulement physiquement, mais émotionnellement. Cependant, elle serait bientôt libre, et quand elle le retrouverait, elle lui laisserait la chance d'expliquer pourquoi il avait agi ainsi. Elle ne se comporterait pas comme une hystérique, et il verrait bien qu'ils étaient faits l'un pour l'autre.

Quinze, quatorze… Elle était tout près du haut pilier en brique qui se dressait à côté de la grille. Elle résista à l'envie de jeter un regard par-dessus son épaule. Elle avait mal calculé, mais c'était sans importance – plus que quelques mètres euphoriques la séparaient de la liberté. En contournant le pilier, elle poussa un petit soupir de soulagement, et ce fut seulement après qu'elle accéléra le pas, un grand sourire illuminant son visage.

Son cri de joie laissa place à la stupeur quand son pied se prit dans quelque chose et qu'elle s'étala par terre de tout son long. Il lui fallut quelques secondes avant de comprendre ce qui s'était passé. Elle roula sur le flanc et examina ses paumes en sang incrustées de petits graviers. Elle les frotta l'une contre l'autre en faisant la grimace lorsque brusquement une ombre lui bloqua le soleil. Elle leva les yeux vers la silhouette qui se tenait au-dessus d'elle, les poings sur les hanches.

« Et vous pensiez aller où comme ça ? »

38

Amy aperçut le visage méprisant de sœur Atkins, ses lèvres rouges retroussées en un sourire mauvais.

« Vous espériez vraiment vous échapper ? dit-elle en lui donnant un coup de pied dans les jambes. Relevez-vous ! »

Amy obtempéra. Sur ses genoux écorchés, la peau était à vif, et du sang coulait sur une de ses jambes. Son coude gauche amoché lui faisait si mal qu'elle le soutint avec son autre main. « Comment… comment avez-vous su ? murmura-t-elle.

— Comme si j'allais vous le dire ! » La religieuse l'empoigna sans ménagement par le bras et l'entraîna de force dans l'allée. De sa main libre, elle se frotta le menton tel un méchant de bande dessinée. « Comment vais-je vous punir ? Il va falloir que je réfléchisse pour trouver quelque chose d'inventif ! » s'exclama-t-elle en ponctuant sa phrase d'un ricanement de folle. Amy continua à regarder devant elle, impassible, refusant de réagir comme la sœur en mourait visiblement d'envie.

De retour dans le service, les préparatifs du déjeuner allaient bon train. Belinda aidait en étalant de la margarine sur une pile énorme de tranches de pain blanc. Au moment où Amy entra dans la salle, elle se concentra sur sa tâche sans lever les yeux comme si c'était la chose la plus fascinante qu'elle ait jamais faite.

Amy examina son bras en frottant doucement la peau écorchée. En voyant l'empreinte laissée par les doigts noueux de la sœur, elle sentit la colère monter de son ventre jusque dans sa gorge en manquant l'étouffer. Elle s'approcha de la table où se trouvait Belinda et renversa la tour de toasts. Plusieurs tranches valdinguèrent par terre.

« Hé, qu'est-ce que… ? Oh, c'est toi… Comment c'était, la buanderie ? » Belinda l'avait dit d'une voix posée, mais ses yeux se réduisaient à deux fentes luisantes, et elle dut prendre sur elle pour empêcher sa main de trembler.

« Je te revaudrai ça ! siffla Amy entre ses dents. Juste au moment où tu t'y attendras le moins. Tu passeras le reste de ta vie à regarder derrière toi, et un jour, je serai là ! Et ton pire cauchemar deviendra réalité ! » Se penchant presque nez à nez avec Belinda, elle ajouta plus bas : « Ne dit-on pas que la vengeance est un plat qui se mange froid ? »

Les yeux écarquillés de terreur, Belinda essuya un postillon sur sa joue. « Je… je ne comprends pas de quoi tu parles ! » protesta-t-elle. Mais Amy avait déjà fait demi-tour, tandis que Belinda regardait sa silhouette s'éloigner, la bouche grande ouverte. Elle ramassa les toasts éparpillés sur le sol, souffla dessus et les remit sur la pile.

Amy était étendue sur son lit, une serviette humide posée sur le front. Elle ferma les yeux et imagina Ed en train de l'attendre à l'abri de bus avec des vêtements de rechange. Combien de fois avait-il dû regarder sa montre avant de jeter un coup d'œil au bout de la rue dans l'espoir de la voir apparaître ? Il avait pris un gros risque, et elle lui avait fait faux bond. Peut-être croirait-il qu'elle avait changé d'avis et ne voulait pas quitter Ambergate.

Elle lança un regard vers le bureau en se demandant ce que l'infirmière malveillante lui réservait. Se redressant sur un coude, elle se passa la serviette sur le visage. Peu importait ! Elle décida qu'elle ne se laisserait pas briser. Elle était résiliente, Belinda l'avait dit. Et elle avait raison. Ce n'était pas en la brutalisant qu'on la soumettrait. Si sœur Atkins voulait la guerre, elle l'aurait ! Et il n'en sortirait qu'une seule gagnante.

Un peu plus tard, alors que le jour tombait, Amy s'installa avec son livre devant la fenêtre ouverte de la salle de jour en laissant l'air frais lui caresser le visage. Elle tourna une page d'un air absent. Ses yeux voyaient les mots, mais son cerveau distrait n'en comprenait pas le sens. Lui faire attendre la sentence faisait évidemment partie de la stratégie de la sœur en vue de prolonger sa torture. Belinda arriva avec une tasse dont elle savoura une gorgée de façon ostentatoire. « Mmmh… Quel délice, ce chocolat ! La sœur me l'a donné pour me récompenser d'être une brave fille.

— Pourquoi tu as fait ça ? »

Belinda s'essuya la bouche et secoua imperceptiblement la tête. « Avant, je n'ai jamais eu d'amie, ni ici ni dehors… Personne ne m'a jamais aimée pour ce que je suis. On a toujours voulu quelque chose de moi. Toi, tu me l'as fait comprendre, tu m'as fait voir que je valais mieux que ça.

— Je suis ravie de savoir que tu me considères comme une amie, rétorqua Amy sans élever la voix. Mais je ne méritais pas une telle trahison… Une amie ne cafte pas.

— C'est… c'est que je ne voulais pas que tu t'en ailles… Je…

— Et ce que *moi* je veux, tu y as pensé ? »

Belinda haussa les épaules. « Je croyais que tu m'aimais bien…

— Et tu vois à quoi le *croire* a abouti ! » Amy se replongea dans son livre et tourna la page d'un geste brusque. « Va te faire voir… et ne m'adresse plus jamais la parole ! »

Belinda termina son chocolat et posa la tasse sur la table. « Espèce de sale coincée ! Tu as toujours été persuadée que tu valais mieux que nous… Eh bien, j'ai une nouvelle à t'annoncer : tu es comme toutes les autres ! Ton père t'a fait enfermer ici comme l'a fait le mien, et ça ne m'étonne pas que le toubib ait pris la poudre d'escampette ! Il en a sûrement eu marre de tes pleurnicheries pour le restant de sa vie ! »

Amy respira par le nez comme un taureau furieux prêt à charger. Discrètement, elle passa sa main le long du coussin en cherchant la fermeture Éclair. Sans quitter Belinda des yeux, elle l'ouvrit juste assez pour faufiler ses doigts et palper la mousse jusqu'à ce qu'elle trouve ce qu'elle voulait. Lentement, elle retira le morceau de porcelaine pointu en le dissimulant au creux de sa paume par un tour de passe-passe digne d'un magicien.

Belinda se tenait debout devant elle, les poings sur les hanches. Manifestement, elle avait encore quelque chose sur le cœur. « Et pourquoi ce jeune homme charmant voudrait avoir quoi que ce soit à faire avec une… »

Amy se leva d'un bond, la main droite derrière le dos. Elle regarda Belinda d'un œil moqueur et provocant en l'invitant à réagir. Puis elle sourit et lui planta le tesson de porcelaine dans le cou. Un flot de sang jaillit en l'éclaboussant, et Belinda s'écroula par terre.

39

Elle était assise dans un coin de la pièce à même le sol, calée dans un angle, la joue appuyée contre la surface capitonnée de caoutchouc froid et roulée en boule comme un hérisson en hibernation. Elle étira ses bras et ses jambes, puis se tourna sur le dos en tâtant les murs épais, des murs mous et lisses au toucher. Son doigt trouva un petit trou dans lequel elle planta son ongle en ramenant un morceau de crin. Elle se redressa tant bien que mal en position assise et se frotta la nuque. Ses cheveux tout secs empestaient l'odeur âcre du vomi. Elle jeta un regard sur la porte en acier gris, percée d'un petit hublot au milieu. Elle avait la sensation d'avoir le ventre creux, comme si quelqu'un avait ouvert une valve dans son corps et l'avait dégonflé.

L'infirmière Ellen Crosby ouvrit la lourde porte, remit le trousseau de clés à sa ceinture, puis poussa un plateau vers Amy. « Je vous ai apporté du porridge. » Elle jeta un coup d'œil vers la porte restée ouverte avant de sortir quelque chose de sa poche. « J'ai réussi à me procurer un sachet de sucre. Je me suis dit que ça améliorerait un peu le porridge. Vous n'avez pas mangé beaucoup, vous savez. »

Amy décolla sa langue de son palais pâteux. « De l'eau… Il me faut un verre d'eau, marmonna-t-elle d'une voix rauque.

— Il y en a dans ce gobelet en plastique. » Ellen s'accroupit, approcha le gobelet de ses lèvres et la regarda le boire d'un trait. « Vous aviez soif. »

Amy étira les bras en gémissant. « Je suis toute raide… Que s'est-il passé ? Je suis où ? »

Après avoir jeté un nouveau coup d'œil vers la porte, Ellen demanda tout bas : « De quoi vous souvenez-vous ? »

Amy passa sa main dans ses cheveux tout collants. Elle leva les yeux et chercha dans ses souvenirs. « J'étais dehors, commença-t-elle d'une voix râpeuse. Il faisait doux, et j'étais… heureuse, je crois… Excitée. J'allais retrouver quelqu'un. » Le brouillard se leva légèrement dans sa mémoire. « Oui, c'est ça, j'allais retrouver le docteur Lambourn. Il m'avait envoyé chercher. Je savais bien qu'il le ferait ! » Elle essaya de se redresser. « Il faut que j'aille le retrouver. Il doit m'attendre… Aidez-moi à me lever, s'il vous plaît. »

Ellen posa sa main sur son épaule. « Vous n'irez nulle part pour l'instant.

— S'il vous plaît, j'ai besoin de me laver… Il ne peut pas me voir dans cet état… » Elle saisit Ellen par le poignet. La jeune infirmière sursauta. Amy éclata de rire. « Ne vous inquiétez pas, je ne vais pas vous faire de mal ! Est-ce que je pourrais prendre un bain ? » Elle attrapa sa chemise de nuit à pleines mains et la renifla. « Et il faudrait que je change de vêtements.

— Le docteur Lambourn ne travaille plus ici.

— Je sais. Je ne suis pas idiote… Il m'attend à l'extérieur.

— Non, il ne vous attend pas, dit Ellen en secouant la tête. Vous êtes toujours considérée comme une patiente souffrant de troubles mentaux, et après ce qui s'est passé avec Belinda, vous le resterez probablement un certain temps, j'en ai peur. »

Amy la regarda d'un air hagard. « Qui est Belinda ?

— Vous plaisantez ? »

Prise d'une nouvelle nausée, Amy se contenta d'agripper son ventre à deux mains. Elle eut un haut-le-cœur, sentit la bile lui brûler la gorge et vomit l'eau qu'elle venait de boire sur le plateau.

Ellen recula. « Oh non, pas encore… Vous faites ça tous les matins depuis une semaine…

— Depuis une semaine ? Mais je ne suis là que depuis hier soir. Qu'est-ce que vous racontez ?

— Vous êtes restée inconsciente la plupart du temps. On vous a… administré un sédatif, expliqua-t-elle d'un air gêné. Nous n'avons pas eu le choix. Vous étiez extrêmement violente et agitée. Belinda a eu de la chance de s'en sortir. Heureusement que…

— Tous les matins ? l'interrompit Amy.

— Pardon ?

— Vous avez dit que j'avais vomi tous les matins.

— Oui, c'est exact. »

Amy lissa sa chemise de nuit, la main posée sur le renflement à peine perceptible de son ventre. « Oh ! s'exclama-t-elle d'un air incrédule. Oh, mon Dieu… »

Et soudain, elle regarda Ellen avec un grand sourire. « Je vais avoir le bébé du docteur Lambourn ! »

En ressortant de la cellule capitonnée, Ellen s'empressa d'aller voir sœur Atkins pour lui faire part de cette nouvelle incroyable. Elle pesta contre le dédale de couloirs interminables et les innombrables portes par lesquelles il fallait passer. Tout essoufflée, elle arriva dans le bureau, où elle trouva la religieuse confortablement installée, les yeux clos et les pieds sur la table, en train d'écouter une pièce de théâtre à la radio.

« Sœur Atkins, je…

— Pas maintenant ! dit la sœur sans ouvrir les yeux en la faisant taire d'un geste.

— Mais…

— Vous êtes sourde ou juste stupide ?

— Ni l'un ni l'autre, je…

— Sortez ! »

Ellen resta plantée sur le seuil en se mordillant l'ongle du pouce. « C'est important, ma sœur. Je ne vous dérangerais pas si ça ne l'était pas. C'est au sujet d'Amy.

— J'aurais dû m'en douter ! grommela la religieuse. Elle a beau ne plus être dans ce service, il faut qu'elle continue à faire parler d'elle. » Elle ôta ses pieds du bureau, éteignit la radio et lui fit signe de s'asseoir.

Ellen s'assit volontiers. « Je viens de lui apporter un petit déjeuner. Je… je voulais voir comme elle allait ce matin. Comme vous le savez, je me suis toujours senti une affinité avec elle. Nous sommes arrivées en même temps à Ambergate, nous avons le même âge…

— Pourriez-vous en venir au fait, élève infirmière Crosby ?

— Oui, bien sûr… Ce matin, Amy avait l'air un peu plus alerte. Elle a été placée sous sédatif depuis qu'elle a agressé Belinda, et elle ne semble pas se rappeler ce qui s'est passé.

— C'est assez fréquent, mais pas suffisamment important pour venir me déranger pendant ma pause !

— Non, ce n'est pas pour ça que je suis venue. J'en viens au fait…

— Alléluia ! » s'exclama sœur Atkins en levant les yeux au ciel. Puis elle alluma une cigarette et tira une longue bouffée.

Ellen se pencha et parla plus bas : « Amy dit qu'elle est enceinte. »

La religieuse regarda droit devant elle d'un air impassible avec une expression difficile à interpréter. Puis elle tapa la cendre de sa cigarette dans une soucoupe. « Enceinte ?

— Oui, c'est ce qu'elle dit.

— Et comment est-ce possible ?

— Je ne sais pas, mais elle prétend que le bébé est celui du docteur Lambourn. »

Sœur Atkins s'esclaffa si fort qu'Ellen sursauta. « Ah, cette fois, j'aurais tout entendu ! Franchement, c'est le bouquet !

— Pourquoi… pourquoi mentirait-elle sur une telle chose ?

— C'est simple, cette fille s'illusionne. Elle est reconnue comme déficiente mentale, bon sang ! Vous n'êtes pas obligée de me croire sur parole… Mais j'ai là son dossier.

— Pourtant je pense qu'elle dit la vérité. Je crois qu'elle pourrait être enceinte. »

La sœur ne parut nullement perturbée. « Dans l'hypothèse très improbable où elle le serait, je peux vous assurer que le docteur Lambourn n'est en aucun cas le père.

— C'est incroyable, je sais, mais il l'aimait beaucoup.

— Vous croyez qu'il risquerait sa carrière pour un flirt avec une gamine comme elle ?

— Mais alors, pourquoi le dirait-elle ?

— Cette fille n'a rien d'un témoin crédible. Non, si elle est enceinte, je parie que c'est de ce jeune garçon avec lequel elle avait prévu de s'enfuir. Ça paraît plus sensé !

— Sans doute, mais…

— Allez fermer la porte ! » ordonna la religieuse en lui coupant la parole.

Ellen lui jeta un regard perplexe, mais fit ce qu'elle lui demandait et revint s'asseoir.

« Vous avez entendu parler des oreillons, élève infirmière Crosby ?

— Oui, naturellement, mais… quel est le rapport ? »

Sœur Atkins écrasa sa cigarette. « Je vais étouffer l'affaire dans l'œuf, cependant, ça devra rester entre ces quatre murs, compris ?

— Comme vous voudrez, ma sœur.

— Bien. » Elle joignit les mains en les posant sur le bureau et adopta un ton révérencieux. « Quand il était adolescent, le docteur Lambourn a eu les oreillons, ce qui l'a rendu stérile. » Elle laissa le temps à sa phrase de faire son effet. « Vous ne vous êtes jamais demandé pourquoi un homme de trente ans aussi séduisant était célibataire ?

— Non, pour être franche, je n'y ai jamais pensé.

— En fait, il a été fiancé, il y a quelques années de cela, mais quand sa future femme a appris qu'il ne pourrait jamais avoir d'enfant, elle a fichu le camp.

— C'est terrible pour lui…

— En effet. Par conséquent, vous voyez, quoi que prétende Amy Sullivan, le docteur Lambourn ne peut pas être le père de son enfant. »

40

L'air froid du matin était vif, et c'était bon de pouvoir respirer à pleins poumons. Amy s'engagea sur la pelouse recouverte de givre en faisant attention de ne pas glisser sur les feuilles mortes accumulées sous ses pieds. Arrivée devant le pavillon de cricket, elle monta les marches à pas lents en se tenant à la rambarde. Essoufflée, elle s'assit sur le banc et caressa son ventre tout rond sur lequel les boutons de son manteau tiraillaient. Depuis deux jours, elle souffrait d'un mal de dos lancinant et d'une sensation qu'elle associait en temps normal à ses règles. Elle savait que ce ne serait plus très long. Bientôt, elle tiendrait le bébé du docteur Lambourn dans ses bras, et on ne pourrait plus refuser de la laisser sortir. Un bébé avait besoin de son père.

Les six derniers mois s'étaient écoulés dans un flou de murs blancs capitonnés, de calmants qui la laissaient hébétée au point d'être soumise et de longues journées passées à contempler le plafond avec des souvenirs brumeux pour seule compagnie. Mais le visage du docteur Lambourn était assez net. Elle revoyait ses yeux sombres, ses dents régulières très blanches qui contrastaient avec sa peau mate, sur laquelle il semblait toujours avoir une barbe de trois jours.

Amy sortit le mouchoir de sa poche, celui qu'il lui avait donné il y avait de très longs mois, et le respira. L'odeur de son eau de Cologne, qui s'amenuisait peu à peu mais était encore vaguement détectable, la ramena aux séances qui s'étaient déroulées dans son bureau, un lieu où elle avait pu se détendre et exorciser ses démons. Elle se retourna et, la main au-dessus des yeux pour se protéger des reflets, elle regarda à travers la vitre du pavillon. Contre le mur du fond, il y avait un vieux divan tout moisi dont le rembourrage se déversait sur le plancher jonché de crottes de souris. D'un seul coup, un souvenir lui revint : l'éclat d'un sourire, une main brune et chaude serrant la sienne, une cuisse pressée contre sa cuisse.

Elle tourna la poignée de la porte, qui après avoir résisté quelques secondes s'ouvrit en grinçant. La pièce froide et humide sentait le renfermé, et une toile d'araignée s'accrocha dans ses cheveux quand elle franchit le seuil. Elle eut l'impression qu'elle était déjà venue ici, mais sa mémoire confuse refusait de lui livrer une image précise. Elle passa sa main sur le tissu élimé du canapé. Puis elle se frotta les tempes et ferma les yeux très fort en s'efforçant de se rappeler. Un nom lui vint à l'esprit… Edward… Ed ?

Brusquement, une douleur lui tordit le ventre. Le petit cri aigu qu'elle poussa fit détaler une souris. Elle se laissa tomber sur le canapé déglingué et respira profondément tandis qu'une nouvelle contraction la déchirait. Le bébé arrivait. « Non ! murmura-t-elle. Pas ici, pas maintenant… »

Le cœur battant à tout rompre, elle se releva tant bien que mal en se tenant les reins. Puis elle descendit les marches glissantes et se dirigea vers le bâtiment principal aussi vite que son ventre lourd le lui permettait. « S'il vous plaît, s'il vous plaît… », implora-t-elle, sans trop savoir à qui elle s'adressait.

Une nouvelle contraction l'immobilisa et la plia en deux. Le sang affluait à toute vitesse dans sa tête, et, malgré le froid polaire, sa nuque était trempée de sueur. Dès que la douleur fut passée, elle se redressa et repartit en titubant, chaque pas lui semblant périlleux sur l'herbe gelée. Des larmes brûlantes coulèrent sur ses joues glacées tandis qu'elle s'efforçait de rester debout, tout en sachant que c'était un combat perdu d'avance. La panique la saisit à la gorge et s'accrocha de ses doigts griffus jusqu'au moment où l'obscurité s'abattit comme une cape. À l'instant où elle s'écroula, sa tête heurta le sol gelé dans un bruit sourd.

Quelqu'un lui tenait la main. Quelqu'un d'autre lui caressait le front tandis qu'elle tournait la tête dans tous les sens. La lumière au-dessus du lit était d'un éclat aveuglant, les draps froids et humides, le bruit des instruments lui agressait les oreilles. Une odeur métallique de sang flottait dans l'air. Chacun de ses sens était agressé. Elle leva la tête et laissa échapper un long grognement. Une infirmière qu'elle n'avait jamais vue lui demandait de pousser plus fort. De pousser quoi ? Elle ne comprenait pas de quoi elle lui parlait.

Amy retomba sur l'oreiller. « Qu'est-ce qui se passe ? Où suis-je ? »

Une voix, qu'elle reconnut, lui parla doucement à l'oreille. « Je suis l'infirmière Crosby. Vous êtes dans une salle spéciale de l'hôpital. Avec la sage-femme, sœur Brown, nous allons nous occuper de vous. Vous allez accoucher, vous vous rappelez ? »

Elle n'eut pas le temps de répondre. Une nouvelle contraction lui déchira le ventre. « Aaaah, ça fait mal… C'est trop douloureux ! Je vous en prie, j'ai besoin… »

La douleur se calma de nouveau. Elle resta étendue là, haletante, de l'écume blanche aux coins de la bouche. « J'ai besoin de boire un peu d'eau », dit-elle d'une voix cassée.

Ellen approcha un verre de ses lèvres. Amy but une longue gorgée. « Vous vous débrouillez bien, l'encouragea la sage-femme. Ça prend du temps, mais on y est presque… Encore une ou deux poussées, et ce sera fini ! »

Entre ses jambes, Amy jeta un coup d'œil à la religieuse accroupie au bout du lit. « Encore combien de temps ? » demanda-t-elle.

Sœur Brown leva les yeux, le front légèrement plissé sur son visage rougeaud. Sa main était plongée au fond du ventre de sa patiente. « On ne peut pas précipiter ces choses.

— Vous avez eu de la chance, ajouta Ellen. Vous avez perdu les eaux sur la pelouse. C'est un miracle qu'on vous ait aperçue à temps pour vous transporter à l'hôpital !

— Infirmière Crosby… » La voix de la sage-femme était posée, mais son regard trahissait une inquiétude. « Vous pouvez venir ici une minute ? »

Ellen caressa la tête d'Amy d'une main rassurante. « Tout va bien se passer. »

« Quelque chose ne va pas, chuchota sœur Brown d'une voix précipitée. Je crois que le bébé a le cordon ombilical autour du cou. À la prochaine contraction, la tête devrait sortir. Il faudra alors passer votre doigt sous le cordon pour le libérer. Vous pensez pouvoir y arriver ? »

Ellen souffla trois fois, comme si c'était elle-même qui était en train d'accoucher. « Je l'espère… »

La sage-femme s'adressa à Amy. « Bon, à la prochaine contraction, il faudra pousser de toutes vos forces le plus longtemps possible. Et n'arrêtez pas avant que je vous le dise. »

Impressionnée, Ellen regarda la tête du bébé apparaître, puis le petit visage rabougri de colère et le cordon ombilical autour du cou.

La sœur attrapa la tête de l'enfant entre ses mains. « Maintenant ! » ordonna-t-elle.

Les doigts tremblants, Ellen écarta le cordon visqueux, et à la contraction suivante, le petit corps bleu sortit entièrement.

La sage-femme le retourna en lui tapant dans le dos avec plus d'énergie qu'Ellen n'aurait pensé nécessaire. Puis elle se mit à le frotter et à le malaxer comme si elle pétrissait de la pâte.

Ellen resta au bout du lit, à la fois horrifiée par le spectacle du petit corps malmené et incapable d'en détacher les yeux. « Est-ce qu'il… Est-ce que ça va aller ? »

Ignorant sa question, sœur Brown continua à le frotter, tout son corps secoué par l'effort. Finalement, elle s'arrêta et fit un signe de croix. « J'ai fait de mon mieux, dit-elle en regardant Ellen. Mais ça a pris trop de temps. »

Ellen contempla le petit garçon parfaitement formé. « Vous voulez dire qu'il…

— Qu'est-ce qu'il y a ? Qu'est-ce qui se passe ? balbutia Amy en se redressant sur les coudes. Où est mon bébé ? »

Ellen ravala ses larmes et lui prit la main. « Je suis désolée, mais… il n'a pas survécu. Le cordon était… »

Amy poussa un hurlement. Un long cri primitif qui résonna sur le carrelage des murs. « Non… non ! Vous vous trompez… Laissez-moi voir mon fils… Il ne peut pas être mort, ce n'est pas possible… » Suffoquant entre ses sanglots, elle tendit les bras. « Donnez-le-moi ! » exigea-t-elle.

Sœur Brown secoua la tête. « Je ne vous le conseille pas, dit-elle en donnant le petit paquet enveloppé d'un drap à Ellen. Vous savez quoi faire.

— Non ! s'écria Amy en tentant de se lever. Laissez-moi voir mon bébé… Ce n'est pas possible qu'il soit mort ! Il est tout ce qu'il me reste… Je vous préviens, quand le docteur Lambourn apprendra que vous avez refusé de me laisser voir notre bébé, il… »

La sage-femme la força à se rallonger. « Nous n'en avons pas fini avec vous… Vous devez encore expulser le placenta. Je suis sincèrement désolée pour votre bébé, mais, hélas, ce sont des choses qui arrivent. »

Sans prendre la peine de dissimuler son impatience, elle fit un signe à Ellen. « Emmenez-le à la morgue. »

41

Septembre 2006

Lorsque Sarah rentra à la maison, il faisait nuit. Elle ouvrit la porte avec sa clé et appela son père. « Excuse-moi, papa, je suis en retard… Tu as déjà mangé ? » Elle passa la tête dans le salon, où elle le trouva assis dans son fauteuil favori, le journal ouvert sur les genoux.

« Oui, j'ai fait cuire un rosbif. Je t'en ai laissé une assiette dans le four à micro-ondes.

— Super, merci !

— J'ai même réussi à faire des Yorkshire puddings en suivant la recette de ta mère. Et figure-toi qu'ils sont délicieux ! »

Sarah revint avec une assiette sur un plateau et s'installa dans le fauteuil en face de lui. « Je meurs de faim ! » Elle enfourna une pleine fourchetée dans sa bouche. « La journée a été bien remplie !

— Comment… comment avancent tes recherches ? »

Elle cessa de mastiquer et reposa son couteau et sa fourchette. C'était la première fois que son père manifestait un intérêt pour son projet. Elle s'essuya les lèvres avec sa serviette. « Puisque tu me poses la question, très bien.

— Tant mieux, je suis content, dit-il en hochant la tête avant de replonger dans son journal.

— Papa ?

— Oui ? » Il la regarda par-dessus ses lunettes.

« Tu sais que j'écris un livre sur Ambergate uniquement parce que tu as été là-bas ?

— Oui, j'avais cru le comprendre. »

Sarah se pencha vers lui, le plateau en équilibre précaire sur ses genoux. « J'espérais vraiment que tu m'aiderais, que tu me donnerais un aperçu de la vie quotidienne des patients… Mon livre n'en serait que plus authentique. » Voyant qu'il n'opposait pas de résistance, elle insista : « Ça représente une partie de notre histoire sociale d'une telle importance ! Les personnes qui ont passé du temps là-bas méritent que l'on connaisse leur histoire. » Constatant qu'il gardait le silence, elle s'échauffa : « Si tu m'aidais, je pourrais leur donner une voix ! » Elle attendit quelques secondes. « Et t'en donner une aussi à *toi*. Ta contribution serait infiniment précieuse. »

Il laissa aller sa tête sur le dossier du fauteuil et fixa le plafond. « Je ne sais pas, Sarah. Tout ça remonte à si longtemps…

— Et alors ? Les gens continuent à aimer lire des récits sur la bataille de Hastings !

— Tu es d'une logique imparable ! s'exclama-t-il en riant.

— Papa, s'il te plaît… » Elle le supplia à deux mains, consciente de parler comme une gamine embêtante.

Il secoua la tête. « Je ne sais pas, je…

— Aujourd'hui, j'ai trouvé quelque chose qui pourrait te faire changer d'avis.

— Ah oui ? Et de quoi s'agit-il ? »

Sarah se mordilla la lèvre en réfléchissant à la façon de le formuler. « On a découvert des valises.

— Des valises ?

— Oui, dans une pièce au grenier.

— Qui ça, “on” ?

— Oh, moi et Nathan… Un jeune garçon sans-abri qui dort là-bas de temps en temps.

— Il dort dans un asile abandonné ? rétorqua son père en frissonnant. Je n'aimerais pas être à sa place !

— Oui, c'est vrai… Toujours est-il qu'il y a dans ce grenier un tas de valises. Une vingtaine au total. On a établi un relevé de ce qu'elles contenaient et fait des photos. C'est ce qui m'a pris tout ce temps. »

Il replia son journal et le posa par terre. « Quelque chose d'intéressant ? »

Elle hésita une seconde. « Eh bien… oui, à vrai dire.

— Ah ?

— Viens avec moi, papa. Accompagne-moi demain à Ambergate, et je te montrerai.

— Ah non, Sarah ! Je ne remettrai pas les pieds là-bas.

— Mais pourquoi ? Qu'est-ce qui s'est passé dans cet hôpital ?

— Disons que c'est une partie de ma vie que je préférerais oublier. »

Sarah posa le plateau par terre et se leva pour prendre quelque chose dans la poche de son jean. Elle en sortit le mot qu'elle avait découvert dans la valise. Délicatement, elle le déplia et le tendit à son père.

Il refusa de le prendre. « Non, je ne veux pas m'impliquer là-dedans. Quoi que ça puisse être, range ça. »

Elle soupira d'un air exaspéré. « Bon, comme tu voudras. » Elle emporta le plateau à la cuisine. « Tu veux du thé ? »

Sans véritable raison, son père regarda sa montre. « Oui, volontiers. »

Un peu plus tard, incapable de dormir, Sarah alluma sa lampe de chevet. La couette était roulée en boule et elle dut s'en extirper. Assise au bord du lit, elle prit son appareil photo et passa en revue les clichés une fois de plus, le cœur battant de plus en plus vite en voyant les trésors qu'elle avait exhumés. Rien qui ait une valeur tangible, mais tout un tas de souvenirs intéressants. Et puis, bien sûr, il y avait la lettre. Elle prit la feuille couleur crème qu'elle avait mise sous son oreiller et relut la première phrase en la prononçant à voix basse : « Votre bébé n'est pas mort. »

42

À cette heure matinale, la bibliothèque était déserte. La plupart des employés n'étaient pas encore sortis de leur lit et l'endroit semblait d'un calme irréel, le silence seulement troublé par le ronronnement de l'éclairage à basse tension. Sarah accrocha son manteau derrière la porte dans la pièce réservée au personnel, puis alla brancher la bouilloire, comme elle le faisait tous les jours depuis cinq ans qu'elle travaillait ici. Elle supervisait la bibliothèque de référence à l'étage, or sa passion pour l'histoire locale avait été décisive pour décrocher ce poste. Elle avait écrit sur toutes sortes de sujets dans des journaux locaux et des revues paroissiales, et ses articles étaient très demandés. Bien que le salaire soit lamentable, voire inexistant, elle tirait une immense fierté de voir son travail imprimé. Cependant, son histoire d'Ambergate était le plus gros projet qu'elle ait jamais entrepris, et elle avait l'intention de le dédier à son père.

Après avoir versé de l'eau bouillante sur un sachet de thé à la menthe, elle emporta la tasse qu'elle posa près de son ordinateur et trifouilla des boutons pour l'allumer. Dès qu'il revint à la vie, elle entra son mot de passe, puis ouvrit son carnet. En tapant un nom dans la barre de recherche, elle obtint aussitôt plus de dix mille résultats. Elle cliqua sur le premier, une encyclopédie en ligne.

Millie McCarthy
(6 novembre 1916 - 1er septembre 1947)

Millie McCarthy, artiste anglaise, née à Salforf. Elle a consacré sa carrière à la peinture de paysages. Elle a puisé son inspiration sur la côte du Pembrokeshire, où elle a passé les années de guerre dans une quasi-réclusion en compagnie de sa petite fille. Son talent était tel qu'elle a été remarquée par L.S. Lowry, qui a acheté deux de ses tableaux et l'a qualifiée d'artiste aux dons exceptionnels. Elle est morte tragiquement dans un accident de la circulation le 1er septembre 1947.

Sarah recula sur sa chaise en fronçant les sourcils. Elle observa la photo en noir et blanc qui accompagnait la notice. On y voyait Millie assise devant son chevalet, un pinceau à la main, la tête renversée en arrière en train de rire aux éclats. Elle avait l'air heureux, et même radieux. Mais il n'était mentionné nulle part qu'elle soit jamais allée à Ambergate. Sarah appuya sur plusieurs touches, et l'imprimante ronronna avant de cracher une copie de la notice.

Malgré le bruit de l'imprimante, elle entendit qu'on frappait en bas à la porte, puis timidement sur la vitre. Elle descendit en vitesse et observa les deux silhouettes vaguement familières sur le seuil tout en déverrouillant la porte.

« L'histoire ne commence pas avant 9 heures », dit-elle en regardant la pendule sur le mur.

L'homme s'excusa, mais son regard suppliant exprimait une réelle détresse. Il prit sa fille par la main. « Je suis vraiment désolé, mais accepteriez-vous de la garder avec vous une demi-heure ? » Il lissa les cheveux de l'enfant. « J'ai une visioconférence avec mes partenaires de Hongkong.

— Elle ne peut pas attendre avec vous dans votre bureau ?

— Elle ne veut pas rater le début de l'histoire.

— Eh bien… Je ne sais pas. Je ne crois pas qu'on soit assurés pour ce genre de choses. Annie ne sera là qu'à moins le quart.

— Elle ne vous posera pas de problème. » Il s'accroupit et embrassa sa fille sur le front. « Tu seras sage, hein, Maisie ?

— Oui, papa, je te le promets », répondit la petite en hochant la tête.

Il attendit sa réponse en faisant basculer son poids d'un pied sur l'autre. Il était agréable à regarder, comme aurait dit sa mère. Il avait la mâchoire forte avec une ombre de barbe, des cheveux bruns et brillants lissés en arrière, maintenus par une sorte de gel.

« D'accord, allez-y ! » céda Sarah en ouvrant plus grand la porte. S'il avait un rendez-vous professionnel un samedi matin, ce devait être important.

« Merci, dit-il en lui touchant le bras. Vous me sauvez la vie !

— C'est un peu exagéré. » Elle tapota sa montre. « Essayez d'être revenu à 9 heures et demie, si vous pouvez. Je ne voudrais pas que ma chef croie que j'ai ouvert une crèche gratuite accessible à tous. »

Il lui fit un clin d'œil. « Cette fois, qui exagère ?

— À tout à l'heure ! » dit Sarah en riant.

Elle le regarda partir en courant. Arrivé au milieu de l'allée, il s'arrêta brusquement et se retourna. « Au fait, je m'appelle Matt ! »

Maisie serrait contre elle son sac à dos Dora l'Exploratrice. Ses cheveux blonds étaient maladroitement coiffés en une natte française d'où des mèches folles s'échappaient de l'élastique.

« Si on allait s'asseoir sur les boudins dans le coin des histoires ? »

Maisie acquiesça en s'y dirigeant aussitôt. « Est-ce que je peux choisir l'histoire, aujourd'hui ? »

Sarah la suivit. « Eh bien, ça ne dépend pas de moi, mais j'en toucherai un mot à Annie pour savoir ce qu'elle en pense. Je ne travaille pas à cet étage, tu comprends. Je travaille là-haut, dans la section des livres pour adultes… Tu veux boire quelque chose ? » Elle passa en revue mentalement ce que contenait le placard de la cuisine. Du thé, du café, une bouteille de single malt qu'ils gardaient là pour les jours les plus stressants. « Un verre de lait, ça te dirait ?

— Un milk-shake au chocolat ? s'exclama Maisie avec un grand sourire.

— Non, on n'a pas de milk-shake au chocolat. On est dans une bibliothèque, pas au McDonald's !

— T'es drôle ! » dit la petite fille en riant. Elle s'installa sur un boudin et ouvrit un grand livre d'images. « D'accord, je prendrai juste du lait, alors. »

Sarah revint avec un verre et un biscuit à la crème qu'elle posa sur la table devant Maisie.

« Merci. » L'enfant but une longue gorgée qui laissa une moustache blanche sur sa lèvre. « Comment tu t'appelles ?

— Sarah.

— Tu veux bien me refaire ma natte ? Papa n'est pas très doué... Elle se défait de partout. » Elle fit la grimace et retira son élastique. « Tiens. »

Sarah prit l'élastique. « Je ne sais pas faire les nattes comme ça. Une natte toute simple, ça t'ira ? »

Maisie réfléchit. « Comme Raiponce ?

— Euh, oui, je pense que je peux y arriver. »

Maisie fouilla dans son sac à dos et en sortit une brosse à cheveux. « Doucement, s'il te plaît. »

Sarah brossa les boucles blondes de la petite fille en faisant attention de ne pas tirer sur les nœuds. « Ta maman ne sait pas faire les tresses françaises ? »

Maisie tourna la page de son livre et répondit sans lever les yeux. « J'ai pas de maman. Elle est morte. »

Sarah se figea. « Oh, mon Dieu, je suis désolée... J'espère que je ne t'ai pas fait de la peine.

— Elle était malade et elle n'avait pas de cheveux. »

Sarah jeta un coup d'œil vers la porte. Elle n'avait aucune envie que Matt arrive brusquement au milieu d'une conversation aussi délicate. « Pauvre petite...

— Elle est morte quand j'avais quatre ans, ajouta Maisie d'un ton pragmatique.

— Et maintenant, tu as quel âge ?

— Un peu plus de cinq ans. » Elle prit le biscuit dont elle sépara les deux moitiés, puis racla la crème d'un jaune écœurant d'un coup de dents.

Sarah remarqua ses ongles pailletés et sauta sur l'occasion pour changer de sujet. « J'aime beaucoup ton vernis à ongles.

— C'est papa qui me l'a mis. Il n'est pas très fort pour coiffer, mais il est doué pour vernir les ongles. »

Sarah divisa la chevelure de l'enfant en trois sections et commença à les tresser. « C'est bien. Pour quoi d'autre est-ce qu'il est doué ?

— Il fait bien la cuisine. Mon plat préféré, c'est les spaghettis sur du pain.

— Seigneur... J'espère que ses talents culinaires ne s'arrêtent pas là ! »

Maisie se retourna et la regarda fixement. « Je connais pas les grands mots. »

Sarah termina la natte en riant et l'attacha avec l'élastique. « Tu es adorable ! dit-elle en lui tapotant l'épaule. Voilà, c'est fait ! Et maintenant, allons choisir une histoire, tu veux ? »

Sarah était dans la bibliothèque de référence, le dos tourné à la porte, quand Matt surgit dans la pièce. Elle lâcha la pile de livres qu'elle portait dans les bras.

« Je suis navré, l'entretien a duré plus longtemps que je le croyais...

— Vous m'avez fait peur ! » s'exclama Sarah en mettant la main sur son cœur.

Il ramassa les livres éparpillés par terre. « Désolé. Comment a été Maisie ? »

Sarah sourit. « Elle est adorable. »

Matt écarta les bras, l'air rayonnant. « Que puis-je dire ? Elle est toute ma vie.

— Elle vous le rend bien.

— D'habitude, après l'histoire, on va au parc. Vous savez comme les enfants aiment la routine. »

Sarah acquiesça, bien qu'elle n'ait aucune idée de ce que les enfants aimaient ou pas. « C'est bien. Ça a l'air magnifique, dit-elle en regardant par la fenêtre. Et en plus, il fait doux. Peut-être qu'on va avoir un été indien. »

Matt desserra son col pour laisser passer un peu d'air. « Vous voulez venir avec nous ? »

Elle hésita une seconde, se sentant ridiculement enthousiaste à l'idée de passer un moment avec lui. « J'aimerais bien… Oui, volontiers. »

Il tapa dans ses mains. « Formidable ! Je vais le dire à Maisie. C'était son idée. »

Installés côte à côte sur un banc, ils regardèrent Maisie grimper sur le toboggan. Sarah mordit dans son cornet de glace. « Merci pour la glace !

— Je vous en prie… C'est la moindre des choses, après le service que vous m'avez rendu ce matin. »

Maisie appela son père du haut du toboggan en agitant les bras. « Papa, regarde-moi ! »

À la seconde même, Matt se leva. « Assieds-toi et tiens-toi bien sur les bords ! »

Il revint s'asseoir en secouant la tête. « Elle n'a peur de rien, cette petite ! »

Sarah jeta un regard sur son alliance. « Maisie m'a raconté pour sa maman. »

Il esquissa un sourire. « Ça ne m'étonne pas. Elle parle de sa maman qui est au ciel comme si Lucy était partie faire les boutiques. Mais elle sait qu'elle ne reviendra pas. J'ai tenu à être très clair là-dessus. C'est dur, mais elle comprend.

— Elle a l'air très résiliente.

— Oui, c'est elle qui me fait tenir. Qui me donne une raison de continuer alors qu'il serait si simple de passer toute la journée sous la couette.

— Je suis vraiment désolée. Ça doit être difficile. »

Matt haussa les épaules. « Oui, mais ce que je vis n'est rien comparé à ce qu'a enduré Lucy. Au moins, je verrai Maisie grandir… J'étais là pour son premier jour à l'école, je la verrai aller à l'université, je serai là le jour où elle se mariera… » Sa voix se brisa. Il respira un grand coup et se tourna vers Sarah. « Excusez-moi…

— Vous n'avez à vous excuser de rien. C'est important de parler. Refouler les choses n'a jamais fait de bien à personne.

— Vous avez raison. Quand Lucy est morte, tout ce que je voulais, c'était parler d'elle, mais vu que ça mettait tout le monde autour de moi mal à l'aise, j'ai arrêté. J'ai fait passer les sentiments des autres avant les miens, parce que je ne voulais pas les embêter. »

Ils s'étaient tus tous les deux quand Maisie courut vers le banc, les joues toutes roses. « Papa, tu veux bien me pousser sur la balançoire ? »

Il se leva aussitôt. « Bien sûr, ma chérie ! Vas-y, je te rejoins. » Il se tourna vers Sarah. « Le devoir m'appelle. »

Elle le regarda courir derrière sa fille dans sa veste en velours marron aux coudes renforcés qui flottait au vent. N'importe qui dans cette tenue aurait eu l'air d'un vieux professeur d'université, mais Matt la portait avec une élégance naturelle. Maisie grimpa sur la balançoire et son père vérifia qu'elle se tenait comme il faut avant de la pousser tout doucement.

« Plus haut, papa ! »

Matt secoua la tête et jeta un regard à Sarah. « Vous voyez ? Peur de rien ! »

Au bout de cinq minutes, l'enfant voulut descendre. « Attrape-moi, papa ! »

Il arrêta la balançoire et se plaça devant. Maisie lui sauta dans les bras. Il la fit tournoyer en l'air, puis enfouit son visage dans son cou en la couvrant de baisers qui lui firent pousser des cris. Sarah observa cet échange de tendresse en souriant, mais dans son for intérieur, elle avait de la peine pour eux.

Ce soir-là, elle était en haut dans sa chambre lorsque son père frappa à la porte. « Entre !

— Je t'ai apporté du chocolat chaud. »

Sarah ne put s'empêcher d'être étonnée. « Oh… super, merci !

— Avec plein de crème et des morceaux de guimauve, la totale. »

Elle prit la tasse. « Qu'est-ce que j'ai fait pour mériter ça ? »

Il s'assit sur le lit. « Tu te souviens, hier, quand je t'ai demandé quand tu comptais partir ? »

Elle attrapa un petit morceau de guimauve et le mit dans sa bouche. « Oui, eh bien, quoi ?

— Je ne voudrais pas que tu penses que tu n'es pas la bienvenue. Tu l'es, évidemment. Tu peux rester aussi longtemps que tu le voudras.

— Merci.

— Mais je me débrouillerai, tu sais. Tu n'es pas obligée de rester pour moi.

— Je sais, papa. Et je partirai bientôt, je te le promets. » Elle promena le regard sur sa chambre d'enfant, le papier peint en copeaux de bois orange et marron, l'édredon jaune vif et le cheval à bascule dans le coin. Elle avait brossé la crinière filasse de ce cheval tant de fois qu'il était presque chauve. Même le poster de David Cassidy était encore punaisé au-dessus du lit. Tout dans cette chambre ramenait aux années 70, mais elle s'y sentait à l'abri. C'était son refuge. Elle ferma son ordinateur et rassembla ses notes étalées sur le lit. Son père prit la notice qu'elle avait imprimée à la bibliothèque. Alors qu'il lisait ce qui était écrit, la feuille trembla entre ses doigts. « Qu'est-ce que… qu'est-ce que tu fais avec ça ? »

Sarah lui reprit la feuille et la remit dans son sac. « Oh, c'est lié à mes recherches… J'ai trouvé un tableau dans une des valises. Je t'en ai parlé. L'artiste s'appelait Millie McCarthy. Je pensais que ça pourrait être un indice pour comprendre pourquoi elle était à Ambergate, mais il semble que…

— Est-ce qu'il y avait d'autres choses ? »

Elle arrêta de ranger ses affaires. « Je croyais que tu voulais ne rien avoir à faire avec ça.

— Eh bien… non, mais… Un tableau, dis-tu ?

— Papa, tu veux savoir ou tu ne veux pas savoir ? Tu m'envoies toutes sortes de messages contradictoires. »

Il réfléchit un instant avant de reprendre la parole, la voix rauque et à peine plus haute qu'un murmure. « Vas-y, raconte-moi. »

Sarah rehaussa les coussins dans son dos et s'installa plus confortablement. « Il y a environ vingt valises. La plupart sont remplies de vêtements, de babioles et de ce genre de choses, mais certaines sont très intéressantes. Comme il n'y a aucun nom inscrit, on ne peut pas savoir à qui elles appartenaient, mais dans l'une des valises, j'ai entre autres choses trouvé une aquarelle.

— Entre autres choses ? » répéta son père d'un air intrigué.

Sarah sortit la feuille de sous l'oreiller. « Ceci, dit-elle en la lui lançant. Tu veux que j'aille te chercher tes lunettes ? »

Il déplia la feuille et lut les cinq mots écrits en lettres capitales sans plisser les yeux. « Non, dit-il. Je n'ai pas besoin de mes lunettes. » Il sortit un mouchoir de sa poche et se tamponna le coin des yeux.

« Qu'est-ce qu'il y a, papa ? »

Il replia la feuille et se leva. Ses articulations craquèrent. « J'ai cru avoir une idée de la personne à qui appartenait cette valise, mais je n'en suis pas sûr. »

Sarah se leva aussitôt et le retint par le coude. « Vraiment ? »

Il se tira l'oreille – signe indubitable qu'il réfléchissait. « Oui, seulement cette histoire de bébé n'a pas de sens. » Il déplia de nouveau le mot. « Qu'est-ce que ça dit d'autre ? Sans mes lunettes, je n'arrive pas à lire la suite. »

Sarah mit les siennes au bout de son nez. Elle lut lentement, en déchiffrant l'écriture à peine lisible. Ce mot avait dû être gribouillé à la hâte. « "Si vous lisez ceci, c'est que vous aurez dû quitter Ambergate. J'habite au 113 Oak Grove, à Manchester. Venez me voir, je vous raconterai tout. Bien à vous, Ellen Crosby."

— C'est tout ?

— Oui, c'est tout. »

Son père se laissa tomber sur le lit, la tête entre les mains. Sarah s'assit à côté de lui. « Ça va, papa ? »

Il ferma les yeux et se pinça l'arête du nez. « Ce mot pourrait ouvrir une boîte de Pandore… » Il secoua la tête, puis la fixa d'un regard déterminé en parlant d'une voix froide et inébranlable. « Je veux que tu remettes cette lettre à sa place et que tu oublies l'avoir jamais vue.

— Autant me demander d'oublier mon nom ! Tu n'es pas obligé de t'impliquer, papa, dit-elle en lui tapotant le genou. Mais je vais aller à cette adresse pour comprendre ce que tout ça signifie.

— Sarah, je t'ai dit de laisser tomber… On n'obtient rien de bon à remuer le passé. » Il s'efforça de sourire. « S'il te plaît, remets ce mot là où tu l'as trouvé. »

Elle se leva. « Désolée, mais je ne peux pas faire ça. »

43

Arrivée devant le portail, Sarah observa la jolie maison mitoyenne en brique rouge et mortier blanc. Les bords de la pelouse étaient si impeccables qu'on aurait dit que l'herbe avait été coupée aux ciseaux à ongles. Elle sourit en apercevant les deux nains de jardin près du petit bassin, l'un d'eux tenant une canne à pêche. Elle poussa le portail, puis hésita lorsqu'elle vit quelqu'un apparaître sur le côté de la maison en portant une échelle sur l'épaule. Sa salopette blanche était maculée de taches de peinture de toutes les couleurs. Elle devina qu'il devait avoir un peu plus de soixante-dix ans. « Je peux vous renseigner ? » demanda l'homme lorsqu'il l'aperçut.

Sarah se sentit tout à coup complètement idiote. « Je… je cherche Ellen Crosby. »

Il posa l'échelle contre le mur et s'avança. « Et vous êtes ?

— Sarah… Sarah Charlton, dit-elle en lui tendant la main. Je suis historienne et je fais des recherches pour un livre… Je me demandais si je pourrais dire un mot à Ellen Crosby. » Aussitôt elle s'en voulut de s'exprimer comme un officier de police.

Néanmoins, sa réponse sembla le satisfaire. Il lui serra la main. « Douglas Lyons… Dougie. Ellen est ma femme. »

Sarah chercha au fond de son sac et sortit sa carte de visite de la bibliothèque. « Tenez. »

Dougie y jeta un rapide coup d'œil et la fourra dans sa poche. « Venez… Ellen est à l'intérieur. »

Après s'être essuyé les pieds sur le paillasson, Sarah attendit qu'il aille prévenir son épouse. Une odeur de pommes à la cannelle lui parvint de la cuisine. Une femme apparut en s'essuyant les mains sur son tablier. « Bonjour ! Je suis Ellen. Que puis-je faire pour vous ? »

Sarah l'observa. Sans doute n'était-elle pas aussi âgée que son mari, mais elle avait mieux vieilli. Sa peau était très lisse, avec seulement quelques rides d'expression autour des yeux, et ses cheveux argentés étaient coupés court, une coiffure qui ne convenait qu'aux visages bien structurés. Cette femme avait dû être une beauté dans sa jeunesse.

« Bonjour, je m'appelle Sarah. Votre frère m'a donné votre adresse.

— Bobby ?

— Oui, je suis d'abord allée à Oak Grove, et il m'a dit que vous habitiez ici depuis une trentaine d'années. »

Dougie s'interposa. « Pourquoi vous n'iriez pas au salon pendant que je mets la bouilloire à chauffer ? » Il prit sa femme par les épaules et la dirigea vers une porte. Puis il se tourna vers Sarah. « Vous prenez du sucre ?

— Seulement du lait, merci. »

Dans le salon, Ellen s'assit et croisa les mains sur ses genoux. « Alors, si vous m'expliquiez de quoi il s'agit ?

— D'accord... J'écris un livre sur l'histoire d'Ambergate. »

Impassible, Ellen attendit qu'elle en dise plus et se contenta de hocher la tête.

« Je suis allée là-bas d'innombrables fois, reprit Sarah. Pour explorer l'hôpital, m'imprégner de ce que cet endroit a dû être... Comme je suis sûre qu'il sera reconverti ou démoli prochainement, je pense qu'il est important de faire savoir aux jeunes générations ce qu'étaient ces hôpitaux et comment les choses se passaient pour les malades mentaux. » Elle se tut une seconde et, pour donner du crédit à son propos, ajouta : « Ambergate fait aussi partie de l'histoire de ma famille.

— Mais comment savez-vous que j'ai travaillé là-bas ? s'étonna Ellen.

— Oh, vous y avez travaillé ? Je l'ignorais. La seule chose que je savais, c'est que... Attendez une minute ! » Elle sortit la lettre de son sac. « Je crois que je ne m'explique pas très bien.

— Non, je dois avouer que je suis un peu perdue, dit Ellen avant de jeter un regard vers la porte. Dougie, tu fais quoi avec ce thé ? »

Son mari arriva avec trois tasses et une assiette de biscuits sur un plateau. « J'ai sorti la tarte du four, chérie. Comme le minuteur allait s'arrêter, j'ai pensé qu'elle était prête.

— Merci, chéri. » Ellen prit une tasse et but une gorgée. « Mon mari et moi avons travaillé tous les deux à Ambergate. C'est là que nous nous sommes rencontrés. »

Dougie s'assit sur le canapé et enlaça sa femme par l'épaule. « Nous sommes mariés depuis quarante-six ans ! » Il avait un léger accent que Sarah n'arrivait pas à situer, mais il n'était pas d'ici, décida-t-elle. Ils se regardaient comme deux adolescents amoureux.

« Bon, je vais tâcher d'en venir au fait, enchaîna-t-elle. Pendant que j'explorais l'hôpital, je suis tombée sur une pièce au grenier remplie de valises, une vingtaine. »

Ellen se raidit. « C'est… c'est intéressant.

— Oui, et même fascinant ! C'est comme si on ouvrait une fenêtre sur le passé. Dans l'une d'elles, j'ai trouvé ce mot, sur lequel il y avait votre nom et votre adresse. Et comme je vous l'ai déjà expliqué, je suis allée à Oak Grove, où Bobby m'a dit que vous aviez déménagé. » Elle tendit la feuille à Ellen.

Celle-ci blêmit en regardant le mot. Ses doigts effleurèrent le collier de perles autour de son cou. « Mon Dieu, c'est incroyable… » Elle passa la feuille à son mari.

« Elle ne l'a jamais eu, murmura-t-il. Elle n'a jamais dû sortir de…

— Que voulez-vous dire ? » demanda Sarah.

Ellen sembla ne pas l'entendre et continua à dévisager Dougie. « Si la valise d'Amy est toujours dans ce grenier, c'est qu'elle a dû mourir là-bas. »

Sarah reposa sa tasse sur la table basse. « Amy ? Vous voulez dire que vous savez à qui appartient cette valise, madame Lyons ?

— Oui… oui, je le sais.

— Et vous pouvez m'en dire plus ? »

Ellen jeta un regard à son mari, qui hocha lentement la tête. Puis elle alla se poster devant la fenêtre et regarda la pelouse en se tortillant les mains. « Elle s'appelait Amy Sullivan. Elle a été admise à Ambergate à peu près au même moment où j'ai commencé à travailler là-bas, en novembre 1956. » Elle se tourna vers son mari. « Tu te souviens de son arrivée ? »

Il rit. « Et comment ! Elle n'était pas facile, ça, c'est sûr. »

Ellen sourit à ce souvenir. « Amy pouvait parfois être difficile, c'est vrai. Mais elle me faisait de la peine. Nous avions le même âge, nous étions dans le même endroit, et pourtant, les circonstances n'auraient pu être plus différentes.

— Pourquoi était-elle à Ambergate ? s'enquit Sarah.

— Son père l'avait fait interner. Elle avait tenté de se tuer… et de tuer le bébé de sa belle-mère.

— Oh, mon Dieu… C'est horrible !

— Mais elle n'était pas mauvaise, seulement très perturbée, et elle s'est attiré toutes sortes de malheurs.

— Et elle était enceinte quand elle a été admise à Ambergate ? »

Ellen et Dougie échangèrent un regard. « Non, répondit-elle. Amy est tombée enceinte pendant qu'elle était là-bas.

— Oh, je vois… Je ne savais pas que ce genre de choses était autorisé.

— Ça ne l'était pas, mais ça ne voulait pas dire que ça n'arrivait pas, expliqua Dougie. Disons que les infirmiers que nous étions faisaient semblant de ne rien voir.

— Laisse-moi regarder encore ce mot », dit Ellen. Elle le relut. « Il y a près de cinquante ans que je l'ai écrit, soupira-t-elle d'un air navré. Je pensais souvent à Amy, je me demandais ce qui lui était arrivé, pourquoi elle n'était jamais venue frapper à ma porte… La pauvre… » Elle se tourna vers son mari. « Mais j'ai fait ce qu'il fallait, tu crois ?

— Tu as fait plus que quiconque n'en aurait fait.

— Tu as sans doute raison. » Ellen se tourna de nouveau vers la fenêtre. « Quel autre choix avais-je ?

— Mais… que signifie ce mot ? demanda Sarah. C'est quoi, l'histoire de ce bébé ? »

Ellen hésita. « S'il vous plaît… Vous ne devez pas écrire là-dessus. Je sais que ça remonte à de nombreuses années, mais je ne pense pas que… »

Sarah l'arrêta d'un geste. « Inutile de vous inquiéter, madame Lyons. Je vois bien que c'est un sujet sensible, et je ne suis pas une journaliste en quête d'un scoop. Vous avez ma parole que je n'écrirai rien qui serait susceptible de vous mettre mal à l'aise. Promis ! » dit-elle en mettant la main sur son cœur.

Ellen secoua vaguement la tête, l'angoisse évidente dans son regard. « J'avais fait une promesse… à cette jeune fille, Amy. Je lui ai promis qu'un jour elle quitterait Ambergate et qu'une nouvelle vie l'attendrait. À ce moment-là, je n'étais pas en position de tout lui dire, mais j'ai écrit ce mot pour être sûre qu'elle finisse par connaître la vérité. Et j'ai fait de mon mieux pour tenir ma promesse, mais il semble que ça n'ait pas suffi.

— Vous voulez bien me raconter ? » demanda doucement Sarah, qui avait très envie d'entendre l'histoire, mais qui sentait bien qu'il fallait avancer prudemment.

Ellen regarda sa montre. « Oui. Je crois que oui. Dougie, va chercher cette tarte. Ça risque de prendre un moment. »

44

Février 1958

Ellen serra le petit paquet contre sa poitrine, osant à peine regarder le visage marbré du bébé. La vie était parfois affreusement cruelle, et elle en voulait à ce Dieu qui laissait de telles choses arriver. Pourquoi éprouvait-Il le besoin de continuer à punir Amy ? Sans parler de ce pauvre enfant… Elle accéléra le pas, se mit presque à courir en maudissant pour la énième fois ces interminables couloirs et ces innombrables portes. Le bébé était secoué dans ses bras, mais il fallait qu'elle continue. Un peu plus loin, elle aperçut un patient qui allait et venait en parlant tout seul, la tête baissée. Ne voulant pas l'inquiéter, elle ralentit un peu et fit de plus grandes enjambées en sentant le rythme des battements de son cœur diminuer. Elle passa devant le patient, qui ne leva même pas les yeux, et continua à avancer dans le couloir désert qui s'étirait devant elle. Le seul bruit était celui de ses pas qui résonnaient sur le carrelage.

Elle crut d'abord qu'elle se trompait, que ses oreilles lui jouaient un tour. Et soudain, elle l'entendit de nouveau : une petite toux, ou plutôt un léger gargouillement.

Elle s'immobilisa et regarda le bébé. Ses lèvres étaient roses et luisantes de salive, ses joues avaient un éclat satiné… « Oh, Seigneur ! Regarde-toi, tu es un vrai petit soldat ! » Elle leva les yeux au ciel. « Merci, mon Dieu, merci ! »

Le bébé ouvrit les yeux, deux petites fentes qui avaient du mal à se concentrer. Un pli barra son front quand il poussa un cri retentissant en faisant vibrer sa langue. Ellen rit et mit son petit doigt plié dans la bouche minuscule. Il se calma immédiatement et le téta très fort. « Tu as faim, n'est-ce pas ? » Elle fit demi-tour et revint sur ses pas. « Viens… On va te ramener à ta maman, d'accord ? »

Le bébé continua à sucer son doigt tandis qu'elle repartait vers la salle d'accouchement. Ses cheveux bruns étaient collés sur son crâne, et il remuait la tête dans tous les sens en cherchant à se libérer du linge qui l'enveloppait. Ellen desserra le drap pour qu'il ait plus de place. « Tu es un sacré courageux, toi ! Comme ta maman. » Il sortit un bras, et elle attrapa sa petite main en forme d'étoile de mer.

Tout excitée, Ellen arriva devant la salle où Amy avait accouché. Elle n'avait pas arrêté de sourire, au point d'en avoir mal aux joues. Les rideaux autour du lit étaient tirés et une odeur de désinfectant flottait dans la pièce. Un seau et une serpillière étaient restés dans un coin. Ellen regarda l'eau teintée de rose qu'il y avait dedans. Elle fronça les sourcils et ouvrit le rideau. Elle faillit pousser un cri, mais, craignant d'effrayer le bébé, elle réussit à s'en tenir à un hoquet lorsqu'elle aperçut le lit vide et la tache rouge sombre qui s'étalait au milieu du matelas.

Ellen ressortit en vitesse et courut vers le service en passant devant une dizaine de lits inoccupés. Le bureau de la sage-femme était désert lui aussi ; des feuilles de papier jonchaient le sol, une tasse était renversée dans une soucoupe, entourée de feuilles de thé. « Qu'est-ce qui s'est passé ici ? Où sont-ils tous partis ? » murmura-t-elle au bébé qui semblait s'être endormi. Elle chercha son pouls sur son cou. « Oh, Dieu soit loué ! » murmura-t-elle dans un souffle.

En entendant des pas, Ellen se retourna et aperçut sœur Brown entrer dans la chambre d'Amy. Elle la rejoignit et ferma la porte. « Où est-elle ?

— J'ai dû appeler une ambulance. Elle a fait une hémorragie, et il n'y avait rien que je puisse faire. On l'a transportée à l'hôpital général. Nous ne sommes pas équipés pour les urgences de ce genre. » Elle montra le paquet dans les bras d'Ellen. « Est-ce… est-ce le… Pourquoi ne l'avez-vous pas emmené directement à la morgue ? Je vous avais pourtant dit de…

— Chut ! dit Ellen en soulevant le drap sur le bébé tout rose. Je ne l'ai pas emmené à la morgue pour la bonne raison qu'il est bien vivant ! »

La sage-femme s'approcha et toucha la joue de l'enfant. « Eh bien, ça alors !

— C'est incroyable, n'est-ce pas ? Je courais en le tenant dans mes bras, et il est possible que les secousses… Je ne sais pas, peut-être que ça a débloqué quelque chose et qu'il s'est remis à respirer. » Ellen l'embrassa sur le front. « C'est un miracle ! »

Un sourire aux lèvres, sœur Brown toucha la main du bébé. Puis soudain son regard s'assombrit, et elle retira sa main comme si elle s'était brûlée. « Il ne sera pas normal, vous savez.

— Que voulez-vous dire ?

— Cet enfant est resté privé d'oxygène beaucoup trop longtemps. Il aura des dommages au cerveau.

— C'est absurde ! rétorqua Ellen en serrant le bébé d'un geste protecteur. Ce petit est très éveillé.

— Au bout de trois minutes sans oxygène, le cerveau commence à mourir. Je ne vois vraiment pas comment…

— Il faut le ramener à sa mère, déclara Ellen qui ne supportait pas d'en entendre davantage.

— C'est impossible. Elle n'est pas en état.

— Mais que va-t-on faire de lui ? Il a besoin d'être nourri. »

La sage-femme réfléchit. « Je vais aller lui chercher du lait, et ensuite, je préviendrai les autorités.

— Comment cela ? Quelles autorités ?

— Le service d'adoption. Non seulement Amy Sullivan est une mère célibataire, mais elle est internée pour troubles mentaux et incapable de s'occuper d'un bébé ou de prendre des décisions par elle-même. » Elle secoua la tête, puis ajouta d'un ton ferme : « Il n'y a pas à discuter. Cet enfant devra être adopté.

— Mais…

— Il n'y a pas de "mais", infirmière Crosby ! Donnez-le-moi. »

Ellen recula. « Non, je refuse. »

Sœur Brown soupira d'un air agacé. « En ce qui concerne Amy Sullivan, ce bébé est mort. Il n'y a aucune raison de lui dire autre chose. Vous voulez qu'elle vive en sachant que son enfant sera élevé par quelqu'un d'autre ? »

Ellen garda le silence.

« Pensez-y. Ça la déchirerait. Elle serait anéantie. Il n'y aurait plus d'espoir qu'elle guérisse un jour. Vous vous imaginez lui annoncer que son bébé n'est pas mort, mais qu'on le lui a quand même enlevé ? Elle serait terrassée. Croyez-moi, c'est la meilleure solution. »

Ellen se mordit la lèvre. « Mais il a besoin de sa mère…

— Je suis d'accord. Il a besoin d'une mère qui puisse veiller sur lui, le nourrir, lui donner tout ce qu'il voudra. Mais cette personne n'est pas et ne sera jamais Amy Sullivan.

— Ne faudrait-il pas au moins qu'elle signe un papier ?

— Non, elle ne peut rien signer. Elle n'est pas saine d'esprit. Comme vous le savez, elle souffre de déficience mentale. Le docteur Harrison se chargera des formalités. »

Ellen baissa les yeux sur le petit paquet dans ses bras. « Il va être adopté d'office ? »

Sœur Brown perdit patience. « Oh, pour l'amour du ciel ! Il ne sera pas le premier à être séparé de sa mère biologique pour qu'on lui offre une meilleure chance dans la vie ! Cela se fait dans des foyers pour mères célibataires partout dans le pays. » Elle prit le bébé des bras d'Ellen. « Je veux pour cet enfant ce qu'il y a de mieux, et j'aurais pensé que vous aussi… Alors ? »

Ellen hocha la tête. « Mais si Amy croit que son fils est mort, elle voudra sans doute aller voir sa tombe. Comment lui expliquerez-vous qu'il n'en a pas ? » Une note de triomphe dans la voix, elle croisa les bras d'un air de défi.

La sœur la fixa d'un regard cinglant. « Les bébés mort-nés ne sont pas enterrés dans une tombe. Il aurait été placé dans un cercueil avec un autre patient décédé. »

Ellen frissonna. « C'est épouvantable !

— C'est toujours mieux que d'être tout seul à six pieds sous terre.

— Sans doute. Et maintenant, que va-t-il se passer ?

— On va le transférer à la maternité locale, où il sera adopté dès qu'une famille qui convient se présentera.

— Et pour le certificat de naissance ?

— Est-ce que cela vous arrive d'arrêter de poser des questions ? rétorqua la sage-femme en secouant la tête.

— Amy n'en reste pas moins sa mère. Son nom devra figurer sur l'acte de naissance.

— Et il y figurera, à côté de l'espace laissé en blanc là où devrait être inscrit le nom du père. Le lieu de naissance sera enregistré comme l'hôpital pour malades mentaux d'Ambergate. Nous n'avons rien à cacher.

— Excepté le fait que sa mère le croit mort !

— Écoutez, peut-être qu'Amy ira suffisamment mieux un jour pour connaître la vérité, et si ce jour arrive, elle sera la première à comprendre que nous avons fait ce qu'il fallait. Nous avons à cœur d'agir dans son meilleur intérêt… et, plus important, dans le meilleur intérêt de l'enfant. Nous ne savons pas ce que l'avenir réserve à Amy. On ne peut que traiter la situation telle qu'elle se présente aujourd'hui… » Elle regarda le bébé. « Et en plus, nous ne savons pas dans quelle mesure il est atteint. Peut-être qu'il aura besoin de soins spéciaux le restant de sa vie. Vous croyez qu'Amy supporterait ça ?

— J'imagine que non.

— De toute façon, il n'est même pas certain qu'elle survive à l'hémorragie. Pour ce qu'on sait, elle est peut-être déjà morte. »

Un peu plus tard, Ellen s'allongea sur son lit en réfléchissant à cette situation désolante. Valait-il vraiment mieux pour Amy qu'elle croie son fils mort ? Elle n'était pas de cet avis. Sa décision était prise. Si la jeune femme survivait, elle lui dirait la vérité, et tant pis pour les conséquences.

45

Le trajet pour se rendre à l'hôpital général n'était pas très long, mais il fallait supporter les fumées de diesel, les crissements de freins et un bus à la suspension plus que fatiguée. Un peu nauséeuse, Ellen descendit du bus en serrant le bouquet de fleurs qu'elle avait acheté et se dirigea vers l'entrée. Sœur Atkins avait été informée qu'Amy avait survécu au traumatisme de l'accouchement, mais que, quinze jours plus tard, elle n'était pas encore suffisamment remise pour retourner à Ambergate.

Dès qu'Ellen franchit la porte, elle remarqua la différence. Les couloirs étaient clairs et spacieux, les murs décorés de tableaux, et les infirmières allaient et venaient avec le sourire en bavardant. Voyant Ellen hésiter, l'une d'elles s'arrêta. « Je peux vous aider ?

— Oh oui, s'il vous plaît… Je cherche la salle M8.

— Derrière cette porte, ce sera la première sur votre gauche, puis la seconde sur la droite. »

Après l'avoir remerciée, Ellen se demanda – et ce n'était pas la première fois – pourquoi elle s'obstinait à travailler dans un endroit aussi déprimant qu'Ambergate.

Amy était dans un lit qui ne ressemblait en rien à celui de style militaire auquel elle était habituée. Un lit large, avec de l'espace autour pour circuler, à côté duquel se trouvait un placard pour ranger ses affaires personnelles, ainsi qu'une table à roulettes qu'on pouvait déplacer à volonté afin que la patiente mange dans une position confortable. Comparé à Ambergate, cet endroit était un palace !

« Comment vous sentez-vous, Amy ? » Ellen observa la jeune femme. Elle avait le teint gris, une pâleur cadavérique autour des yeux, ses lèvres étaient gercées et ses cheveux plaqués sur son crâne.

Ayant visiblement du mal à concentrer son regard, Amy papillonna des yeux. « Qui est là ? demanda-t-elle d'une voix rauque.

— C'est moi, l'infirmière Crosby. Comment vous sentez-vous ? » répéta Ellen.

Amy s'efforça de sourire. « De quoi j'ai l'air ?

— Franchement ? Je vous ai vue mieux. » Elle posa les fleurs sur la table de nuit. « Je vous ai apporté ça. Je vais demander un vase aux infirmières.

— Merci. »

Elle s'assit au bout du lit. « Pendant un moment, vous nous avez tous inquiétés.

— J'en doute ! rétorqua Amy d'un ton ironique.

— Il nous tarde de vous voir revenue à Ambergate. » Voyant qu'elle essayait de se redresser, Ellen arrangea les oreillers.

« Vous avez vu mon bébé ? Est-ce qu'il était beau ? »

Ellen hésita. « Amy, il faut que je vous dise quelque chose…

— Il devait l'être. Le docteur Lambourn est un très bel homme, poursuivit la jeune femme dans un murmure. Seulement, il était furieux contre moi… Quand il a appris que je n'avais pas été capable de garder en vie son bébé, il n'a pas été content du tout… Mais après, il s'est calmé, il a dit qu'il me pardonnait et qu'il n'y avait aucune raison qu'on ne puisse pas réessayer.

— Attendez… Vous voulez dire que le docteur Lambourn est venu vous voir ici ?

— Bien entendu. On va se marier.

— Vous allez vous marier ?

— Oui, au printemps. Il a déjà réservé notre voyage de noces. Nous passerons notre lune de miel à Paris. » Elle rit et se mit à chantonner : « *April in Paris*… Qu'est-ce que vous en dites ?

— Ma foi, c'est merveilleux, dit Ellen en se levant. Vous voulez bien m'excuser une minute ? »

Elle fila au poste des infirmières où elle s'adressa à la sœur responsable du service. « Je me demandais si vous pourriez me renseigner…

— Je vais essayer.

— Amy Sullivan… A-t-elle reçu des visites ?

— Oui. Un monsieur vient tous les soirs. Il s'assoit sur son lit, lui fait la lecture et lui apporte des fruits, mais, parfois, elle ne se rend même pas compte qu'il est passé.

— Savez-vous comment il s'appelle ?

— Non. Je sais seulement qu'elle parle de lui comme de son fiancé. Il y a un problème ?

— Tous les soirs, dites-vous ?

— En effet. »

Ellen jeta un regard sur la pendule accrochée au mur. « À quelle heure vient-il ?

— Entre 19 heures et 20 heures.

— Je vous remercie. »

Elle retourna près d'Amy. « Je suis désolée, je dois m'en aller, mais je vous promets que je reviendrai, d'accord ?

— Vous n'êtes pas obligée, dit la jeune femme en la congédiant d'un geste. Ça n'a aucune importance. »

Pendant qu'elle attendait le bus, Ellen essaya d'imaginer ce que signifiait ce retournement de situation. La fiancée du docteur Lambourn l'avait quitté lorsqu'elle avait appris qu'il ne pouvait pas avoir d'enfant. Mais alors, pourquoi le médecin pensait-il être le père du bébé d'Amy ? Il n'y avait qu'une seule manière de le savoir. Ce soir, elle l'aborderait lorsqu'il viendrait et lui poserait directement la question. Si par miracle il était le père de cet enfant, il voudrait certainement s'en occuper, et c'en serait fini de toute cette absurde histoire d'adoption.

46

Ellen s'engagea dans le couloir en tenant du raisin dans un sac en papier – et en maudissant le service de bus dont les horaires ne correspondaient pas du tout à ceux affichés à l'arrêt. Quand elle entra dans la chambre d'Amy, les visites du soir avaient commencé depuis déjà un quart d'heure. Elle hésita sur le seuil lorsqu'elle vit quelqu'un assis sur le lit en train de caresser la main de la jeune femme. Cependant, celle-ci ne réagissait pas ; elle avait la tête renversée sur l'oreiller et la bouche grande ouverte.

Ellen s'approcha. « Bonsoir !

— Oh, bonsoir ! dit-il en se retournant. Vous êtes la petite amie de Dougie, c'est ça ?

— Sa fiancée, précisa-t-elle en montrant la bague à sa main gauche.

— Oh, félicitations ! Ce soir, Amy est de nouveau inconsciente. Elle a encore fait une crise… Elle est devenue hystérique, si bien qu'ils ont dû lui donner un calmant. »

Ellen s'assit sur une chaise, le raisin sur les genoux. « C'est triste. Elle sera désolée de ne pas vous avoir vu. Vous venez tous les soirs ?

— Oui, tous les soirs depuis que j'ai appris ce qui s'était passé. J'ai essayé de lui rendre visite à Ambergate, mais je n'ai jamais réussi… Sœur Atkins peut se montrer très récalcitrante ! »

Ellen lui tendit le raisin. « Tenez, gardez ça une minute, vous voulez bien ? »

Elle se dirigea vers le poste des infirmières. « Ce garçon qui est là avec Amy Sullivan, est-ce lui qui vient tous les soirs ? »

L'infirmière se démancha le cou pour jeter un coup d'œil vers la chambre. « Oui, c'est bien lui.

— Et elle n'a pas reçu d'autres visites ?

— Non, pas à ma connaissance. »

Ellen retourna s'asseoir près d'Amy.

« Alors, dites-moi, Ed, comment allez-vous depuis que vous avez quitté Ambergate ?

— Bien. Ça fait maintenant sept mois, et je me sens plus fort de jour en jour. J'ai repris le travail et je n'ai pas eu une seule crise depuis six mois.

— Je suis contente pour vous, vraiment. » Elle montra le raisin. « Vous en voulez ?

— Non, merci. »

Elle l'observa du coin de l'œil. Il continua à regarder Amy, sa main toujours sur la sienne. « Vous aviez tout prévu pour qu'elle s'échappe, n'est-ce pas ?

— Oui. Et je n'en ai pas du tout honte, dit-il en regardant Ellen dans les yeux. Amy ne mérite pas de rester enfermée dans un endroit pareil… Je peux prendre soin d'elle. Je l'aime, ajouta-t-il en se retournant vers la jeune femme.

— Vous êtes au courant pour le bébé ? »

Il acquiesça d'un signe de tête. « Oui, c'est tragique.

— Saviez-vous qu'elle était enceinte, au moment où vous avez prévu de l'aider à s'enfuir ?

— Non, je n'en savais rien.

— Ed… Ce bébé aurait-il pu être le vôtre ?

— Non. Mais ça ne me dérange pas. Je l'aime quand même. »

Elle le regarda sortir un mouchoir et essuyer la bave aux coins des lèvres d'Amy. Il lui lissa les cheveux et l'embrassa sur le front. « Je peux m'occuper d'elle, je le sais.

— Vous êtes un gentil garçon. Elle a de la chance de vous avoir. »

Ed soupira. « Si vous pouviez le lui faire comprendre… Elle s'est mis dans la tête que le docteur Lambourn était le père de ce bébé et qu'ils étaient fiancés.

— C'est ce qu'elle vous a dit ?

— Oui, mais ce n'est pas vrai. Je suis le seul à m'occuper d'elle, le seul à venir la voir… » Il pressa la main d'Amy dans la sienne. « Son avenir est avec moi, seulement elle ne le voit pas encore.

— Elle ne va pas bien, vous savez… Dans sa tête, je veux dire. Peut-être que vous devriez penser à l'oublier et continuer votre vie. »

Ed la regarda d'un air atterré. « Je ne peux pas faire ça. Amy *est* toute ma vie. Tout le monde l'a laissée tomber… Je ne vais pas l'abandonner au moment où elle a le plus besoin de moi ! »

47

Septembre 2006

Quand Sarah eut fini d'écouter l'histoire d'Ellen, la tarte avait été engloutie, et le jour déclinait. Calée au fond du fauteuil, elle agrippa les accoudoirs. Pas étonnant que son père refuse de parler de la période qu'il avait passée à Ambergate ! Ça reviendrait à ouvrir une boîte de Pandore, avait-il dit. C'était le moins qu'on puisse dire !

Elle se ressaisit. « Et donc, vous n'avez rien dit à Amy au sujet du bébé ?

— Je ne pouvais pas. Sœur Brown avait raison. Elle n'était pas en état sur le plan psychique, et je savais que sœur Atkins ne me soutiendrait pas. Je n'étais qu'une élève infirmière ayant la réputation d'avoir des idées que n'autorisait pas son statut, mais je me sentais moralement obligée de dire la vérité à Amy.

— Ça a dû être très difficile pour vous, rétorqua Sarah. La voir tous les jours en gardant un secret aussi explosif et en ne pouvant rien dire… Comment avez-vous fait ? »

Une lueur de contrariété assombrit le regard d'Ellen. Elle se redressa très droit avant de répondre d'une voix posée mais déterminée :

« S'il vous plaît, ne me jugez pas. Il faut replacer les choses dans leur contexte… À ce moment-là, la situation était très différente.

— Oh non, n'allez surtout pas croire que je vous juge en quoi que ce soit ! se récria Sarah, navrée d'avoir pu l'offenser. Je pensais juste au fardeau que ça a dû représenter pour vous. »

Dougie pressa tendrement la main de sa femme. « Ça a été très lourd pour elle. »

Ellen baissa les yeux et lissa sa jupe d'un air absent. « Peu de temps après, j'ai décidé de ne pas passer mon diplôme d'infirmière. Je voulais réellement changer les choses, mais je me battais contre un système qui n'était pas prêt à changer. » Elle laissa échapper un petit rire et regarda Sarah. « J'étais en avance sur mon temps ! Quelques années plus tard, Enoch Powell, le ministre de la Santé, en est arrivé à la même conclusion.

— Oui, j'ai lu le discours qu'il a fait au Château d'eau, et je sais le rôle décisif qu'il a eu par rapport à la fermeture des anciens asiles.

— Je me souviens du jour où il est venu à Ambergate, intervint Dougie. Tout le monde était très excité par la venue du ministre de la Santé et on a passé les jours précédents à cirer les sols, nettoyer les vitres, à faire les patients tout beaux et à faire tout ce qui était possible pour le convaincre qu'Ambergate était une institution vouée aux soins et à la réhabilitation des pensionnaires. Ça sentait la peinture et la cire dans tout l'hôpital ! Sincèrement, je ne crois pas qu'on se serait donné plus de mal pour recevoir la reine d'Angleterre en personne !

— Sarah n'a pas besoin d'entendre tout ça, lui dit Ellen. Laisse-moi finir de lui raconter ce qui s'est passé. »

Elle se tourna vers Sarah. « J'ai quitté Ambergate quelques semaines après la naissance du bébé. Amy était toujours soignée à l'hôpital, mais je savais que, lorsqu'elle reviendrait dans mon service, il me serait impossible de la côtoyer jour après jour en sachant que je lui cachais la vérité. C'est à ce moment-là que j'ai eu l'idée de mettre ce mot dans sa valise. Quand les patients partaient, on leur rendait leurs effets personnels. J'ai pensé que si Amy trouvait la lettre, ça voudrait dire qu'elle avait pu sortir et qu'elle allait de nouveau bien. Assez bien pour connaître la vérité sur son fils. » Elle se tourna vers son mari pour qu'il confirme. « Sur le moment, ça m'a paru la meilleure chose à faire.

— Et ça l'était, ma chérie !

— Tout ça remonte à près de cinquante ans... Une vie entière. »

— Mais ce mot, elle ne l'a jamais eu. »

Ellen haussa les épaules. « Comme je vous l'ai dit, je peux seulement supposer qu'elle n'a jamais quitté Ambergate et qu'elle a dû y mourir. Quelques années plus tard, Dougie a passé son diplôme d'infirmier psychiatrique. Il a obtenu un poste d'infirmier en chef dans un autre hôpital, et nous n'avons plus eu aucun lien avec Ambergate. »

Sarah se pencha en avant, les coudes sur les genoux. « Je peux vous poser une question ?

— Allez-y.

— D'après vous, qui était le père du bébé d'Amy ?

— Sincèrement, je ne voudrais pas risquer de me tromper. J'ai eu tendance à croire Ed, quand il m'a affirmé que ce n'était pas lui. Il n'avait aucune raison de mentir. Mais puisque le docteur Lambourn était stérile, ça ne peut pas être lui non plus. »

Sarah se leva si brusquement qu'elle fut prise d'une sorte de vertige et dut se rattraper au dossier du fauteuil. « Le docteur Lambourn n'était pas stérile !

— Excusez-moi, mais comment le savez-vous ? » demanda Ellen.

Sarah soupira et répondit tout bas : « Parce que c'est mon père. »

48

Elle rentra chez elle à la tombée de la nuit. Les réverbères s'allumaient, les gens fermaient leurs rideaux et s'installaient pour passer la soirée chez eux. Elle savait qu'elle conduisait trop vite, et pourtant ce n'était pas assez rapide. Dans une cacophonie de crissements de freins et de caoutchouc brûlé, elle pila devant la maison de son père et remonta l'allée en courant. Les mains tremblantes, elle mit la clé dans la serrure et jura quand elle la fit tomber par terre. Lorsque enfin elle entra dans le hall, elle cria : « Papa, je suis là ! »

Pas de réponse. « Papa, où es-tu ? »

Elle passa de pièce en pièce en l'appelant, bien que, dans une maison de cette taille, il n'aurait pas pu ne pas l'entendre. Elle s'arrêta au pied de l'escalier et rassembla son courage en pensant à ce qu'elle pourrait trouver, avant de monter les marches quatre à quatre. Le souffle court, affolée, elle s'arrêta devant sa chambre. Était-ce ridicule de frapper ? Fallait-il simplement entrer ? Elle s'obligea à se calmer et tapa doucement sur la porte. « Papa, tu es là ? »

Sarah ferma très fort les yeux en se préparant mentalement à découvrir son corps sans vie, mais elle trouva la chambre vide, le lit impeccablement fait, ses pantoufles rangées sous la commode. Elle redescendit dans le jardin, puis regarda par la fenêtre et constata que sa voiture n'était pas dans le garage. Ces derniers temps, qu'il s'aventure à conduire pour aller en ville était rare, il préférait marcher ou prendre le bus. Il avait déjà provoqué deux incidents mineurs : un jour, il avait heurté une borne en reculant ; et une autre fois, en donnant un coup de volant pour éviter un chat, il était monté sur le trottoir et avait fauché le Caddie d'une vieille dame. L'ex-mari de Sarah, Dan, avait estimé que son père ne devrait plus conduire, cependant elle n'avait pas eu le cœur de le priver complètement de son indépendance.

Elle retourna dans la cuisine et brancha la bouilloire. La pendule indiquait presque 19 heures, et à l'évidence, son père n'avait pas encore dîné. Il avait épluché des pommes de terre qu'il avait laissées dans une casserole d'eau froide, prêtes à être cuites et écrasées. Étant donné qu'il mangeait tous les soirs à 18 heures tapantes, elle s'inquiéta un peu. Sa mère avait institué cette routine, et Sarah s'était souvent émerveillée de voir avec quelle précision militaire elle arrivait à faire en sorte que le repas soit prêt à 18 heures pile, pas une minute avant ni après. Où donc était-il allé ? Elle s'empressa de chasser les images qui lui vinrent à l'esprit : des gyrophares bleus, son père, les bras dans le dos, plaqué contre le capot de sa voiture tandis qu'un policier lui passait les menottes aux poignets.

Elle ignora le sifflement de la bouilloire et ouvrit le réfrigérateur. Après s'être versé un verre de vin, elle en but plusieurs gorgées et s'assit à la table pour réfléchir à ce que lui avait révélé Ellen. Quand soudain la sonnette la tira de ses pensées, elle se leva avec réticence. Elle n'était pas du tout d'humeur à discuter avec un représentant en double vitrage, des témoins de Jéhovah ou quiconque voudrait lui vendre des plumeaux ou des peaux de chamois à un prix astronomique. Elle mit la chaîne sur la porte avant de l'entrouvrir, prête à recevoir vertement qui aurait jugé bon de déranger sa soirée, mais quand elle aperçut qui était là, les mots restèrent coincés dans sa gorge.

« Oh… c'est toi ! »

Dan écarta les bras en souriant. « Surprise ! »

Sarah regarda son ex-mari. « Qu'est-ce que tu veux ?

— En principe, on invite les gens à entrer…

— Ce n'est pas le bon moment, dit-elle en jetant un regard par-dessus son épaule.

— Oh, tu as de la compagnie ?

— Non, ce n'est pas ça. Mais après tout ce qui s'est passé, c'est trop difficile de te voir. »

Dan fixa le bout de ses chaussures en évitant son regard. « Je ne peux pas m'excuser éternellement… Je sais que je t'ai…

— Mon père a disparu », lâcha Sarah, parfaitement consciente que le terme était un peu exagéré.

Il releva les yeux. « Quoi ? Non, ce n'est pas possible… Allez, laisse-moi entrer ! »

Dès qu'elle eut refermé la porte, il la serra dans ses bras. Une fois de plus, sentir les contours familiers de son corps lui donna envie de pleurer sur tout ce qu'ils avaient partagé et tout ce qu'ils avaient perdu. Il lui prit les mains. « Depuis combien de temps ?

— Quoi ?

— Depuis combien de temps a-t-il disparu ?

— Oh, euh… Je ne sais pas trop. Il n'a pas vraiment disparu. Seulement, je ne sais pas où il est. Quand je suis rentrée, sa voiture n'était plus là. »

Dan la poussa vers la cuisine, prit un verre dans un placard et se servit du vin. « C'est bien ton genre de tout de suite aller imaginer un drame ! Même si le fait qu'il conduise soit un problème pour les autres usagers de la route.

— C'est le cadet de mes soucis. »

Elle n'avait pas vu Dan depuis plusieurs mois. Son visage était plus émacié, ses cheveux plus longs et ses vêtements auraient mieux convenu à un garçon de vingt ans qu'à un homme qui approchait la quarantaine. « C'est quoi, ce jean blanc moulant ? »

Il regarda son jean comme s'il le voyait pour la première fois. « Une idée de Lauren… Elle a pensé qu'il fallait que je renouvelle ma garde-robe. »

À la mention du nom de sa petite amie, Sarah vida le reste de son vin. « Elle aurait peut-être mieux fait de se trouver quelqu'un de son âge.

— D'accord, dit-il. Je le mérite.

— Pourquoi tu es venu ? »

Il s'assit sur une chaise et passa le doigt sur le bord de son verre. Elle s'efforça d'ignorer le son irritant. En dépit des efforts de Lauren pour le réinventer, il paraissait plus vieux. Elle se pencha et le regarda de plus près. « Tu t'es… tu t'es teint les cheveux ? » Elle se retint de ne pas pouffer.

Il la regarda d'un air navré. « J'ai commis une erreur. »

Cette fois, elle rit pour de bon. « Oui, c'est bien ce qui me semble ! Cette couleur est trop rouge pour ton teint.

— Je ne parle pas de cette fichue teinture… Jamais je n'aurais dû te quitter. Je me suis comporté comme un parfait imbécile. »

Elle recula et laissa sa phrase planer quelques secondes, seul le ronronnement du réfrigérateur résonnant dans le silence. « Ma foi, ce n'est pas moi qui te dirai le contraire.

— Sarah, s'il te plaît… Je ne sais plus quoi faire. Je ne suis pas amoureux de Lauren, je ne l'ai jamais été. » Incapable de la regarder en face, il prit sa tête entre ses mains. Elle se posta derrière lui et regarda son dos courbé en résistant à l'envie de le prendre par les épaules et de lui dire que tout irait bien. Car ça n'irait pas. C'était trop tard. « Elle va avoir ton enfant, Dan. »

Il se redressa, le visage rouge, des cernes sous les yeux. « C'est une vraie catastrophe… J'ai fait une énorme erreur. »

Comment était-elle censée réagir à cette nouvelle ? Donner des coups de poing dans le vide ? Faire une petite danse de victoire autour de la table ? Mais il n'y avait là aucun gagnant. Ils avaient perdu, tous les deux.

Il se retourna et la regarda d'un air de chien battu. « Qu'est-ce que je vais faire ?

— Comme on fait son lit on se couche, Dan. » S'il espérait de la compassion de sa part, il allait être déçu. « Tu as été très clair, quand on a divorcé. » Elle alla devant le réfrigérateur se servir un verre d'eau et se félicita en silence de sa fermeté, alors qu'il lui aurait été si facile de se jeter dans ses bras et de lui accorder le pardon que manifestement il espérait. Mais elle n'en ferait rien. Elle avait beau avoir le cœur brisé, sa dignité était intacte. « Maintenant, si ça ne te dérange pas, je dois m'occuper de choses plus urgentes.

— Ton père ?

— Oui, et il ne sera pas des plus ravis s'il te trouve assis dans sa cuisine en train de siffler son vin.

— Il me déteste toujours autant ?

— Tu ne peux pas vraiment le lui reprocher…

— Tout n'était pas de ma faute. L'idée d'avoir un bébé t'obsédait tellement qu'il n'y avait plus de place pour… »

Sarah posa son verre d'un geste brusque. « Ne recommence pas. Ça ne sert à rien, Dan… Nous deux, c'est fini.

— Mais… »

Il se tut en entendant une clé tourner dans la serrure. « Dieu soit loué ! s'exclama Sarah. Il est rentré. » En allant accueillir son père dans le hall, elle lança par-dessus son épaule : « Tu n'as qu'à sortir par-derrière, si tu veux.

— Je ne suis pas un lâche », répliqua Dan en se levant.

Sarah revint dans la cuisine, suivie de son père. Dan lui tendit la main. « Bonsoir Stephen, ça me fait plaisir de vous voir. »

Le docteur Lambourn l'ignora et se tourna vers sa fille. « Qu'est-ce qu'il fait ici ?

— Il allait partir, inutile de t'énerver. »

Puis elle aida son père à retirer son gros manteau et articula à l'intention de son ex-mari : « Va-t'en ! »

« Alors, tu vas me dire où tu étais ? demanda Sarah un peu plus tard, pendant qu'ils rangeaient les casseroles et remplissaient le lave-vaisselle.

— Je suis allé à Ambergate. »

Elle se redressa vivement, des couverts sales à la main. « À Ambergate ?

— C'est ça.

— Et... pour quoi faire ? »

Son père prit le torchon et s'essuya les mains. « J'ai rapporté la valise... La valise d'Amy. Quand tu m'as parlé du tableau, j'ai été presque persuadé que c'était la sienne... Il fallait que je le vérifie par moi-même.

— Mais comment savais-tu où la trouver ?

— Sarah, ma chérie, je connais cet endroit par cœur. Tu oublies que j'y ai passé quatre ans de ma vie. Il m'a fallu un peu de temps pour me repérer, je l'avoue. Les choses ont beaucoup changé depuis la dernière fois que j'étais allé là-bas.

— Qu'est-ce que tu vas faire ? Avec la valise, je veux dire.

— Amy était ma patiente. Si elle a accouché là, elle a le droit de connaître la vérité. Je ne suis pas fier de moi... Je l'ai salement laissée tomber.

— Papa... Aujourd'hui, je suis allée voir Ellen Crosby. »

Il inclina la tête, l'air résigné. « Je me doutais que tu le ferais, mais d'abord, j'aimerais te raconter ma version de l'histoire.

— J'ai très envie de l'entendre », dit Sarah en lui touchant doucement le bras.

Il montra le salon. « On y va ? »

Il s'installa dans son fauteuil et croisa les jambes, avec des gestes lents et délibérés. D'un seul coup, quand il ôta ses lunettes et les essuya avec son mouchoir, ses mains déformées par l'arthrite lui compliquant la tâche, il parut chaque année de ses soixante-dix-neuf ans. Lorsqu'il prit la parole, il le fit avec autant de calme que de conviction, bien décidé à raconter son histoire.

« Quand j'ai rencontré Amy Sullivan, elle avait dix-neuf ans. Ce n'était qu'une enfant, mais il y avait en elle une sorte d'étincelle… Elle était extrêmement jolie, et je dois dire qu'elle m'enchantait, aussi bien sur le plan personnel que professionnel. Elle ne ressemblait à aucun des patients que j'avais traités auparavant. Je me suis épris de cette jeune fille, j'ai développé des sentiments à son égard que je n'aurais pas dû avoir, si tu comprends ce que je veux dire. Elle n'avait personne. Elle était très seule, sans qui que ce soit pour la défendre ou se soucier qu'elle aille mieux ou pas. Je me suis senti une responsabilité envers elle, en tant que médecin, mais aussi en tant qu'être humain. Cependant, je n'aurais pas dû… » Il fit tourner son alliance sur son doigt tout en cherchant les mots adéquats. « Je n'aurais pas dû profiter d'elle.

— Oh, mon Dieu, tu ne veux pas dire que tu l'as obligée à…

— Non, rien de tel, dit-il d'une voix ferme. Mais j'avais dix ans de plus et j'étais son médecin. J'aurais dû me méfier.

— Que s'est-il passé ? » demanda Sarah, qui redoutait la suite mais voulait à tout prix connaître la vérité.

Son père se tortilla dans son fauteuil, l'air mal à l'aise. « Un jour, je l'ai emmenée faire une longue promenade au bord de la rivière pour qu'elle prenne l'air et change un peu de décor. C'était en fin d'après-midi, les gens s'en allaient… L'endroit était vraiment idyllique, très tranquille, à des années-lumière d'Ambergate. C'était exactement ce dont elle avait besoin. J'ai étalé une couverture sous un saule pleureur sur une petite plage de sable près de la rivière. Amy est allée se mouiller les pieds, mais elle a été prise d'un vertige et est tombée dans l'eau. Je l'ai ramenée, je l'ai installée sur la couverture et je lui ai mis ma veste sur les épaules. » À l'évocation de ce souvenir, il sourit et regarda sa fille. « C'était ce qu'elle voulait, Sarah… Je te jure que je ne l'ai obligée à rien.

— Mais, papa, c'était une malade mentale, elle était vulnérable… Qu'est-ce qui t'est passé par la tête ?

— Je sais… Je sais. Je n'aurais pas dû laisser une telle chose arriver.

— As-tu su qu'elle était tombée enceinte ?

— Non, bien sûr que non ! Mais ça n'aurait rien changé. Je n'aurais pas reconnu ce bébé comme étant le mien. Je me croyais stérile. Du reste, je ne me serais jamais comporté de cette manière si j'avais su que je risquais de la mettre enceinte… Ma fiancée m'avait quitté parce que je ne pouvais pas avoir d'enfant.

— Papa… Ellen Crosby m'a raconté qu'Amy avait toujours affirmé que le bébé était de toi, mais que personne ne l'avait crue. Tout le monde a pensé qu'elle délirait. »

Il se tamponna les yeux avec son mouchoir. « La pauvre enfant…

— Et le plus tragique, c'est qu'on lui a dit que son bébé était mort, alors qu'il a survécu et a été proposé à l'adoption. Quelque part, je ne sais où, tu as peut-être un fils. » Elle se tut une seconde et ajouta : « Et j'ai peut-être un frère.

— C'était un garçon ? »

Sarah acquiesça.

Son père se prit le visage à deux mains. « Oh, mon Dieu, qu'ai-je fait ? »

Il y a cinquante ans, il avait commis une terrible erreur, et il était maintenant trop tard pour la réparer. Sa douleur était difficile à contempler.

« Papa, pourquoi es-tu parti d'Ambergate ? »

Il respira un grand coup et serra les poings. « Parce que j'étais un égoïste. Je voulais sauver ma carrière... Si on avait découvert que j'avais eu une relation avec une patiente, on m'aurait pris moi-même pour un fou ! » Il soupira et se passa les mains sur le visage. « J'ai donc trouvé un poste ailleurs et je me suis forcé à tout oublier d'Amy... Je ne suis pas fier de ce que j'ai fait...

— Désormais, tout ça est du passé. C'est à l'avenir que tu devrais penser.

— Tu as raison... Où que se trouve Amy, elle a le droit de connaître la vérité.

— D'après Ellen Crosby, elle est sans doute morte, dit Sarah sans prendre de gants. Sinon, pourquoi sa valise serait-elle restée dans ce grenier à Ambergate ?

— C'est possible, admit son père. Peut-être que c'est par là qu'on devrait commencer. » Il se leva péniblement. « Mais je te promets que, si elle est encore en vie, je la retrouverai et je ferai tout ce qu'il faut. »

49

Décembre 2006

Elle remonta son col pour se protéger du vent cinglant et sentit le goût du sel sur ses lèvres. La boue avait gelé en formant des arêtes dures, et les petites flaques de pluie brillaient comme du verre. Elle donna un coup de botte sur l'une d'elles pour briser la glace en minuscules fragments, un acte de destruction qu'elle trouvait thérapeutique. Puis, appuyée sur sa canne, elle avança le long du chemin côtier. Le bruit des vagues qui se brisaient sur les rochers en contrebas était si fort qu'il couvrait le hurlement du vent dans ses oreilles. Elle mit sa canne sous son bras et souffla dans ses mains gantées avant de reprendre sa lutte contre les éléments.

Sa chienne bondissait plus loin devant, indifférente aux rafales qui lui hérissaient les poils et rabattaient ses oreilles de façon comique. « Jess, attends-moi ! lui cria-t-elle. Mes vieux os m'empêchent de marcher vite. » Mais le vent noya sa voix en l'emportant sur l'écume des vagues.

De retour au cottage, elle s'essuya les pieds sur le paillasson pendant que Jess buvait avidement dans son écuelle. Elle enleva son manteau qu'elle suspendit au crochet, puis lança ses gants en grosse laine dans le panier. Elle garda les mitaines qu'elle portait en dessous. Dans la petite maison, il ne faisait pas beaucoup plus chaud qu'à l'extérieur. Elle ramena sa natte argentée sur son épaule et en examina les pointes fourchues. Un jour, quelqu'un lui avait coupé les cheveux avec des ciseaux émoussés, mais aujourd'hui, malgré son âge, ils faisaient sa fierté.

« Viens, Jess… On va prendre le thé, d'accord ? »

En attendant que la bouilloire chauffe, elle coupa une grosse tranche de pain blanc qu'elle tartina de beurre, ajouta dessus un morceau de cheddar, puis en lança un petit bout à la chienne qui l'attrapa dans sa gueule comme une otarie de cirque.

Elle emporta son petit déjeuner dans le salon et s'installa dans le fauteuil en étendant ses pieds dans ses chaussons devant l'âtre. La tête posée sur les genoux de sa maîtresse, Jess la regarda manger le pain et le fromage, bouchée après bouchée.

« Tiens, c'est pour toi ! » Elle donna le dernier morceau de fromage à la chienne toujours affamée, qui l'engloutit aussitôt, puis, voyant qu'il n'y avait plus rien à quémander, tourna en rond sur le tapis avant de s'allonger devant le feu.

Ce fut Jess qui l'alerta la première. Cette chienne ne dormait jamais vraiment. Elle leva la tête et la pencha sur le côté, les oreilles dressées et l'œil brillant.

« Ce n'est que le vent, Jess… » L'animal se redressa et trotta vers la porte d'entrée, gémissant et grattant contre le bois. « Arrête, tu vas esquinter la porte ! Combien de fois te l'ai-je déjà dit ? »

Ce fut alors qu'elle entendit le bruit. Le bruit reconnaissable entre tous de pneus qui roulaient sur le gravier. Elle écarta légèrement le rideau et observa la voiture inconnue arrêtée dans l'allée. Les deux personnes assises à l'avant échangèrent quelques mots avant que le passager ouvre la portière et descende avec une certaine difficulté. Elle scruta son visage, et bien qu'il ait considérablement vieilli, elle le reconnut à la seconde même. Le souffle court, elle le regarda batailler avec le loquet du portail, puis entendit les gonds grincer quand il finit par l'ouvrir. Il remonta l'allée en tenant son chapeau que le vent menaçait de faire s'envoler. Jess aboyait maintenant comme une folle en agitant la queue devant la porte, de sorte qu'il était inutile qu'il sonne. Il le fit néanmoins.

Elle attrapa la chienne par le collier et ouvrit la porte. Il retira son chapeau et le tint devant sa poitrine.

Plusieurs secondes s'écoulèrent avant qu'il prenne la parole. « Bonjour, Amy... » Il s'efforça de sourire, mais son sourire mourut sur ses lèvres. « Comment allez-vous ? »

Elle lâcha la chienne, qui aussitôt bondit sur le visiteur en plaquant ses pattes sur son torse. Il tituba en arrière et flatta l'animal sur la tête.

« Ne vous inquiétez pas, elle ne mord pas, le prévint Amy. Assise, Jess ! ordonna-t-elle d'une voix plus forte.

— Un border collie, je vois... Vous les avez toujours aimés. »

Amy déglutit péniblement. Elle avait tant de choses à lui dire ! Elle se les était répétées d'innombrables fois au fil des années, bien qu'elle ait abandonné l'espoir depuis longtemps que l'occasion se présente un jour. Les années passées avaient été bonnes avec lui. Il se tenait très droit, son corps ne montrait aucun signe de tassement, et bien que ses cheveux soient gris comme les siens, il en avait encore beaucoup, et son teint foncé donnait toujours l'impression qu'il était bronzé. Elle ferma les yeux. Le souvenir de la dernière fois où elle l'avait vu défila dans sa tête comme un film en accéléré. Cet après-midi au bord de la rivière, lorsqu'elle était tombée dans l'eau, et ensuite, quand ils avaient…

Elle sentit sa main sur son bras. « Amy, je sais bien que ça doit être un choc pour vous, mais il faut vraiment que je vous parle. Je peux entrer ? »

Repoussant l'envie de cracher à ses pieds et de claquer la porte, elle redressa le menton et le regarda dans les yeux. « Vous arrivez trop tard, docteur Lambourn ! dit-elle d'un ton sec. Une cinquantaine d'années trop tard.

— Amy, je vous en prie, j'ai fait un long voyage et je…

— Avez-vous seulement idée de ce que vous m'avez fait ? Vous croyez que vous pouvez débarquer ici et que je vais vous tomber dans les bras en vous pardonnant de m'avoir abandonnée ?

— Je ne suis pas venu pour obtenir votre pardon… Mais pour quelque chose de beaucoup plus important. Vous avez tous les droits d'être en colère…

— Oh, comme c'est gentil à vous, merci ! s'exclama-t-elle d'un ton sarcastique.

— Amy, s'il vous plaît… Laissez-moi entrer. »

Désormais, elle avait tout pouvoir. Elle seule était maîtresse de ses actes, personne ne pouvait la forcer à faire ce qu'elle ne voulait pas. Toute sa vie, on avait pris des décisions à sa place, mais plus maintenant.

« Je vous accorde cinq minutes, dit-elle en ouvrant plus grand la porte.

— Merci », murmura le médecin en se baissant pour ne pas se cogner au linteau.

Il la suivit dans le salon et prit le fauteuil en face du sien devant la cheminée.

« Comme autrefois, observa-t-il en s'asseyant.

— Vous avez cinq minutes. Aussi ne perdez pas votre temps en banalités. Comment m'avez-vous retrouvée ?

— Ça n'a pas été très difficile. Je connaissais votre nom et votre date de naissance. Et je me suis rendu à votre dernière adresse connue… Celle où nous étions allés le jour de l'enterrement de votre père. »

Amy se crispa en entendant évoquer son père. Il s'empressa de continuer.

« Mais, même si je n'avais pas eu ces renseignements, je me doutais que vous seriez ici. » Il promena son regard sur la pièce meublée de façon spartiate. « Je savais que vous reviendriez dans cette région. À la façon dont vous en parliez pendant les séances, je savais que vous reviendriez dans le dernier endroit où vous aviez été vraiment heureuse.

— Vous le saviez ? Parce que vous êtes un brillant psychiatre ? »

Il gigota sans son fauteuil. « À quoi servirait que je vous présente mes excuses ?

— Tout dépend de quoi vous vous excuseriez !

— De m'être comporté comme un lâche, d'avoir fait passer ma carrière avant vous, d'être parti sans vous donner la moindre explication. »

Elle détourna le regard pour qu'il ne la voie s'effondrer. « Il semble en effet que vous ayez à vous excuser de beaucoup de choses.

— Si je pouvais revenir en arrière…

— Ha, le vieux cliché ! s'esclaffa Amy. Eh bien, même vous, vous n'avez pas ce pouvoir. » Elle se pencha et remit un morceau de charbon dans l'âtre. « Vous vous souvenez de ce jour où je vous ai demandé quelle était la différence entre Dieu et un psychiatre ?

— Dieu ne se prend pas pour un psychiatre. Oui, je ne l'ai jamais oublié.

— Vraiment ? J'étais enceinte de *votre* enfant, docteur Lambourn, et vous avez fait le choix de m'abandonner. Et à Ambergate, en plus ! dit-elle plus fort. Vous saviez très bien que je n'aurais pas dû être là, mais vous m'avez laissée pourrir en enfer ! Vous aviez le pouvoir de me faire libérer, mais vous avez choisi de ne pas le faire. »

En voyant une larme couler sur sa joue, il sortit un mouchoir blanc impeccablement plié de sa poche et le lui tendit. Elle regarda le mouchoir en repensant à ces années.

« Non, merci.

— Je ne savais pas que vous étiez enceinte. Je croyais que je ne pouvais pas avoir d'enfant.

— Et si vous l'aviez su ? »

Il secoua la tête. « J'aurais fait ce qu'il fallait.

— Je savais que ce bébé était le vôtre. Je le leur ai dit, mais personne n'a voulu m'écouter. Pour tout le monde, c'était juste la confirmation que j'étais folle… Ce qui leur donnait une excellente excuse pour me garder enfermée ! » Elle se frotta les joues et le regarda droit dans les yeux en murmurant : « Notre bébé est mort, et même *vous* n'y pouvez rien. C'en est fini du temps où vous vous preniez pour Dieu ! »

Il tapota sa poche de poitrine, puis il se leva pour venir s'agenouiller près d'elle et lui prit la main. « Non, Amy, dit-il doucement. Notre bébé n'est pas mort. »

50

Sarah tambourina des doigts sur le volant, puis mit en marche les essuie-glaces. Le vent rabattait la pluie à l'horizontale et les vitres étaient embuées. Elle passa sa main sur le pare-brise pour y voir quelque chose. « Allez, papa, marmonna-t-elle. Qu'est-ce qui te prend autant de temps ? » Elle jeta un regard sur la banquette arrière où était posée la valise d'Amy, les affaires bien rangées à l'intérieur.

Pour ne pas user la batterie, elle avait éteint la radio. Le seul bruit était le va-et-vient grinçant des essuie-glaces. Elle bascula son siège en arrière et ferma les yeux. Hier, ils avaient fait une longue route, et dans la chambre d'hôtes, le lit avait un ressort rouillé qui l'avait dérangée toute la nuit.

Le rythme de métronome des essuie-glaces l'avait quasiment endormie lorsque son portable sonna. Elle l'attrapa au fond de son sac et grommela en voyant le nom affiché sur l'écran.

« Salut, Dan.

— Où es-tu ?

— Dans le Pembrokeshire. »

Il hésita un instant – elle entendait presque les rouages tourner dans son cerveau. « Dans le Pembrokeshire ? Mais qu'est-ce que tu fais là-bas ?

— C'est une longue histoire… mais qui ne te regarde pas. Qu'est-ce que tu veux, Daniel ? »

S'il remarqua son ton cassant, il n'en laissa rien paraître. « C'est Lauren… Elle est en train d'accoucher. »

Sarah inspira en frémissant. Son ex-mari allait être père et, malgré tout ce qui s'était passé, il ne pouvait apparemment pas attendre pour lui annoncer la nouvelle. « Et alors ?

— La naissance n'était prévue que dans un mois. Je suis à l'hôpital. Le médecin est avec elle.

— Et que veux-tu que je fasse, Dan ? » Elle entendait résonner des pas et l'imagina marcher de long en large en se tenant la tête d'un air désespéré.

« Je ne l'aime pas, je ne veux pas de ce bébé… Je te l'ai déjà dit. »

Sarah regarda vers le cottage. Les rideaux l'empêchaient de voir quoi que ce soit, mais elle imaginait très bien la conversation qui se déroulait à l'intérieur. « Dan, tu ne peux pas fuir tes responsabilités… Tu ne connais pas ta chance ! Tu vas être père. Alors, retourne auprès d'elle et fais face ! » Comme elle aurait aimé pouvoir lui raccrocher au nez ! Le vieil appareil de son enfance avait eu un combiné vert énorme qu'on pouvait reposer brusquement sur la fourche sans laisser de doute à l'interlocuteur sur ce qu'on ressentait à son égard. Elle regarda l'écran de son portable et appuya sur le bouton rouge aussi fort qu'elle put. Mais bon, ce n'était pas la même chose.

Après avoir respiré plusieurs fois à fond pour se calmer, son pouls avait retrouvé un rythme normal. Son portable sonna de nouveau. Résistant à l'envie de le balancer par la fenêtre, elle jeta un coup d'œil sur l'écran. Elle ne vit aucun nom s'afficher, juste un numéro qu'elle ne connaissait pas. Elle décrocha d'un air circonspect. « Allô ?

— Sarah ?

— Euh, oui… Qui est à l'appareil ?

— C'est Matt. Vous vous rappelez… à la bibliothèque ? »

Soudain, Sarah se sentit tout excitée. « Oh, bonjour, ça me fait plaisir de vous entendre ! Comment allez-vous ?

— Bien. Votre collègue Annie m'a donné votre numéro… J'espère que ça ne vous ennuie pas ? »

Elle prit note mentalement de faire une grosse bise sur la joue d'Annie. « Non, pas du tout… Que puis-je faire pour vous ? » Aussitôt elle s'en voulut d'avoir autant l'air d'une… d'une bibliothécaire.

Matt paraissait nerveux et pas très sûr de lui. « Je me demandais si vous aimeriez venir un de ces jours. De venir à la maison… pour dîner ? »

Sarah hésita. S'agissait-il d'un rendez-vous galant ? « Eh bien, ce serait formidable, oui, volontiers… J'aimerais beaucoup. »

Elle l'entendit soupirer, soulagé. « Ah, fantastique ! Elle va être tellement contente !

— Qui ça ?

— Maisie. Elle n'arrête pas de me demander de vous inviter. Apparemment, elle s'est prise d'affection pour vous. »

Cette fois, elle avait la réponse : ce n'était pas un rendez-vous galant. « C'est très gentil. Je l'aime beaucoup moi aussi. J'essaie toujours de passer à l'heure de l'histoire, et on discute un peu.

— Est-ce que samedi prochain vous conviendrait ? Je ne suis pas ce qu'on appelle un grand chef, mais je devrais pouvoir vous concocter quelque chose de mangeable.

— Samedi prochain, c'est parfait.

— Super... Je vous envoie l'adresse par texto. »

Tenant la lettre entre ses mains tremblantes, elle la lut et la relut plusieurs fois. Le docteur Lambourn resta à genoux sans rien dire en observant l'effet qu'avaient sur elle ces quelques mots. *Votre bébé n'est pas mort.*

Au bout d'un moment, Amy se tourna vers lui. « Où avez-vous trouvé ça ? Comment savez-vous que cette lettre m'est destinée ? Il n'y a aucun nom de mentionné dessus. »

Il se redressa dans un craquement de genoux et retourna s'asseoir. « Elle était dans votre valise.

— Quelle valise ?

— Celle que vous avez apportée en arrivant à Ambergate. Je l'ai là dans la voiture. Voulez-vous que j'aille la chercher ?

— Attendez, pas si vite ! » Amy ferma les yeux et froissa la lettre au creux de sa main. Comme il serait facile de la jeter au feu, d'effacer son douloureux passé à tout jamais ! Les secondes s'égrenèrent au rythme de la pendule posée sur la cheminée, le tic-tac régulier amplifié par le silence. Elle ne voulait pas qu'on lui rappelle cet endroit.

« Savez-vous combien de temps je suis restée là-bas, docteur Lambourn ?

— Non, je…

— Vingt-sept ans ! »

Elle vit son regard s'assombrir. Ressentait-il de la culpabilité ? De la honte ? Ou peut-être, de la pitié ?

« On m'a pris vingt-sept ans de ma vie. Mes meilleures années, celles où j'aurais pu porter un enfant. » Elle lui laissa le temps d'enregistrer ses paroles. « Quand je suis sortie d'Ambergate, j'avais quarante-six ans. Tout ce qu'il y a dans cette valise appartient à une autre vie. Une vie qui m'a été volée… Je n'ai pas voulu de cette valise à l'époque et je n'en veux pas davantage maintenant.

— Elle contient des choses précieuses. Vous devriez… »

Amy se leva en tapant du pied et plaqua les mains sur ses oreilles. « Ça suffit ! Taisez-vous ! J'en ai assez qu'on me dise ce que je devrais faire. C'est ce à quoi j'ai eu droit toute ma vie ! » Les lèvres blêmes de rage, elle le foudroya d'un regard noir. « Je ne suis plus une malade mentale, docteur Lambourn ! dit-elle en lui plantant son index sur la poitrine. Et vous, vous n'avez pas à me dire quoi faire. » Elle le tira par le bras pour qu'il se lève, mais il était trop lourd. « Sortez ! hurla-t-elle. Je veux que vous partiez de chez moi immédiatement ! »

Au bord de l'hyperventilation, Amy se mit à suffoquer. « J'ai… j'ai besoin… d'air frais. » Elle attrapa son manteau dans l'entrée et ouvrit la porte. Une rafale s'engouffra en la rabattant contre le mur. Des morceaux de plâtre dégringolèrent sur le sol. « Viens, Jess ! Quant à vous, vous feriez mieux de ne plus être là quand je rentrerai ! »

La pluie avait cessé, mais le vent continuait à souffler en bourrasques. Des mèches grises échappées de sa natte virevoltaient sur son visage. Elle marcha à grandes enjambées comme une possédée en se servant de ses bras pour se projeter en avant. Même la chienne avait du mal à la suivre. Lorsqu'elle arriva sur le chemin côtier, elle était hors d'haleine, en sueur, avait le visage rouge de colère, le cœur oppressé par le chagrin. Elle s'approcha du bord de la falaise et contempla les eaux noires qui tourbillonnaient en contrebas, l'écume blanche des vagues qui venaient se briser sur les rochers. Elle avança encore de quelques pas et ferma les yeux. Les bras écartés tel le Christ sur la croix, elle laissa le vent la secouer tout en se balançant doucement d'avant en arrière. Ce n'était pas la première fois qu'elle avait envie de tout oublier. Elle ne serait plus enfermée entre quatre murs, mais serait-elle jamais vraiment libre dans cette vie, ou devrait-elle attendre la prochaine pour connaître cette bénédiction ?

Le vent faiblit quelque peu, le hurlement diminuant suffisamment pour qu'elle perçoive les gémissements plaintifs de sa chienne. Elle rouvrit les yeux et les baissa sur sa fidèle compagne.

« Oh, Jess… Qu'est-ce que je vais faire ? » dit Amy en caressant les oreilles soyeuses de l'animal.

Elle regarda la lettre froissée en boule dans sa main. Elle la déplia et la relut avant de se laisser tomber à genoux, la tête renversée en arrière, et de crier au ciel : « Pourquoi ? Qu'ai-je donc fait pour mériter tout ça ? Mon bébé… mon pauvre bébé… »

Les sanglots enfouis pendant de si longues années jaillirent du tréfonds de son âme. Tout en respirant à grandes bouffées, elle ouvrit la main et regarda la lettre être emportée par le vent par-delà la falaise avant de sombrer dans la mer.

51

Ils repartirent du cottage dans un total silence. L'herbe qui poussait au milieu du chemin étroit indiquait que rares étaient les voitures à s'aventurer aussi loin, ne faisant que souligner l'isolement de l'existence d'Amy. Le simple fait d'aller chercher une miche de pain était une véritable expédition.

Son père regardait devant lui, impassible, rebondissant au gré des cahots que la suspension automobile absorbait tant bien que mal. « Pourquoi as-tu fait ça, Sarah ? » demanda-t-il soudain d'un air las.

Elle demeura concentrée sur la route. « Fait quoi ?

— Tu savais ce que je ressentais de te savoir fouiner dans cet asile, mais tu n'as pas voulu renoncer. Tu as fait passer ton foutu livre avant mes sentiments… » Il tapa du poing sur le tableau de bord. « Bon sang, pourquoi faut-il que tu sois aussi entêtée ? »

Elle agrippa le volant si fort que ses doigts blêmirent. « Ah non, tu ne peux pas me reprocher de te retrouver dans cette sale situation ! Tu en es entièrement responsable. Pas étonnant que tu n'aies jamais voulu parler d'Ambergate ! » Elle s'arrêta à un carrefour et jeta un coup d'œil d'un côté puis de l'autre. « Maman était-elle au courant ?

— Elle savait que je n'aimais pas parler d'Ambergate, mais elle ignorait pourquoi. » Il se tourna et regarda par la fenêtre. De la buée se forma sur la vitre.

« En tout cas, je suis contente qu'elle ne soit pas là… Elle serait mortifiée !

— Si ta mère était encore en vie, nous ne serions pas ici. Elle t'aurait interdit d'aller remuer le passé contre ma volonté… et tu l'aurais écoutée ! Tu l'écoutais toujours. »

Sarah ravala ses larmes. « Seigneur… Quel merdier !

— Amy est encore très vulnérable, et je viens de la laisser toute seule après lui avoir fait une révélation de cette ampleur… Je n'aurais pas dû la laisser, j'aurais dû insister pour rester et la soutenir. » Il inclina la tête. « Qu'est-ce que j'ai fait ? murmura-t-il.

— Ce qui compte maintenant, ce n'est pas ce que tu as fait, mais ce que tu vas faire. Vous vous êtes quittés dans quels termes ?

— Elle est sortie comme une furie, et j'ai été assez stupide pour ne pas lui courir après, mais elle était dans une telle colère que j'ai respecté ce qu'elle voulait. J'ai noté le numéro de ton portable sur un bout de papier pour qu'elle puisse me contacter. Si elle n'appelle pas, je reviendrai demain. Je ne l'abandonnerai pas une seconde fois. »

Sarah gara la voiture sur le bas-côté et posa la tête sur le volant. Elle sentit son père lui toucher le bras. « Sarah ? »

Elle se redressa et ferma les yeux. « Pendant que tu étais dans le cottage, Dan m'a téléphoné.

— Qu'est-ce qu'il te voulait encore, celui-là ?

— C'est Lauren… » Elle détestait tellement prononcer ce nom qu'elle fit une grimace comme si elle venait de trouver un ver en mordant dans une pomme. « Elle… elle est en train d'accoucher.

— Et il t'a appelée pour te dire ça ?

— Il ne veut pas de ce bébé.

— C'est un peu tard pour s'en apercevoir !

— C'est ce que je lui ai dit, mais… »

Son portable vibra dans sa poche. Un numéro inconnu s'afficha, mais elle reconnut le préfixe. Elle le passa à son père. « C'est elle. »

Le médecin prit l'appareil et regarda les touches d'un air perdu.

« Le vert, appuie sur le bouton vert. »

Il finit par le faire et porta le téléphone à son oreille.

« Amy ? »

Au bout de quelques secondes, il lui rendit l'appareil.

« Elle veut me voir tout de suite. »

52

La valise, fermée, était posée entre eux sur la table. Amy passa ses doigts dessus et en effleura la serrure. Elle regarda l'étiquette marron attachée à la poignée. Pas de nom, juste un numéro. C'était tout ce qu'elle avait été là-bas. Elle aurait aussi bien pu être tatouée au fer rouge…

« Vous voulez l'ouvrir maintenant ? » demanda le médecin.

Elle hocha légèrement la tête et ferma les yeux. Elle l'entendit chercher quelque chose dans sa poche, puis sentit qu'il lui prenait le poignet et lui dépliait doucement les doigts. En ouvrant les yeux, elle vit la petite clé en cuivre, une clé qui n'allait pas ouvrir seulement la valise mais une vie entière de souvenirs douloureux. Elle respira calmement et s'arma de courage. Cinquante ans étaient passés depuis le jour où elle avait préparé cette valise, cependant, à la seconde où elle l'ouvrit, l'odeur familière de la maison de son enfance emplit la pièce en la transportant dans sa chambre. De tous les sens, elle trouvait que l'odorat était le plus puissant pour ce qui était d'évoquer les souvenirs. Il ne lui était plus possible de faire cuire un chou sans repenser aux cuisines épouvantables d'Ambergate et à la mixture infâme qu'on leur distribuait au compte-gouttes !

Amy sortit la robe en coton fleuri qui était sur le dessus et faillit éclater de rire d'avoir pu être aussi naïve. « Imaginez, porter ça à Ambergate… »

Le docteur Lambourn s'agita, l'air mal à l'aise. « Ce n'est pas moi qui décidais du règlement.

— Vous ne faisiez pas grand-chose non plus pour le changer ! » rétorqua-t-elle en lançant la robe sur la table.

Un à un, elle sortit les vêtements et les mit en pile. Ses doigts caressèrent les soies de la brosse à cheveux de sa mère. Elle retira l'élastique et défit sa natte, puis se brossa les cheveux tandis qu'il l'observait en silence, comme hypnotisé.

Lorsqu'elle s'aperçut qu'il la regardait, elle reposa la brosse. « Je crois que vous pouvez y aller… Merci de m'avoir apporté la valise, docteur.

— Je vous en prie, appelez-moi Stephen. »

Elle fronça les sourcils et répéta son nom d'une voix sensuelle. « Stephen ?

— Oui, et je n'ai pas l'intention de vous laisser… En tout cas, pas tout de suite. Il y a beaucoup de choses à régler.

— À régler ? Vous n'êtes plus mon médecin… Stephen ! Vous allez devoir exercer vos talents sur quelqu'un d'autre ! »

Il sourit. « Chère, très chère Amy, vous n'avez pas changé du tout…

— Non, en dépit des efforts de tout le monde pour y parvenir !

— Puis-je utiliser votre téléphone pour appeler ma fille ?

— Vous avez une fille ? demanda-t-elle d'un air surpris.

— Oui, c'est Sarah qui m'a amené ici. Je ne peux plus conduire que sur de courts trajets. Elle menace en permanence de me prendre mes clés de voiture... » Il détourna les yeux d'un air embarrassé. « Il y a eu quelques... incidents, aussi j'essaie de l'apaiser en lui promettant de ne pas faire de longs trajets. Mais je n'ai aucune envie de renoncer complètement à la voiture... Je n'aimerais pas du tout perdre mon indépendance.

— Ce n'est jamais très agréable quand les autres pensent savoir ce qui est mieux pour vous, n'est-ce pas ? » dit-elle en le dévisageant.

Il la regarda d'un air songeur. « Amy, je ne peux pas continuer à m'excuser, dit-il, l'air vaincu. Mais si vous êtes sûre que vous préférez rester seule, je vais appeler Sarah et lui demander de venir me chercher. À vous de décider.

— C'est bon, vous pouvez rester encore un peu. » Elle reporta son attention sur la valise d'où elle sortit un gilet. Elle le mit sous son nez et en respira l'odeur – l'odeur de son père, de son tabac à pipe encore incrusté dans les fibres. Elle prit ensuite le nounours en tricot, dont le patchwork multicolore attestait la détermination de sa mère à utiliser le moindre bout de laine à bon escient. Elle le serra contre sa poitrine. « C'était pour mon petit frère, celui qui...

— Je me souviens, dit Stephen en lui touchant doucement le bras. C'est pour cette raison que je ne voulais pas partir tout de suite. Je ne vous dirai plus quoi faire, mais je serai là pour vous soutenir. » Il sourit. « Si vous me le permettez. »

Tant de souvenirs étaient entassés dans cette valise… C'était comme une capsule temporelle, une fenêtre sur son passé par laquelle elle osait à peine regarder tout en étant incapable de résister. Elle sortit le tableau du fond de la valise et le tourna vers la lumière. « Regardez… Ma mère l'a peint dans la prairie qui se trouve derrière le cottage. Il est étonnant, non ? Sa façon de saisir les couleurs de l'automne dans le champ avec juste ce rayon de soleil sur la mer en arrière-plan… » Elle effleura délicatement la toile. « Vous voyez ces fougères, là ? »

Il se pencha plus près sur le tableau. « Oui.

— Et vous voyez la petite fille accroupie au milieu ? »

Il plissa les yeux. « Sans mes lunettes, j'ai du mal…

— Si vous regardez bien, vous remarquerez la tête d'une petite fille vue de derrière, avec de longs cheveux caramel qui cascadent sur son dos. » Elle caressa l'image en souriant.

« C'est vous ?

— Oui. Je l'avais suppliée de me mettre dans une de ses peintures, mais elle était connue comme une peintre de paysages. C'est alors qu'elle a eu l'idée de m'y faire figurer, mais de me cacher pour que nous soyons les seules à savoir que j'étais là. C'était notre secret. »

Amy pencha la tête, et les larmes qu'elle s'était efforcée de réprimer coulèrent sans retenue. Mais elle s'en fichait. Le docteur Lambourn comprendrait. Il était la seule personne à l'avoir jamais un tant soit peu comprise.

Quand il la prit dans ses bras, elle ne résista pas, se laissa aller contre lui tandis qu'il lui caressait les cheveux. « Qu'est-il devenu, à votre avis ? demanda-t-elle au bout de quelques minutes.

— Je n'en sais rien, mais, ensemble, nous le découvrirons. »

Elle s'écarta et leva les yeux vers lui. « Vraiment ? Vous m'aiderez à le retrouver ?

— C'est mon fils à moi aussi. »

Amy laissa échapper un son entre le rire et le sanglot. « Je crois que j'aurais bien besoin de ce mouchoir, docteur ! »

Il le sortit de sa poche et le lui tendit. « Je vous l'ai dit… c'est Stephen. »

53

« On dirait qu'il ne pleut plus. Voudriez-vous qu'on aille faire un tour ? demanda Stephen. Je ne suis jamais allé marcher sur le sentier côtier.

— Vraiment ? Vous avez manqué quelque chose ! Je m'y suis promenée déjà deux fois aujourd'hui. » Amy écarta le rideau. « Je crois même que le soleil montre le bout de son nez… Allons-y, je vais chercher mon manteau. »

Bien que le soleil fasse en effet un vaillant effort pour réchauffer l'atmosphère, il n'était pas de taille à lutter contre le vent glacé.

« J'ai déjà les lèvres paralysées, marmonna Stephen. En fin de compte, ce n'était peut-être pas une si bonne idée…

— Qu'est-ce que vous racontez ? C'est très vivifiant ! »

Ils regardèrent Jess courir devant eux, la truffe au ras du sol, l'extrémité blanche de sa queue s'agitant telle une feuille de palmier.

« Vous vous souvenez de cette promenade que nous avions faite au bord de la rivière ? » demanda Amy.

Étant donné qu'il avait les joues cramoisies à cause du froid, il était difficile de dire si cette question le mettait mal à l'aise. « Bien sûr, je m'en souviens. »

Ils marchèrent un moment en silence avant qu'Amy dise tout bas : « Je vous aimais, docteur… je veux dire, Stephen. Comment avez-vous pu ne pas le savoir ?

— Je le savais, tout comme je savais que j'étais en train de tomber amoureux de vous. » Il parlait si bas qu'elle dut tendre l'oreille. « Mais notre relation n'aurait jamais pu fonctionner.

— Parce que je souffrais de troubles mentaux ?

— C'était plus compliqué que ça, et j'en aurais honte toute ma vie, mais j'ai fait passer ma carrière avant les sentiments que j'avais pour vous. » Il s'arrêta et lui prit les mains pour l'obliger à le regarder. « Vous devez me croire quand je vous dis que si j'avais su qu'il était possible que vous portiez mon enfant, je serais resté avec vous… Il n'y a là-dessus aucun doute. »

Les yeux écarquillés et le front plissé, elle scruta son visage. « Je vous crois. »

Les traits du médecin se détendirent, ses épaules se relâchèrent. « Merci.

— J'ai failli mourir, vous savez, reprit Amy d'un ton neutre.

— Comment cela ?

— Quand j'ai accouché. » Elle se toucha le ventre comme si ce souvenir restait pour elle une douleur physique autant que mentale. « Après que mon bébé est mort… après qu'on m'a dit qu'il était mort, j'ai fait une hémorragie. On m'a transportée en urgence à l'hôpital général, où ils m'ont sauvé la vie.

— Je suis désolé… Je ne savais pas.

— Évidemment, vous ne le saviez pas ! Vous étiez parti depuis longtemps. » Sa voix n'exprimait aucune amertume, mais un simple état de fait. « Mourir m'aurait été égal… Je n'avais plus aucune raison de vivre.

— Ne dites pas ça…

— Pourquoi ? C'est la vérité. »

Il essaya de changer de sujet. « Et ce jeune homme avec qui vous étiez amie, qu'est-il devenu ?

— Ed ? » Amy sourit. « Il a été une des personnes les plus extraordinaires que j'ai rencontrées ! Il est venu me rendre visite à l'hôpital général et à Ambergate. Je crois qu'il m'aimait vraiment, et moi aussi je l'aimais bien, mais pas assez. Ça n'aurait pas marché entre nous étant donné que j'étais amoureuse de quelqu'un d'autre. » Elle lui donna un petit coup de coude. « De vous.

— Oui, dit Stephen avec un petit sourire. J'avais compris.

— En tout cas, au bout d'un moment, je lui ai demandé de cesser de venir. Je n'avais pas ce genre de sentiments pour lui. Ça peut paraître dur, mais je tenais à être honnête avec lui, et il méritait de vivre avec une femme qui l'aimait vraiment.

— Le véritable amour prend parfois d'étranges détours. »

Amy haussa un sourcil perplexe. « Je ne vois pas ce que vous voulez dire, mais Ed a fini par en épouser une autre. Il m'a envoyé une lettre accompagnée d'une photo de lui avec sa femme.

— Un heureux dénouement ? »

Elle haussa les épaules. « Il avait l'air plutôt heureux. Plus heureux en tout cas qu'il ne l'aurait été avec moi ! »

Il hésita avant de lui poser la question suivante ; la réponse serait un baromètre pour évaluer dans quelle mesure Amy s'était remise. « Vous êtes en contact avec votre belle-mère… Carrie ?

— Ah, Carrie, Carrie, Carrie ! Autrefois, je ne supportais pas de prononcer son nom, vous vous rappelez ? Oui, sûrement, c'est même pour ça que vous me posez la question ! À cette époque, les patients qu'on jugeait aptes à sortir étaient transférés vers un programme de soins à domicile, ou dans des foyers lorsqu'ils n'avaient nulle part où aller. Je ne voulais pas de ça. Ambergate était devenu mon chez-moi. C'est ce que vous fait le système… » Elle lui jeta un regard en biais. « Mais vous savez tout ça… Vous l'avez vu de nombreuses fois.

— Le système était loin d'être parfait.

— Quoi qu'il en soit, Carrie a accepté que je revienne à la maison.

— Mon Dieu… Quel revirement !

— Oh, ça ne s'est pas fait en un jour ! Vingt-sept ans, c'est long… Nous nous étions toutes les deux adoucies. Je suis allée vivre avec elle pendant quelques années dans ma maison familiale avant de venir m'installer ici. »

Stephen respira une grande bouffée d'air salé. « Cet endroit est vraiment magnifique ! Je comprends pourquoi vous y avez été si heureuse.

— Je l'adore. Le cottage est un peu décrépit, il n'est pas chauffé et je fais la cuisine sur un poêle à bois, mais il est à moi. Rien qu'à moi. Je peux aller et venir comme il me plaît. Je n'ai pas à demander la permission d'aller aux toilettes, je m'habille comme je veux le matin, et surtout, aucune porte n'est fermée à clé. Seul quelqu'un qui a été incarcéré pendant les meilleures années de sa vie peut comprendre ce que ça signifie réellement.

— Je ne peux qu'imaginer ce que ça a dû être, dit Stephen d'un ton solennel. Vous voyez toujours Carrie ? »

Amy fit signe que non. « Elle est morte il y a quelques années. Mais Susan continue à venir me voir.

— Susan ? »

Elle s'arrêta de marcher et se tourna vers l'horizon. « Le bébé, la petite fille que j'avais emmenée au lac... Elle ne s'en souvient pas, naturellement. C'est à présent une femme adulte, mais elle est ma demi-sœur, et nous restons en contact.

— C'est bien.

— Elle est ma seule parente encore en vie. Enfin... c'était ce que je croyais. »

De retour au cottage, Stephen se posta devant la cheminée et mit les mains derrière le dos pour essayer de se réchauffer. « Il fait un froid de canard... Comment le supportez-vous ? »

Amy tira sur le gros pull dans lequel disparaissait son corps menu. « Je n'ai pas froid. » Elle s'assit devant la table et prit un stylo. « Il faut qu'on établisse un plan, Stephen.

— Un plan ?

— Pour le bébé. Vous avez promis de m'aider à le retrouver, vous vous rappelez ? »

Il s'assit face à elle et posa les coudes sur la table. « Quel genre de plan ? demanda-t-il avec prudence.

— Eh bien, où va-t-il aller ? » D'un geste, elle montra la pièce, les taches d'humidité sur les murs. « Peut-être que vous avez raison… Cette maison est trop froide pour un bébé…

— Amy, mais de quoi parlez-vous ? »

Elle mordilla le bout de son stylo. « Il vaudrait peut-être mieux qu'on vive chez vous. » Elle rentra la lèvre comme un enfant boudeur. « Sauf que ça ne me plairait pas, ah non, ici, c'est chez moi, ça l'a toujours été, excepté quand j'étais enfermée à…

— Amy ! Regardez-moi ! »

Elle fixa un point devant elle d'un air hagard. « Quoi ?

— Amy ! » répéta Stephen en claquant des doigts devant ses yeux. Son ton était gentil mais ferme. « Ce n'est plus un bébé. C'est un adulte. »

Elle contempla la feuille blanche sur laquelle elle avait eu l'intention d'écrire les plans qu'ils échafauderaient ensemble. Elle jeta un regard vers la console, la coupe en cristal qui contenait un citron séché et une ampoule. Puis ses yeux s'arrêtèrent sur le flacon de comprimés posé à côté. À quand remontait la dernière fois où elle avait pris son traitement ? Elle ne le savait plus.

« Amy ?

— Je suis désolée. Quelle imbécile je suis… Il aura quoi, quarante-neuf ans en février ? » Elle se tapota la tempe et se força à sourire. « Vous voyez, mon cerveau fonctionne très bien ! »

Il s'adossa à la chaise en soupirant d'un air soulagé. « Vous êtes donc tout à fait lucide sur ce point ? Il n'est plus un bébé. Si nous décidons de nous mettre à sa recherche, il est essentiel que vous le compreniez. »

Amy acquiesça, l'œil de nouveau brillant et le regard alerte. « Une absence momentanée, rien de plus… Je vais bien, je vous assure. » Soudain, une pensée la traversa. « Il se pourrait qu'il ait lui-même des enfants… Nos petits-enfants ! Ne serait-ce pas merveilleux ? Ils pourraient venir ici. Je les gâterais… Je les emmènerais à la plage construire des châteaux de sable sur lesquels ils planteraient des petits drapeaux, et après, nous irions manger des glaces et des *fish and chips* en admirant le port… Mais pas de purée de petits pois ! Les enfants n'aiment pas la purée de petits pois, n'est-ce pas ?

— Amy, tâchez de ne pas vous emballer… Je sais que vous êtes tout excitée, mais il reste encore un long chemin à parcourir avant que vous puissiez faire de tels projets. Même s'il a des enfants, ils ne seraient plus en âge de faire des châteaux de sable. Ils seraient probablement des adolescents, ou même plus vieux. »

Elle sc tassa sur sa chaise. « Vous avez toujours eu le don de me ramener à la réalité !

— Aujourd'hui, vous avez eu une grosse émotion, mais je suis là pour vous. Je sais que je ne pourrai jamais réparer le fait de vous avoir abandonnée. » Sa voix était basse, un peu rauque. « Et bien que je sois à présent un vieil homme, je vous promets que le temps qui me reste, je le consacrerai à chercher notre fils. »

Amy esquissa un petit sourire, mais l'enthousiasme qu'elle avait manifesté quelques secondes plus tôt avait disparu. « Merci, Stephen. »

Il serra le poing, l'air déterminé. « Si notre fils est quelque part, je le trouverai. »

54

En prenant le panier du supermarché, Sarah aperçut son reflet dans le grand miroir de sécurité au-dessus de la porte. Était-elle aussi mince, ou bien était-ce l'angle du miroir qui déformait la réalité en sa faveur ? Ces derniers mois, elle avait certes été débordée. Elle avait réintégré son ancien appartement, où elle avait retrouvé l'ambiance froide et clinique de sa cuisine minimaliste et s'était mise à préparer des repas exotiques pour Matt et Maisie. La petite fille était tout le temps curieuse de goûter à de nouvelles choses. Sarah jeta un coup d'œil sur sa liste de courses : citronnelle, lait de coco et piments rouges. Voilà qui changeait des côtes de porc, patates et petits pois surgelés qu'elle faisait à son père !

Elle prit des bananes pour Nathan. Il avait disparu de l'asile sans prévenir depuis plusieurs semaines, et, l'autre jour, elle avait trouvé une lettre de lui sur son paillasson. Une lettre ! Les jeunes gens de dix-huit ans écrivaient-ils encore des lettres ? Toutefois, étant donné qu'il n'avait pas de téléphone portable, il n'avait pas vraiment eu le choix. Apparemment, il était parti tenter sa chance à Londres, mais ça n'avait pas marché. Sarah ne pouvait qu'imaginer dans quel état il devait être après avoir vécu des semaines sur les trottoirs crasseux de la capitale en se disputant un espace avec des sans-abri plus aguerris que lui aux mœurs de la rue.

Elle passa en vitesse dans l'allée suivante, où elle prit deux paquets de lingettes pour bébé. Ce fut alors qu'elle l'aperçut. Elle n'eut pas le temps de se cacher derrière la femme très enceinte qui se trouvait à côté d'elle et ne baissa pas la tête assez rapidement pour passer incognito. Bouche bée, elle demeura plantée là comme « quelqu'un qui ne va pas bien », selon la formule qu'aurait employée sa mère.

« Bonjour, Sarah !

— Dan ! Bonjour... Contente de te voir, dit-elle en s'efforçant de prendre un air dégagé. Tu as l'air en forme. » Ce n'était qu'une façon de parler, car il n'avait pas l'air en forme du tout. Il avait les traits tirés, des cernes sous les yeux et une tache de vomi sur l'épaule. De l'écharpe drapée autour de son torse dépassait une petite tête au duvet blond.

« C'est...

— C'est Angelica ! dit Dan d'un air rayonnant en embrassant tendrement le crâne de sa fille.

— Angelica ? C'est un joli prénom », rétorqua Sarah en grimaçant intérieurement.

Un silence étrange s'étira. Dan craqua le premier. « Tu... tu es magnifique, dis-moi ! »

Elle se passa la main dans les cheveux. « Merci. »

Il jeta un regard sur ce qu'elle avait dans son panier. « Des lingettes pour bébé ?

— Oui. Et alors ?

— Pourquoi en as-tu besoin ?

— Eh bien, ça ne te regarde pas ! »

Une fille apparut à côté de Dan. « Tu as trouvé la lotion, minou ? »

Minou ! Sarah leva les yeux au ciel tandis que Dan se tournait vers la jeune femme. « Lauren, je te présente Sarah. »

Ses cheveux teints en blond relevés en haute queue-de-cheval étaient attachés avec un chouchou imprimé léopard. La peau toute tendue autour de ses yeux lui donnait un air oriental exotique. Des créoles géantes se balançaient à ses oreilles, elle portait une grosse bague à chaque doigt, et le vernis noir sur ses ongles était tout écaillé. Elle pointa sa langue dans son chewing-gum comme si elle allait souffler une bulle. « Ravie de vous rencontrer, dit-elle sans la moindre sincérité. Bon, je vais chercher les couches. » Elle tourna les talons de façon si théâtrale que sa queue-de-cheval balaya la joue de Dan.

« C'est quelque chose, non ? dit-il en riant.

— Ah, ça, c'est sûr ! » répondit Sarah.

Le bébé commença à se tortiller en faisant des miaulements de chat qui ne tarderaient sans doute pas à laisser place à un hurlement insupportable.

« Il faut que je file, Dan. Contente de t'avoir revu !

— Moi aussi… Et au fait, merci ! » lui lança-t-il tandis qu'elle s'éloignait.

Sarah se figea. « Merci ? Mais de quoi ? »

Il haussa les épaules. « De m'avoir passé un savon l'autre fois au téléphone… Tu sais, quand j'étais à l'hôpital et que Lauren était en train d'accoucher. Tu avais raison. » Il fit sautiller le bébé en essayant de le calmer. « J'ai de la chance… et je vais être un père formidable pour cette petite !

— Et Lauren ? Tu te sens mieux avec elle ?

— Elle est la mère de ma fille. Et rien que pour ça, je l'aime.

— Je suis ravie que les choses aient marché pour toi… Sincèrement.

— Et toi ?

— Je vais bien. » Elle songea à Matt et à Maisie, à la soirée qu'elle avait prévue. Une séance de cinéma de bonne heure, suivie d'un curry thaï accompagné d'une bouteille de vin. Des plaisirs simples, que la plupart des gens considéraient comme allant de soi. Ce n'était qu'après avoir vu sa vie réduite en miettes qu'on les appréciait. « En fait, je vais mieux que bien ! ajouta-t-elle en souriant. Je suis heureuse. »

En repartant en voiture, Sarah repensa à ce qu'elle avait dit à Dan et s'obligea à faire face à ce qu'elle ressentait. Elle était heureuse, oui, ça, c'était vrai. Ces trois derniers mois, elle s'était rapprochée de Matt et de Maisie au point d'avoir pris une place importante dans leur vie. Elle ne s'imaginait plus vivre sans eux, et pourtant, quelque chose lui manquait. Avec Matt, ils n'avaient jamais échangé ne serait-ce qu'un baiser, ni même ne s'étaient pris par la main. Le moment où ils étaient le plus proches était lorsqu'ils balançaient Maisie entre eux deux pendant les longues promenades qu'ils faisaient dans les bois. Le jour où elle l'avait accompagné voir Maisie dans la pièce de théâtre donnée à l'école, elle s'était assise à ses côtés en se sentant aussi fière que les autres parents dans la salle. Ils avaient emmené Maisie à la piscine, où la petite était venue dans le vestiaire avec elle pour qu'elle l'aide à faire sa coiffure compliquée. Désormais, Sarah était capable de faire une tresse française les yeux fermés. Elle s'arrêta à un feu rouge et posa sa tête sur le volant, envisageant la possibilité que Matt veuille d'elle dans sa vie pour le bien de sa fille, et non pour le sien.

Son père était sur une chaise longue dans le jardin, les yeux fermés, le visage tourné vers le soleil, le col de son manteau relevé pour se protéger du vent frais de mars.

« Qu'est-ce que tu fais là, papa ? »

Il sursauta. « Figure-toi que je dormais. »

Sarah regarda sa montre. « Mais il est seulement… Oh, peu importe… Tiens ! » Elle lui donna son journal.

« Merci, ma chérie. » Il se frotta les yeux. « Mais… qu'est-ce que tu fais ici ?

— Charmant ! Je voulais juste savoir comment tu allais. Aucune nouvelle de l'agence ?

— Non, répondit-il dans un soupir. Pas encore. »

Sarah s'assit sur le muret face à son père. « Pas de nouvelles, bonnes nouvelles ! »

Il haussa les sourcils. « Comment peux-tu dire ça ? Pas de nouvelles, ça veut dire qu'ils ne l'ont pas trouvé. En quoi est-ce une bonne nouvelle ? »

Elle gonfla les joues. « C'est bon, calme-toi… C'était juste une façon de parler. »

Il ouvrit en grand son journal, de sorte qu'elle ne vit pas son visage mais l'entendit marmonner dans sa barbe : « Je mangerais bien un sandwich, si ça ne t'ennuie pas. »

Sarah l'entendit, mais elle ne réagit pas, trop occupée à lire le gros titre qui s'étalait en première page.

55

C'était bon d'être de retour. En observant le vieux bâtiment, elle se demanda une fois de plus combien de secrets étaient enfouis derrière ces murs croulants. Avec le ciel bleu en arrière-fond, le soleil qui se reflétait sur les carreaux cassés et les jonquilles qui l'emportaient en nombre sur les mauvaises herbes, l'endroit ne paraissait pas aussi austère. Elle songea à toutes ces pauvres âmes qui avaient été obligées d'appeler Ambergate leur foyer, incarcérées là contre leur volonté au prétexte que leur comportement n'était pas conforme à ce que la société attendait. Après avoir écarté la palissade, elle se faufila en dessous et jura quand son sac s'accrocha à un fil de fer. Elle se dégagea prestement et avança à grands pas sur la pelouse.

« Hé, vous ! »

Sarah s'immobilisa en cherchant d'où venait cette voix désincarnée. « Qui est là ? demanda-t-elle.

— Ici, c'est moi qui pose les questions. Vous venez de pénétrer dans un endroit interdit. »

Un peu plus loin, un homme sortit d'un préfabriqué, son gilet fluo ayant du mal à couvrir une bedaine protubérante. Il arriva près d'elle, rouge et essoufflé, la moustache parsemée de miettes et une trace de mayonnaise luisant sur le menton. Il souleva son casque de chantier et passa la main sur son crâne chauve en sueur. « Vous croyez aller où comme ça ? »

Sarah prit un ton plein d'assurance. « Puis-je vous demander quel est votre emploi ici ?

— Hé, non seulement vous pouvez le demander, mais je vais vous le dire ! » Il mit les poings sur les hanches. « Je suis en charge de la sécurité. Les travaux commencent la semaine prochaine, et le site n'est pas sûr.

— Pas du tout. J'y suis allée des quantités de fois ! »

L'homme se frotta le menton. « Ah oui ? Vous avez l'habitude d'aller là où c'est interdit ? »

Sarah sortit une carte de visite écornée de son sac. « Tenez, je suis historienne et j'effectue des recherches. »

Il jeta un bref coup d'œil sur la carte. « Je me fiche de savoir si vous êtes la reine de Saba… Ce bâtiment n'est pas sûr. Je manquerais à mon devoir si je vous laissais entrer. »

Elle pensa à Nathan, qui était peut-être endormi dans une des ailes sans se douter qu'une boule de démolition allait défoncer les murs en brique. « Écoutez, je vous promets que je ne resterai pas longtemps. J'ai juste besoin de faire quelques photos supplémentaires à l'intérieur. » Elle lui fit un clin d'œil. « Vous ne m'avez pas vue, d'accord ? »

Il mit ses mains dans ses poches et donna un coup de pied dans un caillou tout en réfléchissant à la situation.

« D'accord. 20 livres, et je n'insiste pas.
— Vous exigez de moi un pot-de-vin ?
— Voyez ça comme le prix de l'entrée. »
Sarah sortit un billet de son porte-monnaie et le lui fourra dans la main. « Le bandit de grand chemin Dick Turpin portait au moins un masque ! »

« Nathan ! Tu es là ? » appela-t-elle.
La voix du jeune homme résonna entre les murs d'une salle située à l'écart. « Oui, je suis là ! »
Il se releva lorsqu'elle entra. « Salut ! Alors, tu as eu ma lettre ? »
Ils restèrent face à face une seconde, un bref instant bizarre pendant lequel ils se demandèrent s'ils devaient ou non s'embrasser. Sarah le prit dans ses bras, mais l'odeur qui se dégageait de son corps pas lavé la fit reculer. Elle le toisa des pieds à la tête et grimaça en voyant sa peau sale et pleine de boutons. Ses cheveux étaient gras sur le dessus, mais frisés aux extrémités. « Tu as l'air d'un clochard…
— Je pue tant que ça ? »
Sarah soupira. « Qu'est-ce qu'on va faire de toi ? » Elle sortit des lingettes de son sac. « Tiens, ça aidera un tant soit peu…
— Oh, super, merci !
— Quand as-tu mangé pour la dernière fois ?
— Euh, je ne sais plus très bien… Hier, je crois. Un type a balancé la moitié de son cheeseburger, et j'ai réussi à le récupérer avant les pigeons. »
Elle ne savait jamais s'il plaisantait ou pas. « Nathan, rien ne t'oblige à vivre de cette manière… Pourquoi tu ne me laisses pas t'aider ? »

Il ignora sa question. « Tu n'as rien à manger, je suppose ? »

Elle lui donna les bananes et un pot de beurre de cacahuète. « Voilà qui devrait te caler... Il y a aussi un sandwich au rôti de bœuf et une bouteille d'eau. »

Nathan s'assit en tailleur contre le mur. Sarah l'imita et s'éplucha une banane. « Il va falloir que tu trouves un autre endroit... Les ouvriers arrivent la semaine prochaine.

— Je sais, marmonna-t-il, un gros morceau de banane dans la bouche. J'ai croisé le petit chef dans le préfabriqué. Ce connard a eu le culot de me demander 10 livres pour me laisser entrer ! Comme si quelqu'un allait se laisser avoir... Du coup, je suis passé par l'arrière.

— 10 livres ?

— Ouais, je sais... Pourtant je n'ai pas l'air de pouvoir filer 10 livres à quelqu'un ! C'est de l'escroquerie !

— Oui, en effet, convint Sarah, tout en se demandant s'il fallait qu'elle aille se faire rembourser en sortant.

— Alors, qu'est-ce qui s'est passé pendant que j'étais parti ? » demanda Nathan.

Elle lui parla de la valise d'Amy, puis des recherches entreprises en vue de retrouver le fils de son père, lesquelles n'avaient encore donné aucun résultat.

« Ouah... Et tu vas mettre tout ça dans ton livre ?

— Je ne sais pas encore. Il faudra que je voie comment les choses évoluent... et ce que mon père et Amy veulent faire. »

Elle mit le dernier morceau de banane dans sa bouche et but de l'eau directement au goulot. « Il y a autre chose...

— Quoi donc ?

— La copine de Dan a eu son bébé.

— Oh, je vois… Et ça te fait quoi ?

— Je crois que ça va… Je suis passée à autre chose. » Sarah dévissa la Thermos et remplit deux tasses de café au lait. « Est-ce que tu penses parfois à ton père et à ta mère ?

— Non, pas vraiment. Je te rappelle qu'ils m'ont fichu à la porte… J'imagine qu'ils se foutent pas mal de moi eux aussi.

— Oh, ils t'ont mis à la porte ? J'avais cru comprendre que tu étais parti de toi-même à cause de toutes les disputes.

— Qu'est-ce que ça change ? » rétorqua Nathan en haussant les épaules.

Elle but une gorgée de café. « L'autre jour, j'écoutais une interview à la radio, à propos d'un garçon qui avait fugué du domicile familial. Un certain Adam je ne sais plus quoi… Il a laissé un mot en disant qu'il ne pouvait plus participer à cette course effrénée et avait besoin de temps pour lui. » Elle le regarda dans les yeux. « Ce garçon m'a fait l'effet d'être un petit connard ingrat. Il avait tout : un foyer aimant, une école privée… Sa mère espérait même qu'il aille à Oxford. Et là, il a tout fichu en l'air parce qu'il avait envie de je ne sais quel répit par rapport au monde réel ! » Elle secoua la tête. « Et peu lui importe l'angoisse qu'il inflige à sa mère, ou le fric que coûte de le rechercher ! Du moment qu'Adam vit sa petite aventure, tout va bien !

— Peut-être que ce pauvre gosse ne veut pas aller à Oxford… Peut-être qu'il n'était pas heureux dans son école privée alors que tous ses copains vont à l'école publique… Peut-être qu'il en a eu marre de vivre pour répondre aux grands espoirs de sa mère… Dans la vie, il existe autre chose que passer des examens et avoir des super notes, tu sais ! »

Sarah chercha quelque chose dans son sac. « L'entretien à la radio n'était pas le seul qu'a donné sa mère. » Elle sortit le journal et lui montra le titre imprimé à la une : *Où est mon fils ?* L'article était accompagné de la photo d'un collégien au teint frais, la peau pâle et lisse, les cheveux bien coiffés.

Geraldine Clarke est désespérée. Cela fait maintenant plus de huit mois qu'elle n'a pas vu Adam, son fils âgé de quinze ans. La dernière fois qu'elle l'a déposé devant l'école, il s'est penché dans la voiture en lui demandant ce qu'il y aurait le soir au dîner. Son comportement ce jour-là n'avait rien d'inhabituel, et il n'y avait eu entre eux aucune dispute. Mais depuis, personne n'a vu ou entendu parler d'Adam.

Sarah lui toucha doucement le bras. « Il serait temps de mettre fin à l'angoisse de ta mère, tu ne crois pas, Adam ? »

56

« À présent, tout fait sens, reprit Sarah. Je comprends mieux pourquoi tu refusais mon aide… Tu ne voulais surtout pas que je découvre la vérité ! » Elle lui saisit le menton pour l'obliger à la regarder. « Moi qui me demandais comment tu arrivais à garder la peau si lisse sans avoir un rasoir… Je parie que tu n'as même pas encore commencé à te raser. Dix-huit ans ? Tu parles, tu m'as bien eue !

— Je suis désolé. » Il baissa la tête, les yeux rivés sur le journal. « Regarde ! dit-il en montrant l'article. "Je veux juste qu'il rentre à la maison, a dit Mrs Clarke. Je ne lui en veux pas. Médecin, avocat, quelqu'un d'important dans la ville, il pourrait être tout ce qu'il veut." » Il jeta le journal par terre d'un air furieux. « Elle n'a toujours pas pigé… Même dans une interview où elle me supplie de revenir, elle parle de mon avenir… *Il pourrait être tout ce qu'il veut ?* Tout ce qu'elle veut, *elle*, plutôt !

— C'est ta mère. Elle est fière de toi, elle veut que tu réalises pleinement ce dont tu es capable.

— Mais, et ce que je veux moi ? J'ai seulement quinze ans et j'ai déjà deux certificats pour mon bac. Tu crois que j'avais envie de réviser en vue des examens alors que tous mes amis se payaient du bon temps ? Ils apprenaient à être adolescents, à aller à des festivals, à rencontrer des filles… et moi, je faisais quoi ? Du putain de calcul, des équations quadratiques et Thomas Hardy ! »

Sarah ramassa le journal et observa la photo de sa mère. La souffrance et la désolation étaient inscrites sur son visage. Nul doute que le photographe lui avait suggéré de prendre une pose inquiète, néanmoins dans ses yeux se lisait le désespoir d'une mère éplorée qui cherchait à comprendre ce qu'elle avait pu faire pour que son fils unique s'en aille ainsi. « C'est à ta mère que tu devrais dire tout ça, Nathan… euh, Adam.

— Je ne peux pas rentrer chez moi, dit-il en secouant la tête.

— Tu ne peux pas non plus rester ici, rétorqua Sarah en attrapant sa main crasseuse. Regarde dans quel état tu es… Tu n'as plus que la peau sur les os, tu sens affreusement mauvais et tes cheveux feraient honte à un épouvantail ! L'aventure est terminée, Adam. Il est temps de rentrer chez toi.

— Tu ne peux pas m'y forcer, dit-il en se levant. Dans deux mois, j'aurai seize ans.

— Ces huit derniers mois n'ont pas vraiment été une réussite. Rester terré ici, compter sur les aumônes pour manger… »

Il enfouit son visage dans ses mains. « Arrgghh… Elle veut toujours tout contrôler !

— Ce que tu vois comme du contrôle, ta mère y voit de l'amour. Elle veut seulement ce qu'il y a…

— Non, ne dis pas ça !

— D'accord, mais dis-moi, où est ton père dans tout ça ? L'article ne fait aucune mention de lui. Je croyais que tu m'avais dit que tes parents t'avaient mis à la porte. »

Il fronça le nez et secoua la tête. « Je n'ai pas de père, dit-il franchement.

— Oh, je vois… Je suis désolée, je pensais que…

— Ma mère n'en parle jamais. Quand elle avait quinze ans, elle est allée passer des vacances à Brighton et en est revenue avec autre chose qu'un sucre d'orge. » Il sourit de voir son air outré. « Mes grands-parents m'ont quasiment élevé. Jusque vers l'âge de dix ans, j'ai cru que Geraldine était ma sœur. Et bien que mes grands-parents se soient occupés de tout, je pense que ma mère a pas mal manqué l'école. En tout cas, elle n'a jamais pu développer son potentiel. C'est pour ça qu'elle me pousse autant. Elle vit par procuration à travers moi, se réjouit de mes réussites comme si c'était elle qui passait les examens !

— Tu ne crois pas qu'elle a suffisamment souffert ? demanda doucement Sarah. Tu as fait valoir ton point de vue. À présent, il est temps de faire ce qu'il faut.

— Pour qui ?

— Pour tout le monde. »

Le jeune homme garda le silence et arracha un fil qui dépassait sur son pull.

« Adam, tu sais bien que c'est la seule solution, reprit Sarah. Rentre chez toi et parle de tout ça avec ta mère comme le garçon intelligent que tu es. Elle t'aime, et ne pas savoir où tu es la tue. Quoi que tu penses qu'elle ait pu faire, elle ne mérite pas ça. »

Il croisa les mains sur la tête. « Je ne sais pas… Si je rentre, ça reviendra à reconnaître que j'ai échoué.

— Tu n'as échoué en rien. Tu es un jeune homme formidable, plein de ressources, enthousiaste et intelligent, et quand je vois comment tu m'as aidée dans mes recherches en documentant les valises et le reste, eh bien… Je serais fière de t'avoir comme fils ! »

Il lui prit la main en souriant. « J'aimerais bien que tu sois ma mère. Tu ferais une mère super ! »

Bien qu'il l'ait dit par gentillesse, sa remarque la blessa. « Pour moi, c'est sans doute un peu tard, mais pas pour toi. Tu aimes ta mère, non ?

— Je suppose, dit-il en haussant les épaules.

— Dans ce cas, votre relation a besoin d'un héros. Est-ce que ce sera toi ?

— Mais il est hors de question que je remette les pieds dans cette école ! Je veux aller à l'école publique avec mes potes, là où les profs s'en fichent si on sort un chewing-gum et ne t'envoient pas en retenue à l'heure du déjeuner parce que tu n'as pas rentré ta chemise dans ton pantalon ! » Soudain, il eut l'air de l'adolescent de quinze ans révolté qu'il était.

« Écoute, j'ai promis à mon père que je repasserais chez lui. Je suis partie un peu précipitamment quand j'ai vu ta photo à la une du journal. Viens avec moi, Adam. Tu feras un brin de toilette, et ensuite, tu appelleras ta mère. À mon avis, elle sera tellement heureuse de te retrouver qu'elle acceptera presque tout ce que tu voudras ! »

Au moment où elle arriva avec Adam, son père était en peignoir.

« Papa, qu'est-ce que tu fais dans cette tenue à 3 heures de l'après-midi ? »

Une serviette humide était jetée sur son épaule. « Je viens de prendre un bain, si tu permets.

— Un bain ? Oh mon Dieu, j'espère que tu n'as pas utilisé toute l'eau chaude… »

Le médecin remarqua alors Adam qui hésitait sur le pas de la porte. « Qui est-ce ?

— Il s'appelle Adam Clarke. Adam, je te présente mon père, Stephen. »

Adam lui tendit sa main que Stephen serra brièvement, avant de s'essuyer sur son peignoir. « Tu as l'air un peu crasseux, mon garçon… D'où viens-tu donc ? »

Sarah expliqua la situation, son père paraissant de plus en plus inquiet à mesure qu'elle lui résumait son histoire.

« Tu ne penses pas que c'est à la police de s'occuper de ce garçon ? Il n'a que quinze ans, tu dis ?

— Accorde-lui une chance. Adam va se laver, et après, il appellera sa mère.

— Espérons qu'on ne viendra pas nous reprocher d'héberger un délinquant !

— Allons, papa… Tu exagères, comme toujours. Laisse-moi m'en occuper, d'accord ?

— Ma foi, si tu es certaine que tu… » La sonnerie du téléphone l'interrompit. « Je reviens dans une minute », dit-il en allant répondre dans le vestibule.

« Ne t'inquiète pas, dit Sarah à Adam. Mon père est parfois quelque peu… déraisonnable.

— Pas la peine de m'expliquer ce que c'est que les parents déraisonnables ! s'esclaffa-t-il. Je connais le sujet par cœur !

— Ça va aller. Fais-moi confiance. Dès qu'il aura terminé au téléphone, tu pourras appeler ta mère.

— Je ne sais pas trop… Tu ne voudrais pas le faire ?

— Où est passé le jeune gars sûr de lui que j'ai rencontré à l'asile ? Celui qui depuis huit mois s'est débrouillé pour survivre dans la rue ? »

Il se décomposa. « Ça, c'était Nathan.

— Viens ici ! » Sarah le prit dans ses bras et lui tapota le dos, puis elle s'écarta pour le regarder dans les yeux. « D'accord, je vais l'appeler, mais tu devras lui parler.

— Mais… »

Elle lui fit signe de se taire. « Mais rien du tout ! Elle pourrait très bien me prendre pour une folle. Tu *dois* lui parler. »

Adam croisa les bras, vaincu, mais toujours en révolte. « OK, tu as gagné… Je lui parlerai. »

Tous deux se tournèrent en entendant la porte s'ouvrir sur Stephen, le teint blême et la mâchoire tombante. Il tenait un bout de papier à la main.

« Papa, qu'est-ce qui se passe ? s'inquiéta Sarah en se précipitant vers lui. Tu as reçu une mauvaise nouvelle ?

— C'était l'agence… Ils l'ont retrouvé. » Il se fendit d'un grand sourire qui accentua les pattes d'oie autour de ses yeux. « Ils ont retrouvé mon fils !

— Mais… mais c'est merveilleux… Est-ce qu'il… ? Où est-il ? Comment s'appelle-t-il ? »

Il se laissa tomber dans un fauteuil et lui tendit le bout de papier. « Il s'appelle Joseph. »

Sarah se tourna vers Adam. « N'est-ce pas formidable… Adam ? Où est-il passé ? »

Elle entendit sa voix dans l'entrée et passa la tête dans l'embrasure de la porte. Il lui tournait le dos et avait le front appuyé contre le miroir, le téléphone collé à l'oreille. « Je vais bien, maman, je t'assure… Non, ne pleure pas… » Tout à coup il se redressa et vit que Sarah l'observait. Il lui fit un petit sourire et articula en silence : « Mer-ci.

— Je t'en prie ! » dit-elle en lui faisant un clin d'œil.

Elle retourna auprès de son père et s'assit sur l'accoudoir du fauteuil. « Alors, papa… » Elle l'embrassa sur la tête. « Qu'est-ce que tu vas faire, maintenant ? »

57

Il aurait préféré conduire, faire les trois cent vingt kilomètres sans rien avoir à faire d'autre que réfléchir et se projeter dans l'avenir. Devoir compter sur sa fille pour parcourir de longues distances était extrêmement frustrant, pour ne pas dire humiliant. Mais Sarah y tenait, elle était même intraitable sur ce point, et il savait qu'il eût été vain de discuter. Elle était tellement têtue… Il ne comprenait pas de qui elle tenait ça. Il lui jeta un regard et la vit concentrée, les mains crispées sur le volant, tandis que la voiture cahotait sur le chemin de terre. Les haies étaient en bourgeons, les branches épineuses couvertes de fleurs mousseuses, et les oiseaux descendaient en piqué pour récupérer des brindilles et des morceaux de laine de mouton.

« Comment tu te sens, papa ? »

Au lieu de répondre de façon machinale, il prit le temps de réfléchir. Cette question, il l'avait posée d'innombrables fois à d'autres au cours de sa carrière. Il approcha le bouquet de fleurs de son nez et en respira le doux parfum. « Je ressens une certaine appréhension, et en même temps, je suis excité, conclut-il.

— Je pense vraiment que tu aurais dû téléphoner d'abord…

— Oui, tu me l'as dit, mais je ne voulais pas lui annoncer la nouvelle au téléphone. Je lui dois bien ça. »

À la sortie d'un dernier virage, le cottage d'Amy apparut. Stephen respira à fond et ferma les yeux. « Tu peux m'accorder deux heures ?

— Tu ne ferais pas mieux d'aller vérifier si elle est là ? »

Il regarda la porte bleu pâle grande ouverte. Jess dormait sur le seuil. « Elle est là. »

Sarah arrêta la voiture sans couper le moteur. « Bonne chance, papa ! »

Il souleva le loquet du portail, ce qui alerta immédiatement la chienne de sa présence. Elle se redressa. « Bonjour, Jess ! dit Stephen en lui caressant les oreilles. Où est ta maîtresse ? »

La chienne lui tourna autour en remuant la queue. Il frappa à la porte et appela : « Amy, vous êtes là ? » Pas de réponse. Il l'appela une seconde fois un peu plus fort, sans plus de succès. Le bouquet serré contre lui, il se dirigea vers l'arrière du cottage et se figea brusquement en apercevant la silhouette familière. De dos, les bras levés, elle était en train d'étendre un drap qui virevoltait au vent et avait de la peine à fixer les épingles sur la corde à linge. Ses longs cheveux gris argenté lui arrivaient presque à la taille, et sa silhouette menue faisait plus penser à une adolescente qu'à une femme qui venait d'avoir soixante-dix ans. « Vous voulez un coup de main ? »

Amy se retourna en sursaut, les yeux écarquillés d'étonnement. « Stephen ? »

Il la rejoignit et lui tendit les fleurs. « Bonjour, Amy ! »

Elle les prit et, instinctivement, respira leur parfum. « Qu'est-ce que… Pourquoi… ? »

L'air troublé, elle plissa le front en l'interrogeant du regard. Elle paraissait si vulnérable qu'il eut envie de la prendre dans ses bras, de lui caresser les cheveux en lui murmurant des mots rassurants. Brusquement, les sentiments qu'il avait éprouvés pour elle et refoulés un demi-siècle plus tôt refirent surface. Comme sa vie eût été différente s'il ne s'était pas comporté de façon aussi lâche… À cause de son comportement égoïste, elle avait passé ses meilleures années enfermée. Et ça, il ne pourrait jamais le réparer.

« Stephen ?

— On peut s'asseoir un moment ? » demanda-t-il en montrant le banc en bois recouvert de mousse.

Il la suivit et s'assit à côté d'elle. « Amy, il n'existe pas de mots pour exprimer à quel point je suis désolé, commença-t-il en lui prenant la main. Il y a de nombreuses années, vous m'avez captivé… dès l'instant où je vous ai vue, en fait ! » Il laissa échapper un petit rire. « Mais je suis psychiatre. Je ne croyais pas au coup de foudre. Pourtant, vous étiez en permanence dans chacune de mes pensées, ce que j'ai interprété comme le signe que je m'étais entiché de vous, mais que je n'étais pas amoureux. Je me suis trompé.

— Vous ne saviez vraiment pas, pour le bébé ?

— Non, je ne savais pas. Il n'empêche que j'ai fui les sentiments que j'avais pour vous, et ça, c'est impardonnable. »

Elle lui caressa la joue. « Vous avez l'air si triste, Stephen… Ne soyez pas trop dur avec vous-même. » Elle se leva et lui tendit la main. « Allons à l'intérieur. J'imagine que vous n'avez pas fait tout ce chemin sans raison. »

Il se leva, péniblement. Ses genoux perclus d'arthrite protestèrent de façon sonore. Il se tint les reins pour se redresser et lui fit face. « Non, j'en ai une excellente. Je voulais vous voir en personne, être là auprès de vous au moment où je vous annoncerais la nouvelle.

— Oh… » Elle soupira. « C'est… c'est au sujet du bébé ?

— On l'a retrouvé, Amy. Notre fils a été retrouvé.

Elle agrippa le revers de sa veste. « C'est vrai, vous êtes sérieux ? »

Il sortit une photo de sa poche intérieure. « Le voici. C'est notre fils. »

Amy observa la photo en retenant ses larmes. Assis dans un fauteuil, leur fils regardait l'appareil en face, l'air rayonnant. Il commençait à perdre ses cheveux, ce qui lui faisait un grand front, et il avait un peu d'embonpoint au niveau de la taille. Derrière des lunettes à épaisse monture, ses yeux brillaient d'une affection évidente pour celui ou celle qui avait pris la photo – sa femme, sans doute, ou un de ses enfants ?

« Il a l'air… heureux, dit Amy en essuyant ses larmes. Il a l'air très heureux. »

Stephen la prit par les épaules. « Vous tremblez… Venez, rentrons. »

Il la serra contre lui et la soutint jusque dans la cuisine.

« Comment l'ont-ils appelé ? demanda-t-elle en continuant à regarder la photo.

— Joseph. Mais je crois qu'on l'appelle Joe.

— Est-ce que je pourrai le voir ?

— Si vous êtes sûre que c'est ce que vous souhaitez, on peut entreprendre des démarches dans ce sens. Et si vous le voulez bien, j'aimerais venir avec vous. »

Amy pressa la photo sur son cœur en fermant les yeux. « J'aimerais bien, Stephen… J'aimerais beaucoup. »

58

Lorsque le train entra en gare de Piccadilly, Amy rassembla les détritus étalés sur la tablette. Pendant six heures et demie, elle avait partagé la compagnie d'une jeune mère et de ses jumelles de trois ans, émerveillée de voir la patience que cette femme mettait à leur essuyer le nez, leur lire des histoires, colorier sans fin des images et faire plusieurs allers-retours aux toilettes. Les jumelles étaient à présent endormies, appuyées l'une contre l'autre, les joues toutes roses à cause de la chaleur qui régnait dans le wagon.

« Elles sont adorables, dit Amy. Vous devez être fière d'elles. »

La jeune femme termina de ranger ses affaires, puis regarda ses filles d'un air rayonnant. « Regardez-les ! Au moment où on arrive, elles dorment à poings fermés… C'est typique !

— Elles vont sûrement être heureuses de retrouver leur père.

— Oh oui ! Elles l'adorent. Ça me permettra de faire une pause, ne serait-ce que le temps de faire de la lessive. » Elle descendit sa valise. « J'ai été ravie de vous rencontrer… Je vous souhaite plein de bonnes choses ! »

Amy les regarda descendre du train toutes les trois, les petites se tenant par la main et bâillant tout en trottinant sur le quai. Elle attendit que les autres passagers soient sortis avant de prendre sa valise. Le cuir marron était tout usé, les piqûres autour de la poignée effilochées, mais cette valise avait une histoire et jamais elle ne s'en séparerait. Tout le monde semblait avoir des bagages noirs anonymes, avec une poignée rétractable et des roulettes qui n'arrêtaient pas de vous faire trébucher ou de vous écrabouiller les pieds ! Non, ce n'était pas pour elle… Sa vieille valise marron lui convenait parfaitement.

Sur le quai, elle se dirigea vers les portes vitrées, stupéfaite de voir le nombre de gens qui allaient et venaient au beau milieu de la journée. N'avaient-ils pas un travail ?

Elle les aperçut à l'endroit exact où ils avaient dit qu'ils seraient, à côté du kiosque d'information, en dessous du panneau électronique qui indiquait les horaires des trains au départ et à l'arrivée. Stephen la repéra le premier et s'avança les bras grands ouverts. « Bonjour, Amy ! Soyez la bienvenue. » Il l'embrassa sur les deux joues. Une habitude très continentale. Elle se demanda depuis quand cela se faisait.

« Bonjour, Amy, dit Sarah en la serrant brièvement contre elle.

— Attendez, laissez-moi prendre votre valise, proposa Stephen. Comment s'est passé le voyage ?

— C'était long, mais j'ai partagé un compartiment avec une famille charmante. Une mère qui avait emmené ses deux filles voir leur grand-mère au pays de Galles, et elles rentraient chez elles. » Elle sourit tendrement. « Ces deux-là n'étaient pas de tout repos, je peux vous l'assurer, mais elles nous ont fait passer le voyage en un clin d'œil !

— J'aurais pu venir vous chercher en voiture, dit Sarah.

— Mais non, c'est très bien comme ça. Vous avez suffisamment à faire sans devoir vous soucier d'une vieille dame comme moi ! » Elle observa la jeune femme de haut en bas. « Vous avez quelque chose de changé…

— Oh, c'est ma coiffure ! s'exclama Sarah en passant la main dans ses cheveux très courts. J'ai eu envie d'essayer une nouvelle coupe.

— Ça vous va bien », dit Amy d'un air approbateur.

Stephen la prit par le bras et l'entraîna vers la sortie. « Venez, l'hôtel est à quelques centaines de mètres.

— Alors, au revoir ! dit Sarah.

— Vous ne venez pas avec nous ? s'étonna Amy.

— Non, j'ai un rendez-vous. On se verra plus tard.

— Oh ! Comme c'est charmant… Avec un jeune homme ?

Sarah éclata de rire. « Oui, c'est un jeune homme, en effet ! Allez-y, tous les deux… Et amusez-vous bien ! À plus tard. »

Sarah attendit devant l'entrée principale. Le soleil était suffisamment chaud pour qu'elle n'ait pas besoin de veste. Elle observa le vieil homme assis en tailleur sur le trottoir, un bras autour du cou de son chien, un gobelet en polystyrène dans l'autre main. Elle s'approcha et lui donna une pièce de deux livres toute neuve. Le chien la regarda. Ses yeux tristes et son museau gris reflétaient l'état pitoyable de son maître.

« Merci, murmura le clochard. Je vous suis reconnaissant. »

Elle s'accroupit près de lui. « Vous avez faim ? »

Il sourit, son absence de dents lui donnant l'air d'un fou. « J'ai tout le temps faim.

— Je reviens dans une minute ! »

Sarah lui rapporta un beignet tout chaud et le regarda mordre dedans avant d'en donner un morceau à son chien. Elle se retourna en entendant quelqu'un l'appeler.

— Salut, Sarah ! »

S'il ne l'avait pas interpellée, elle ne l'aurait pas reconnu, aurait pu le croiser dans la rue sans se douter un instant de qui il était. Ses cheveux blonds étaient encore plus clairs, sa longue frange coiffée en une belle vague, et sa peau autrefois toute pâle était joliment bronzée. Il serait toujours maigre, néanmoins, il s'était un peu remplumé, et ses biceps bien dessinés laissaient supposer qu'il avait fréquenté une salle de gym de façon régulière. « Adam… Oh, c'est si bon de te revoir ! » Elle le serra dans ses bras. Il sentait le propre, l'odeur délicieuse du linge fraîchement lavé.

« Ça me fait plaisir à moi aussi, rétorqua le jeune homme. Je… J'aime bien ta coupe de cheveux, et tu as minci. Je veux dire, c'est bien… Non que tu aies jamais été grosse, mais là, tu…

— Merci, Adam ! l'arrêta-t-elle en riant. C'est vrai que je me sens beaucoup mieux.

— Sarah, je te présente ma mère, Geraldine », dit-il en se tournant vers la femme qui se tenait à ses côtés.

Elle ne ressemblait pas du tout à la femme que Sarah avait vue dans le journal. Finis les yeux hantés et les joues creusées, les signes d'une mère qui vivait dans l'attente angoissante d'avoir des nouvelles de son fils unique.

« Je suis heureuse de vous rencontrer enfin ! » dit Sarah en lui serrant la main.

La paume moite de Geraldine trahissait sa nervosité. « Je ne sais pas quoi vous dire… à part, merci ! Merci d'avoir pris soin de mon garçon et de me l'avoir ramené. » Elle se frotta la paupière où son doigt laissa une trace noire. « Je préfère ne pas imaginer ce qui lui serait arrivé s'il ne vous avait pas rencontrée…

— Maman… Tu avais promis de ne pas faire dans le mélo…

— Adam est un jeune homme formidable », dit Sarah.

Geraldine enlaça son fils. « Nous avons eu pas mal de problèmes à résoudre… mais on progresse ! Adam va à l'école publique avec tous ses amis, et il se débrouille vraiment bien.

— Et on ne se focalise pas trop sur les notes, hein, maman ? Il y a d'autres choses importantes. » Il secoua légèrement la tête en regardant Sarah. Percevant son exaspération, elle lui fit un sourire entendu.

« Venez, j'ai réservé une table dans un restaurant avec une terrasse sur le toit pour qu'on profite du soleil. »

Adam tira une chaise à l'intention de sa mère qui s'installa d'un geste gracieux. Assise en face, et protégée par ses lunettes de soleil, Sarah put l'observer à loisir. D'après ce que lui avait dit Adam, elle devait avoir une trentaine d'années, et la jeune fille délurée qui s'était retrouvée enceinte à quinze ans était devenue une femme sophistiquée. Ses cheveux aile de corbeau retombaient en vagues souples sur ses épaules, son maquillage était impeccable et sa peau ne présentait aucune trace de brillance en dépit de la chaleur. Ses lèvres rouge sombre ne faisaient qu'accentuer la blancheur de ses dents.

Alors qu'il émanait de Geraldine un éclat naturel, Sarah avait l'impression de se liquéfier sous la chaleur. Elle tamponna son front en sueur avec la serviette, puis appela la serveuse. « Apportez-nous une bouteille de champagne et trois verres, s'il vous plaît ! »

Geraldine leva les yeux de la carte. « On fête quelque chose ?

— Vous verrez… Vous permettez qu'Adam boive une goutte de champagne ?

— Ho ho ! s'exclama le jeune homme en se frottant les mains. Ma première boisson alcoolisée ! »

Sa mère le dévisagea en fronçant ses yeux noircis de khôl. « Adam, ne sois pas sarcastique. »

Sarah sortit un sachet en papier marron de son sac et le tendit à Adam au-dessus de la table.

« Qu'est-ce que c'est ?

— Ouvre… Tu verras. »

Il jeta un coup d'œil à l'intérieur, puis en sortit un livre. Il regarda la couverture en papier glacé et le titre imprimé en grosses lettres blanches : *Ambergate – Une histoire personnelle.* « Ouah, c'est cool ! Je n'en reviens pas que tu l'aies vraiment terminé… Bien joué !

— Bon, je l'ai autopublié, mais il est disponible sur le Net, et la librairie de mon quartier a accepté d'en prendre plusieurs exemplaires et d'en exposer un dans la vitrine. Je ne me vois pas chambouler la liste des meilleures ventes du *Times*, mais ça n'a jamais été l'objectif ! »

Adam tendit le livre à sa mère. « C'est génial, non ? »

Geraldine passa ses doigts sur la photo d'Ambergate. « Oui, absolument, dit-elle tout bas. Félicitations !

— Regardez la dernière page », l'invita Sarah.

La jeune femme lut les remerciements à haute voix. « "Je remercie tout particulièrement Adam Clarke. Notre rencontre fortuite s'est révélée être un tournant pour nous deux. J'ai eu la grande chance d'avoir trouvé en lui un ami." C'est merveilleux, mon fils ! »

Le jeune homme rougit. « Dis-moi, Sarah, tu es une tendre… » L'œil malicieux, il lui toucha la main. « Mais je te remercie. »

59

« Comment est votre chambre ? » demanda Stephen en lui avançant une chaise.

Amy lissa sa jupe avant de s'asseoir, puis étala la serviette sur ses genoux. « Oh, elle est merveilleuse... Le lit est assez large pour faire dormir quatre personnes, et il y a des tas d'oreillers et de coussins. Et aussi un petit réfrigérateur dans un placard, rempli de petites bouteilles de whisky, de gin et de vin. »

Stephen s'assit à son tour en l'observant d'un air amusé. « On dirait que vous n'êtes jamais allée à l'hôtel ! dit-il en riant.

— Non, jamais. » Amy baissa les yeux et tritura sa serviette.

Il posa sa main sur la sienne. « Excusez-moi. J'ai dit ça sans réfléchir... Commandons du vin, vous voulez ? Du rouge ou du blanc ? »

Elle haussa les épaules. « Vous n'avez qu'à choisir. »

Il parcourut la carte des vins en l'approchant de la lueur de la bougie. « Il fait tellement sombre que je n'arrive pas à lire... » Il fit signe à la serveuse. « Nous allons prendre une bouteille de sauvignon blanc Malborough, s'il vous plaît.

— Qu'est-ce qui est prévu demain, Stephen ? » Amy fronça le nez. L'appeler par son prénom lui faisait toujours un effet bizarre.

« Je leur ai fixé rendez-vous dans le parc, au Pavilion Café. J'ai pensé que ce serait une bonne idée de se retrouver en terrain neutre.

— Vous dites ça comme si on était en guerre avec eux !

— Pas du tout. Mais ce sera plus détendu. Personne n'aura à se préoccuper que le thé soit trop fort ou de ne pas avoir servi les biscuits qu'il fallait. »

La serveuse apporta la bouteille et la déboucha. Puis, une main dans le dos, elle se tourna vers Amy. « Désirez-vous goûter le vin, madame ?

— Oh… Je ne connais pas bien le vin, je…

— Contentez-vous de servir, dit Stephen à la serveuse.

— Voilà qui n'était pas très aimable ! » lui fit remarquer Amy dès qu'elle fut repartie.

Stephen la regarda d'un air sincèrement surpris. « Ah bon ?

— Vous n'avez pas changé du tout… Vous n'avez donc aucune conscience de ce que vous êtes ? Je me souviens que vous terrorisiez certaines des patientes *et* des infirmières.

— Qu'est-ce que vous racontez là ? Elles m'adoraient !

— Elles avaient surtout peur de vous ! » Elle fit tournoyer le vin dans son verre, puis se pencha et baissa la voix. « Tout le monde voulait vous plaire, se faire aimer de vous, et qu'on vous flatte vous réjouissait ! » Elle se redressa et lui laissa le temps de digérer ce qu'elle venait de dire. « Vous étiez responsable de tant de vies… et je ne pense pas que vous utilisiez ce pouvoir à bon escient. » Elle renversa la tête et regarda le plafond. « Tant de personnes sont restées enfermées là-bas pendant des années… et sans réelle raison ! Des personnes que vous aviez cataloguées comme malades mentales, docteur Lambourn ! » Elle se tamponna les yeux avec sa serviette. « J'ai vu tant de mes amies s'étioler et mourir…

— Nous vivions alors dans une époque différente. Moi aussi, j'ai été victime de ce système. »

Amy ignora sa remarque. « Vous souvenez-vous de Pearl ?

— Oui, la grande fille à face de lune.

— Combien de fois vous a-t-elle supplié de la laisser rentrer chez elle ? » Voyant qu'il ne disait rien, elle lui fournit la réponse. « D'innombrables fois, Stephen. Elle vous a imploré de la laisser sortir. Vous l'aviez diagnostiquée comme déficiente mentale et faible d'esprit. » Elle leva les bras au ciel. « Qu'est-ce que ça veut dire, d'ailleurs ?

— Ça veut dire que…

— Arrêtez. Ce n'était pas suffisant pour la garder enfermée à vie, et vous le savez bien ! Elle avait été abandonnée devant l'autel par le seul homme qu'elle ait jamais aimé. Et elle avait beau avoir le cœur brisé, elle avait toute sa tête, ou du moins elle l'avait au moment où elle a été admise à Ambergate. Et les autres, Belinda, Queenie et toutes celles qu'on a laissées pourrir sur place… Je ne pensais pas que je pourrais le dire un jour, mais j'ai fait partie de celles qui ont eu de la chance. En tout cas, j'ai tenu jusqu'au bout. »

Incapable de la regarder en face, Stephen posa ses mains sur la table et baissa les yeux. « Vous avez raison, Amy… Vous avez entièrement raison. »

Son attitude avait changé. Il n'était plus qu'un homme brisé, un homme qui se rendait compte qu'il ne pourrait rien faire pour corriger les erreurs du passé. Tout à coup, elle eut pitié de lui. « Vous auriez pu me rendre heureuse, vous savez… S'il y avait une personne qui l'aurait pu, c'était vous.

— Il n'est pas trop tard. »

Amy éclata de rire, mais d'un rire sans joie. « Oh, si, il est bien trop tard ! »

Stephen prit un petit pain dans la corbeille, puis le coupa en deux et le tartina de beurre. En voyant ses mains trembler, elle se demanda si c'était de la nervosité ou un signe de vieillesse. Il aurait quatre-vingts ans ce mois-ci, il avait presque dix ans de plus qu'elle. La différence d'âge ne semblait plus avoir autant d'importance.

« À quoi pensez-vous ? » lui demanda-t-il.

Elle secoua la tête pour chasser les souvenirs. « Oh, simplement au fait que les choses auraient pu être très différentes !

— S'il vous plaît, Amy, je…

— C'est bon, Stephen. Je vous ai pardonné. Garder en moi toute cette amertume, ce regret, cette colère… C'était comme retenir son souffle. Ça finit par vous étouffer. J'ai dû les laisser s'en aller. »

Elle but une gorgée de vin. Elle commençait déjà à avoir chaud, la tête lui tournait, sa nuque était humide sous ses cheveux. Elle s'éventa avec le menu. « Vous

vous êtes racheté, docteur Lambourn ! » Elle leva son verre. « Demain, grâce à vous, je vais rencontrer mon fils. Et bien que ça arrive cinquante ans trop tard, je vous en serai éternellement reconnaissante. »

60

Ils choisirent une table à l'extérieur sous le chaud soleil de mai, à l'ombre d'un immense parasol. Les signes de l'été explosaient de tous les côtés. Les fleurs violettes des clématites cascadaient à profusion par-dessus le mur et un parfum d'herbe fraîchement tondue flottait dans le jardin. Stephen avança une chaise à Amy.

« Merci », dit-elle en retirant ses lunettes de soleil. Elle s'était inquiétée pendant des jours de ce qu'elle allait mettre – non qu'elle ait eu tellement le choix ! Étant donné l'existence très simple qu'elle menait, les vêtements n'étaient pas une chose dont elle se préoccupait beaucoup. En général, elle enfilait le matin la première chose qui lui tombait sous la main. Porter la tenue informe d'Ambergate durant toutes ces années n'avait pas développé chez elle un réel intérêt pour la mode.

« Vous êtes ravissante ! la complimenta Stephen. Cette couleur vous va très bien.

— Merci, dit-elle en touchant son chemisier lilas. Je ne savais pas trop comment m'habiller. »

Elle avait relevé ses cheveux en chignon, d'où s'échappaient quelques mèches qui adoucissaient son visage. Stephen avait opté pour une tenue décontractée, une chemise à carreaux rose pâle dont il avait laissé le col ouvert. Il s'était rasé de près et sa peau sentait le santal.

« Je trouve que vous avez très bien choisi, dit-il en souriant avant de regarder sa montre. Nous n'avons plus longtemps à attendre. »

Amy les aperçut la première et fit signe à Stephen. Ils se levèrent ensemble pour les accueillir. Elle avait de la peine à respirer, encore plus à parler. Sa bouche était comme une grotte sèche dont aucun mot ne pouvait sortir. Se retenant au bord de la table, elle regarda la femme qui était devenue la mère de son fils.

Jean se présenta à Stephen, qui lui serra la main avec chaleur. « Merci d'être venue, lui dit-il. Vous n'avez pas idée de ce que cela représente pour nous ! »

Amy resta un peu en retrait, contente de le laisser parler. Jean était une petite femme menue comme un oiseau, avec des cheveux gris permanentés qui tiraient sur le bleu. Deux coups de blush accentuaient ses pommettes, et la touche de rose sur ses lèvres indiquait qu'elle avait fait un effort pour l'occasion. Elle avait un visage bienveillant, qui même au repos était souriant. Stephen lui présenta Amy. Se dispensant d'une poignée de main, celle-ci prit la vieille femme dans ses bras, réconfortée de sentir l'odeur de poudre sur sa peau. Jean la serra elle aussi, et les deux femmes restèrent dans les bras l'une de l'autre, jusqu'à ce que Stephen touche Amy légèrement sur l'épaule.

Jean sourit et l'embrassa sur la joue. « J'aimerais vous présenter à Joe. »

Amy regarda son fils, le garçon qu'elle avait cru mort il y avait tant d'années. Le garçon dont elle avait été persuadée qu'on l'avait jeté dans un cercueil avec un inconnu sans même qu'il ait eu droit au respect d'avoir sa propre tombe. Le garçon dont on lui avait dit qu'il était mort-né. Pendant la plus grande partie de sa vie, elle s'était torturée à l'idée qu'elle en était responsable, qu'elle n'avait pas poussé assez fort pendant l'accouchement ou qu'elle n'avait pas insisté suffisamment pour que la sage-femme passe plus de temps à tenter de le ranimer.

Jean se baissa pour être au niveau de son fils et lui tapota le genou. « Joe, voici Amy et Stephen. » La tête renversée sur le dossier du fauteuil roulant, il émit un petit grognement en souriant. Puis, le poignet plié dans un angle bizarre, il leva le bras et l'agita. Jean lui prit la main. « Tu es un bon garçon ! » Elle sortit un mouchoir de sa manche pour lui essuyer la bouche avant de l'embrasser sur le front. Sans lui lâcher la main, la poitrine gonflée de fierté, elle sourit à Amy. « Il ne peut pas s'exprimer verbalement, mais il comprend beaucoup de choses ! Vous pouvez lui parler. »

Stephen l'avait prévenue de l'état de Joe, de sorte qu'elle était préparée à le voir dans un fauteuil roulant, tout comme à son incapacité à contrôler ses mouvements. Ce à quoi en revanche elle ne s'était pas préparée, ce fut la soudaine bouffée de tendresse qui l'envahit. Il avait le même teint olivâtre que son père, mais il avait ses yeux à elle, des yeux immenses semblables à ceux d'un faon. Elle aurait voulu le prendre dans ses bras et ne plus jamais le lâcher. Elle s'accroupit devant lui comme l'avait fait Jean et lui prit la main. « Je suis très heureuse de te rencontrer, Joe ! »

Stephen déplaça deux chaises, puis Jean approcha le fauteuil roulant de la table et se pencha vers son fils. « Voudrais-tu une part de gâteau ? Ils ont du gâteau au chocolat, ton préféré. »

Joe agita la tête d'avant en arrière, les yeux brillants de plaisir. Jean éclata de rire. « Un gâteau au chocolat, c'est d'accord ! »

Après avoir passé la commande, Stephen joignit les mains et dit à la vieille femme : « J'ai été désolé d'apprendre pour votre mari.

— Pour être franche, c'est pour Joe que ça a été le plus dur… Il adorait son père, et Harold était merveilleux avec lui. Joe ne comprend pas où il est parti. Après son départ, il a pleuré chaque nuit pendant des semaines, dit Jean en reniflant. Ça m'a fendu le cœur.

— Et maintenant, comment va-t-il ? demanda Stephen.

— Il y aura bientôt un an que nous avons perdu Harold… Joe est plus calme. Il ne sanglote plus avant de s'endormir, mais j'ai peur qu'il ne l'oublie… ou pire, qu'il croie que Harold l'a abandonné ! » Elle lui caressa la tête. « Il est difficile de savoir ce qui se passe là-dedans.

— Harold devait être un père merveilleux », dit Amy.

Jean sourit avec tendresse. « Il était le meilleur père que Joe aurait pu avoir ! » Elle regarda Stephen d'un air désolé. « Surtout, ne le prenez pas mal…

— Je ne le prends pas mal, je vous assure. »

Joe se mit à remuer comme un enfant excité en tapant sur les accoudoirs du fauteuil. Quand il tourna la tête, un vague gémissement s'échappa de sa gorge.

« Qu'est-ce qu'il y a, mon chéri ? s'inquiéta Jean en suivant son regard. Oh, il a aperçu le chat… Joe adore les animaux. »

Amy se leva et alla chercher le chat gris étendu dans une flaque de soleil en train de se lécher la poitrine. Quand elle le prit, il frotta sa tête sous son menton. Elle le déposa sur les genoux de Joe, dont le visage s'illumina tandis qu'il caressait l'animal à gestes maladroits, un grand sourire aux lèvres.

La serveuse revint avec un plateau chargé de nourriture. Sur le présentoir à trois niveaux étaient empilés des petits sandwiches au pain de mie sans croûte et des minuscules petits-fours aux couleurs pastel. Joe repéra la grosse tranche de gâteau au chocolat et agita les bras avec une telle excitation que le chat sauta par terre.

Amy mélangea les feuilles de thé dans la théière. Jean étala une serviette sur le genou de Joe, puis coupa le gâteau au chocolat en petits morceaux et lui en mit un dans la bouche. Il fit un bruit pour montrer qu'il appréciait et ouvrit tout grand la bouche comme un oiseau attendant la becquée. « Tu peux prendre toi-même le suivant », lui dit sa mère en en plaçant un morceau sur sa paume. Joe leva la main et poussa le bout de gâteau dans sa bouche. « C'est bien, Joe ! » le félicita-t-elle. Il tendit sa main pour en avoir un autre, mais cette fois, elle lui approcha l'assiette. « Cette fois, c'est toi qui le prends tout seul », dit-elle. Il secoua la tête, mais elle continua à tenir l'assiette devant lui. « Allez ! » l'encouragea-t-elle avec fermeté.

Amy regarda la scène avec angoisse. Étant donné qu'il avait des problèmes de facultés motrices, l'obliger à attraper des morceaux de gâteau ainsi lui paraissait cruel. Mais Jean demeura imperturbable, et il finit par en prendre un entre son pouce et son index. Cependant, il le serra trop fort, si bien que le gâteau se désintégra entre ses doigts. Il ne réussit à enfourner que quelques miettes dans sa bouche, mais Jean l'applaudit avec un plaisir évident. « Je savais que tu pouvais le faire ! » Elle l'embrassa sur le front. « Je t'aime, petit malin ! »

Joe lui sourit et se tapa trois fois sur la poitrine.

« C'est comme ça qu'il dit "je t'aime", expliqua Jean. C'est Harold qui le lui a appris. »

À la suggestion de Stephen, ils allèrent faire un tour dans les jardins d'ornement. Il poussa le fauteuil roulant de Joe, tandis qu'Amy et Jean marchaient un peu plus loin derrière. Les deux femmes s'arrêtèrent près d'une fontaine au milieu de laquelle un poisson en fer forgé crachait de l'eau par la bouche. Le bassin était rempli de pièces qui avaient verdi. Amy en prit une de dix pence dans sa poche et la lança dans l'eau. Elle ferma les yeux une seconde en respirant profondément et sentit le parfum des massifs de lavande plantés à proximité.

« Je peux vous demander quelque chose, Jean ?

— Vous pouvez me demander tout ce que vous voulez, mais je ne vous promets pas que je saurai vous répondre.

— Pourquoi avez-vous choisi mon bébé ? »

Jean sourit. « Je ne l'ai pas choisi. C'est lui qui m'a choisie. »

Amy montra un banc en pierre à côté de la fontaine. « Vous voulez bien qu'on s'assoie un moment ? »

Stephen était plus loin devant, penché sur le fauteuil roulant, en train de guider la main de Joe pour caresser un golden retriever tout joyeux.

« Bien sûr.

— Parlez-moi de Joe, s'il vous plaît, reprit Amy. Racontez-moi tout… depuis le début. »

En voyant Stephen faire demi-tour pour revenir dans leur direction, elle lui fit signe de s'éloigner. Il hocha la tête et repartit dans l'autre sens.

« La première fois que nous l'avons vu, Joe avait six semaines. Harold et moi n'avions jamais pu avoir d'enfant, et nous avons décidé d'adopter. Les bébés ne manquaient pas, à ce moment-là ! Les jeunes femmes qui tombaient enceintes en dehors des liens du mariage étaient encouragées, pour ne pas dire obligées, à abandonner leur bébé. Elles étaient regroupées dans des foyers pour mères célibataires, où, après avoir accouché, elles avaient le droit de garder leur bébé pendant six semaines. C'est ce que je trouvais particulièrement barbare. Leur laisser le temps d'établir un lien avec leur petit pour ensuite le leur arracher… Ça me semblait cruel, et je ne me sentais pas à l'aise avec l'idée de prendre l'enfant d'une autre femme contre son gré.

« Et puis j'ai vu Joe dans son berceau qui contemplait le plafond. Il avait des yeux immenses et très sombres. Il m'a immédiatement attirée. Mais lorsque j'ai interrogé une infirmière à son sujet, elle m'a expliqué qu'il n'était pas à adopter parce qu'il était attardé… Je suis désolée, mais c'est le terme qu'on employait à l'époque.

Quand j'ai demandé ce qu'il allait devenir, l'infirmière m'a dit qu'il serait interné. »

Amy plaqua sa main devant sa bouche. « Interné ? Mon Dieu, quelle cruauté...

— Oui, en effet. J'en ai été malade de penser à ce... ce minuscule enfant sans défense qui n'avait personne au monde et allait être placé dans je ne sais quelle institution, tout ça parce qu'il représentait un dérangement qui n'avait pas sa place dans la société et devait être maintenu hors de vue ! Si je lui avais tourné le dos et étais repartie, je n'aurais pas pu me regarder en face. Je me suis penchée sur son berceau et je lui ai caressé la joue. Ses yeux se sont ouverts tout grand comme s'il était surpris par ce contact humain fondamental, et il s'est mis à sourire en pédalant de ses petites jambes ! J'ai regardé mon mari, et il a hoché la tête, sans que j'aie eu besoin de dire quoi que ce soit. Alors j'ai pris Joe dans mes bras, mais l'infirmière est arrivée en courant, tout affolée, et a exigé que je le remette dans son berceau. Seulement, c'était trop tard... Cet enfant avait déjà volé mon cœur, et j'ai su que je ne repartirais pas sans lui. »

Les larmes d'Amy coulèrent le long de sa joue et atterrirent sur son chemisier en laissant une tache sombre. « C'est magnifique, Jean ! » Elle jeta un regard vers l'allée, où Stephen était en train de rabattre le bord du chapeau de Joe sur ses yeux pour le protéger du soleil. « Quelle vie épouvantable il aurait eue si vous et Harold n'aviez pas été là ! Je n'ai jamais rien entendu d'aussi altruiste de toute ma vie. Je ne sais pas comme je pourrai jamais vous remercier...

— Oh, je n'ai besoin d'aucun remerciement ! Joe a enrichi notre vie bien plus que nous la sienne. Je suis très fière de dire que je suis sa mère.

— Vous avez fait bien mieux avec lui que je n'en aurais été capable, dit Amy.

— Ne soyez pas si dure avec vous… On ne vous en a jamais laissé l'occasion. »

Amy tourna son visage vers le soleil en repensant à toutes ces années. Elle n'avait jamais été folle. Avoir été témoin de la mort de sa mère à un si jeune âge l'avait traumatisée. C'était à ce moment-là que sa vie avait commencé à imploser. Encore aujourd'hui, elle pouvait désigner à quelle seconde précise. Soixante ans après, l'image du corps fracassé de sa mère sur le capot de cette voiture était toujours aussi présente. Elle n'avait pas été autorisée à assister à l'enterrement, ni à pleurer devant son père, pour ne pas lui faire de peine. On l'avait obligée à réprimer ses sentiments, à afficher un air brave et à étouffer en silence le chagrin qui menaçait de l'avaler tout entière.

« Est-ce que ça va, Amy ? Vous êtes toute pâle, s'inquiéta la voix douce de Jean en la ramenant au présent.

— Je n'étais pas folle, vous savez. Jamais je n'aurais dû être enfermée… Oh, je reconnais que j'étais sûrement pénible, et agresser une autre patiente avec un tesson de tasse n'a certainement pas aidé à les convaincre que je devais sortir de l'asile, mais ils ont fait de moi quelqu'un que je n'étais pas. Après la mort de mon bébé… après qu'on m'a dit que mon bébé était mort, je crois que j'ai baissé les bras. Il ne me restait plus rien pour me donner envie de continuer à vivre. Et il m'avait abandonné, dit-elle en montrant Stephen d'un signe de tête.

— Il vous a abandonnée alors que vous étiez enceinte ?

— Je ne savais pas que je portais son enfant. La situation était compliquée… J'étais une malade mentale internée de force, et lui était mon médecin. Vous voyez à quel point c'était difficile.

— Tout de même ! rétorqua Jean d'un air perplexe. Vous abandonner comme ça…

— Je lui ai pardonné, dit simplement Amy. Je n'ai pas pu faire autrement. »

Jean tordit l'anse de son sac, ses sourcils froncés exprimant son inquiétude. « Savez-vous ce que je redoute le plus ? Surtout depuis que Harold est mort et que Joe n'a plus que moi…

— Oui, vous vous demandez ce qu'il deviendra quand vous ne serez plus là.

— Exactement. Je vois bien comment il est depuis la mort de Harold, la confusion dans son regard quand on s'installe pour manger seulement tous les deux. Je me souviens de la première fois où j'ai voulu le raser… Il s'est débattu comme un animal sauvage, si bien que j'ai fini par lui entailler la peau. Quand Joe a touché sa joue et a senti le sang, il est devenu hystérique et m'a regardée comme si j'avais tenté de le tuer… Le raser avait toujours été la tâche de Harold. Comment va-t-il réagir, une fois que je ne serai plus là et qu'il n'y aura personne pour le rassurer ? C'est que j'ai quatre-vingt-deux ans…

— Désormais, il m'a moi aussi.

— Je sais que vous voulez bien faire, mais vous n'êtes pas un perdreau de l'année vous non plus ! »

Amy éclata de rire. « C'est vrai, je ne peux pas le nier !

— Harold et moi n'avons jamais eu beaucoup d'argent. Je n'ai jamais travaillé, parce que s'occuper de Joe représente un travail à temps complet… Non que je m'en plaigne, comprenez-le bien. Ça a été pour moi un privilège, et je ne voudrais rien y changer. »

Le crissement des roues sur le gravier les fit se retourner en même temps. Stephen était tout rouge à force de pousser le fauteuil. Il épongea son front en sueur avec un mouchoir. « Eh bien, ça donne soif ! s'exclama-t-il.

— Te voilà, mon garçon ! » dit Jean à son fils qui lui tendait les bras. Elle se pencha pour le serrer contre elle. « Tu es un peu rouge… J'espère que tu n'as pas pris trop de soleil. » Elle sortit de son sac un petit tube de crème solaire, puis en mit un peu sur sa main et l'étala sur son visage. Il ferma les yeux. Son corps se détendit, ses mouvements incontrôlés se calmèrent sous la caresse apaisante de sa mère.

« Vous êtes très gentille avec lui, observa Amy. Vous n'avez pas besoin de l'entendre vous le dire pour savoir qu'il vous adore. »

Jean se redressa et regarda son fils. « Il est tout pour moi, se contenta-t-elle de murmurer.

— Jean… Je… je voudrais vraiment faire partie de la vie de Joe… Si vous êtes d'accord, bien sûr. »

La vieille femme regarda Amy, puis Stephen, et enfin son fils, dont le regard intelligent était dans l'expectative, comme s'il avait conscience de l'importance de sa réponse. « Nous aimerions bien, Joe et moi, finit-elle par dire. Nous aimerions beaucoup. »

Sarah regarda le bâtiment où tout avait commencé. Les bulldozers avaient accompli un sacré boulot. La seule chose qui restait d'Ambergate était l'entrée, classée au patrimoine, et la tour de l'horloge restaurée dans son ancienne splendeur qui resplendissait dans le ciel sans nuages. Elle lut le panneau d'affichage : *Ouverture prochaine – Ambergate Village, un magnifique ensemble d'appartements de luxe et de somptueuses maisons individuelles de six pièces.*

Debout derrière elle, Matt la prit par les épaules. « Ça te plairait ? »

Habituée à ce qu'il la tienne ainsi, elle se laissa aller contre lui. « Jamais de la vie ! J'en sais trop sur ce qui s'est passé dans cet endroit… Je ne dormirais pas de la nuit !

— Viens, fais-moi visiter.

— À vrai dire, il ne reste plus grand-chose à voir. » Elle montra l'autre côté de la pelouse. « La petite chapelle où les patients venaient prier semble avoir échappé à la démolition… et c'est là-bas que se trouvait le terrain de cricket. » Elle soupira en repensant à Amy, à sa vie gâchée. « Je ne regrette pas de ne pas avoir écouté mon père quand il m'a ordonné d'arrêter de venir fureter ici. Si je l'avais fait, Amy n'aurait jamais retrouvé son fils.

— Tu as fait ce qu'il fallait, confirma Matt. Et ton livre est merveilleux ! Je suis très fier de toi. »

Il la serra dans ses bras, comme on le fait en général avec un bon ami plus qu'avec un amoureux. « Matt ? Où en est-on ?

— De quoi tu parles ?

— De nous. De toi et moi. J'ai besoin de savoir ce que tu ressens, parce que, j'ai beau adorer Maisie, si tu cherches simplement une figure maternelle pour elle, je crains de… »

Il la fit taire d'un tendre baiser sur les lèvres. Elle ferma les yeux et sentit ses doigts remonter dans ses cheveux. Puis il s'écarta pour la regarder en face tout en lui caressant la joue. « Est-ce que ça répond à ta question ?

— Les choses sont un peu plus claires, oui.

— Viens… C'est bientôt l'heure d'aller chercher Maisie à l'école.

— Non, je ne crois pas. Elle n'a pas un cours de dessin, le mardi ? »

Matt se tapa sur le front. « Tu as raison ! » Il la prit par la main. « Qu'est-ce qu'on deviendrait, sans toi ? »

Sarah se hissa sur la pointe des pieds et l'embrassa. « Espérons que tu n'auras jamais à le savoir ! »

Épilogue

On étouffe dans la salle. Entre les vieux meubles, l'antimite et les odeurs corporelles, je me sens vaguement nauséeuse. À l'autre extrémité, une femme ouvre une fenêtre tout en haut du mur à l'aide d'une longue perche. Dehors, l'air est chaud, poisseux – pas un souffle de vent ne vient rafraîchir la température qui grimpe de plus en plus. Debout au fond de la salle, j'observe les gens assis en rangs qui s'éventent avec ce qu'ils peuvent. Mon regard remonte vers l'avant, où mon fils est assis dans son fauteuil roulant. Il m'aperçoit et me fait un grand sourire.

Cela fait deux ans que je l'ai retrouvé, et on peut dire que nous sommes devenus bons amis. J'ai accepté qu'il ne puisse pas être plus étant donné que je ne pourrai jamais être sa mère. Sa mère, c'est celle qui se tient à l'instant derrière lui, qui lui lisse les cheveux et essuie la bave sur son menton. Je la regarde lui masser les épaules et se pencher pour l'embrasser sur la tête. Je remercie chaque jour quiconque pourrait m'entendre que cette femme désintéressée ait choisi mon fils. Privé d'oxygène pendant trop longtemps à la naissance, il n'a jamais eu sa chance. Il n'a jamais appris à marcher ni à parler, et s'il n'y avait pas eu Jean et Harold, il aurait passé sa vie dans une institution. Je suis consciente de l'ironie de la situation, et l'idée qu'il ait pu se languir dans un foyer sans personne pour l'aimer me rend malade. Jean l'aime, c'est certain. Mais elle ne rajeunit pas. Veuve depuis trois ans, elle a maintenant quatre-vingt-quatre ans. L'avenir de Joe paraît incertain.

Le commissaire-priseur abat son marteau si fort qu'il me fait sursauter. Il ajuste ses lunettes en demi-lune et pointe le doigt vers un homme assis au premier rang. « Vendu à monsieur sur ma droite pour 5 550 livres ! Merci, monsieur ! »

Un brouhaha de grondements résonne avant que le silence revienne dans la salle.

« Le lot n° 28 représente une rare occasion d'acquérir une peinture de la merveilleuse artiste Millie McCarthy. »

En entendant prononcer le nom de ma mère, je me raidis, mais aussitôt un sentiment de fierté m'envahit, et je me redresse.

« Millie McCarthy n'a vendu que quelques toiles de son vivant, mais le peintre L.S. Lowry a reconnu son talent et a acquis deux de ses œuvres pour sa collection privée. » Le commissaire-priseur observe les visages attentifs qui lui font face. « Alors, qui ouvre les enchères ? On démarre à 20 000 livres. Quelqu'un est-il intéressé ? »

Il désigne du doigt un homme au fond de la salle. « Merci, monsieur… Ai-je bien entendu ? Oui, madame, 20 500, je vous remercie ! »

Il s'arrête et se penche vers une femme assise derrière lui. Le cou tout rouge d'excitation, elle lève trois doigts. Il se retourne vers la salle. « J'ai une enchère à 30 000 au téléphone… Qui dit mieux ? Oui, merci, 40 000, là devant… 50 000 sur ma gauche… »

La tête m'élance, je transpire sous les bras. Je m'évente avec le catalogue et remonte le temps. Je me revois dans cette prairie en train de regarder ma mère. Ses cheveux auburn attachés dégagent son visage, ses yeux verts brillent de concentration tandis qu'elle passe son pinceau sur la toile en tirant la langue. Je m'entends lui demander de me peindre moi aussi, et ma voix de petite fille indignée quand elle refuse. Puis elle me fait asseoir sur son genou et me chatouille. Je me tortille de rire alors qu'elle enfouit sa tête au creux de mon cou et me chuchote qu'elle va me mettre dans son tableau, mais que je ne devrai le dire à personne. Ce sera notre secret. Jamais je ne me suis sentie autant aimée que ce jour-là. Je me souviens d'avoir pensé que j'avais la meilleure maman du monde.

Le marteau du commissaire-priseur me fait de nouveau sursauter en me ramenant au présent.

« Adjugé à 125 000 livres ! » Il fait un signe à un homme qui a encore la main en l'air. « Félicitations, monsieur ! »

Me sentant vaciller, j'agrippe la chaise devant moi et effleure la tête de la personne assise là. Je murmure « Désolée » tout en m'épongeant le front avec un mouchoir. J'ai envie de rire et de pleurer, de crier à qui voudra bien m'écouter. L'avenir de mon fils est désormais assuré. À l'autre bout de la salle, Joe capte mon regard et me sourit. Il ne comprend pas ce qui vient de se passer, mais il me regarde et se tape trois fois sur le torse. Les larmes qui jaillissent de mes yeux brouillent ma vue. Je ne pourrai jamais être sa mère, mais je peux être son amie. Je lui retourne son geste en murmurant : « Moi aussi je t'aime, mon fils ! »

Les chaises raclent le plancher alors que tout le monde se lève pour sortir. Au milieu des discussions enthousiastes, la foule commence à se disperser. Les enchères sont terminées. L'histoire de la jeune fille perturbée qui a enlevé un bébé et s'est avancée dans le lac est terminée elle aussi. Une jeune fille qui n'a jamais été méchante, qui n'a jamais été folle ni même mauvaise, mais à qui on n'en a pas moins volé la vie. À présent, je suis trop vieille pour les contes de fées qui finissent bien. Je n'ai pas épousé l'amour de ma vie, mon fils ne sait pas que je suis sa mère, et pourtant, c'est tout de même une fin.

Je me dirige vers la sortie, où Stephen m'attend. Sa silhouette se découpe dans la lumière éclatante du soleil. Il me sourit et articule « Ça va ? » en levant le pouce. J'acquiesce et lui souris à mon tour. Lorsqu'il me tend sa main, je le rejoins et je la prends. À l'instant où il m'entraîne dans la rue et m'enlace par la taille, je sais que je suis enfin heureuse. Et cela me suffit.

REMERCIEMENTS

Écrire un livre est essentiellement un travail solitaire qui nécessite de passer de longues heures enfermée face à une page blanche pour seule compagnie. Cependant, j'ai la grande chance d'avoir derrière moi une équipe extraordinaire. Anne Williams et mon éditrice chez Headlines, Sherise Hobbs, sont toutes deux déterminantes pour faire en sorte que la chose finie soit aussi bonne qu'elle peut l'être.

Je voudrais remercier ma famille du soutien qu'elle me témoigne en continu, à commencer par mon mari, Rob Hughes, et mes parents, Audrey et Gordon Watkin, toujours impatients d'être les premiers à découvrir le manuscrit. Merci également à Cameron et à Ellen Hughes de m'avoir laissée en paix le temps que je termine ce livre.

Pendant que j'effectuais des recherches pour *La Clé du cœur*, j'ai lu de nombreux ouvrages sur ce sujet fascinant, mais il y en a un auquel je reviens encore et toujours. *Certified and Detained* (non traduit) de Derek McCarthy livre un récit authentique sur ce qu'était la vie dans un hôpital psychiatrique britannique entre 1957 et 1962. Derek, qui était alors élève infirmier, raconte son histoire avec candeur, humilité, respect et humour. Je lui suis infiniment reconnaissante d'avoir bien voulu répondre à toutes mes questions, et il va sans dire que ce que j'ai appris grâce à lui a enrichi mon histoire. Les erreurs éventuelles sont bien évidemment les miennes.

Enfin, je voudrais adresser mes remerciements à tous les lecteurs et lectrices qui m'ont contactée directement sur Facebook et Twitter. J'espère avoir réussi à répondre à chacun d'entre eux, mais, si ce n'est pas le cas, soyez assurés que vos messages ont été lus, et qu'ils sont grandement appréciés.

QUESTIONS À KATHRYN HUGHES

Quelle a été votre inspiration pour le roman La Clé du cœur *?*

L'idée de ce livre est inspirée d'une histoire vraie. L'asile pour malades mentaux chroniques de Willard, dans l'État de New York, aux États-Unis, a été ouvert en 1869. Lorsque l'établissement a définitivement fermé ses portes en 1995, on a découvert plus de quatre cents valises dans une pièce fermée à clé au grenier. Entreposées là entre 1910 et 1960, ces valises oubliées appartenaient à d'anciens patients qui avaient dû s'en séparer le jour de leur admission à l'asile. À Willard, le séjour d'un patient durait en moyenne trente ans. La plupart d'entre eux n'en sont jamais repartis. Pour en savoir plus sur cette découverte fascinante, consultez le site www.willardsuitcases.com.

Bien qu'il relève de la fiction, l'asile d'Ambergate s'inspire-t-il d'un endroit réel ?

Pour écrire *La Clé du cœur*, j'ai passé beaucoup de temps à faire des recherches sur l'histoire des institutions psychiatriques au Royaume-Uni. Je suis allée notamment à l'ancien asile de fous du comté de Galles du Nord, à Denbigh. Ce bâtiment imposant a fini par fermer en août 1995, mais, aujourd'hui encore, près de vingt-trois ans plus tard, la structure autrefois majestueuse laissée à l'abandon attend toujours d'être reconvertie.

En 1845, une loi sur les asiles a obligé les comtés à prévoir des asiles pour les « fous ». Ce qui a entraîné la construction massive jusqu'à la fin du siècle de plus de cent vingt institutions, qui hébergeaient plus de cent mille personnes. Ces bâtiments magnifiques ont été construits sans reculer devant aucune dépense. Et dans les années 1950, une famille sur trois a fait admettre un de ses membres dans un de ces instituts, souvent pour des raisons plus que discutables.

La loi sur la santé mentale votée en 1959 a aboli la distinction entre les hôpitaux psychiatriques et les autres types d'hôpitaux, et elle avait pour objectif de rendre le traitement volontaire là où c'était possible. Néanmoins, dans la pratique, peu de choses ont changé, et ce n'est qu'en 1961 qu'Enoch Powell, alors ministre de la Santé, a prononcé son célèbre discours du « Château d'eau » dans lequel il promettait d'éliminer la majorité des hôpitaux pour malades mentaux d'Angleterre. Toutefois, en l'absence d'un nombre suffisant de programmes de soins de proximité, il se passera encore vingt-cinq ans avant que son projet ne se réalise.

Lorsque les asiles ont commencé à fermer, la plupart ont été laissés à l'abandon en attendant d'être démolis ou reconvertis. Vingt ans plus tard, nombre d'entre eux sont toujours dans le même état et ont été détériorés par des vandales et des pyromanes. Le gros de l'infrastructure étant encore là, il était possible, comme Sarah le fait dans *La Clé du cœur*, de déambuler dans les couloirs, où une grande partie du mobilier et des équipements est restée en place. Pour obtenir une liste complète des asiles et savoir ce qu'ils sont devenus, on peut se rendre sur l'excellent site www.countyasylums.co.uk.

Quand vous commencez à écrire un roman, savez-vous déjà comment se terminera l'histoire ?

Bien sûr ! J'essaie toujours de commencer par un prologue intrigant qui, je l'espère, accrochera l'attention du lecteur. Je sais exactement comment je veux que tout concorde à la fin. Le problème, ce sont ces maudits quatre-vingt-dix-neuf mille mots ou presque qui se trouvent au milieu ! J'ai beau connaître le début et la fin, c'est sur la route qui mène de l'un à l'autre qu'il m'arrive de dévier. Rien n'est gravé dans la pierre tant que le livre n'est pas parti à l'imprimerie.

Pouvez-vous décrire comment se passe une journée d'écriture type ?

J'écris dans un garage aménagé au fond du jardin. Il est important pour moi de sortir de la maison, où je suis soumise à de trop nombreuses distractions. Dans mon bureau, il n'y a ni Internet, ni bouilloire, ni téléphone. Il n'y a rien à faire à part écrire. Si je m'installe à ma table à 10 heures, je considère que la journée a bien démarré. En général, je relis ce que j'ai écrit la veille en procédant à quelques modifications. Je me fixe un objectif de cinq cents mots par jour, mais il est fréquent que j'en écrive le double, ce qui me donne l'impression d'être quelqu'un de très performant. Au moment du déjeuner, je reviens à la maison et relève mes e-mails, après quoi je repars écrire jusque vers l'heure du dîner.

Tous vos livres abordent des thèmes sensibles. Comment trouvez-vous un équilibre entre le côté sérieux du contenu et les éléments plus légers de l'histoire ?

Trouver un équilibre est important, car c'est ce que l'on fait dans la vraie vie. Même dans les situations les plus sombres, on peut presque toujours percevoir de l'humour. Je n'ai aucune envie que mes lecteurs terminent mes livres en étant déprimés, mais j'admets le principe que toutes les histoires ne doivent pas forcément finir bien.

Qu'aimez-vous faire lorsque vous n'écrivez pas ?

Quand j'écris en ayant en tête une date de remise, je n'ai pas vraiment le temps de faire autre chose, mais une fois le livre terminé, j'aime passer du temps avec les amis que j'ai négligés, lire les livres des autres et voyager. Comme nous avons un van Volkswagen, nous avons la chance de pouvoir partir à l'improviste. Marcher est une autre de mes grandes passions. En 2018, nous avons le projet de parcourir l'intégralité du sentier côtier du Pembrokeshire, qui s'étend sur 300 kilomètres. Non seulement c'est magnifique, mais c'est un vrai défi. Quand on arrive au bout, c'est comme si on venait de grimper au sommet de l'Everest.

Photographies du North Wales Hospital (aussi appelé asile Denbigh), en 2017. © Robert Hughes.

DE LA MÊME AUTEURE :

Il était une lettre, Calmann-Lévy, 2016
Il était un secret, Calmann-Lévy, 2017

PAPIER À BASE DE FIBRES CERTIFIÉES

Le Livre de Poche s'engage pour l'environnement en réduisant l'empreinte carbone de ses livres. Celle de cet exemplaire est de :
300 g éq. CO_2
Rendez-vous sur www.livredepoche-durable.fr

Composition réalisée par Belle Page

Achevé d'imprimer en France par
CPI BRODARD & TAUPIN (72200 La Flèche)
en janvier 2020
N° d'impression : 3037227
Dépôt légal 1re publication : février 2020
LIBRAIRIE GÉNÉRALE FRANÇAISE
21, rue du Montparnasse – 75298 Paris Cedex 06

MJ

58/4133/5